天命

영웅 홍계남을 위하여

2

나남
nanam

이병주(1921~1992)

호는 나림那林. 경남 하동에서 태어났다. 일본 메이지대 전문부 문예과와 와세다대 불문과 재학 중 학병으로 끌려갔다. 해방 후 진주농대와 해인대(현 경남대) 교수를 거쳐 〈국제신보〉 주필 겸 편집국장으로 활발한 언론활동을 했다. 5·16 때 필화사건으로 복역 중 출감한 그는 1965년 월간 〈세대〉에 감옥생활의 경험을 살린 〈소설·알렉산드리아〉를 발표, 문단에 신선한 충격을 던지며 등단하였다. 그 후 1977년 장편 〈낙엽〉과 〈망명의 늪〉으로 한국문학작가상과 한국창작문학상을, 1984년 장편 〈비창〉으로 한국펜문학상을 수상하였다.

일제 강점기로부터 해방공간, 남북 이데올로기 대립, 정부 수립, 한국전쟁 등 파란만장한 한국 현대사를 온몸으로 겪은 그의 작가적 체험은 누구보다 우리 역사와 민족의 비극에 고뇌하게 했고, 이를 문학작품으로 승화시킨 원동력이 되었다. 대표작으로는 〈관부연락선〉, 〈지리산〉, 〈산하〉, 〈소설 남로당〉, 〈그해 5월〉, 〈정도전〉, 〈정몽주〉, 〈허균〉, 〈돌아보지 말라〉 등의 장편이 있으며, 1992년에 화려한 작가생활을 마무리하고 타계하였다.

이병주 장편소설

天命 2

영웅 홍계남을 위하여

2016년 5월 20일 발행
2016년 5월 20일 1쇄

지은이 李炳注
발행자 趙相浩
발행처 (주) 나남
주소 413-120 경기도 파주시 회동길 193
전화 031-955-4601 (代)
FAX 031-955-4555
등록 제 1-71호 1979. 5. 12
홈페이지 http://www.nanam.net
전자우편 post@nanam.net

ISBN 978-89-300-0629-3
ISBN 978-89-300-0572-2 (세트)

책값은 뒤표지에 있습니다.

이병주 장편소설

天命

영웅 홍계남을 위하여

2

나남
nanam

이병주 장편소설

天命

영웅 홍계남을 위하여

2

차 례

고독한 영웅 7

용명勇名을 천하에 떨치다 68

임진壬辰의 해는 저물어 102

사자 몸의 벌레들 145

여군女軍대장 채대수 162

아아, 행주산성 177

사람 잡아먹는 사람 190

홍계남을 처단하라 204

죽어도 죽을 수 없어 216

아아! 진주성晋州城 230

영천永川의 수령守令 267

경주慶州의 싸움 278

해후邂逅 288

방화放火사건의 음모 299

아버지 같은 권율 장군 332

역모 혐의로 끌려가다 361

형틀 앞에서 390

노을 녘의 사랑 414

유성流星 … 사라진 꿈 428

고독한 영웅

홍계남이 군사를 이끌고 임진강변 연천 근처에 당도했을 때는 5월 19일 저녁나절. 전투는 이미 끝나고 도원수 김명원은 퇴각한 후였다. 강변 이곳저곳에 시체만 쌓여 있었다. 그 사이를 적병들이 분주하게 움직이는 것은 필시 도하渡河작전을 서두르는 때문일 것이었다.

홍계남은 군사들을 산속 이곳저곳에 매복시켜 놓고 자기도 숲 사이에 몸을 가누어 석양이 비낀 전쟁터를 내려다보고 혀를 찼다.

"도대체 어떤 전투를 했기에…."

"아군은 이미 북안北岸으로 철수했다고 들었는데 전투는 남안南岸에서 있었구먼요."

조인식이 이상하다는 표정을 지었다.

"전투에 패배해도 납득할 수 있는 무엇이 있어야 하는데, 시체가 모두 물가에 있다는 것은 도무지 납득할 수 없구나. 건너오다가 당한 것 같으니 말이다."

계남이 고개를 갸웃했다.

7

"해가 지길 기다려 패잔병을 한번 찾아봅시다. 이 근처 어디에 숨어 있을지 모르니까요."

"그렇게 하지. 그렇게 해야만 우리의 행동거취도 작정할 수가 있을 것이니까."

홍계남은 척후대를 3개 분대로 편성하고 지시했다.

"제 1척후대는 강 동쪽 20리 밖까지의 적정을 살펴라. 제 2척후대는 강 서쪽의 적정을 살펴라. 제 3척후대는 적이 없는 산속을 뒤져 패잔병들을 모아라. 부상자는 그 자리에 두고 움직일 수 있는 놈들은 이리로 데리고 오라."

19일의 늦은 달이 뜰 무렵 제 3척후대가 패잔병 20여 명을 데리고 왔다. 우선 준비해 온 주먹밥으로 요기를 시키고 전투상황을 소상하게 설명할 수 있는 자를 불렀다. 세 사람이 나타났다.

계남이 우선 그중 하나에게 물었다.

"이름이 뭔가."

"우철현이라고 합니다. 한응인 도순찰사의 진영에 있었습니다."

"그럼 평양에서 왔는가? 평양의 사정은 어떠하던가."

"맨날 당파싸움만 하고 있습니다. 그 때문에 군령軍令이 제대로 서질 않습니다. 우의정 유홍은 임진강 전투에 나가란 명령을 받고도 움직이지 않았답니다. 그래서 대사헌 이헌국이 면전에서 힐난하여 서로 주먹다짐이 있었다니 말이나 될 법한 일입니까."

"그래서 한응인이 도순찰사로 왔는가."

"그러하온데…. 우리가 직접 모시던 상사이긴 하오나 이 어른이 졸렬하기 짝이 없습니다."

계남이 굳은 표정이 되었다. 하졸이 상사를 욕할 땐 범연한 이유로서가 아닐 것이었다.

"한마디로 말해 어제의 패전은 한 순찰사와 신 방어사의 경솔한 작전에 그 원인이 있는 겁니다."

"김명원이란 도원수가 있는데 어째서 순찰사와 방어사가 작전의 책임을 져야 하는가?"

"평양을 떠날 때 한 순찰사는 상감으로부터 김명원 도원수의 절제를 받지 않아도 좋다는 분부를 받았습니다."

"그건 무슨 말인가. 한곳에서 싸우는데 비록 순찰사라고 할망정 도원수의 절제를 받지 않는다면, 명령이 두 갈래로 되는 것 아닌가?"

"그러하옵니다. 그러니 상감으로부터 그런 교지를 받았다고 해도 전쟁에 임해선 도원수의 명령에 좇아야 하는 것이거늘, 한응인은 방어사의 말을 듣고 졸렬한 명령을 내리고 말았습니다."

"그 졸렬한 명령이란 게 뭔가."

"적은 대군大軍으로 이곳까지 몰려왔으나 배가 없어 도강을 못한 상황이었습니다. 적은 이리저리 도강을 시도하다가 사세가 여의치 않자 강변에 구축했던 진지를 헐어 버리고 군기軍器들을 챙겨 어디론지 가 버렸습니다. 분명히 우리를 유인하기 위한 계교를 꾸민 거죠. 그런데 신 방어사가 적이 기진맥진하여 도망갔다고 보고 지금 적을 치면 일거에 무찌를 수 있다며 도강을 주장한 겁니다. 이때 조방장 유극량이 반대했습니다. 필시 계교에 의한 후퇴일 것이니 상황을 좀더 냉철하게 파악하고 행동해야 한다고 말했습니다. 그랬더니 신 방어사는 유극량에게 비겁자라고 욕설을 퍼붓고 벨 듯이 칼집에 손을 대기까지 했습니다. 유극량 조방장은 나는 죽음을 겁내서 반대한 것이 아니고 대사를 그르칠까 봐 반대하는 것이라며 분연 자기의 진중으로 돌아갔습니다. 도원수도 조방장과 같은 의견이었는데 순찰사가 방어사의 말이 옳다고 편을 드는 바람에 결국 도강작전을 하게 된 겁니다."

"작전의 경과는 어떻게 되었는가."

"선발대가 건너가서 남아 있는 진지를 습격하자 적들이 도망쳤죠. 그걸 보곤 대부대가 일제히 강을 건넜는데 이편에서 태세를 갖추기 전에 땅에서 솟아오른 듯 복병伏兵이 구름떼처럼 쇄도했습니다. 그건 이미 전쟁도 아니었습니다. 벌리고 있는 호랑이 아가리에 머리를 쑤셔넣은 꼴이었죠. 세상에 이런 수가 어디에 있겠습니까."

"그래 그 후의 상황은?"

"한응인, 김명원 등은 도망쳐 버렸죠. 그들은 건너오지도 않았으니까요. 건너온 장수와 군사는 몰살되다시피 했습니다. 왜놈의 총칼에 맞아 죽지 않은 놈은 물에 빠져 죽었죠. 행인지 불행인지 우리들만 살아남았습니다."

"전사한 장수는 누구누군가."

"득진관 홍봉상이 죽었고, 신 방어사도 죽었고, 그리고 유극량 조방장도 죽었습니다."

"유극량 조방장이?"

하고 홍계남이 화석化石처럼 되었다.

유극량이 전사했다는 소식은 격심한 충격이었다. 계남이 가까스로 정신을 차리고 물었다.

"유 조방장은 도강에 반대했다고 하지 않았나?"

"유 조방장에 관해선 소신이 잘 알고 있습니다."

하고 권태복이란 대졸이 앞으로 나왔다.

"유 조방장께선 도강에 반대하셨지만 일단 작전이 그렇게 된 이상 남아 있을 수 없다며 우리들에게 명령을 내렸습니다. 나는 유 조방장의 대열에 속해 있었습니다. 우리가 탄 배가 강 중류쯤에 이르렀을 때 조방장께선, 반드시 복병이 있을 것이니 너희들은 하선하자마자 저편 언덕으로 뛰어가서 그 지형을 의지하여 사태를 본 연후 행동하라는 명령이 있었습니다. 그 명령으로 우리가 살아남은 겁니다. 그런데 조방장께선 복병이 좌편에서 나타나자, 음 내가 죽을 곳이 바로 여기로구나, 하시고 대궁大弓을 휘어잡아 몰려오는 적을 향해 쏘았습니다. 그 화살에 아마 수십 명은 죽었을 것입니다. 그러면서도 조방장은 우리들에게 빨리 저 언덕으로 뛰어가서 싸울 태세를 취하라고 소릴 질렀습니다. 우리들이 언덕에 도착하여 돌아보니 유 조방장께서 쓰러지셨습니다. 참으로 장렬한 최후였습니다."

홍계남은 뺨 위로 흐르는 눈물을 닦을 생각도 못했다.

"그래 조방장 시신을 어떻게 했느냐?"

"왜병이 목을 베어 갔습니다."

한동안 묵묵히 있다가 계남이 신음하듯 말했다.

"그 동체만이라도 찾을 수 없을까."

"아마 무망하지 않을까 합니다. 쓰러지신 곳은 바위 옆이었는데 뒤에 보니 거기엔 벌써 아무것도 없었습니다."

"슬프구나. 유 조방장의 전사도 슬프지만, 장수가 쓰러졌는데도 부

하들이 그 유해 하나 간수하지 못했다는 바로 그 사실이다. 그만한 장
수면 그만한 부하가 있어야 하는 것이거늘, 오호 슬프다."

십구야의 달이 벌써 중천에 있었다.

계남은 그 달을 보고, 달빛에 물든 산하를 둘러보며 하염없이 울었다.

조국의 앞날을 위해서. 조국의 현재를 위해서. 보람 없이 죽어 간
유극량의 운명을 위해서. 수많은 전사자, 앞으로 있을 전사자를 위해
서. 도탄에 빠진 백성들을 위해서.

홍계남의 울음은 점점 통곡으로 변했다.

유극량은 홍계남이 한때 5위부의 사맹司猛으로 있었을 때, 두 칸 위
인 사정司正이었다. 나이는 20여 세의 차이가 있었지만 두 사람은 각별
한 친교를 맺고 있었다. 그렇게 된 데는 물론 이유가 있었다.

계남이 천첩의 소생이라고 부내에서 따돌림을 받던 우울한 무렵이
었다. 늦은 가을 어느 날 유극량이 계남을 서소문 자기 집으로 불렀다.

"우리 집에 국화주를 담가 놓은 게 있으니 같이 가자."

계남은 많은 사람이 초대된 것으로 알았는데 가 보니 손님이란 자기
하나였다. 유극량은 계남에게 술을 권하며 말을 시작했다.

"여러 사람 속에 끼어 지내기가 불편하지? 산다는 것은 참는다는 것
이다. 참는다는 것은 운명에 순종한다는 뜻이다. 왕후장상의 아들로
태어나는 것도 운이고, 미천하게 태어나는 것도 운이다. 운을 거역한
다는 것은 불가능한 일일 뿐 아니라 해서도 안 된다. 첫째 부모를 욕되
게 하고, 둘째 자기 자신을 더욱 서럽게 만든다. 내 홍 공의 처지를 잘
안다. 아무쪼록 근신하고 본분을 지키고만 있으면 누구도 범접할 수

없는 기틀을 잡을 수 있을 것이다."

계남은 이 말을 듣고 목이 멜 정도로 감격했는데 유극량이 뜻밖의 고백을 했다.

"사실을 말하면 내 어머니는 정 씨란 가문의 노비였었다네. 나는 그걸 모르고 자랐지. 그랬는데 내가 무과武科에 급제한 그날 모든 것을 알게 되었다. 급제했다는 사실을 어머니께 아뢨더니, 어머니는 기뻐하기는커녕 통곡하시질 않는가. 기뻐서 흘리는 눈물이란 것도 있지만 그게 아니었어. 참으로 슬피 우시는 거라. 까닭을 물었더니…."

유극량의 어머니는 자기가 노비였었다는 것과 주인집 옥배玉杯를 깨어 벌을 받을까 봐 도망쳐 나와, 유극량의 아버지를 만나게 되었다는 경위를 소상하게 설명했다.

사천私賤의 아들임이 밝혀지면 모처럼의 등과登科도 삭과削科가 되었던 시절이다. 삭과란 자격을 취소한다는 뜻이다. 유극량의 어머니는 필시 정 씨 가문이 그 사실을 살펴 관에 보고할 것이라고 믿었다. 그래서 슬피 울었던 것이다.

"나는 그 정 씨 집을 찾아가지 않았겠나. 내가 누구라는 것을 아뢰고 어머니의 잘못을 보상하기 위해 스스로 삭과를 신청하여 당신 집의 종노릇을 지금부터 시작하겠다고 했지. 그랬더니 주인이 나의 손을 덥석 잡으며 세상에 이런 사람이 또 있을까 하고 어머니를 속량하는 문권文券을 주더구먼. 아무 걱정 말고 무인武人으로서 출세하라고 말일세. 나는 그 뜻을 고맙게 여겨 관도官途에 들어서긴 했네만 마음으론 그 집을 주가主家로 삼고 지금도 종으로서의 예의를 다하는 걸세."

홍계남은 불미한 출생까지 드러내어 자기를 위로하려는 유극량의 호의에 감격하지 않을 수 없었다.

그러기에 유극량의 죽음은 홍계남에게 심각한 충격이었다.

그러나 전쟁 중에 그런 감상에만 젖어 있을 순 없었다. 다음의 행동을 결정해야만 했다.

계남은 척후대의 보고를 분석 검토한 결과 임진강 쪽으로 진군한다는 것은 위험만 많고 얻는 것이 별로 없을 것이고 판단했다. 도원수 김명원이 이끄는 군사들은 패군지졸로서 기강을 잃었다는 것이니 당분간은 대적對敵할 수 없는 형편이었다. 패군지졸에 이편의 병력兵力을 보태 보았자 신통할 수가 없을 터였다.

"… 뿐만 아니라, 전선戰線은 전국적으로 확대되었다. 적이 없는 곳이 없다. 적이 있는 곳이면 그곳이 곧 싸움터이다. 경기와 충청 양도에 있는 적을 우선 목표로 하고 우리는 일단 한양 부근으로 돌아가 근거지를 만들어야 한다."

계남이 이같이 지시하고 배하부대配下部隊에 집결할 목표지점을 알리고 각기 행동하도록 명령을 내렸다.

그런데 적은 그 전투가 있고도 곧 도강하여 북진하지 않았다. 그 까닭은 그들의 능력이 모자랐던 탓이 아니고 강화講和의 뜻이 있었기 때문이었다.

적은 5월 15일에 이미 구화서求和書라는 것을 보내왔고, 우리가 이를 거절하자 다시 소서행장小西行長과 종의지의 연서連署로 된 문서를 보내왔다. 그 요지는, 일본과 명나라가 화의할 수 있도록 조선국이 노력한다면 병을 거두어 한양 바깥으로 나가 대기하겠다는 것이다. 그

14

가운데 다음과 같은 내용도 있다.

> 엊그제 글을 올려 강화를 요청하였는데 귀국이 믿지 않는 것도 무리는
> 아닙니다. 우리 군사가 만리풍파지난萬里風波之難과 강산지험江山之險
> 을 거쳐 한양에 들어온 뜻은 다름이 아니라 강화를 위한 것이었습니다.
> 우리 전하秀吉께선 길을 빌려 대명大明을 치고자 한 것입니다. 비록 제
> 장諸將이 명령을 받고 여기까지 나오긴 했지만 명나라까지 들어갈 생
> 각은 없습니다. 그런고로 귀국과 화친한 후 귀국의 힘을 빌려 대명과도
> 화친코자 하는 바입니다. 그렇게 되면 3국이 평안할 것 아닙니까. 사태
> 가 이렇게 된 것은 귀국이 인호지도隣好之道를 잃고 우리 군사를 막았
> 기 때문입니다. …

실로 어처구니없는 말이다. 놈들은, 조선을 칠 생각은 추호도 없고
명나라로 가는 길을 빌리자는 것뿐인데, 왜 군사를 동원해서 이를 막
았느냐고 지적하는 것이다. 남의 나라에 함부로 침입하고서, 이를 막
은 때문에 전쟁으로 되지 않았느냐고 트집을 잡은 셈이다.

이와 같은 문서를 믿지 않은 것은 당연하지만 그것을 계기로 대화의
길을 터 시간을 버는 술책으로 이용할 수는 있었을 것이 아닌가. 그런
데도 졸속한 용병用兵으로 병력을 소모하기만 하여 효과적인 전투태세
를 갖추지 못했다는 것은 통탄할 일이었다.

홍계남의 병력은 산간에 숨어 있는 패잔병을 포섭하기도 하고 새로
장정들을 입대시키기도 했으나 5백 명을 넘지 못했다. 그런 데다 병기

가 부족했다.

계남은 적의 집결지를 피해 길 아닌 길을 더듬어 광주 쪽으로 내려가며 '아아, 내게 2만 명의 군사가 있었으면' 하는 한탄을 마음속에 되풀이했다. 2만 명의 군사만 있으면 적의 주력이 임진강을 건너 북진을 시작할 때 일거에 한양을 탈환할 수 있을 것이란 자신을 가진 것이다.

한양을 탈환하기만 하면 전국적으로 사기를 돋우는 데 보람찬 의미를 가질 것이고, 적이 한양을 도로 뺏기 위해 사력을 다할 것인즉, 그 때문에 전전선全戰線에 허虛가 생길 것이 당연하니 전세를 만회하는 데 결정적인 역할을 할 것이었다.

"내게 2만의 병력만 있으면."

하는 마음이 어느덧 말로 나와 버렸다.

"2만 병력이 있으면 어떻게 하시겠수?"

말을 나란히 타고 가던 조인식이 물었다.

"한양을 탈환하겠어."

"어떻게요."

"이따 숙소에 들러 얘기를 하지."

행군하는 동안엔 소리가 없어야 했으므로 계남이 이렇게 말했다.

그날 밤 민가를 피해 야영을 하면서 홍계남이 한양탈환의 계획을 피력했다.

"2만의 병력 가운데서 천 명가량을 일반 백성으로 가장하여 미리 한양 내에 침입시킨다. 각각 천 명으로 성문을 공격한다. 적이 성문에서 방전하고 틈을 타서 북악 쪽 성벽을 넘어 일거에 쇄도한다. …"

계남은 한양의 지리를 소상하게 설명하여 구체적인 작전계획을 들먹었다.

"과연 그럴듯하구먼요."

조인식이 탄복했다.

"지금 한양에선 여우같은 놈들이 왜적에 아부하여 별의별 간악한 짓을 다 한다고 하니 우선 그놈들을 잡아내선 코를 꿰어 성중을 한 바퀴 돌렸으면 속이 후련하겠습니다."

"그러나 군사 5백에 미달한 수를 갖곤 어림도 없어."

"불원 부장님의 명성이 전국에 뻗칠 터인즉 2만의 군사는 수월하게 모을 수 있을 겁니다."

"그러기 전에 나라가 파탄나면 무엇이 되겠는가."

홍계남은 한응인의 부하였다는 자가 전한 평양의 사정을 뇌리에 떠올리며 말했다. 조인식이 계남의 마음을 짐작했다.

"그처럼 인재가 없는 걸까요. 우리나라엔."

"왜 없겠나. 인재들이 맥을 못 추게 되어 있을 뿐이지."

"임금이 너무나 무능한 것 아닐까요?"

"그런 말은 말게."

"하도 억울해서 하는 말 아닙니까. 죽일 놈은 죽이지 않고, 상을 주어야 할 사람은 죽이고 하는 짓이 아무래도 마땅하지 않습니다."

대탄에서 죽은 신각을 염두에 두고 한 말이었다. 계남은 그런 짐작을 하면서도 점잖게 나무랐다.

"해보았자 쓸데없는 불평은 안 하는 것이 좋다. 그러나저러나 조 대정, 걱정 말게. 국운이 그토록 쇠하진 않을 것이니까."

광주廣州의 산속에 일시 근거를 두고 전세를 살피던 홍계남이 옥포玉浦에서 우리 수군水軍의 대첩이 있었다고 들은 것은 5월 그믐께였다. 5월 7일에 있은 승전 소식을 5월 말에 들었다면 너무나 늦은 느낌이 있지만 통신망이 두절된 상황으로선 도리가 없었다.

왜적의 육상군이 파죽지세로 북상하는 동안 그들의 수군은 등당고호藤堂高虎, 굴내씨선堀內氏善, 협판안치脇坂安治, 구귀가륭九鬼嘉隆, 가등고명加藤高明 등의 지휘 아래 가덕도 부근에서 전투태세를 정비하는 한편 인근의 마을을 겁략劫掠하고 있었다.

이런 상황을 파악한 경상 우수사 원균元均은, 전일 중과부적으로 부산포에서 철수한 함선을 재정비하여 적의 기선을 제할 작전을 세웠다.

이 작전에 따라 원균은 전라 좌수사 이순신李舜臣, 전라 우수사 이억기李億祺와 해안선에 임한 각지의 수령, 만호萬戶들에게 연락하여 그들의 합세를 요청했다.

한편 조정에서도 원균의 장계에 따라 원균과 합세하여 적을 무찌르라는 명령을 이순신을 비롯한 각지의 수령들에게 내렸었다.

이렇게 하여 형성된 우리의 연합 수군은 5월 7일 가덕도로 향해 가던 중 옥포玉浦 앞바다에서 적선을 포착하여 이를 기습하고 적의 함선 26척을 대파하는 전과를 올렸다.

이러한 초전初戰의 승리는 우리 수군의 사기를 앙양하는 것으로 되어 이윽고 연전연승하는 전과를 낳았지만, 이것이 북으로 전해지자 국민들의 사기도 크게 진작되었다.

홍계남이 이 소식을 듣고 옆에 있던 조인식을 보고 크게 기뻐했다.

"내가 뭐라던가. 우리 국운이 쇠하지 않을 것이라고 하지 않던가."

    계남이 수군의 승리를 더욱 기뻐한 또 하나의 이유는 자기가 원래 사모하고 좋아하던 이순신이 큼직한 공을 세웠다는 소식이 아울러 있었기 때문이다. 계남은 돼지와 닭을 잡아 멀리서 전해져 온 수군의 승리를 축하하는 연회를 베풀고 부하들을 다음과 같이 독려했다.

    "들은 바에 의하면 이순신 장군이 이끄는 우리의 수군이 남해에서 대승했다고 한다. 수군의 승리는 적의 연락로를 단절하는 것이어서 전세에 미치는 영향은 실로 크다. 그러니 우리는 버티고 또 버텨야 한다. 버티기만 하면 적들의 세는 쇠퇴하고 우리의 세는 올라가게 마련이다. 모두들 용기백배하여 나라를 위난에서 구해야 할 것이다. 우리가 이미 싸워 보지 않았느냐. 적은 별 게 아니다. 내가 이끄는 군사들이 일본놈들에게 져 본 일은 없지 않느냐. 비록 우리의 병력이 모자라 대적大敵을 상대하지 못했을망정 일단 싸웠다고 하면 꼭 이겼다. 앞으로도 그럴 것이니 각기 분발하기 바란다. …"

    전라감사 이광李洸이 4만의 병력을 이끌고 한양을 향해 올라오고 있다는 소식을 계남이 들은 것은 옥포해전 소식을 들은 바로 이틀 후의 일이다. 계남은 이광의 군과 합류하여 일대 작전을 전개할 양으로 먼저 척후대를 내어 사정을 살폈다. 척후대 대장으로 조인식이 자청해 나섰다. 조인식은 척후의 역할과 함께 이광과 연락할 책무까지 아울러졌다. 3일 후 돌아온 조인식의 보고는 다음과 같았다.

    전라감사 이광은 5월 상순 전라도의 병사 1만 8천 명을 이끌고 공주까지 올라왔다가 임금이 북쪽으로 떠났다는 소리를 듣고 퇴각한 적이 있다. 그러다가 임금이 행재소行在所에 안전하게 있다는 소식을 듣고 조방장 백광언白光彦이 '공은 많은 병정을 거느리고 있으면서 아무 일도 않고 보고만 있을 것이냐'고 협박하는 통에 마지못해 군사를 거느리고 올라오는 도중이다.

전라도 군은 다음과 같이 2종대로 나누어 북진하고 있다. 우종대의 총지휘관은 방어사 곽영이며, 선봉장은 조방장인 백광언, 중위장은 광주목사 권율權慄, 좌종대의 총지휘관은 이광, 선봉장은 조방장 이지시이며, 중위장은 나주목사 이경복이었다. 우종대는 전주 - 여산 - 공주 - 온양을, 좌종대는 전주 - 용인 - 임천 - 온양의 진로를 택했다.

이와 같은 보고가 있자 홍계남이 물었다.

"온양에 집결한 뒤에 어떻게 한다더냐."

"다음의 행동은 온양에 집결한 후 충청도 군과 경상도 군의 내도를 기다려 정할 작정인가 하옵니다."

"그럼 우리도 온양에 대표를 파견하여 작전의 일익을 맡아야 할 것이 아닌가."

"응당 그렇게 해야 할 것이지만 이광이란 자의 태도가 이상합니다. 우리 군사를 전혀 무시하고 같이 싸우려거든 이곳저곳의 하대下隊에 끼어 그 대장隊長의 지휘를 받으란 말이었습니다."

"이광이 그렇게 말하던가?"

"이광은 만나 주지도 않고, 서역書役하는 자의 말이었습니다."

계남이 팔짱을 끼었다. 이광의 태도는 분명히 계남을 무시하는 태도이다. 계남은 분통이 터질 지경이었다. 그러나 부하들 앞에서 그런 빛을 보일 순 없었다.

"그 사람들의 목표는 한양 탈환에 있는 것이 아닌가."

계남이 침착하게 말했다.

"4, 5만 병력을 동원하고 있으니 마땅히 그런 목적이 아니겠습니까."

"그럼 좋다. 우리는 온양으로 갈 것이 아니라 이 근처에서 대기하자. 이 근처에서 대기하다가 이광군과 적군과의 대전이 시작되면, 적군의 허를 찔러 한양을 공략하면 될 것이야. 온양까지 가서 의견만 대립하여 우리 군사의 사기를 꺾을 일이 아니라, 우리는 여기서 독자적으로 행동하자."

"그렇게 하는 것이 좋겠습니다."

"그런데 이광의 군으로서 한양 공략이 가능한 듯 보이던가."

"병력 5만이면 당당한 것 아닙니까. 그런 데다 군기와 물자가 풍성한 것으로 보았습니다."

"사기는 어떻던가."

"사기 또한 왕성했습니다. 그러나, 이광이란 사람이 너무 고루하고 거만해서 어디 … ."

"우릴 푸대접했다고 사람을 함부로 말해서야 쓰나. 솔직히 말하면 나 홍계남이 충성은 남 못지않다 하더라도 관작이 낮고 아직 무명의 인사가 아닌가. 일도의 순찰사가 어찌 상대하겠는가."

"그런 뜻만이 아닙니다. 선봉장 백광언이 사리에 맞는 진언을 하는데도 듣지 않고 외고집을 부린다 하니 그것도 걱정입니다."

하고 조인식이 다음과 같은 말을 했다.

이광이 수만의 대군을 전군, 중군, 후군만으로 나눠 장장 40, 50리에 걸친 대열을 짓고 진군하는데 그 모양은 흡사 양떼를 모는 듯하고 그 질서는 말이 아니었다. 이를테면 전쟁하러 가는 군사의 대열이라기보다

장마당으로 향하는 장꾼들의 무리와 같았다.

그래서 선봉장 백광언이 진언했다.

"우리 군사가 비록 많기는 합니다만 모두 열읍列邑에서 모은 오합지졸에 불과합니다. 그러니 병력의 다소를 막론하고, 그 고을의 수령으로 하여금 그 고을의 병사를 지휘하게 하여, 이처럼 한곳에서 한꺼번에 거동하지 말고 10여 대로 나눠 각각 분둔分屯하게 하면, 혹여 일진一陣이 패하더라도 다른 진이 후원할 수 있게 되고, 또한 공격목표가 분산되어 적이 당황하게도 되는 것입니다. 이러면 결정적 대첩大捷은 어렵더라도 전군이 일시에 패하는 위험은 모면할 수 있을 것입니다."

"나는 나대로 생각한 것이 있네."

이광은 그 의견을 묵살하고 종전대로 양떼를 몰 듯 진군하기도 하고 한 군데서 밀집 주둔을 하기도 한다는 것이다.

계남이 이 얘기를 듣자 얼굴이 창백해지며 신음하듯 했다.

"모처럼의 대군이 또 궤멸되고 말겠구나. 그러한 오합지졸로서 무책無策으로 싸워 어찌 간교한 왜군에 대적할 수 있겠는가. 비통한 일이다. 지금이라도 늦지 않으니 무슨 수를 쓸 수 없을까."

"자기 선봉장의 말도 듣지 않는 이광을 누가 어떻게 하겠습니까."

"그렇다고 패배가 명약관화한데, 속수무책으로 보고만 있겠는가."

"그러나 어떻게 할 수 없는 일이옵니다. 우리가 할 수 있는 최선의 방책만을 취할 뿐입니다."

조인식의 말이 지당하다고 생각한 홍계남은 지형도를 꺼내 놓고 군사의 배치를 연구하기 시작했다.

광주, 양주 지역에서 양동작전陽動作戰으로 나와 적의 이목을 그쪽으

로 끌고 이광의 대군이 단 일보라도 가까이 한양에 접근할 수 있도록
하자는 것이다.

  이때 홍계남은 비로소 처음으로 행재소行在所에 장계를 올릴 결심을
했다. 자기의 군대를 정규편제 속에 들게 하거나 행재소, 즉 임금의 명
령을 직접 받아 행동하거나 하지 않을 경우 효과적인 작전을 수행할 수
없을 뿐 아니라, 싸워 이겨도 져도 전사자나 공로자들이 보람을 볼 수
없다고 느꼈기 때문이다.
  임진년 5월 25일자 홍계남의 장계는 다음과 같이 시작한다.

    전 5위 부장 홍계남은 행재지에 계시는 주상님께 삼가 절을 올리고 미
    충의 일단을 아뢸까 하옵니다.

  계남이 자기의 관직을 '전 5위 부장'이라고 쓴 것은 그동안 자기의 병
부상 신분에 변동이 있지 않을까 해서이고, 현직 5위 부장으로선 직속
상관을 통하지 않고 장계를 올리지 못하는데, 현재로선 자기의 직속상
관이 누구인지 알 수 없었기 때문이다. 계남의 장계는 다음과 같이 이
어진다.

    신은 지금 병 575명을 거느리고 광주산성에 있습니다. 이미 죽천, 충
    주 등지에서 적과 전투하여 비록 대첩은 아닐망정 몇 차례 소첩을 올린
    바 있습니다. 임진강에 회전會戰이 있다고 듣고 충주로부터 급거 달려
    갔던바, 전투는 이미 우리의 패전으로 끝나 있었습니다. 그래서 군의
    주류와 합류할 수 없어 한양의 탈환을 목표로 하고 광주 산중에 진을

치고 있는데, 전라 순찰사 이광이 대군을 이끌고 북상한다는 소식을 들고 부하를 파견하여 합세를 제의했던바 우리 군대를 해체하고 그 휘하대麾下隊에 분산 입대하라고 했습니다. 그러나 신이 그렇게 할 수 없었던 것은, 지금 신이 거느린 대다수의 군사는 신을 쫓아온 의병들이라서 신과 헤어졌을 경우, 과연 그 사기를 유지할 수 있을까 두려워서입니다. 그런고로 신은 양주, 광주 지역에서 양동陽動으로 적의 이목을 유인하여 이광군의 한양 접근을 용이하게 하는 한편, 이광군과 왜군이 한양 부근에서 접전이 있을 경우, 신의 군대는 적의 배후를 찔러 한양의 탈환을 꾀할까 하옵니다.

계남은 이 장계를, 전에 한응인의 군에 있다가 자기의 막하로 들어온 평안도 출신의 병사에게 맡겨 평양으로 보냈다.

이 사자使者의 출발은 왜군이 임진강을 건너 일제히 북상을 시작한 날과 때를 같이했다. 그리고 사자가 평양에 도착했을 때엔 왕은 이미 평양을 떠나 의주義州로 향하고 있었다. 이어 적의 1번대 소서행장은 6월 14일 대동강을 건너 평양에 입성하고 있었다. 국왕의 의주 출항은 이에 앞선 6월 11일.

그런데 계남이 장계에 기록한 이광의 대군은 6월 6일경에 용인에서 대패하고 말았으니, 장계는 결국 아무런 가치가 없었다. 선조가 미리 장계를 볼 수 있었더라면 홍계남의 그 후의 생애가 어떻게 진전되었는지 모를 일이다. 아무튼 계남의 장계는 임금에까지 가지 못했다.

6월 6일 아침, 이광군은 일제히 아침 식사를 하고 있었다. 이때에 적의 기습이 있었다. 전일 북두문상에서의 승진으로 우리를 깔보게 된 때문이었다. 선두 5명의 적병은 금가면金假面을 쓰고 등에 백색白色교룡기蛟龍旗를 짊어지고 있었다.

한편 방심하던 이광의 주력군은 이 급습을 받고 혼비백산하여 도망치기 시작했다. 충청병사 신익申翌이 도망가는 군사들의 앞장이었다. 그다음은 목불인견이었다. 인마가 서로 밟히고, 서로 살상하는 참변이었다. 이 가운데서 오직 질서를 지키고 대적하는 적을 무찌르고 정연하게 퇴각한 군대는 광주목사 권율이 이끄는 부대뿐이었다.

이 패보敗報가 행재소에 이르자 임금을 비롯하여 상하가 서로 장탄식만을 했다.

한편 불안을 느끼면서도 '그래도 5만의 대군이니' 하고 이광군의 한양 접근을 기다리던 홍계남은 이런 어처구니없는 결과를 전해 듣고 맥이 풀어졌다. 5만의 군사도 아깝거니와 일본군이 불태웠다는 군기가 아까웠다. 그러나 그런 아쉬움 속에서 가슴을 태우고만 있을 수 없었다. 조인식 이하 막료를 불렀다.

"우리는 이제 기다리고만 있을 순 없다. 견적필살見敵必殺의 거사를 시작해야 하겠다."

고 이르고 근거지를 수원으로 옮길 작정을 세웠다.

계남이 수원으로 이동할 계획을 세운 것은 용인 전투를 끝낸 일본군의 주력이 한 부분은 한양으로 돌아오고 한 부분은 수원으로 이동하고 있다고 들었기 때문이고, 도중에 이광의 패잔군이 잠복하고 있을 것이어서 그들을 수습할 목적도 있었다.

홍계남의 종래의 3대 편성에 특수대를 신편하여 야음을 타고 행군하

기 시작했다. 특수대는 언제나 주력부대에 앞질러 행군하고 주력부대
가 통과하는 좌편이나 우편에서 적에게 공격을 가하여 주력부대의 통
과를 안전하게 하기 위한 작전을 담당했다.

이 특수대의 대장은 신각이 대탄에서 형사刑死했을 무렵, 그 서러움
에 겨워 소속대를 빠져나온 신불申不이란 청년이었다. 신불은 신각의
총애를 받아 성 없이 지내던 처지에서 신각으로부터 신 씨申氏 성을 얻
은 천애고아인데 그 용맹과 체력은 능히 범인의 3배가 되었다.

"사사로운 정에 이끌려 경경하게 목숨을 버리는 것보다 나라를 위해
목숨을 소중히 하라."

신불은 자살할 각오로 도망친 것인데 홍계남의 막사로 온 뒤 계남의
훈계에 대오 각성하여 계남군에 자진 편입했다. 계남이 특수대를 편성
한 것은 오로지 신불을 위해서, 겸하여 신불을 믿고 한 것이다.

6월 10일 밤 홍계남군은 과천果川을 통과하고 있었다. 척후의 보고
에 의하면 과천령 근처에 적이 약 1천 명의 병력으로 진을 치고 있다고
했다. 과천은 한양의 남쪽 문턱이어서 적도 이곳을 상당히 중요시했
다. 밤이 2경쯤, 선발한 특수대 전령이 신불의 말을 전했다.

"과천령의 적 병력은 1천 명, 그 가운데 1백 명가량이 영의 사위를 경
호하는데, 오늘밤 놈들은 승전의 잔치로 대부분이 대취하고 있다. 3경
쯤에 이들을 급습하면 대단한 성과가 있을 줄 안다. 문제는 백 명으로
된 보초들인데 이것을 어떻게 처치하느냐에 있다."

과천령 정상엔 횃불이 밤하늘을 그을리듯 타오르고 있었다. 그것이
본진本陣일 것이었다. 계남은 그 횃불을 한동안 바라보고 있다가 전령
에게 말했다.

"시각은 3경이다. 암호는 파란이다. 부술 파破, 달걀 란卵. 영 근처 반 마정마다 전령을 세우라. '파'라고 외치면 신불은 동쪽을 쳐라."

그리고 조인식을 돌아보곤 말했다.

"용인의 원수를 여기서 갚자."

과천령 진지에 있던 왜군은 흑전장정黑田長政의 부장部將 세천융정細川隆正의 군사 2천 명이었다.

홍계남은 병사들을 야음夜陰에 익숙하게 한 후 초승달이 질 무렵을 택하여 3대로 나뉘어 포복 전진하여 적진에 근접했다. 그러기에 앞서 사방에 배치해 놓은 백 명가량의 적 보초들의 이목을 끌기 위해 군포 근처의 산언덕에 불을 질렀다. 군포의 그곳은 과천령 적진지에서 10리 밖에 있는 지점이었다. 화염과 더불어 수십 명의 군사들을 시켜 함성을 지르게 했는데 적의 보초들은 차츰 보초선을 확대하여 불의 정체를 알아보려고 이동했다.

그 틈을 타서 홍계남군은 적의 진지를 향해 기어올랐다. 진지 속의 적들은 대부분이 자고, 깨어 있는 자들은 먼 곳의 화염에 정신을 팔고 있었다. 2경이 조금 지난 무렵 '파'라는 암호가 날았다. '란'이란 응수가 곧 있었다.

신불이 지휘하는 특수대가 일제히 횃불에 불을 붙여 적의 진지를 향해 던졌다. 자고 있던 적병이 무슨 일인가고 뛰어 일어났지만 총칼을 손에 잡기에 앞서 수십 명이 특수대원의 칼날에 목을 날렸다.

적들이 특수대의 돌격에 정신을 팔고 있는 동안 서, 남, 북에서 기어 올라간 우리 군사가 들이닥쳤다. 문자 그대로 수라장이 되었다.

진지를 빠져나가 도망치는 적들은 지리를 모른 채 어둠속에 갈팡질팡하는데, 야음에 익숙한 우리 군사들은 기민하고 신속하게 행동했다.

소란 속에서 홍계남은 어느 군사가 외치는 소리를 들었다.

"적의 장수가 여기에 있습니다."

홍계남이 그쪽으로 뛰어갔다. 적의 장수는 4, 5명 부하들의 지원을 받으며 어느새 입었는지 갑옷을 받쳐 입고 장검을 휘두르고 있었다.

"모두들 물러서라. 도대체 네놈은 누구냐."

"쿠로다黑田의 부장 호소카와細川이다. 당신은 누구냐."

장검을 계남의 방향으로 겨눈 채 말했다.

"나는 홍계남이다."

"오오 홍계남 장군! 통신사로 일본에 왔을 때 당신의 무술을 본 적이 있소."

"그렇다면 항복할 텐가?"

"나는 항복을 모른다."

"나는 너를 살리고 싶다."

"나는 포로가 되진 않을 것이오. 자, 결판을 냅시다. 홍 장군과의 승부라면 부족할 것이 없소."

"괜한 고집으로 생명을 버리지 말고 항복하여 살길을 택하라."

홍계남은 들고 있던 장창長槍을 비스듬한 각도로 고쳐 쥐고, 다시 한 번 기회를 주었다.

그러나 세천細川은 대답 대신 '얏' 하는 외마디 소리를 지르고 장검으로 홍계남을 찔렀다. 순간 계남은 날쌔게 그 칼끝을 피했는데 계남의 장창이 세천의 가슴에 꽂혀 있었다. 세천은 '무념'無念이란 한마디를 토하고 땅바닥에 쓰러졌다.

　전투는 끝났다. 이곳저곳에 신음소리가 나고 피비린내가 흘렀다. 날이 밝아짐에 따라 그 근처 할 것 없이 산 전체에 시체가 뒹굴었다. 세천의 병사 2천 명 가운데 반수 이상이 죽고 나머지 반이 부상하고 2백 명가량이 간신히 도망쳤다는 사실을 알았다.

　도망친 놈은 그들의 본진으로 돌아가 전투의 결과를 알릴 것이었다. 계남은 빨리 군사들을 수습하여, 전사자는 가매장하고 부상자는 부축하여 수원 쪽으로 출발하여, 미리 알아 둔 산속에 잠복했다.

　해가 뜰 무렵 적의 원병이 들이닥쳤을 때는 누누이 그들 편의 시체만 남아 있을 뿐 홍계남군의 흔적은 물론 그 행방조차 알 수 없게 되어 있었다. 계남은 휴대한 식량으로 요기를 시켜 병정들을 잠깐 동안 잠자게 한 후 조인식과 신불을 데리고 조금 높은 지대의 숲 속에 몸을 가누고 과천 쪽을 바라보았다.

　"이번 싸움에 이긴 것은 순전히 신불, 자네 덕택이었다."

　"천만의 말씀입니다. 홍 부장님의 귀신 같은 전법과 용병이 거둔 승리입니다."

　"아무리 전법이 훌륭해도 부하들의 용맹이 없으면 아무 보람도 있을 수 없는 것 아닌가."

　"좋은 수령을 만나면 범부도 용맹한 군사가 되고, 시답잖은 수령을 만나면 용맹한 군사도 맥을 쓰지 못하지요."

　조인식이 말을 끼었다.

　"그보다도 부장님, 이번 전투의 경과를 상세히 써서 행재소에 치계

馳啓하심이 어떠하올지요."

신불의 말이었다.

"먼저 한 치계도 아무런 답이 없었고 ···. "

계남은 내키지 않는 표정을 지었다.

"먼저의 치계가 혹시 도착하지 못했는지도 모릅니다."

"그러나저러나 공功을 과시하는 것 같아서 어디···. "

"아니옵니다. 행재소에 치계해야 함은 두 가지 목적이 있습니다. 하나는 전국의 전황을 임금께서 파악해야 한다는 데 있고, 또 하나는 이번 승전의 소식으로 행재소의 사기를 올릴 필요가 있는 것입니다."

"치계를 올립시다."

조인식도 거들었다.

"그렇게 하지. 그리고 치계도 물론 필요하지만 우리 군사가 행한 그날그날의 일을 적어 두는 사람이 있어야 하겠구나."

"내 배하에 송지문宋之問이란 자가 있는데 그자의 필력筆力이 꽤 괜찮다고 보았습니다."

조인식의 대답이 있었다.

계남이 송지문을 불러 먼저 치계의 초안을 잡으라고 일렀다.

"자네를 기록관으로 명할까 하는데 지필묵은 있는가."

"학불성學不成이지만 지유존志猶存이기로 항상 지니고 다닙니다."

송지문의 이런 대답에 계남이 웃었다.

"'비록 학문을 성취하진 못했지만 뜻은 있습니다' 하면 될 것을 학불성 지유존이 뭔가."

송지문의 문장은 유려했지만 과장이 심하고 치밀하질 못했다. 가령 2천 명의 적병을 1만여라고 적고 전투의 묘사에도 허장성세虛張聲勢가 있었다. 계남이 일일이 첨삭하여 비로소 깔끔한 문장이 되었다. 송지문이 깜짝 놀라 고개를 숙였다.

"홍 부장님의 견식엔 탄복했습니다."

"내게 문장에 대한 견식이 있을 까닭이 없다. 다만 문文의 보람은 화華에 있는 것이 아니고 실實에 있다는 것을 알 뿐이다. 시詩는 상화賞花와 같고 문文은 구실求實이다. 뿐만 아니라 실實이라야만 신信을 얻는다. 신을 얻지 못한 문은 무문곡필舞文曲筆일 수밖에 없다. 앞으로 전황을 적을 때에 특히 명심해야 할 것은 우리의 실수를 극명히 해야 한다는 점이다. 적의 수를 완전히 파악하지 못했을 땐, 그 추측이 치밀해야 한다. 그리고 그 추측이 애매할 땐 언제이건 수를 적게 잡아야 한다. 전투에 임할 땐 적도 크게 잡고, 기록할 때엔 많은 적도 되도록이면 줄여 잡아야 하느니라."

계남의 장계가 발정한 것은 6월 중순, 그것을 맡아 간 사람은 신불이 이끄는 특수대에 있는 원창元昌과 이준호李俊豪이다. 이들 둘은 걸음이 빠를 뿐 아니라 사람의 눈을 피하는 재치가 비상했다. 오랫동안 화적火賊으로 돌아다니다가 난亂을 당하자 마음을 결심하고 계남의 진영에 자진 들어온 기발한 사람들이었다.

이 무렵 수전水戰에선 연전연승하고 있었다. 전라좌수사 이순신은 경상우수사 원균과 더불어 5월 29일 사천 선창을 급습하여 적함 13척을 깨뜨리고, 6월 2일엔 낭포해전에서 적함 21척을 격파하고, 5일엔 당항포에서 적함 26척을 대파했고, 6일엔 방답첨사 이순신李純信이 적의 잔당을 격멸한 쾌사가 있었다. 이어 6월 7일 이른 아침 3도수사의 연합함대 51척은 고성에서 가덕도에 이르는 해역에서 맹활약을 하여 적세를 거의 전멸상태로 몰아넣고 있었다.

이처럼 수군은 연전연승하는 데 반해 육군은 부분적으로 승전은 있었을망정 주력전에선 참담한 패배를 거듭했다.

6월 11일 임금은 평양을 버리고 의주로 향했다. 이때 평양성민의 비통은 이루 형언할 수 없었는데 좌의정 윤두수는 눈물을 흘리며 임금에게 호소하였다.

"평양을 버리는 것은 불가하옵니다. 이렇게 북도北道로 간다면 이윽고 갈 곳이 없어지고 말 것입니다. 그러니 불가불 압록강을 건너갈 수밖에 없는데, 그렇게 하여 투생偸生을 피할 수 있을지 모르나 그 후가 어떻게 되겠습니까. 이 평양은 웅대하고 부유한 대진大鎭이고, 사면이 절험絶險하고 군사 또한 정용하고, 그 수도 1만 명을 넘습니다. 그리고 성중엔 장사가 1천 명을 넘사오니 이곳을 지켜야만 합니다. 만일 여기를 일보라도 떠나신다면 나랏일은 그만입니다."

그러나 임금은 이 읍소泣訴를 듣지 않았다.

홍계남이 군사를 광교산 속으로 이동시켜 놓고, 다음의 작전을 연구하고 있을 무렵 소서행장을 비롯한 왜장들은 군사를 이끌고 평양을 지호지간指呼之間으로 바라보는 곳까지 진출하였다.

임금은 당황하여 어찌할 줄을 몰랐다. 창피스런 장면이 연속되기만 했다. 이런 일이 있었다.

경기도에서 이일이 장계를 보내왔다.

"신이 군사 3천 명을 거느리고 행재지로 가고자 하니 원하옵건대 조정에서는 평양을 고수하시옵고 다른 계책을 마시옵소서."

이 장계를 읽고 용기를 얻은 조신朝臣들은, 죽기를 맹세하고 평양을 지킬 결의를 했다. 결의가 있은 끝에 임금이 우의정 유홍兪泓에게 일렀다.

"경이 평양에 남아 평양을 지키시오."

"호조판서 이성중을 부장副將으로 임명해 주십시오. 신은 원래 몸이 약하오니 대임을 맡을 수 있을는지 모르겠습니다."

유홍은 당황하여 이렇게 아뢰며 우물쭈물했다.

이때 좌의정 윤두수가 임금이 평양을 떠남은 불가하다고 했는데 임금의 얼굴은 창백했다. 뒤에 정철이 윤두수에게 말했다.

"좌상의 말씀은 옳소만 아까 상감의 안색을 보지 않았소. 그런 처지에 어찌 상감을 만류할 수가 있겠소."

"일시적인 감정만으로 될 일이나 하오. 우리가 일찍이 서울을 고수할 계책에 철저했더라면 오늘 이 꼴은 당하지 않았을 것이오. 그런 고루한 말은 하지도 마시오."

윤두수가 고함을 치니 정철이 말을 못했다.

그런데 가소로운 것은 이일이었다. 자기가 가서 평양을 지키겠다고 큰 소리를 친 이일이 평양에 나타났을 땐 볼품없는 패잔병의 몰골이었던 것이다. 유성룡의 《징비록》은 이렇게 전한다.

이일이 평양에 도착하였다. 이일은 충주에서 패하여 강을 건너 강원도를 거쳐 전전하며 행재소에 도착한 것이다. 이때 제장諸將은 서울에서 남하하여 혹은 죽고, 혹은 도주하여 한 사람, 임금에게 호종하는 자가 없었다. 적이 곧 쳐들어온다고 하여 인심은 흉흉했다. 이일은 무장으로서 이름이 높았기 때문에 패주敗走의 몸이긴 했으나 그가 온다고 듣고 기뻐하지 않는 자가 없다. 그런데 이일은 상민들이 쓰는 평량자平凉子를 쓰고 동저고리 바람으로 짚신을 끌고 왔다. 그의 얼굴은 너무나 초췌해 있어 사람들은 그의 몰골을 보고 탄식했다. 나는 평양 사람들이 당신만을 기대하고 있는데 당신이 그런 꼴이 돼서야 되겠느냐 하고 남색의 첩리帖裡를 주었다. 제신들도 각각 어느 사람은 종립鬉笠을, 어느 사람은 은정자銀頂子 채영彩纓 등을 내주어 복색만은 갖추게 되었는데 신발은 여전히 짚신이었다. 나는 웃으며 '금의錦衣에 짚신은 어울리지 않는군' 했더니 모두들 웃었다. … 이윽고 적이 대동강 저편에 왔다는 소식을 듣고 이일에게 강 얕은 쪽을 지키게 했는데 살펴본즉 이일은 아직도 출발하지 않고 있었다. 나는 윤두수에게 그의 출발을 재촉케 했다. 그러자 이일은 겨우 출발했다. …

이미 말한 대로 6월 11일, 임금은 평양을 떠났다. 배행한 사람은 영의정 최흥원과 노신 정철이었다.

대가大駕가 숙천에 도착했을 때 또 한 번 회의가 있었다. 함경도로 갈 것인가, 다른 곳으로 갈 것인가 하는 문제와 왕비를 어떻게 할 것인가 하는 문제를 토의했다. 이 회의에서 뭐니뭐니 해도 명나라 군사를 청하는 일이 중요하니 대사헌 이덕형을 청원사로 보내기로 결의했다.

12일에 임금의 일행은 안주에 도착했다. 백성들은 이미 도망쳐 버리고, 우왕좌왕하는 것은 도망병들이었다. 뜬눈으로 이곳에서 밤을 지내고 13일 영변으로 갔다. 이곳 성민들도 도망쳐 버리고 없었다. 판관判

官 황기黃沂가 소식을 듣고 달려왔지만 뾰족한 수가 난 것은 아니다. 임금을 비롯하여 모두들 굶을 수밖에 없었다.

이날 밤 한응인의 보고가 있었다.

"적은 이미 강동외탄까지 나와 있어 여울 하나를 사이에 두고 대적對敵하고 있는 형편입니다."

이때 임금이 좌우를 둘러보고 말했다.

"오늘의 상황으로선 어떻게 할 도리가 없구나. 내가 세자世子와 함께 같이 간다면 아무런 가망도 없다. 나와 세자는 길을 나누어 가는 것이 상책일 것 같다. 부자가 같이 압록강을 건넌다면 나라엔 주인이 없게 될 것이니 세자는 이 땅에 남아 묘사주廟社主를 받들고 사방에 호소呼召하여 부흥을 도모하라."

다음 날 14일, 임금과 세자는 분행分行하길 결정하고 각각 따라갈 사람을 정했다. 임금은 늙고 병든 사람을 제외하고 건강한 사람만 선택했다. 이 선택에서 제외된 지평指平 이정신李廷信은 '신은 마땅히 대가大駕를 따라야 하나이다' 하고 울부짖었고, 전호판前戶判 한준은 임금과 동행할 선에 들었는데 낙마落馬하여 상처를 입었다는 핑계를 대고 성 밖으로 나가 버렸다.

임금과 세자 사이에 한바탕 수탄장愁嘆場이 있었다.

"나라의 일이 이미 여기에 이르렀으니 다시 더 가망이 없구나. 우리 부자가 한곳에 같이 간다면 만일에 무슨 일을 당했을 경우, 낭패가 아닌가. 이제 나는 상국에 가서 호소할 작정이다. 세자는 묘사주를 받들고 급히 강계 등지로 내려가 회복을 도모함이 옳을 것이니라."

세자는 답을 못하고 통곡했다. 주위의 신하들도 모두 눈물을 흘렀다.

15일, 왕은 묘사주에 하직하며 세자를 모시는 관속들에게 일렀다.

"나랏일은 세자의 몸 하나에 달려 있으니 경들은 합심협력하여 세자를 잘 보좌하여 재거再擧를 도모하라."

17일, 임금은 국사를 세자에게 맡길 뜻을 밝혔고, 18일엔 정주를 떠나 곽산으로 향했다. 곽산에서 유성룡에게 요동으로 가서 명나라에 내부內附(망명) 할 뜻을 밝혔다. 임금은 15일 이미 명나라에 내부할 뜻을 관전보寬奠堡에 있는 명나라 부총병副總兵 동양정佟養正에게 '궁빈宮嬪을 이끌고 상국에 내부코자 한다'고 전해 놓고 있었다.

동양정은 요동遼東 순무어사巡撫御使 학걸郝杰에게 품신했다.

"조선 국왕이 패하여 나라를 버리고 무리를 거느린 다음 요동으로 들어오고자 하는데 어떻게 처치하리까."

학걸은 이것을 본국 정부에 전했다.

명나라 병부상서 석성石星이 황제에게 아뢨다.

"조선 국왕이 과연 병력이 부족하여 내부를 청한 것인지 의심되오니 요동진에서 사람을 보내 살펴볼 필요가 있습니다. 만일 조선왕이 조선을 떠나 이리로 오면 조선국은 망합니다. 험악한 지형을 고수하여 왜적에게 항거하고 있으면 곧 응원병을 보낼 것이란 뜻을 전하고자 합니다. 만일 조선이 끝내 위태로워 도망쳐 온다면 인정상 이를 거부할 순 없는 것이니 칙명을 내려 용납하시길 바라오나, 인원수는 1백 명을 넘지 못하게 제한하는 것이 좋을 듯합니다."

석성의 상주가 있자 신종황제의 칙령이 내려졌다. 요지는 —

왜적이 조선을 함몰하여 국왕이 도피하고 있다니 측은하도다. 원병을 곧 보낼 것이니, 사람을 시켜 그 나라 대신을 선유하여 그들로 하여금 진충호국盡忠護國토록 하고, 각처에 흩어져 있는 병마를 독집하여 성지를 고수하고 끝까지 항쟁토록 하여, 앉아서 나라의 상망喪亡을 보지 말도록 하라. …

당시 명나라는 조선의 사정에 깊은 의혹을 품었기 때문에 가볍게 행동하려 들지 않았다. 왜군에 조선병이 많이 섞여 향도의 역할을 다하고 있다는 소문이 퍼졌고, 대체로 조선병을 신용할 수 없다는 정보도 유포되었다.

심지어는 내부內附를 바라는 조선왕은 가짜 왕일지 모른다고 하는 자가 있었다. 우선 그 사실부터 밝히기로 하고 명조明朝에선 송국신宋國臣을 차관差官으로 보냈다. 그는 학사 황홍헌黃洪憲의 가정家丁이었는데 일찍이 황 학사를 따라 조선에 간 일이 있고, 그때 임금을 뵌 적이 있어 선조의 얼굴을 안다기에 그를 보낸 것이다.

일개 학사의 가정이 임금의 진부를 조사하게 된 것이니 창피막심한 일이나 그런 것을 따질 도리는 없었다. 송국신은 돌아가 왕은 가짜가 아니고 진짜라고 일렀으나 요동으로 건너오는 것은 허락하지 않고 '국왕은 사직을 중하게 여기고 멀리 떠나오지 말라'는 통첩을 보냈다.

그래도 임금은 24일 요동으로 건너가겠다고 소리소리 쳤다. 대신들은 입을 모아 아뢨다.

"이런 말이 바깥으로 새어 나가면 신민들이 놀라고 당황하여 그 혼란은 수습할 길이 없을 것입니다. 적이 근접해 온다고 해도 하삼도下三道

가 아직 온전하옵고, 강원도와 함경도도 아직 별 탈이 없습니다. 요동 사람들은 풍속과 언어가 우리와 다르옵니다. 그런 곳에 납시어 그들의 소모笑侮와 무례無禮를 어찌 감당할 것이며 풍토와 음식을 어떻게 견디시려 하시옵니까. 또한 명나라 군사가 온다고 하면 이들을 향도하는 우리의 군사가 있어야 하지 않겠사옵니까. 이 향도군을 모으는 것이 급선무입니다. 의주에는 사병 1천 명이 있고, 과거를 보면 일시에 소집할 수가 있습니다. 병조에서 내일 시사試射를 실시하겠사오니 상감께선 잠깐 이곳에 계시다가, 적의 상황을 살피신 다음 강 위로 올라가셔서 벽동碧潼에 며칠을 유하시고, 때에 따라선 그 길로 함흥으로 갈 수도 있사옵니다."

임금은 할 수 없이 그 의견에 따르지 않을 수 없었다. 이윽고 임금은 명나라에서 수행인원을 제한하고 거처로선 관전보의 빈집을 제공하겠다는 말을 듣고 요동으로 건너갈 생각을 포기했다.

바라고 바랐던 명나라의 원병이 압록강을 건너온 것은 6월 24일. 그 선봉장은 참군參軍 곽몽징郭夢徵이었다. 이날 임금은 의주 서문 밖에서 이들을 출영하고 용만관에서 예식을 거행했다. 신종황제는 2만 냥을 임금에게 보내오고, 대홍저사大紅紵絲 두 표리表裏를 보내어 위로의 뜻을 표했다. 명나라에서 원병이 들어왔다는 소식은 삽시간에 전국 방방곡곡에 퍼졌다. 국내의 사기가 일시에 진작된 느낌이었다.

이때 일본군의 진격 상황은 다음과 같다.

소서행장 평안도(평양 이남), 가등청정(함경도 북진 중), 흑전장정(황해도 평양에서 남하), 복도정칙福島正則(충청도, 경기도 일부), 모리길성毛利吉成(강원도, 유격 활동), 우희다수가宇喜多秀家(경기도, 한양 중심), 그리고 각지 점령지구엔 5백 내지 2천 명의 주둔군을 배치하고 있었다.

용인전투 후 이광을 파직하고 권율이 전라감사 겸 순찰사가 되었고, 충청병사 신익을 백의종군케 하고 이광 또한 백의종군케 했다.

홍계남은 행재지로 장계를 올리는 한편 경기감사 권징權徵에게 연락을 취해 작전계획을 짜는 동시에 정식 편제로 허락받으려고 했으나 무시당한 채 있었다. 군공軍功은 혁혁한데 이른바 정규군이 아니라고 하여 되도록이면 무시하려고 들었던 것이다.

홍계남은 하는 수 없이 이천부사 변응성邊應星에게 사람을 보내어 상호 연락을 취할 것을 청했다. 그런데 변응성은 계남에게 부하와 더불어 자기의 지휘권하로 들어오라는 해괴한 답서를 보내왔다.

조인식이 그 답서를 보자 흥분하여 당장에라도 가서 변응성을 찔러 죽이겠다고 서둘렀다. 계남이 이를 만류하고 간절히 말했다.

"변 부사는 보통의 부사완 다르다. 담력 있고, 총명하매 기필코 전쟁에서 나라에 이바지함이 클 것이다. 우리를 모르는 까닭에 그런 답서를 쓴 것이지 알고서야 어디 그런 편지를 썼겠는가. 대의를 위해 소분小憤을 참도록 하자. 지금은 사감으로 행동할 때가 아니다."

"과천령의 전투를 이미 알고 있을 것 아니오. 홍 부장의 공로도 알겠지요? 그런데 그 일에 관해선 한마디의 치사도 없이 우리를 그의 배하가 되라고 하니 이런 억울한 일이 있을 수 있소이까. 대의는 크고 소분은 작다고 하나 공은 공대로 알아줘야 할 것이 아니오이까."

조인식이 계남의 손을 잡고 통곡했다.

"누가 알아준다, 안 알아준다는 게 대의와 무슨 관계가 있을꼬."

"나는 다만 홍 부장이 안타까울 뿐입니다."

조인식이 손등으로 눈물을 뿌리쳤다.

"외로운 것은 나의 운명일세. 고독한 것은 나의 팔자일세. 나를 안타깝게 생각하지 말게."

홍계남이 조인식의 등을 두드렸다. 이 광경을 신불이 멀리서 보고 섰더니 뚜벅 가까이에 와서 눈물을 글썽했다.

"우리 울분은 왜놈 죽이는 데 풉시다."

신불도 고독한 영웅 홍계남의 심중을 짐작했던 것이다.

그날 밤 홍계남의 부대는 광교산에서 20리 밖에 있는 동화역同化驛을 급습하여 적 주둔병 30명의 목을 베고 조총 10정을 노획했다. 이로써 홍계남군이 노획한 조총의 수는 2백 정이 넘었는데 유감스런 것은 화약의 부족이었다. 신불은 화약을 입수하기 위해 우희다宇喜多의 본진本陣을 치자고 건의했다.

우희다의 본진은 한양 안과 한양 밖 두 군데로 나뉘어 각각 1만 명가량의 병력으로 편성되어 있었다.

단병 5백으로 2만의 적을 친다는 것은 상상 밖의 일이므로 계남은 신불을 만류했다.

"신 장사 같은 사람이 스물만 있으면 한번 해보겠지만 … 일당백의 장사니까 능히 2만 명을 무찌를 수 있지 않겠는가. 그런데 불행하게도 신 장사는 하나뿐이니 … ."

신불은 어느덧 계남에게 육친과 다름없는 정을 느끼고 있었다.

"그럼 부장님 어떻겠습니까. 몇 사람, 날쌘 놈을 보내서 화약을 훔쳐오면….."

"터무니없는 소리 하지도 말게."

신불은 자기의 특수대 안엔 귀신 같은 도둑놈이 셋이나 있다며 한번 시험해 보라고 했다. 계남이 망설였다.

"부장님께선 조총을 아무리 많이 가지고 있어도 화약이 없으면 소용없다고 하시지 않았습니까."

조인식이 말했다.

"아무리 신출귀몰한 도둑들을 가지고 있다고 해도 수천 명이 지키는 무기고를 털 수야 있겠나. 본인들이 지망해서 한다면 몰라도 억지로 시킬 순 없다. 그보다도 내 얘기를 하나 하지."

계남이 시작한 얘기는 지금 한양을 점령한 적의 괴수 우희다에 관한 것이었다.

"우희다는 풍신수길의 양아들이다. 놈들의 문자론 유자猶子라고 하더구면. 아들과 같다는 뜻일 거야. 그런데 그자에 대한 수길의 애착이 대단한 것 같아. 우희다의 애비가 죽고 나선 그 어미를 수길이 첩실로 삼았지. 왜놈들의 불륜이란 말할 것도 없어. 그런데 우희다는 잘생긴 놈이야. 총명하기도 하고. 나완 대단히 친했던 사이기도 해. 일본에선 특히 수길의 양자인 수차秀次와 더 친했지만 인품은 우희다가 훨씬 나아. 그놈을 어떻게 사로잡아 인질로 할 수만 있다면 수길은 당장에 항복할 거라. 그처럼 수길을 우희다를 사랑하고 있어."

그러자 신불이 손뼉을 쳤다.

"그것 한번 해봅시다."

"신불은 성이 급한 게 흠이라. 어떻게 2만 병사를 이끄는 장수를 사로잡겠는가?"

"방법이 있습죠. 일본서 서로 친했다고 하셨으니까, 옛정을 잊을 수 없다는 투로 편지를 써서 우희다를 초청하는 겁니다. 《삼국지》에 보면 적장끼리 서로 초대하여 허허실실의 잔치를 하지 않습니까. 그대로 권해 보는 겁니다. 부하를 1백 명쯤 데리고 나오라지요. 만일 그 초청에 응해 주기만 하면 남은 일은 저에게 맡기고서. 감쪽같이 그놈을 사로잡아 버릴 거니까 ….."

홍계남이 신불이 한창 주워섬기는 말을 빙그레 듣고만 있었다. 그러나 속으론 격심한 동요가 일고 있었다. 한번 해볼 만한 일이다.

신불의 꾀는 계남의 마음을 솔깃하게 만들었다. 계남이 아는 우희다 수가는 나이 20세를 조금 지났을 정도의 미장부美丈夫로서 구김살이라곤 전혀 없는 활달한 성격의 소유자였다.

홍계남은 '지금 내가 그를 초빙하면 응해 줄까?' 하는 생각을 해 봤다. 만일 응해만 준다면 무슨 수를 쓰더라도 그를 인질로 해 놓고 풍신수길로 하여금 병兵을 철수시키는 명령을 내리게 할 수도 있지 않을까. 계남은 우희다를 만날 경우 할 말을 앞질러 간추려 보는 마음으로 되기도 했다.

'우희다 공, 당신들이 우리나라에 쳐들어와 이득 본 것이 무엇이오. 피차 수많은 생명을 잃었지 않소. 우리나라를 도탄의 늪 속으로 몰아넣지 않았소. 당신들의 죄상은 참으로 용서할 수 없구료. 앞으로 이런 죄를 계속 지을 참이오? 당신은 나의 인질이 되어 줘야 하겠소. …'

그렇게 되었을 때의 우희다의 반응이 눈에 보이는 것 같았다. 한마디로 말해 우희다가 홍계남의 인질이 된다는 것은 1백만 석 영주領主로서의 신분을 포기한다는 것이고, 남아로서의 명예를 영원히 짓밟힌 것으로 된다.

그러니 어떠한 명분을 들이댄다고 해도 우희다는 홍계남의 인질되기를 수긍하지 않을 것이었다. 뿐만 아니라 그의 부하들이 용납하지 않을 것이었다. 유일한 방법은 무력으로 제압하거나 함정을 만들어 사로잡거나 할 방법밖에 없는데 그것이 쉽지 않을 것이다.

"한 가지 방법이 있습니다."

신불이 다음과 같은 제안을 했다. 박정세라고 하는 불평분자가 우희다에게 붙어 갖은 아첨을 하는데 금품으로 그놈을 매수하여 하룻밤 강상유江上遊를 시도해 볼 수 있지 않을까 하는 것이었다. 일본에서의 교의를 들먹여, 전쟁을 확대하지 않을 방도를 숙의하자는 의도를 곁들여 초청하면 혹시 가능하지 않을까. 다음의 문제는 그때 가서 연구할 작정으로 하면 어떨까 하는 것이 신불의 의견이었다.

옆에서 듣고 있던 조인식이 이견異見을 달았다.

"아마 무망할 것이오. 상대편은 그래도 일방의 대장大將이고, 홍 부장은 아직 조정의 관작도 없는 별동군別動軍의 수령일 뿐인데 명분상 상대가 되지 않소. 왜놈은 계급과 관작에 관해선 심히 까다로운 놈들이오. 비록 옛정이 있다고 하나 격식에 맞지 않는 초대는 받지 않을 것이오. 왕명王命을 받은 무슨 문서가 있으면 또 모르지만."

그것도 그럴 것이었다. 일본은 누차 화의和議의 문서를 조정에 보내오고 있다니까 왕명을 받은 사신使臣이라면 모르되, 신분상에 현격이 있는데 단순한 지면知面 또는 옛날의 교의交誼만으로써 전쟁 중에 일개 별동대 수령의 제안을 호락호락 받아들이진 않을 것이었다.

"꿩 잡는 게 매라고 그놈을 사로잡을 수만 있다면 될 것이 아니오. 왕명을 위작한 문서로 한번 시도해 보는 것이 어떻겠습니까."

신불이 끈덕지게 나왔다.

"칙명을 위작한다는 건 사죄死罪를 당할 일이오. 하물며 결과도 모를 일로 왕명을 위조한다는 건 천부당만부당하오."

조인식이 강경하게 맞섰다.

신불은 원래 무뢰한 속에서 무뢰하게 자란 사람이라 만용만을 믿고 서두른다. 홍계남은 조인식의 의견을 옳다고 하고 신불에게 타일렀다.

"아무리 뜻이 좋아도 왕명을 위조하는 것은 안 된다. 달리 방도를 생각해 보자."

"그렇다면. 어떻게든 화약을 빼앗아야 할 게 아닙니까. 조총 2백 자루도 화약 없인 썩은 막대기가 될 뿐이오. 홍 부장께서 우희다에게 보내는 편지를 쓰시오. 그 편지를 전하는 구실로 놈들의 진중으로 들어가 얼마간의 화약을 훔쳐내 오겠소. 놈들이 아무리 경우가 없는 놈들이기로서니 문서를 전달하러 가는 군사軍使를 죽이기야 하겠소. 다음 일은 제게 맡기시고 편지를 쓰시오."

신불에겐 무언가 믿는 것이 있는 모양이었지만 홍계남의 마음은 내키지 않았다.

"신 공, 나는 자네를 그만한 목적으로 위지危地에 보내고 싶지 않다. 화약이 없다면 조총을 쓰지 않으면 그만일세. 언제 우리가 조총 믿고 싸움을 했나."

"조총 한 자루가 궁수弓手 1백 명을 당하는 사실을 우리는 익히 보지 않았습니까. 우리가 왜놈에게 이기는 방법은 놈들의 조총을 빼앗아 놈들에게 불콩을 먹이는 수단밖에 없습니다. 제겐 책략이 있습니다. 더는 말씀 마시고 홍 부장님의 서장書狀을 만들어 주옵소서."

"그럼 먼저 그 책략을 말해 보게나."

"그건 돌아와서 말씀드리겠습니다."

신불은 고집을 꺾지 않았다. 그 고집을 억지로 꺾으려다간 좋지 못한 결과가 있을 것 같아서 계남은 문장에 능한 송지문을 불러 다음과 같이 구술하여 서장을 만들었다.

"우희다수가 대장에게 고하노라. 본인이 일본에 있었을 때의 후의厚誼에 감사하기엔 귀하들의 우리나라에 대한 행패가 너무나 심하오. 귀하는 제장諸將과 의논하여 즉시 병을 거느리고 당신의 나라로 돌아가시오. 가능하다면 귀국과 우리의 화의를 위해 의논하고 싶소. 그래서 나의 부하 신불을 귀하에게 보내니 화답하시오. 동시에 하나의 청이 있나니 나의 소중한 권솔이 한양 부중에 있어 신불로 하여금 그 안부를 살피게 하고 싶소. 신불이 한양에 머무는 동안 행동에 지장이 없도록 귀하의 각별한 배려가 있기를 바라오. 신불은 종자 10명을 거느리고 갈 것이오. 그 종자들에게 대해서도 같은 배려가 있을 것으로 믿소. 끝으로 원하는 바는 시일을 공연히 천연하여 죄장罪障을 거듭할 것이 아니라 한시바삐 우리나라에서 철수하는 일입니다. 피차의 불행을 무슨 까닭으로 계속 견디어야 합니까."

4월에 상륙하여 6월도 그믐이 가까울 무렵 왜군은 팔도강산을 거의 석권席卷하여 그 기세 자못 높았지만 지휘자들의 심정엔 차츰 낭패의 기색이 돋아났다.

그들 나라에서의 싸움과는 전혀 양상이 달랐던 것이다. 그들 나라에선 오늘 일성一城을 함락하면, 이튿날 항복이 있고, 항복이 있으면 그 지방의 백성은 모조리 정벌군의 장군 앞에 습복慴伏하는 것이 통례通例이다. 그런데 조선은 그렇지가 않았다. 비록 8도를 석권했다고는 하나 그것은 점點과 선線에 불과했다. 그리고 그 점과 선은 유격군遊擊軍에 의해 언제 공격당할지 모르는 위험에 놓여 있었다. 그런 까닭에 점령지라도 해도 촌각도 안심할 수가 없었다. 그러니 20만 대군을 거느리고 왔다고 하나 조선 8도에 깔아 놓으면 요요한 모래알일 수밖에 없었다. 설혹 2백 만의 대군을 데리고 온다고 해도 사정은 같을 것이다.

연일 승전한다고 해도 사람을 죽인 숫자만 불었지 실리實利라곤 없었다. 조선 사람을 다 죽인다고 해도 사정은 마찬가지일 것 같았다. 왜적은 비로소 늪과 같은 전쟁에 빠져들었다는 생각으로 초조하게 되었다. 그런 사정을 본국에 있는 풍신수길이 알 까닭이 없었다. 그렇다고 해서 그런 사정을 본국에 보고할 수도 없었다. 왜적의 장군들 가운데도 특히 소서행장과 우희다수가는 어떠한 술책을 써서라도 화의和議밖에 없다는 마음으로 굳어져 가고 있었다.

그런 무렵에 홍계남의 서장을 받은 우희다수가는 내심 솔깃했다. 그래서 신불에겐 수삼 일 후 대답하겠다고 하고 계남의 청대로 한양에서의 그들의 행동에 자유를 주었다. 10명 내외의 사람으로 무슨 짓을 할 수 있을까, 하는 멸시감이 작용한 것도 사실이었다.

기록에 의하면 우희다는 홍계남의 편지를 막료들에게 보여주었다.

"무인武人 홍계남이 훌륭한 줄은 일찍이 알고 있었지만, 문인 홍계남이 면목이 이처럼 선명한 줄은 이제야 알았다."

그러나 막료들은 홍계남과의 화의교섭엔 강력하게 반대했다.

"일개 5위부의 부장과 총대장總大將이 화의의 자리에 앉는다면 우리의 약점을 폭로하는 결과 이상이 될 수는 없고, 고금의 예例로서도 그런 격단으로 현격한 지위에 있는 자들로서 화의의 자리에 앉은 적이 없습니다. 설사 홍계남이 항복해 온다고 하더라도 총대장께선 접견해선 안 됩니다."

왜적의 경우 우희다수가 같은 총대장에겐 군사상의 실권은 없다. 인간의 형체를 한 깃발과 다름과 없다. 군사상의 실권은 막료들이 장악하고 있었다. 그러나 억지를 쓰면 안 될 일은 아니었지만, 우희다수가의 성격이 막료들의 반대를 무릅쓰고까지 독단적으로 일을 결행할 수 있는, 그런 것이 아니었다.

우희다수가는 화의하자는 계남의 청을 들어주지 못한 반면 신불과 그 부하들에겐 통감증을 발행하여 10일간을 기한으로 한양에 머무는 동안 그 자유를 제한하지 말도록 휘하부대에 통첩을 내렸다.

일견 관대한 이러한 처사는 홍계남과의 우의를 위한 것이라기보다 그들의 점령하에 있는 한양이 주민들을 위해 얼마나 안온한가를 보여줌으로써 일종의 선전효과를 노린 것이었다.

그들은 서울을 점령하자 양민을 보호한다는 방을 돌렸다. 그리고 그들을 해치지 않는 한 주민들을 보호하려고 했다. 통감증을 주어 4대문의 출입을 자유화시키는 동시에 마음대로 상업에 종사하도록 했다. 그런 까닭에 피란생활에 지쳐 있던 사람들이 속속 한양으로 몰려들었다.

신불과 그 부하가 먼저 한 일은 적의 배치와 분포였다. 그런 결과 다음과 같은 사실을 알았다. 이들이 한양 내에서 장악한 병사의 수는 약 1만, 한양 외곽에 있는 수가 약 2만.

그들이 이렇게 민가를 찾아든 데는 임금이 서울을 떠난 즉시 난민들이 궁성에 불을 질러 도무지 거처할 수 없게 만들었기 때문이다.

신불은 성 내외로 9개소에 나누어 화약을 저장한다는 사실을 알아냈다. 신불은 성내에 있는 화약고는 태워 없애기로 하고 훔쳐낼 대상으론 주교동舟橋洞에 있는 창고로 정했다. 주교동은 지금의 서울 역사와 청파동 사이를 말한다. 거기서 한강 나루터까진 약 3마정의 거리, 화약고의 파수꾼은 1백 명가량이고, 나루터의 분견소까진 적병의 배치가 없었다.

대강 이러한 사정을 파악한 후 신불은 왜적에게 부역한 반역자들의 이름과 집을 살피기 시작했다.

어느 날 신불이 남별궁으로 찾아가서 우희다에게 면회를 청했다. 일전 가지고 온 홍계남의 서신에 대한 답서를 받고자 한다는 것과 계남으로부터 우희다에게 보내는 선물이 도착하였으므로 그것을 전해야겠다는 것이 면회요청의 이유였다.

신불은 무뢰한無賴漢으로 있던 시절 친하게 지낸 원돌元ᅙᅳᆯ이란 사람을 만나 고려청자로 된 다기茶器 일식을 구하라고 일렀는데, 그 다기가 마련돼 있을 때를 기하여 우희다에게 면회를 신청한 것이다.

신불은 계남으로부터 왜적의 괴수 풍신수길이 청자 다기를 좋아하길 미친 듯하여, 그런 것을 상납하는 부하를 특히 총애한다고 들은 적이

48

있어 계교를 꾸몄던 터였다. 그러니까 그 다기를 계남으로부터의 선물이라고 꾸며 댈 참이었다.

원래 우희다는 직접 신불을 만날 작정이 아니었는데 진기한 청자 다기를 헌상한다고 듣고 본인이 직접 나타났다. 수길에게 줄 헌상품을 마련할 수 있을지 모른다는 기대 때문이었다. 아니나 다를까 신불이 바친 청자 다기는 우희다가 보기론 극상품이었다.

"홍 공의 마음이 이처럼 간독할 줄은 몰랐구려."

우희다는 이미 준비해 둔 답서를 바꿀까, 하는 생각마저 일었다.

그 답서에는 극히 의례적인 문면만 기재되어 있었다.

> 홍 공의 제의는 천만 고마운 것이었으나 우리는 이미 귀국의 국왕 앞으로 화의건和議件을 제청해 놓고 그 회답을 기다리고 있는지라 별도로 화의할 필요를 느끼지 않소. 다만 유감인 것은 귀국과 우리와의 불행한 관계로 인하여 서로 몸을 지척지간에 두고 있으면서 옛정을 따사로이 못하는 사정이오. 언제인가 화평의 날이 오면 우리 서로 상화관월賞花觀月하며 저의를 새롭게 하사이다. …

그러나 우희다의 생각만으로 답서를 변경할 수가 없어, 그 답서를 그냥 신불에게 건넸다.

"특별히 청할 일이 없는가. 피차 싸우는 사이라고 할망정 나도 홍 공의 우의에 보답하고 싶다."

"이달 그믐날 저희들은 홍 부장 곁으로 돌아갈까 하오. 그때 필요한 일용품과 나이 많은 식솔 몇 사람을 나르고자 하니 삼개나루터에 큼직한 나룻배 하나를 대령케 하옵시고 그 사이의 길에 방해가 없도록 해 주었으면 합니다."

우희다는 측근을 돌아보고 세목을 잘 의논해서 절대로 불편이 없도록 하라고 일렀다.

"아무리 상부에서 자상하게 일러도 귀국의 병정들은 술만 마시면 전후좌우를 모를 뿐 아니라 순역順逆을 어겨 못할 것이 없으매, 불려의 사건을 피하기 위해선 그날 밤 주교동에서 삼개나루까지엔 귀국의 병이 일체 근접하지 못하도록 영을 내려 주시면 고맙겠소이다. 홍 부장의 친척들은 연만한 데다 숙환이 있어 조그마한 소동도 치명적인 화가 될 것입니다. 우리가 바깥에서 한양으로 돌아온다면 또 모르되 물러가는 처지에 무슨 탈이 있겠소이까."

측근과 잠시 의논한 후 우희다는 활달하게 웃었다.

"좋소. 만사 어김없이 거행할 것이니 돌아가거든 홍 장군에게 내 충정이나 잘 전해 주오."

남별궁을 물러 나온 신불의 행동이 아연 바쁘게 되었다.

신불로부터 대강의 경위를 연락받자 홍계남이 다음과 같은 작전지시를 내렸다.

"결정은 7월 1일 밤으로 한다. 화약의 수송지는 일단 양화도로 정한다. 늦어도 밤 3경까진 화약이 양화도에 도착해야 한다. 지나친 욕심을 내선 안 된다."

그리고 이어 계남은 광교산 본거지로부터 양화도 사이의 80리 거리의 요소요소에 군사를 배치하고, 그 사이사이에 거동에 불편이 없는 노인들을 동원하여 바람을 쐬는 척하라고 일렀다.

50

계남으로부터 작전지시를 받은 신불은 그동안 포섭해 놓았던 30~40명의 사람들에게 부탁했다.

"당신들도 나라를 위해 무언가 해야 하지 않겠소. 나는 어려운 일을 부탁하려는 게 아니오. 여기에 왜놈들에게 붙어 못된 짓을 일삼는 놈들의 명단과 집주소가 있소. 여러분은 그놈들 몇 놈씩을 맡아 7월 1일 밤에 놈들의 집에 불을 지르도록 하시오. 마땅히 처벌받아야 할 놈들에게 여러분이 대신 벌을 내리는 것이오."

모두들 신불의 말을 따르겠다고 했다. 신불은 불을 지르는 요령을 설명하고 나서 덧붙였다.

"왜놈들에게 붙어먹는 놈이 이렇게 많을 줄이야 정말 뜻밖이었소. 여러분이 내가 이른 요령으로 불을 질러만 준다면 한양 안팎은 불바다가 될 것이오. 그 틈에 우리는 기막힌 일을 할 참이오."

신불은 7월 1일 밤 삼개나루터 근처에 빈 배를 10척쯤 대기시켜 놓으라고 지시하고 그 배에 사공으로 가장하여 부하들을 배치했다.

이곳저곳에 불이 나기 시작하는 것을 확인하곤 신불이 주교동으로 달려갔다. 주교동 근처에서도 이곳저곳 화염이 오르고 있었다. 화약고를 지키던 왜병들이 어쩔 줄 몰라 우왕좌왕하고 있었다. 신불은 일본말을 할 줄 아는 놈을 데리고 갔던 터라 왜병에게 말하도록 했다.

"이 창고에 무엇이 있는진 모르지만 만일 중요한 물건이거든 빨리 한강 쪽으로 옮겨 빈 배라도 있으면 거기에 실어 놓는 것이 좋을 듯하다."

그 말을 듣자 왜병들은 일제히 창고문을 부수곤 화약을 반출하기 시작했는데 배에 실으려면 이리로 가지고 오라며 신불이 앞장을 섰다.

당황한 왜병들은 우선 화기로부터 화약을 멀리하려고 한강변까지 왔다가 거기에 빈 배가 있는 것을 보자 좋아라고 그 배에 화약을 옮겨 실었다. 그만하면 충분하다고 판단되었을 때 신불은 배를 강 중간쯤에 갖다 놓는 것이 현명할 것이라고 했다.

왜병들은 3~4명씩 배에 분승하여 강 중류로 나왔다. 칠흑의 밤이라 지척을 분간할 수 없는 틈을 타서 신불의 명령에 따라 배에 오른 왜병들을 죽이고 양화도로 노를 저어 갔다. 양화도엔 이미 봉화가 올라 있었다. 화약이 양화도에 도착하자 미리 동원되었던 사람들에 의해 체송식遞送式으로 운반되기 시작했다. 짧은 여름밤인데도 날이 새기 전에 수만 발의 화약은 감쪽같이 광교산 본거에까지 운반되었다.

"귀신이 탄복한다는 말은 이럴 때를 두고 쓰는 문자이군."

모든 작업이 끝났을 때 조인식이 말했다.

"화약이 이만큼 있으면 우리는 이제 일당백一當百할 수 있지 않겠소."

신불은 이 덤덤한 말을 남겨 놓고, 한숨 실컷 자야겠다며 바위 사이에 몸을 던지곤 코를 골기 시작했다.

홍계남은 코를 골며 자는 신불의 얼굴을 말끄러미 내려다보았다. 어느덧 그의 뺨에선 눈물이 흘러내리고 있었다.

'이 호담한 장사, 기막힌 책사를 조정이 몰라주니 이 어찌 한스럽지 않은가' 하는 기분이었다. 그 기분은 그냥 그대로 홍계남 자신에게 합당되는 마음이기도 했다.

그러나 그러한 감상은 순간의 일, 홍계남은 다시 작전계획을 짜기 시작하는 한편 달리 조총부대를 편성하여 조총의 취급방식을 훈련하기 시작했다.

52

우희다수가는 뒤늦게서야 홍계남의 술책에 넘어갔다는 사실을 알고 노발대발 그의 부장을 시켜 홍계남을 추격하게 했다. 그런데 그 추격군이 홍계남의 전초선에 걸려 수십 명의 사상자를 내자 혼비백산 도망하고 말았다. '홍계남은 신장神將이다'는 소문이 적진에 널리 퍼져 미리 기가 질려 있었던 것이다.

그리고 그 무렵, 각지에서 의병이 벌떼처럼 일어나고 있다는 소문이 들어왔다. 명나라의 구원병이 도착했다는 소문도 있었다.

홍계남은 용기백배하여 수원성 공략을 계획했다. 그런데 또 문제가 생겼다. 경기감사 심대가 해괴한 문서를 보내온 것이다.

… 듣건대 귀하는 의병에 칭탁하여 사당을 만들어선 기계奇計로써 한양을 드나들며 양민의 집에 불을 지르고, 재물을 약탈하고, 그 약탈한 재물을 또한 양민으로 하여금 운반케 하는 행패를 부렸다고 하는바 실로 이는 용서할 수 없는 대죄이니라. 그러나 기왕에 약간의 공로가 있다기에 관서寬恕로써 대할 것이니 귀하가 거느린 병사와 무기를 수원부사, 또는 양주목사에게 차출하여 관명官命을 기다리도록 하라. 근자 의병이 처처에서 일어나는 것은 반가운 일이지만 의병임을 빙자하여 방자한 행동을 하는 자가 불소하므로 엄히 명하는 바이니 이 서면의 해달 즉시 신속한 행동이 있을지어다. …

실로 이것은 청천벽력과 같은 것이었다. 조인식이 홍분하고 신불은 당장 심대에게로 달려가서 결판을 내야겠다고 으르릉댔다.

홍계남은 심대에게 대한 대응책보다도 홍분한 부하들을 제어하는 데 안간힘을 써야만 했다. 심대에게 홍계남이 보낸 반박서는 충주 단월의 전투를 위시해서 진만 죽산 대탄 광주 과천에 이르기까지의 전과戰果를 열거한 후에 다음과 같이 계속되어 있다.

　왜인에게 아부하여 못할 짓이 없는 자들을 응징하기 위해 놈들의 집을 불사른 행동이 양민을 괴롭힌 일인가. 적의 창고에서 화약을 탈취한 행동이 약탈행위인가. 그것을 운반하기 위해 인근 주민들의 힘을 빌린 것이 양민 혹사인가. 무릇 규탄지사가 있을 땐 전후의 경위를 소상하게 알고 할 일이거늘 어찌 사정도 살피지 않고 그런 영을 내릴 수 있습니까. 그리고 막대기도 일어서서 적을 물리쳐야 할 이 판국에 관군이 어떻고 의병이 어떻고 할 겨를이 있습니까. 물론 나도 의병을 가장하여 화적질을 감행하는 무리가 있다고 들었지만 당당히 적병과 맞서 불패不敗의 사기를 견지하는 우리들에 대해 그러한 비난의 말은 도저히 참기 어렵습니다. 병을 이끌어 관군에 합류하라는 분부는 응할 수 없습니다. 그 뜻은 관군은 아직 적병을 상대로 이겨 본 일이 없는 오합지졸이나 다를 바 없는데 연전연승한 우리 군사를 섞어 보았자 얻을 것은 적고 잃을 것은 많다고 판단한 데 있습니다. 게다가 우리는 충성과 의리와 정으로 뭉친 형제들의 모임으로, 만일 다른 군대에 편입되면 여태껏 지녔던 용맹과 사기를 잃을 염려마저 있습니다. 그렇다고 해서 관의 명령을 거역할 의사가 없다는 것은 이미 행재소에 치계를 올려 상의 지시를 받고자 한 것으로도 알 수 있을 것입니다. 불원 행재소에서 분부가 올 것으로 믿으니 그 분부를 기다려 우리의 갈 길을 결정할 것입니다. 마지막으로 말씀드릴 것은 연전연승한 우리 부하들의 노고를 칭송하진 못할망정 모욕 비방하는 언사는 삼가 달라는 것입니다. 만일 심 공께서 꼭 고집을 버리시지 않는다면 감군監軍을 청해 우리 군대의 동태를 살피게 하여 시비와 흑백을 가린 연후에 결판을 짓도록 하겠습니다 ….

홍계남은 이러한 문면을 사자로 하여금 심대에게 전하도록 했다.

"우리가 이대로 있다간 엉뚱한 죄명을 뒤집어쓰고 군법으로 다스려질 염려가 있지 않겠습니까?"

조인식은 심대의 군대가 이리로 오는 것을 예상하여 방어태세를 취하자고 하고, 잠에서 깨어난 신불 역시 그렇게 하자고 제의했다. 홍계남도 그럴 경우를 상상하지 않은 바는 아니었지만,

"심대 감사가 아무리 어리석기로서니 내가 보낸 편지를 보면 깨우치는 데가 있을 것이다. 왜적을 당하기에도 급급한데 어찌 아군끼리 싸울 차비를 하겠는고. 우리의 입장은 정말 고달프다. 그러나 언젠가는 사필귀정事必歸正할 것이니 천도의 무심치 않음만을 기다릴 수밖에 없다."

고 하고 수원성 공략의 계획을 의논하자며 화제를 바꾸었다.

감군監軍으로 하여금 시비와 흑백을 가리게 하여 결판내자는 홍계남의 고자세高姿勢가 경기감사 심대를 위축케 한 모양이다. 심대로부터 그 이상의 강청은 없었다.

드디어 명나라의 전투부대가 압록강을 건넜다는 소식이 홍계남의 진영에 들어온 것은 그로부터 며칠 후의 일이다.

압록강을 건넌 것은 요동 광녕진수廣寧鎭守 부사령관인 양소훈楊紹勳 휘하의 군대였다. 부총병 조승훈祖承訓 지휘하의 1천 명, 유격장 왕수관王守官 지휘하의 1천 명, 천총千摠 지휘하의 5백 명, 참장 대조변戴朝辯 지휘하의 1천 명, 도합 3천 5백 명이었다.

그런데 조승훈은 평양성 근처까지 갔다가 왜병 1명의 추적도 없었는데도 청천강과 대령강을 건너 후퇴해 버렸다.

병조참지 심희수는 구련성九連城에 있는 양소훈에게로 가서 다시 조승훈이 평양 부근에 주둔해 주길 청했다. 그러자 양소훈이 한 장의 문서를 내보이며 노발대발했다. 그 문서는 "조선 군사의 일부가 적에게 투항하여 우리 군을 배신하였으므로 패하게 되었다"는 조승훈의 보고문이었다.

심희수는 깜짝 놀랐다. 전혀 사실무근한 얘기였기 때문이다. 양소훈은 심희수의 설명을 듣고 노기를 다소 풀긴 했으나 무슨 결단을 내리려고 하진 않았다.

행재소로 갔던 원창과 이준호가 돌아왔다. 계남의 진중에 화색이 돌았다. 원창은 장계를 병조판서 이항복에게 전했다고 하고 임금님의 하회를 아무리 기다려도 소식이 없기에 되돌아왔노라고 했다.

일시 돌았던 화색이 다시 음울한 공기로 변했다. 신불이 투덜댔다.

"자네들을 믿고 보냈더니 그게 무슨 싸가지 없는 짓인가. 왜 직접 임금을 만나지 않았는가."

"임금을 그처럼 함부로 만날 수 있는가."

하고 홍계남이 신불을 달래고 물었다.

"적지를 통해 오기도 했을 텐데 얼마나 수고했는가. 그런데 병조판서 이항복은 뭐라고 하더냐."

"지금 각지에서 의병이 일어나고 있는 처지여서 조금 시기를 두었다가 논공행상도 할 겸 무슨 조치를 취할 것이니 그리 알라는 말이 있었고, 혹시 홍 부장이 홍성민 대감의 친척이 아닌지를 물었습니다."

"그 밖에 보고 들은 것을 말해 보라."

"명나라가 도와줄 것을 고대하고 있는데 명나라는 잔뜩 조선을 의심하여 도와줄 듯도 하고 도울 생각이 없는 듯도 합니다. 얼마 전에 조승훈이 평양성을 쳤는데 형편없었습니다. 싸워서 이길 생각이란 조금도 없는 것 같아요. 가는 곳마다에서 소를 잡아라, 돼지를 잡아라 하며, 부녀자들을 농락하는 데만 눈을 밝히고 있어요. 그런 원병이 수십만이 온들 무슨 보람이 있겠습니까."

"그런데 조정에선 명나라의 원군에 나라의 사활을 거는 듯했습니다. 그 때문에 우리의 장계 같은 덴 마음 쓸 여유도 없는 거죠."

행재소로부터 돌아온 사람들에게 휴식을 취하도록 명하고 홍계남이 막료들을 불러 모았다. 모두들 조정에서 무슨 좋은 말이라도 오지 않을까 해서 기대하던 터에 그런 결과이고 보니 사기가 침체된 것인데, 계남은 그 침체된 사기를 진작해야겠다고 마음먹었다.

"언제 우리가 누구를 믿고 이 일을 시작했는가. 언제 우리가 상록賞祿을 바라고 시작했던가. 엉뚱한 것을 믿었던 것이 불찰이다. 관군으로서 싸우는 것이 떳떳하리라는 생각에 잘못이 있을 까닭은 없지만 우리의 바람이 성급했던 것도 사실이다. 관군이라야만 적을 칠 수 있는 것이 아니란 사실은 우리가 잘 알지 않는가. 지금부터 다시 시작이다. 우리가 우리 손으로 상록을 만들자. 우리가 우리의 공적을 만들자. 우리의 당면 목표는 수원성이다. 수원성을 공략하여 우리의 전과를 한 번 더 반짝 빛내 보도록 하자. 그리고 왜적이 물러날 때까지 우리 마음속에서 일체의 불만을 씻어 버리기로 하자."

계남이 파악한 수원의 적세는 소조천융경小早川隆景 휘하의 입화직무立花直茂가 거느리고 있는 약 5천 명이었다.

5천 명의 적을 5백 명이 공격한다는 것은 만만치 않은 일이다. 홍계
남은 부하 5백 명을 5대로 나누어 부천, 남양, 용인, 평택, 진위 방면
에서 양동작전을 했다. 수원에 주둔한 적병을 유인하기 위해서였다.
계남은 우선 1대를 이끌고 부천으로 나가 그의 장기인 야습을 감행했
다. 그러나 그것은 둔소를 없애려는 목적보다 거기서 전투를 시작하여
수원에서 적의 원병을 유인하는 목적이었다. 둔소를 공격하는 척하고
병력의 일부를 돌려 수원에서 부천에 이르는 길목을 지키는 것이었다.
　　계남의 예상대로 부천의 둔소를 공격하자 전령마傳令馬 두 필이 수원
방향으로 뛰었다. 부하가 조총으로 겨누자 계남이 만류했다.
　　"쏘지 말라. 저놈들이 가서 수원에 있는 적 병력을 끌고 와야 한다."
　　그리고 부하 30명을 부천이 내려다보이는 언덕 위에 숨으라고 하고
간헐적으로 활을 쏘고 조총을 쏘기도 해서 언제 둔소를 점령할지 모른
다는 기세를 보이라고 이르고, 자기는 70명을 이끌고 수원과 부천을
잇는 길 도중의 어느 편편한 야산 이쪽저쪽에 배치했다.
　　부하 하나가 진언을 했다.
　　"이왕이면 산세가 험한 협곡에서 매복하는 것이 어떻겠습니까?"
　　"그건 안 돼. 보통 누구라도 그런 전술을 쓸 테니 적은 그런 곳엔 반
드시 복병이 있을 줄 알고 미리 경계한다. 그런 만큼 이편의 공격이 신
통한 보람을 갖지 못한다. 그런데 험한 협곡을 무사히 지나면 이제야
안심이다 하고 주의가 산만해진다. 그때를 노려 맹공격을 퍼부으면 백
발백중 승리할 수 있다."
　　무성한 나무와 풀잎을 뜯어 모두들 의장擬裝하여 산비탈에 찰싹 붙
어 있으라고 일렀다. 말은 자갈을 물려 숲 속 깊은 곳에 숨겼다.

홍계남의 전략은 귀신처럼 들어맞았다. 부천의 둔소가 위험하다는 보고를 받고, 왜군 부장 입화立花는 장속長束이란 놈을 대장으로 1백 명을 파견했다. 우리의 병력이 그다지 많진 않다고 들었기 때문이다.

장속은 협곡峽谷에 이를 때마다 척후병을 내어 이곳저곳을 살피며 신중히 전진했다. 몇 개의 협곡을 그렇게 지나고 편편한 야산이 시작되는 곳까지 와선 한숨 돌리고 전위前衛로서 척후병을 대신하도록 하고 별반 걱정하지 않고 행군을 계속했다. 편편한 야산 아무 곳에도 복병이 있을 것 같지 않았기 때문이다. 나무와 풀잎으로 위장한 이편의 군사가 보일 까닭도 없었다. 안양에 이르는 들머리에서 적들은 기치旗幟를 정비했다. 제법 위엄을 보일 작정이었다.

전위대는 이미 넓은 들로 나가 버렸다. 전위대가 아무런 저항 없이 들길로 나서는 것을 먼빛으로 보고 장속은 더욱 만심하여 따라오는 본대를 돌아보고 후위에게 전하라고 일렀다.

"부천까지의 도중에는 복병이 없을 것 같다. 곧 들길이 나오니 안심하고 행군하라."

그 말이 신호가 된 듯, 지금까지 풀밭으로만 알았던 왼편 산의 언덕이 갑자기 움직이더니 조총의 일제사격이 장속의 본대를 향해 날아들었다. 장속의 본대가 응전할 여유도 없이 홍계남 휘하의 조총 30정은 계속 발사되었다. 며칠 동안 소질 있는 놈을 골라 훈련시킨 터라 30명의 총수는 가위 명사수들이었다.

조총의 사격 사이사이로 대궁大弓 소궁小弓이 으르릉댔다. 이쪽 언덕 저쪽 언덕에서 교대로 쏘아 오는 바람에 적은 수원 쪽으로 도망쳤다. 그 뒤를 기병 20명이 추격했다. 한편 들 가운데로 나간 전위는 그들의 본대가 지리멸렬해지는 것을 보고 되돌아올 기색을 보이는 듯 했으나 승산이 없음을 알았던지 시흥 쪽으로 도망쳐 버렸다.

이각二刻에 걸친 전투였다. 이 전투에서 적은 수십 명이 죽었다. 전위와 후위를 합쳐 살아 도망간 자가 십수 명밖에 되질 않았다니 실로 결정적 승리라고 할 수 있었다. 조총과 화약, 대검大劍 등 노획한 군기만 해도 대단했다.

계남은 수원으로 돌아가는 패잔병을 길게 추격하지 않고, 군사를 돌려 부천의 적 둔소를 일거에 점령했다. 둔소에 있는 적병은 30명이었다. 항복하는 십수 명은 살려 주고, 저항하는 십수 명은 도륙했다.

그러나 평지에 있는 둔소를 점령하고 있어도 별반 이득이 없다고 판단한 계남은 그곳에서 노획한 무기를 묶어 항복한 적병에게 지우고 광교산으로 철수했다. 용인과 평택 사이에서 양동작전 하던 조인식도 몇 개의 둔소를 파괴하고 적잖은 전과를 올렸다. 남양으로 간 신불은 입화의 부장 가운데서도 이름이 높은 장판신차長坂信次를 사로잡기까지 한 전과를 올렸다. 조금 후에 합산해 보니 그 작전에서 노획한 무기는 조총 3백, 화약 5천 근, 대검, 즉 일본도 2백 개 등이고 투구 갑옷 등은 헤아릴 필요도 없었다. 이로써 수원성 공략의 전초전이 시작되었다.

이순신 장군이 이끈 수군水軍이 한산도閑山島에서 큰 승리를 올렸다는 소식을 홍계남이 들은 것은 이 무렵의 일이다. 이른바 이 한산대첩閑山大捷은 세계 해전사상 빛나는 한 페이지를 장식한다. 각지에서 의병이 일어나게 된 것도 한산대첩이 결정적인 자극이 되었다.

그러나 북쪽으로부턴 나날이 패전의 비보만이 날아들어 왔다. 그 가운데서도 가장 비통한 것은 해정창海汀倉의 전투 소식이었다.

남병사 이혼이 철령에서 패배한 것은 6월 12일의 일이다. 이 때문에 함경남도의 여러 군읍에 있던 군사들은 뿔뿔이 헤어져 무인지경이 되었다. 이 무인지경을 가등청정의 군은 승승장구하여 7월 18일엔 마천령摩天嶺을 넘어섰다.

이때 북병사 한극성은 회령, 종성, 온성, 경원, 경흥, 부령 등 6진의 군사를 모아 달려와선 길주, 임명에 진을 쳤다. 그리고 고경민으로 하여금 정병 4백 명을 거느리고 북청을 지키게 했으나 고경민은 적의 세가 왕성한 것을 보고 두 왕자를 따라 마천령을 넘어 돌아왔다.

철령 이북의 패주한 병력을 수습하여 마천령을 지키려던 한극성은 적이 이미 마천령을 넘어간 뒤였으므로 적을 포위 공격할 작정으로 해정창 쪽으로 출전했다. 이때의 병력은 1천여 명.

적은 창내의 마대와 가마니를 곡식이 들어 있는 대로 성처럼 높이 쌓아 올리고 아군의 화살을 피하면서 조총을 연발했다. 우리의 전법은 밀집대행으로서의 공격이었다. 그러니 적이 겨누고 쏘아 대는 조총의 탄환은 백발백중의 효과를 냈다. 드디어 부령부사 원희元豼는 적의 머리 7급을 베고 마침내 힘이 다하여 전사했다.

한극성은 패주하는 아군을 극력 수습하여 임명을 근거지로 하여 다음 날 공격할 작전을 세웠다. 그런데 그날 밤 적은 야음을 이용하여 잠복해 들어와 우리의 근거지를 미리 포위하고 날이 새기를 기다리고 있었다. 그리고 다음 날 아침, 즉 7월 19일 아침 안개가 자욱할 때 풀 속에 숨어 있던 적군이 일발의 포성을 신호로 별안간 돌격을 감행했다.

한극성 군은 적이 아직 산 아래에 있을 것으로 알고 안심하던 터라 돌연한 공격을 감당할 수 없었다. 대항은커녕 쥐구멍을 찾기가 바빴다. 도망치려다가 거의 총탄에 맞고 칼에 맞아 죽었다. 전투다운 전투도 못 해보고 떼죽음을 당한 것이다. 한극성은 일방으로 혈로를 뚫어 경성 쪽으로 도망을 쳤다. 그런데 그를 뒤따르는 우리의 군사는 하나도 없었다.

이 전투는 홍계남이 과천령의 적진지를 탈환한 전법을 일본군이 그대로 모방한 것이라고 해도 과언이 아니다. 북병사 이흔이나 남병사 한극성은 둘 다 졸렬한 전법에 의해 북도의 요충을 적에게 내어 주었을 뿐 아니라 아무런 보람 없이 많은 인명을 손상케 했다.

이렇게 북도 육진의 정병 1천여 명은 모조리 궤멸상태가 되었다. 그런데 사정은 이에 그치지 않았다. 북도 각지에서 엄청난 반란이 발생했다. 패전은 흔히 있을 수 있다고 하지만 적을 앞에 두고 일어난 반란은 패배 이상으로 치욕스러운 일이었으니….

명천현의 사노私奴 정말수가 현성에서 반란을 일으킨 것을 비롯해서 경성관노 귀석과 성인손이 우후 이범을 잡아 적진에 투항한 사건이 있었다. 이어 경성관노 국세필과 회령의 토관진무土官鎭撫 국경인鞠景仁이 두 왕자를 포박하여 가등청정에게 갖다 바친 엄청난 일이 있었다.

국경인은 원래 전주인소州人이었는데 죄를 얻어 회령에 귀양살이를 하고 있었다. 귀양살이로 부府의 아전이 되었는데 조정에 대해 원한을 품었던 터라 가등청정 군이 회령에 다다르자 그의 일족과 더불어 반란을 일으켜 임해군臨海君과 순화군順和君 두 왕자와 김귀영, 황정욱 부장 등 고관들을 모두 포박한 다음 가등청정에 갖다 바쳤던 것이다.

62

가등청정은 그 공로가 대단하다고 하여 후일 크게 논공행상할 것을 약속하고 우선 회령은 너의 영토나 마찬가지니 그리 알라고 했다. 국경인은 자기 세상을 만난 듯 기뻐하며 기고만장한 행태를 보였다.

이윽고 가등청정이 작전상 길주 이남으로 내려가게 되었다. 그때 가등청정이 국경인에게 일렀다.

"이곳은 지금도 네 땅이려니와 장차도 네 땅이다. 그러니 굳게 이곳을 지키고 있거라. 후일 막중한 논공행상이 있을 것이니라."

국경인은 그의 일족을 기간으로 하여 그 밖에 반민叛民들과 합세하여 회령을 지킬 작전을 세웠다. 그런데 회령의 학생 오윤적과 회령의 품관 신세준이 협력하여 근왕의 군사를 모집하고 국경인 일당을 사살하고 그 머리를 의병대장 정문부에게 바쳤다.

이를 나는 우리 역사상 가장 추악한 반역사례叛逆事例로 안다.

한편 경성으로 도망친 한극성은 호지胡地로 들어갔으나 그곳의 사람들이 그를 받아들이지 않았다. 하는 수 없이 다시 경원으로 돌아가서 바다로 도망치려다가 경흥 땅의 사람들에게 붙들려 가등청정의 손으로 넘어갔다. 가등청정과의 사이에 어떤 얘기가 있었는지 모르지만 청정은 그를 양주에서 풀어주었다. 한극성 자신의 말로는 탈출했다는 것이었으나 행재소에 왔을 때 조정은 그를 적과 내통한 놈으로 보고 사형에 처했다.

감사 유영립도 반민들에게 붙들려 적의 손으로 넘겨지려는 직전 감시의 눈을 피해 간신히 도망쳤다. 남병사 이혼은 갑산에서 숨어 있다가 반민들에게 붙들려 이윽고 반민들 손에 맞아 죽었다. 반민들은 이혼의 머리를 잘라 적군에게 보냈다.

갑산 사람들이 부사를 죽이고 적에게 항복했다는 소리를 듣고 조정에선 후임 부사로 임순을 보냈다. 임순은 반민 20여 명을 죽여 겨우 그곳을 평정했다. 감사 유영립을 파직하고 후임에 윤타연이 앉았는데 그는 적을 피하여 삼수에 가서 숨었다.

아무튼 이 무렵 함경도는 반민들이 휩쓰는 터가 되었다. 강원도에서 경흥까지의 연도엔 5리마다 '이덕형이 왕이 되고, 김성일이 장將이 되었다'고 써 붙인 푯말이 늘어서고, '왜적에 항복하면 죽지 않는다'는 풍문이 돌아 인심은 매우 흉흉했다.

이처럼 흉흉한 반란소식은 홍계남의 마음을 어지럽게 했다.

수원성 공략을 본격적으로 숙의하던 날 밤, 그날은 7월 기망旣望이었는데 계남이 잠시 고개를 들어 달을 쳐다보며 소동파의 〈적벽부〉를 낭송하더니 수연히 말했다.

"동파가 저 달을 보고 시를 읊은 지 얼마나 될꼬. 아마 5백 년의 세월이 흐른 것 같구나. 그동안 저 달은 무수한 것을 보았을 텐데 그 가운데서도 임진년 이해 우리 조선국이 당하는 것 같은 처참한 양상은 아마보기 드물었을 거여."

"고래로 난리가 어디 한두 번 있었던 겁니까."

조인식도 한숨을 지었다.

"나는 난리를 두고만 얘기하는 것이 아닐세. 세상이 아무리 무지막지하기로 상사를 포박하여 적에게 넘겨주는 그런 인심이 어디에 있단말인가. 더구나 왕자를 묶어 적병에게 넘겼다니 될 말이기라도 한가. 전투에서의 패배는 병가兵家의 상사常事라고 하겠거니와 상사를 무시하는 노릇은 패륜悖倫이 아닌가. 우리가 왜놈들에게 뽐낼 수 있는 건 오직 윤리倫理에 있었거늘, 이렇게 윤리가 진토에 밟히고 보니 얼굴을 들 수가 없구나."

계남의 말은 이렇게 비통했다. 그러나 신불이 퉁명스럽게 말했다.

"홍 부장님, 부장님의 마음은 너무나 곧아서 걱정이오. 오늘날 우리가 당하는 꼴을 생각해 보십시오. 생명을 걸고 적의 화약을 탈취한 것을 약탈이라 하고, 부왜附倭한 놈들의 집을 불사른 것을 양민 집에 방화한 것으로 치고, 연전연승한 우리의 공은 들먹이지 않고, 우리를 자기네들의 군대로 들어오라며 안 들어오면 역적 취급하겠다고 협박이나 하고, 몇 번이나 장계를 올려도 들은 척도 않고, 세상에 이런 경우가 어디 있습니까. 관군이란 게 도대체 뭡니까. 수령 방백들이 하는 짓이 뭡니까. 쓸데없는 고집을 부려선 백성을 도탄에 빠뜨리고, 엉터리없는 전법을 써서 패배를 자초하곤 자기들만 먼저 도망치는 이 따위 짓을 하는 감사나 병사나 수령들을 받들어 모시기만 해야 합니까? 오죽했으면 백성들이 놈들을 묶어 적병에게 넘겨주었겠습니까. 또 왕자는 뭔데요. 임금은 뭔데요. 태평할 때나 전쟁 때나 백성들을 업신여기고 죽일 궁리나 했지 백성들을 살릴 생각을 해보기나 하는 줄 아십니까? 반란이 있는 덴 원인이 있는 겁니다. 홍 부장께선 반란을 걱정하실 것이 아니라, 우리가 역적으로 몰리지 않도록 걱정하셔야 할 겁니다. 역적은 우리의 행위가 아니고 병신 같은 중신重臣들의 입놀림에 있는 겁니다."

"신 공 말이 과하오."

조인식이 넌지시 나무랐다.

"과한 것 나도 알고 있소. 그러나 우리의 처지가 너무나 딱하지 않소."

신불의 말끝이 울먹거렸다.

신불의 말엔 미상불 진실이 있다. 역적으로 몰리는 것은 주로 중신들의 입에 달려 있었다. 홍계남의 입장도 그런 점에선 안전하지 못하였다. 경기감사를 비롯한 관군의 우두머리들은 계남을 높이 평가하기는커녕 질시의 눈으로 보고 있었다. 언젠가 계남의 전과가 정당하게 평가되면 상대적으로 그들의 무위무능이 폭로되기 때문이었다.

그러니 홍계남도 자기의 주위에서 진행되는 또는 앞으로 있을지 모르는 모략을 의식하지 않는 바는 아니지만 지금 난이 닥쳤는데 그런 데 신경 쓸 겨를이 없었다. 그러나 심란한 것도 사실이었고 고독하고 쓸쓸한 것도 사실이었다. 그런 만큼 신불의 마음을 이해할 수 있었다.

"내 어이 신 공의 마음을 모르겠소. 공적으로 말하면 신 공은 병사兵使쯤의 직책이어야 할 것이오. 그런데 일고의 돌봄도 없으니 그 마음 오죽이나 분격하겠소. 하지만 신 공 들어 보우. 홍수가 범람하여 집이 떠내려가고 농토를 망치는 재해를 당했다고 홍수에 거역하고 홍수를 욕한들 무슨 소용이 있겠소. 때론 구름이 해를 가리지만 원래 태양의 빛은 찬란한 것이오. 마찬가지로 때론 사리事理에 어긋나는 일이 판을 치겠지만 소연昭然해야 할 것은 오륜五倫이 아니겠소. 백천의 이유가 있더라도 반란은 좋지 않은 것이오. 불가한 것이요, 어리석어도 왕은 왕이오. 그 으뜸을 모신다는 것이 윤倫의 시작이오. 신 공, 일시적으로 억울하다 해서 대본大本을 망각하는 언동이 있어선 안 되겠소."

신불은 그렇게 말하는 계남을 보고 빙그레 웃었다. 신불은 무슨 일이 있어도 계남의 말에만은 수긍한다.

"부장님의 말씀이니 들어 모시겠습니다. 누구보다도 부장님의 심정은 제가 알 것 같아서요. 달이 이처럼 좋은 밤에 술이 없는 것이 한스럽습니다."

"신 공이 좋은 말을 했다."

작전회의는 잠시 미루고 홍계남이 술자리를 베풀라고 일렀다. 동시에 초계병을 증가하라고 이르고 다음과 같이 덧붙였다.

"오늘밤의 초계병은 내일 오전 실컷 자도록 미리 일러 둬라."

광교산 숲 사이로 월색은 청명한데 조촐한 잔치가 베풀어졌으니 실로 전진戰陣의 풍류이며 풍류 속의 전진이었다.

용명勇名을 천하에 떨치다

홍계남의 전법을 소상하게 살펴보면 실로 근대적이고 합리적이어서 현재에도 그냥 그대로 통용될 것 같다.

계남의 당면 목적은 수원성의 탈환이었다. 그런데 계남의 병력은 5백인데 적의 병력은 그 10배쯤으로 추산되었다. 그런 데다 적은 병기兵器가 압도적으로 우수했다.

그래도 조인식, 신불 등은 적과의 싸움에 연전연승했다는 자신에 넘쳐 일거에 수원성을 탈환하는 작전을 개시하자고 서둘렀다.

"일당백一當百의 군사로서 십당일十當一하면 필승이요, 일당일一當一이면 가승可勝인데, 일당십一當十이면 교술巧術이 있어야만 능히 승산이 있다."

계남은 결전을 피하고 유격전을 전개했다. 그렇게 하여 서서히 적의 세를 소모시키고 아울러 사기를 꺾어 호기를 얻어 일거에 결판을 지으려는 작전이었다. 그 작전에 따라 계남은 양성, 안성, 용인, 진위, 직산, 수원, 남양에 걸쳐 신출귀몰하여 적을 무찔렀는데 당시 수원성 내의 적병들은 전전긍긍했다. 부천에서 패배한 이래 그들은 홍계남이란 이름만 들어도 간담이 서늘했다. 계남이 얘기한 대로 유격전에서 성과를 올리며 시간을 끌고 있으면 수원성 내의 적병들은 자괴自塊할 수밖에 없었다. 당시 수원성에 있던 부장 구도마좌九島麻佐가 고향에 보낸 편지가 남아 있는데 다음과 같다.

> 매일매일이 지옥이오. 홍계남이란 장군이 이끄는 조선군사는 실로 귀신이 탄복할 지경이오. 북쪽에 쳐들어왔다고 그리고 달려가면 남쪽의 아군이 패해 있고, 그래서 서쪽을 친다는 소식이 있어도 위장일 것이라고 방치하면 영락없이 그곳이 낭패를 당하니 말이오. 요컨대 우리는 움직여도 손해, 안 움직여도 손해란 묘한 입장에 있소. 병사들은 '홍계남이 온다'는 잠꼬대까지 하는 지경이니 능히 짐작할 수 있을 거요. 북쪽 전선에선 승승장구하는 모양이지만, 우리가 주둔한 수원은 홍계남 때문에 엉망진창이오. …

아닌 게 아니라 홍계남의 작전은 묘했다. 동東을 치는 척하곤 북北을 치고, 남南에서 퇴각하는 척하곤 갑자기 방향을 남으로 돌려 돌격하고, 적이 대오를 정제하여 결전하려고 보면 하늘로 날았는지 땅으로 꺼졌는지 홍계남의 군사는 한 명도 시야에 보이지 않았다.

수원의 왜적 수장守將 입화立花는 성깔이 급한 놈이었다.

"홍계남이 아무리 신출귀몰하다 해도 사람일 것은 분명하지 않느냐. 수원을 중심으로 해서 산과 마을을 이 잡듯 하면 필시 그놈의 족적을 찾아낼 수 있으리라."

하는 명령을 내렸다.

왜적이 발진했다는 소식을 들은 홍계남은 그들의 발진방향을 확인하고 나선 그 방향을 피한 경로로 해서 군사를 수원성으로 향해 출발케 했다. 수원성엔 적이 불과 수백 명만 머물 뿐이었다. 계남은 그 허를 찌르려는 것이다. '계남군季南軍 수원성으로 진격 중'이란 소식을 입화가 들은 것은 용인에서였다. 입화는 즉시 군을 수원으로 돌렸다. 용인에서 회군回軍한 입화군士花軍을 대천大川에서 협공하기로 하고 홍계남은 신불을 급파하여 사근천沙斤川과 대천이 합류하는 곳에서 대기하도록 하고 자신은 일부의 군사를 거느리고 그 하류에 매복했다.

조인식의 부대는 수원성 근처에서 양동작전陽動作戰을 하여 외지에 나간 적병을 유인하는 작전을 진행 중이었다.

수원성이 위태롭게 되었다는 보고를 받은 입화군士花軍은 일제히 횃불을 들고 야음 속을 빠른 속도로 진군하여 대천 부근에 이르렀다. 척후의 보고에 의하면 근처에 아무런 동정이 없다는 것이어서 오로지 수원성만을 목표로 달려가던 터였다.

적이 강을 건너기 시작하자 계남은 조총의 발사를 명했다. 적들은 모두 횃불을 강에 던졌다. 별빛이 있을 뿐인 칠흑의 밤이었지만 강물이 빛나고 있었으므로 사격의 대상을 용이하게 포착할 수 있어 조총의 사격은 상당한 전과를 올렸다. 적병은 황급히 대안으로 도망쳤는데 거기엔 신불의 군사가 대기하고 있었다. 일제히 조총의 난사가 있었다. 적병은 건너가지도, 도로 돌아서지도 못해 강 위에서 얼쩡거리다가, 미리 파악해 두었던 길로부터 벗어나 물 깊은 곳을 헛짚어 빠져 죽는 자도 많았다.

그러는 동안 계남군은 이 언덕 저 언덕에서 함성을 올리는 한편 야음을 틈타 적에 접근하여 창으로 칼로 마구 찔러 죽였다.

계남은 '적장 입화를 사로잡아라'고 고함을 지르고, 일본말로 '모두 항복하라. 그 길밖엔 살길이 없다'고 외쳐대기도 했다.

날이 샐 무렵엔 살아 있는 적병의 그림자도 없었다. 물에 빠져 죽거나 총에 맞아 죽거나 창과 칼에 찔려 죽은 적의 시체만이 있었다. 입화가 인솔한 적병은 5백이라고 했는데 그 반수가 거기서 죽고 도망친 자가 반수쯤 됨직했다. 적장 입화도 도망간 숫자 안에 끼어 있었다.

신불이 패주한 적을 쫓아 수원성으로 쳐들어가자고 했다.

"아니다. 우리는 광교산으로 들어가 군사들을 재워야 한다. 이곳에서 그들을 쳤다고 해서 안심하면 안 돼. 지친 병사들을 우선 쉬게 해야지."

홍계남은 교대로 파수를 보게 하고 적당한 산골짜기를 골라 병사들을 재웠다.

이 대천의 전투도 상당히 격심한 전투였고, 그 전과 또한 대단한 것인데 정사正史엔 기록이 없다. 홍계남의 군을 사군私軍으로 치고 당시의 감사와 지방관들이 고의로 기록에서 제외해 버린 것이다. 그런데 일본 측의 기록엔 남아 있다. 그때 포로가 되었다가 뒤에 풀려난 원도장길猿渡丈吉이란 자가 대천의 전투를 다음과 같이 기록하고 있다.

홍계남은 실로 지장智將이며 용장勇將이다. 우리가 용인으로 갈 때 돌아올 때를 위해 미리 수심水深을 재어 깊지 않은 곳을 우리만 알 수 있도록 표시를 해 두었는데, 계남을 그것을 알아차리고 매복해 있다가 돌연 우리들을 공격해 온 것이다. 참담한 패배였다. …

대천에서의 패배는 입화를 분노케 했다. 어떤 일이 있어도 홍계남에게 보복해야겠다고 이를 갈았다. 그러나 그는 그 전투에서 한쪽 팔과 등을 다쳐 당분간 꼼짝도 못 하게 되었다.

그러던 차 죽산부竹山府에 주둔하던 복도정칙福島正則의 부장部將 영산무태影山茂太가 병문안을 와 물었다.

"전사戰士가 전지에서 부상하는 것은 흔한 일이지만, 부장이 그런 중상을 입었다는 것은 흔한 일이 아니오. 도대체 어떻게 된 거요?"

"당신 홍계남이란 이름 들은 적이 있지? 그자에게 당한 거라. 그자는 참으로 신출귀몰한 자야. 용인까지 나갔다가 수원성이 위태롭다는 소식을 듣고 밤중에 돌아오는데 놈은 강가에 매복하고 있었던 거야. 하필 우리가 건너가기 쉬운 곳이라고 해서 표시해 놓은 지점에서 말야. 정말 귀신 같은 놈이야. 어떻게 그 지점을 알았느냐 말이다."

"당신 그것도 몰라? 강을 건너려면 물이 얕은 곳이라야 되지 않겠는가. 홍계남은 그것을 짚은 것뿐이오."

"단순한 추측이 아냐. 물이 얕은 곳이 그곳만이 아닐 거고. 용인 수원 간을 하필이면 그 지점을 골라야만 할 것도 아냐. 내 딴으론 되레 도는 길이 되는 데를 택했고, 그 때문에 안심하고 행군한 것이기도 한데…. 그러나저러나 홍계남에게 보복해야겠는데, 상처가 나아야 계획을 짜 보지 원…."

"입화 공의 보복은 내가 해 주지."

"그런 동정은 받고 싶지 않군."

"아냐. 홍계남이라고 하면 모두들 벌벌 떠는데 아군의 사기를 위해서도 빨리 보복전이 있어야겠어. 그것을 내가 맡겠다는 것이지 입화

72

공에 대한 동정심 때문에 하는 말이 아니오."

"그렇다면 영산 공에겐 홍계남을 칠 만한 자신이 있단 말요?"

"있구 말구요. 입화 공도 알고 있는 일이겠소만 홍계남은 안성 사람이오. 그런데 안성은 계남의 아버지가 의병들을 모아 지키고 있소. 나는 먼저 안성을 공격할 참이오. 안성을 공격해서 계남의 아버지를 사로잡으면 계남이 가만있지 못할 것 아뇨. 계남이 그의 본거지에서 나와 안성으로 돌아오는 길목을 막아 기습하든지, 안성에까지 들어오게 해서 치든지, 그때의 상황을 봐서 하면 될 것 아니오."

"그 계획은 그럴듯하군요. 가능하다면 홍계남의 부친을 사로잡아 인질로 이용하면 좋은 수가 있을 듯하오만, 사로잡을 수 있겠소?"

"계남의 부친은 만만찮은 사람이라고 들었소만, 이미 50여 세이고 그가 거느린 군사들은 대개 경험이 없는 자들이라서 정병精兵을 동원해서 일거에 치면 가능할 것이오. 물론 이 계획이 사전에 누설되면 계남이 미리 출동해서 그 아버지와 합류라도 하면 사정이 달라지겠지만."

"그렇다면 좋은 수가 있소. 나는 출전하지 못하지만, 부하들을 시켜 광교산을 봉쇄하리다. 그리하면 홍계남이 안성과 연락을 못하게 될 것 아니오. 귀하는 걱정 없이 안성을 공략하여 계남의 아버지를 사로잡게 될 것이오."

영산은 입화의 책략이 매우 좋다고 하고 작전을 시작할 일시를 정하고 상호 간의 암호도 교환했다.

"그러나 아무쪼록 사로잡도록 하시오. 죽여 버려선 책략을 쓸 수 없을 테니 말요."

하고 입화가 말을 보냈다.

그리고 그들 사이에 오간 말들은—

"아무래도 이번 전쟁은 잘못 시작한 것 같구려."

"입화 공, 나도 그렇게 생각하오."

"명나라 병사가 들어왔다고 하고 들어온다고도 하는데, 그렇게 되면 전쟁이 늪에 빠지는 꼴로 될 것이 아니겠소."

"그래서 소서행장은 열심히 화의和議를 추진 중인 것 같은데 조선이 불응하고 있다는 거요."

"도대체 조선을 무얼 믿고 버티는 건지 알 수가 없어."

"버틸 만하지. 우리가 현재 이기고 있다고 하나 실속이 뭐 있기나 하오? 나는 전쟁은 이제부터라는 생각이 드오. 수군은 절단이 났지, 각지에서 의병이 일어나지. 두고 보시오. 앞으로 점점 어려워질 거야."

"겁나는 건 의병이오. 관군은 형편없는데 의병들은 만만찮거든. 현재 우리가 홍계남에게 절절 매고 있지 않소. 그런 장수가 10명쯤만 있으면 우린 큰일 날 뻔하잖았소."

"남쪽에 곽재우郭再祐란 의병장이 있는 모양인데, 그 사람도 가히 명장이라던데요."

"이 나라에 와 보고 느낀 것은 백성들은 대체로 훌륭한 것 같은데 조정이 너무 썩어 있다는 사실이오."

"문약文弱한 인간들이 조정을 차지하고, 서로 당파싸움만 한다면서요?"

"들려오는 소릴 들으니 의주義州의 행재소行在所에서는 매일 싸움질만 한다는 것이고, 관군과 의병 사이에도 뜻이 맞지 않아 서로 농간을 일삼는다는 얘기요."

74

"그런데도 백성이 의병을 일으키고 있으니 실로 놀랄 만한 민족성이라고 아니할 수 없구료."

"우리나라의 농부들 같으면 꿈쩍없이 승리군勝利軍 앞에 순종하고 말 텐데…."

"여자들도 그래요. 객고도 풀 겸 기생 몇을 잠자리에 불렀더니 하나는 약을 먹고 죽었고, 하나는 목을 매어 죽었소."

입화가 이렇게 말하자 영산을 빙그레 웃었다.

"입화 공은 왜 하필 그런 여자만을 골랐소. 나도 객고를 푼 적이 있소만 좋기만 합디다."

복도정칙福島正則의 부장部將 영산은 입화가 홍계남의 군대를 광교산 속에 묶어 두기만 해 준다면 안성 공략은 수월한 것처럼 장담했지만, 과연 안성의 형세는 어떻게 되어 있었는지 —

전란이 터지자 재빠르게 의병을 일으킨 사람이 홍계남의 아버지 홍자수洪自修였음은 이미 적은 바 있다.

홍자수는 그의 아들 진震, 뢰雷, 전電과 더불어 수백 명의 의병을 초모 훈련하여 안성에 왜적이 범람하지 못하도록 만전을 다하고 있었다. 그의 작은아들 제霽는 선전관으로서 의주의 행재소에 있었고, 계남은 외지에 출격하고 있었지만 항시 아버지 자수와의 연락을 취하고 있었다. 언젠가 안성이 위태롭다고 보고 아버지와 합류하려고 했을 때 자수의 말이 있었다.

"그럴 필요 없다. 네가 수원 등지에서 그 막강한 무위武威를 보이는 것이 안성에 대한 적의 세를 견제하는 결과가 되어 있다. 너는 바깥에서 적을 무찔러라. 우리는 안에서 안성 땅을 지킨다."

자수의 의견은 옳았다. 용병用兵의 묘법은 적극과 소극을 병용하는
데 있다. 계남이 적극積極으로 진격하는 용병이라면 자수는 소극消極
을 맡은 용병이었다. 그래서 양쪽이 서로 보충하여 전과를 올리게도
되는 것이었다.

그런데다 이덕남李德男이 안성으로 와서 자수의 병력은 그 정예精銳
의 도를 가하게 되었다. 이덕남은 홍자수의 생질이며 그러니까 계남과
는 내외종 간으로 계남의 동생뻘이었다. 어려서 부모를 잃은 덕남은
외가에서 자랐다. 그런 까닭에 계남과는 친형제나 다를 바 없었다. 무
술에 전념하는 계남과 같이 자랐기에 그도 또한 무술을 익혀 성년이 되
었을 땐 벌써 그 출중한 무기武技로써 이름을 떨쳤다.

이덕남은 19세에 무과武科에 급제했다. 이것은 의례에 속한 일이었
다. 그 후 선전관으로 임명되자, 훈련원의 주부主簿 판관判官 첨정僉正
부정副正으로 승진하여 난亂이 발생한 당시엔 유성룡柳成龍의 천거로
훈련원정訓鍊院正이 되어 있었다.

난이 터졌다는 소식을 들은 것은 그가 성묘차 안성에 돌아와 있을 때
였다. 급보를 받고 이덕남이 서울로 향했는데 판교板橋에 이르러 왕이
서천西遷했다는 소식을 들었다. 한강으로 나갔으나 건너갈 배 한 척이
없었다. 그는 다시 안성으로 돌아올 수밖에 없었다. 안성으로 돌아가
는 길에서 왜병을 만나 단신 왜적 몇 명을 치고 사지를 탈출, 무사히
안성 외숙外叔집에 도착하긴 했는데 그의 마음은 너무나 허전했다.

외숙 자수는 의병을 모집하는 한편 군기軍器를 만들고 있었고 외사촌
가운데 계남은 자수의 명命을 받아 어느 곳으론가 출동하고 없었다.

덕남이 눈물을 글썽이며 외숙인 자수에게 말했다.

"참으로 제 운명이 처참합니다. 조실부모한 처지에 다행히도 무과에 급제하여 국록을 먹게 되었는데 하필이면 성묘하러 내려온 이때에 난을 당하여, 마땅히 임금을 모셔야 할 내가 문안조차 할 수 없게 되었으니 말입니다. 이 억울함을 어떻게 하면 좋겠소이까."

"뜻이 있으면 길이 있느니라. 최선의 방책으로 적과 더불어 싸울 각오를 해라. 우리의 뜻이 지성이면 우리와 뜻을 같이하는 사람이 모이지 않겠는가. 우리 함께 힘을 합해 이 안성에서 근왕보국勤王報國의 기치를 높이 세우자."

홍자수의 준절한 말은 실의에 가득 찬 이덕남을 분발케 했다.

이렇게 해서 안성은 홍자수를 사령관으로 이덕남을 참모로 해서 군력軍力으로서의 체모를 갖추게 되었다. 그리하여 계남이 충주, 대탄, 광주, 과천, 부천 등지를 전전轉戰하여 안성에 일시 귀착했을 때는 의병의 수가 1천여 명으로 불어 있고 사기도 또한 왕성했다.

계남과 덕남은 오랜만의 재회를 기뻐하고 날이 새도록 전략을 짜고 나라의 앞일을 걱정했다. 장병의 부서를 더 정확하게 정제하고 안성 남방 10리밖에 토성土城을 쌓아서 진지를 구축하면 좋겠다는 의견이 일치된 것도 이날 밤의 일이다. 지금 '홍 장군 진고개', '이 장군 진고개'란 이름이 남아 있는 곳이 바로 그곳이다.

이 무렵 왜적은 죽산, 양지, 용인에 걸쳐 삼대진三大陣을 치고 호시탐탐 안성에 침입할 기회를 노렸다.

이덕남은 스스로 선봉이 되어 죽산 좌찬령까지 나가 적에게 기습을 걸어 10여 명을 사살하기도 하여 적의 기세를 꺾은 적도 있었다.

계남은 광교산을 본거지로 하여 수원성 일대에서 작전을 펴고 있었지만 마음은 언제나 아버지가 있는 안성으로 향했다. 그런 만큼 긴밀한 연락을 취했는데 7월 20일께부터 돌연 안성과의 연락이 끊겼다. 이상하다고 여긴 계남은 척후를 내어 일대를 살피게 했다.

"왜적이 광교산의 용인, 안성 측을 몇 겹으로 포위하는 바람에 개미한 마리 드나들 틈이 없습니다."

"무슨 일이 있는 것이로구나."

계남이 이상한 예감을 가졌다. 후속된 척후들의 보고에 의하면 적들은 포위만 하고 있을 뿐 거기서 일보도 전진할 의사를 보이지 않는다고 했다. 계남은 대천에서의 전투에 대한 무슨 보복이 있을 것을 미리 짐작했지만 포위만 하고 전진할 의사를 보이지 않는다는 사실에 의아심을 품었다. 그런 채로 사흘을 지내고 나흘을 지냈다.

"우리 편에서 적들을 공격하면 어떻겠습니까? 우리는 지형을 교묘히 이용할 수가 있으니 쉽게 격퇴할 수 있을 것입니다."

신불과 조인식이 건의했다.

"아냐, 그들의 의도엔 뭔가가 있다."

홍계남은 궁리하기 시작했다. 한참을 생각에 잠겨 있다가 무릎을 탁치고 벌떡 일어섰다.

"출동준비다, 서둘러라."

"어떻게 된 겁니까."

"놈들의 의도를 알았다. 우리들을 포위한 것은 우리들과 싸우려는데 의도가 있는 것이 아니고, 우리들을 이곳에 묶어 두려는 목적이었다. 그렇다면 놈들의 의도는 빤한 것이 아닌가. 놈들은 안성을 공격할 작정이다."

순식간에 출동준비를 서두르게 되었다. 계남이 명령을 내렸다. 신불, 조인식을 시켜 적 우측을 습격하여 적의 병력을 그곳에 모이도록 해 놓고 홍계남이 적의 좌측 포위망을 뚫어 안성으로 달려갈 작정이라고 작전계획을 아울러 설명했다.

밤중에 시작한 공격이 새벽까지 가도 결판이 나지 않았는데, 해 돋을 무렵에야 홍계남이 혈로를 열어 안성을 향해 달렸다.

이때의 안성의 사정은 다음과 같았다.

안성 의병의 총대장 홍자수는 죽산부에 주둔한 복도정칙군福島正則軍이 출동했다는 소식을 듣고, 공격이 최선의 수비라는 원칙에 따라 생질 이덕남을 선봉으로 군을 발하여 죽산에 선제공격을 감행하려고 했다. 제1차의 충돌은 좌찬령에서 있었다.

이때 이덕남의 활약은 실로 눈부셨다. 혼자만으로 적병 수십 명을 쳐 죽였다. 홍자수도 이에 못지않게 분투하여 상당한 전과를 올렸다. 적은 후퇴하기 시작했다.

"이 기회에 죽산부의 적들을 섬멸해 버리자."

홍자수와 이덕남이 의견을 합친 후 왜적들을 추격하기로 하고 고개를 넘었다. 왜적들이 도망치는 행동은 신속했다. 자수와 덕남의 추격도 신속했다. 그런데 적의 후퇴작전은 위장전술이었다. 홍자수를 사로잡기 위한 위계僞計였다. 어느덧 홍자수와 이덕남은 단병短兵 30여 명과 함께 적의 포위망 속에 들어 있었다.

적은 일방에선 후속부대와 홍자수 사이를 차단하고 점차로 포위망을 압축했다. 종전에 적은 이런 대담한 전법을 쓰지 못했다. 언제나 배

후에 홍계남의 군대를 의식하고 위협을 느꼈기 때문이다. 그런데 이번
은 달랐다. 입화 군이 홍계남 군의 세를 묶어 놓았다는 연락을 받아 놓
고 있었다. 그런 만큼 적은 여유 있는 작전을 전개할 수 있었다.

여기에 자수의 오산이 있었다. 자수는 죽산부 공격을 시작하기에 앞
서 계남의 진영에 미리 통보했다. 그러니 자수와 덕남이 죽산부에 가까
워질 무렵엔 계남이 출동하여 적의 배면을 찌를 것으로 예상하고, 그
예상을 바탕으로 섬멸전으로 들어갔는데, 적의 포위망은 압축되는 일
방으로 조금도 누그러지는 기미가 없었다. 이상하다고 느꼈다.

지금쯤 계남군의 함성이 어딘가에서 들려와야 하는데 그런 기미가
전혀 없었기 때문이다.

"안성 방향으로 혈로를 찾아 뛰는 것이 옳지 않겠습니까."

이덕남의 말이었지만 그래도 계남의 내원을 기다리는 마음으로 자
수는 '조금만 더 기다려 보자'고 했다.

조총의 사격권 안으로 포위망이 압축되었다. 음력 7월의 하늘엔 벌
써 가을빛이 있었다. 이덕남은 '바로 여기가 내 죽을 자린가' 하는 생각
에 빠져들다가 얼른 그 망상을 지워 버리고 단병短兵으로 다수의 적을
제압하는 방도를 궁리했다.

이때였다. 카랑카랑한 우리말로

"복도정칙의 부장 영산의 말을 전한다. 당신들은 지금 독 안에 든 쥐
나 다를 바 없다. 순순히 항복하면 목숨을 살려 줄 뿐 아니라, 후한 대
접을 하겠다."

고 했다. 이덕남의 얼굴이 벌겋게 되었다.

"저놈의 통사通事는 필시 조선인일 것인데 왜놈에게 붙어 감히 우리에게 그 따위 소릴 전할 수 있는가."

"그러니 인종지말자人種之末者란 말이 있잖은가."

자수도 분연히 혀를 차는데 또 통사의 말이 들려왔다.

"거기 있는 자가 의병장 홍자수와 훈련원정 이덕남임을 우리는 잘 안다. 그물에 든 고기가 크다는 것은 우리들로선 반가운 일이다. 그런데 한 가지 알려 둘 것이 있다. 너희들은 지금 홍계남의 내원을 기다려 한판 칠 양으로 벼르는 모양이나 그런 기대는 허사이다. 홍계남은 우리 군에게 이미 사로잡혔다. 그리고 그 부하들은 투항하거나 죽었다. 허무한 기대를 버리고 즉시 항복하라. 어차피 명운은 경각에 있다."

홍계남이 사로잡혔단 말이 비록 꾸민 말일 것이란 짐작을 하면서도 포위당한 군사들에겐 적잖은 충격이었다.

"외숙부님, 일단 이곳을 탈출합시다. 북쪽으로 양동陽動하여 남쪽으로 혈로를 찾읍시다."

이덕남이 이렇게 말할 때 적으로부터 또 소리가 있었다.

"항복하라! 의병장 홍자수, 항복하라 훈련원정 이덕남!"

그러자 홍자수의 벽력같은 소리가 울렸다.

"이놈들! 홍자수는 여기 있다. 항복이란 무슨 말인가. 태산이 무너져 봐라. 내가 무너지는가."

하고 칼을 휘둘렀다. 이덕남도 고함을 질렀다.

"이덕남 여기에 있다. 그러나 너희 놈들에게 항복할 내가 아니다. 나는 오늘 여기서 죽길 결심했다. 하나 그 앞에 네놈들의 목 백 개는 쳐 염라대왕에게 선사해야겠다."

며 나직한 목소리로,

"외숙부님, 나는 북쪽으로 쳐들어갈 테니 적이 그리로 움직이거든 남쪽의 포위망을 뚫고 나가시오."

하고 칼을 휘두르며 북쪽으로 달렸다. 10여 기가 그를 따랐다. 이덕남의 활약은 그야말로 사자분신獅子奮迅이었다. 정면의 좌우의 적을 전광석화처럼 치고 이윽고 포위망을 뚫었다.

자수 역시 어느 곳에 그만한 힘이 비축된 것일까. 이덕남에게 집중되어 소홀히 된 남쪽의 포위망을 뚫고 질풍처럼 달렸다. 그동안 자수의 칼에 찔려 죽은 적병의 수는 10여 명이 넘었다.

이렇게 소림疏林을 빠져나와 자수가 평지에 이르렀을 때 조총의 일제사격을 만났다.

이덕남이 벤 적의 수급은 수십 개. 홍자수가 벤 적의 수급은 10여 개. 그럴 때까지 적이 정면으로 대항하지 않았던 것은 그들 두 사람을 사로잡아야 한다는 상부의 엄명이 있었기 때문이다. 그런데 포위망을 뚫고 나간 이상 사정을 감안할 겨를이 없었다. 그것이 조총의 일제사격으로 나타났다.

이윽고 홍자수와 이덕남은 추격하는 왜적의 탄환을 맞고 쓰러졌다. 두 사람이 쓰러지는 것을 보자 급히 달려든 적이 자수와 덕남의 목을 끊었다.

홍계남이 본거지에서 출동하여 용인에 다다랐을 무렵에 적이 자수와 덕남의 수급을 죽간竹竿 끝에 달아들고 안성으로 진격하고 있었다.

그들이 두 장군의 머리를 끝에 달고 간 이유는, 이미 두 장군이 없어졌으니 빨리 항복할 것을 성민들에게 촉구하는 데 있었다. 아니나 다를까. 안성의 성민들은 두 장군의 머리를 보고 통곡했고, 성을 지키던 의병들의 의기는 소침했다. 이렇게 하여 난亂 이후 자수와 덕남의 용맹으로 적의 범접을 불허했던 안성이 무혈점령되었다.

안성을 점령했으나 영산影山은 불만이었다. 입화가 맹렬한 항의서를 보내오기도 했다. 영산은 막료들을 모아 놓고 노발대발했다. 그리고 목을 끊은 자에게 따졌다.

"왜 홍자수와 이덕남을 사로잡지 않았느냐?"

"우리들이 갔을 땐 이미 여러 발의 조총탄에 죽어 있었습니다."

이번엔 조총대의 대장을 불러 호통을 쳤다.

"왜 네놈들은 상처를 줄 만큼 조총을 쏘지 않고 집중사격을 하여 그들을 죽게 하였는가. 이번 싸움에서 나의 목적은 홍계남을 항복시키는 데 있다고 하지 않더냐. 계남은 남달리 효도심이 깊은 사람이라, 아버지가 인질이 되었다고 하면 항복했을 것인데 너희 놈들 때문에 일을 망쳤다. 계남이 있는 동안엔 이 안성을 빼앗아 보았자 아무런 소용이 없다. 우리는 곧 도로 안성을 빼앗기고 말 거다."

그러나 영산의 부하 흑암종태黑岩從太라고 하는 놈이 건의했다.

"홍자수의 수급을 잘 보이는 곳에 걸어 놓고 계남을 유인하여 때려잡는 계책을 세우는 게 좋겠습니다."

그 계책이란 홍자수의 머리와 이덕남의 머리를 성루 위에 걸어 놓고, 성벽에 총안을 뚫어 조총대를 배치하였다가 계남이 접근하면 일제 사격을 가하여 사살한다는 것이었다.

영산은 부하의 책략을 채택하면서도 그 성과를 기대하지 않았다. 그러한 책략에 호락호락 걸려들 홍계남이 아님을 영산이 누구보다도 잘 알고 있었기 때문이다. 영산은 내심으로 '홍계남이 안성에 나타나기만 하면 이놈들은 모두 혼비백산하여 전의를 상실할 놈들이다' 하는 눈초리로 부하들을 돌아보며, 조총대를 배치하는 한편 은근히 퇴각준비를 시켰다. 추잡한 퇴각만은 하기 싫었던 것이다.

이 무렵 홍계남은 아버지와 덕남의 비보를 들었다. 노기충천한 홍계남이 안성을 향해 달려오고 있다는 소문만으로 안성 내의 왜적은 벌벌 떨었다.

홍계남은 안성에 다다르자 군사들을 한곳에 멎게 하곤 단기單騎로 적의 성문 앞으로 뛰어가서 외쳤다.

"너희들이 나의 아버지를 죽였다. 그래놓고 너희들이 살아남을 줄 아느냐. 아버지를 너희들 손에 죽게 해 놓고 내 또한 살아남을 마음이 없다. 나는 죽음으로 맹세코 너희들을 도살하겠다."

이때 영산이 조총대에 일렀다.

"상처를 내어 쓰러질 만큼 총을 쏘라."

말하자면 일제사격으로 위협하되 한두 사람이 계남의 팔과 다리를 겨누어 발사하라는 뜻이었다. 그런데 묘한 일이 일어났다. 조총대의 발사는 하나같이 불발不發이었다. 이에 관한 흑암종태의 기록이 있다.

7월 그믐날 안성에서 홍계남 군과의 전투가 있었다. 홍계남이 단신 우리들의 진 앞에 섰다. 당장 죽여 없앨 수 있는 호기였다. 그러나 우리는 그를 생포生捕할 요량으로 팔과 다리를 조총을 쏘려고 했는데 이상스럽게도 30정의 조총이 전부 불발이었다. 그것이 우리 사졸들을 기겁케 한 또 하나의 원인이 되었다. 홍계남이 신장神將인 까닭에 그를 향해 쏜 조총이 불발이 되었다고 억측하게 된 것이다. 뒤에 알고 보니 불발의 원인은 지난밤 잠깐 쏟아진 소나기에 있었다. 조총대는 야영 중 소나기를 맞았는데 그때 화약이 전부 젖은 것이다. 그러나 잠깐 동안 소나기가 퍼붓다가 멈췄기 때문에 그다지 관심을 두지 않았다. 화약도 완전히 젖은 정도가 아니라서 모두들 그냥 장전했던 것이라서 불발이 된 것이다. …

아무튼 조총이 불발이고 보니 활을 쏘든지 칼과 창으로 대항해야 할 터인데 적병 가운덴 한 사람도 홍계남에게 대적할 만한 용기를 가진 자가 없었다. 이윽고 적은 홍자수와 이덕남의 머리를 던져 주어 홍계남이 수습하는 동안 기병을 출동시켜 사로잡을 계책을 세웠다. 적은 홍자수의 머리와 이덕남의 머리를 던졌다. 계남은 통곡의 소리를 지르며 아버지 머리 앞에 절하고 그 머리를 소중히 안아 들었다. 덕남의 머리도 그렇게 했다. 그때 적들이 계남을 포위하여 공격을 시작했다. 일종의 살진殺陣이었다. 수백을 헤아리는 일본도日本刀가 백일하에 번쩍거렸다. 눈부셨다.

계남은 한 팔로 자수와 덕남의 머리를 안고 한 손에 장검을 들곤 살진의 일방으로 접근해 갔다. 그 눈은 찬란하게 광채를 발하고 땀과 눈물에 범벅이 된 얼굴은 이글이글 타는 듯했고 짙은 눈썹으로 금 그어진 미우眉宇와 꽉 다물어진 입은 천군만마라도 물리칠 수 있는 의지를 나타내고 있었다.

계남이 칼을 휘두르니 일진의 바람에 풀숲이 눕듯 길이 트였다. 계남이 재빨리 몸을 돌려 그곳으로 돌진하여 포위를 벗어나선 아버지의 머리와 덕남의 머리를 자기 진중에 안치한 다음, 추격해 오는 적에 맞서서 싸우기 시작했다. 검의 일진一振에 수 명이 쓰러지고 일섬一閃에 수 명이 또 쓰러졌다. 마침내 신불과 조인식이 들이닥쳤다.

적은 혼비백산 도망치기 시작했다. 계남은 쫓을 건 쫓고 놓아 줄 건 놓아 주어 석양이 비낄 무렵엔 안성에 평화가 찾아들었다.

그때야 비로소 계남은 땅을 치고 통곡했다.

"아버지, 이 불효를 용서하소서."

그 울음소리는 주위 사람들의 폐부를 찌르는 듯했다.

이 전투에 이어 홍계남은 고지에 성새를 쌓아 양성, 안성, 용인, 진위, 직산 등지의 적을 기회 있을 때마다 무찔러 꿈쩍 못하게 했다. 난이 계속되는 동안에도 이곳만은 평안을 누릴 수가 있었다.

아버지 자수가 죽은 뒤 홍계남이 호서湖西의 진중으로 보낸 격문檄文은 의義 와 정情에 넘쳐, 그야말로 성루聲淚 함께 떨어지는 호소력을 지닌 문장이다. 다음에 옮겨 본다.

불효 고자孤子 홍진, 제, 뢰, 전, 계남은 호서의 진중 장병에게 고하옵니다. 나라가 불운을 당하여 해중海中의 도적들이 방자하게 날뛰어 우리 백성이 고초를 당하게 됨은 실로 형언키 어려운 심정입니다. 특히 하늘이 하필이면 우리 가문에만 가혹한 화禍를 내렸는지 억울한 마음 없지 않습니다. 우리 가문은 여조麗朝 이래 대대로 충의로써 일관했습니다. 선고先考께선 불원관직 不願官職하시고 오로지 전원田園에 수덕修德하신 처사이시온데, 돌연 국란을 당하자 가문의 전통으로 된 충위를 다하고자 형제 등과 고종 이덕남과 더불어 의병을 일으켰습니다. 그리하여 죽산 좌찬령에서 대적을 무찌르길 3전 3승, 그 덕택으로 이 지방에 평온을 얻었다고 해도 과언이 아닙니다. 그런데 고자가 외지에서 분전하는 동안 아버지께선 호서군과 합세하여 왜적을 치려 했던 것인데 호서군의 몰락으로 선고께선 단신으로 약소한 군을 이끌고 싸우시다가 종배들에게 고종^{姑從} 이덕남과 더불어 전사 순국하셨으니 이 슬픔이야말로 망극지지로소이다. 이에 고자 등은 위로 국치를 씻고, 나아가 부형의 원수를 갚기로 천지신명께 맹세하였습니다.

바라옵건대 호성의 장병들이시어! 고자 홍계남의 슬픔은 만백성의 슬픔일 줄 아옵니다. 우리의 적이 바로 여러분의 적일 줄 아옵니다. 이제 우리 힘을 합하여 나라의 원수인 왜적을 격멸해서 나라의 위신을 되찾는 동시에 부조^{父祖}의 한을 푸는 데 전심합시다. 이 뜻 널리 퍼지기를 바라며 통곡과 아울러 격문을 전하옵니다.

이 글에서 문무겸전한 홍계남의 면목을 볼 수 있거니와 '제이덕남'^{祭李德南}이란 문장에서도 만만찮은 그의 정서를 읽을 수가 있다.

고종으로 사촌의 항렬이니 형제와 다름이 없었고, 게다가 뜻과 마음을 같이하고 자랐으니 나 외의 나요, 나 가운데의 당신이란 감회는 극히 당연한 바요. 한집에서 같이 살며 우리 아버지의 가르침을 같이 받아, 당신의 재략으로 나에게 영광을 주었고, 그 웅위한 포부로써 나를 편달함이 있었으니 이 어찌 갸륵한 인연이 아닐손가 ….

홍계남의 이 안성전투에서의 혁혁한 무공과 그 지성한 효심은 몇몇 부관추리^{腐官醜吏}들이 가리려고 해도 구름 속의 태양과 같이 드디어 그

광휘를 발하고야 말았다. 홍계남의 용명勇名은 급기야 천하에 떨치게
되었다. 이윽고 임금의 귀에까지 계남의 이름이 알려졌다. 장군의 면
목이 차츰 그 빛을 더하게 되는 것이다.

홍계남의 이름이 처음으로 《왕조실록》에 등장하는 대목은 선조 25년
임진년 8월이다.

임금이 또 달리 의거한 자가 없느냐고 물었더니 신점申点이 홍계남의
얘기를 했다. 그러자 배석한 어떤 사람도 홍계남의 얘기를 열심히 했
다. 그 군사가 5백 명에 불과한데도 적을 굉장하게 많이 죽였다는 것
이다.

그다음 홍계남이 《왕조실록》에 등장하는 대목은 그해 임진년의 9월
무진일戊辰日이다. 그 달의 삭朔, 즉 초하루가 무오이니 무진일이면 20
일이다.

戊辰以洪季南爲水原判官 무진이홍계남위수원판관
9월 20일에 홍계남을 수원판관으로 임명했다는 것이다.

임금이 8월에야 홍계남의 존재를 알고 9월 20일에 비로소 그에게 관
직을 주었다는 얘긴데 이 대목을 소상하게 적는 이유는 다음과 같다.

남양 홍 씨의 족보를 비롯해서 유포된 홍계남 장군에 관한 문서를 보
면 홍자수와 이덕남이 전사할 무렵 홍계남이 수원판관으로 있다가, 그
전사통지를 받고 급거 안성으로 간 것처럼 되어 있는데, 사실史實과는
그 점이 어긋나 있지 않을까 한다. 안성의 전투는 7월 말에 있었다. 그

88

런데 홍계남의 임관일任官日은 9월 20일이다.

뿐만 아니라 경오일庚午日 대목엔 다음과 같은 기록이 보인다.

비변사가 아뢰길, 수원의 물자와 군민들은 우수할 뿐 아니라 풍부하고, 서울을 엄호하는 요지이기도 합니다. 적도가 빈번히 드나드는데도 물력이 조금도 감하지 않습니다. 모름지기 용맹이 있고 저명한 자를 골라 이곳을 지키게 해야 할 줄 압니다. 그렇게 해서 양주목사 고언백과 더불어 앞뒤를 지키는 태세로 만들어 중앙을 회복하는 보람을 다하도록 책임지우는 것이 좋을 줄 압니다. 홍계남은 적을 만나기만 하면 이를 죽여 그 이름은 널리 떨쳐 있습니다. 청하옵건대 계남으로 하여금 수원판관에 임명하도록 하옵소서. 임금은 이 청에 따랐다.

20일에 임명했다고 했으나 22일의 이 대목은 이상하다고 할 수 있으나 비변사가 상감께 아첨하느라고 이런 장계를 올렸을지도 모르는 일이다. 이러나저러나 안성전투 이전엔 홍계남이 조정의 인정을 받지 못했을 뿐만 아니라 수원판관이 되질 않았다.

그런데 수원판관이란 무엇이냐. 부사나 목사가 부재중에 수령으로서의 직권을 행사하는 지방관을 말한다. 난중이라고는 하나 천첩의 자식이라고 해서 냉대받던 홍계남이 비로소 영직領職의 문턱에 들어선 셈이다.

홍계남은 수원판관 겸 기호양도畿湖兩都 조방장助防將으로 임명되고, 특히 그의 전공이 가상하다고 하여 절충장군折衝將軍으로 초수되었다. 이로써 그는 기를 펴고 작전을 수행할 수 있게 되었다.

그런데도 계남의 마음이 우울한 것은 부친의 사망과 내외종 간인 이덕남의 사망 때문이었다. 조인식과 신불이 축하연을 베풀려고 했을 때 그는 정색을 하고 나무랐다.

"아버지를 살리지 못한 불효의 죄인이 높은 관직을 받았다는 것은 오히려 수치일 뿐이며, 왜적을 강상으로 내쫓지 못한 이 판국에 무슨 축하를 하겠는가. 그리고 생각해 보라. 형제의 의를 맺은 우리의 군사가 얼마나 죽었는가. 그들을 생각하면 눈물이 마를 날이 없는데 어찌 나만이 기쁘다고 하겠는가."

그러나 조인식의 말은 분명했다.

"거자去者는 거의去矣라는 것이 아니겠소. 거자를 생각하고 애통하기만 한다면 사람의 도리가 아니오. 오늘 우리 홍 장군이 관직을 받은 것은 장군 혼자의 기쁨이 아니고 우리들 모두의 기쁨이오. 슬퍼할 땐 슬퍼하고 기뻐할 땐 기뻐할 줄도 알아야 하지 않겠소이까. 우리 군사들의 사기士氣를 진작시키기 위해서도 자축은 당연하다고 생각하오."

이렇듯 조인식을 비롯한 부하들의 간청에 못 이겨 이미 전사한 군사들의 위령제를 겸하여 조촐한 잔치를 베풀었다. 노래가 있고 춤도 있었다. 그런 가운데 지난 전투의 회고도 있었고, 당시의 전황에 관한 이야기, 조정의 동정에 관한 얘기들이 오갔다.

왜적이 초전에서의 그 당당한 기세가 꺾인 데는 의병들의 용맹에 힘입은 바 컸다. 왜적은 7월 10일에 전주에서 철퇴하기 시작, 7월 27일엔 영천성에서, 28일엔 현풍, 창영, 영산에, 이어 8월 1일엔 청주에서 철퇴하고, 다시 9월 8일엔 경주에서 서생포로, 11일엔 무계에서 성주로, 17일엔 무주와 금산에서 성주로 철퇴했다. 가등청정은 경성에서 안변으로 철수, 길주에 일부 병력만을 남겨 놓았다.

7월에서 9월 사이 전사한 사람 가운덴 김제군수 정담, 초토사 고경명 부자, 부령부사 원희, 도대장 김호, 의병장 조헌 부자, 의병장 유종개, 원주목사 김제갑 부자, 의병장 장사진, 별장 손승의 등이 있고 행상에선 녹도만호 정운이 있다. 이처럼 의거하여 순절한 사람이 있는가 하면 두 왕자를 묶어 적장에게 넘겨준 국경인 같은 반역도들도 적지 않았다.

명明나라가 파견한 조승훈祖承訓은 평양성을 공략하려다가 실패하고 유격장 사유史儒와 대조변戴朝辯 등의 전사자를 내곤 다시 요동으로 돌아가 버렸다. 조정에선 다시 청원사를 보내 군대의 파견을 요청했는데, 명나라의 유격장 심유경沈惟敬이 8월 하순에 평양으로 와서 소서행장과 회담하여 50일간의 휴전협정을 맺었다.

9월 3일 명나라의 사신 설번薛藩이 신종황제神宗皇帝의 칙서를 가지고 왔다. 임금은 의순관에 나가 사례배四禮拜를 하고 칙서를 받았다.

명나라의 도움 없인 나라를 보전할 수 없는 사정이었다.

그런데 이 칙서엔 조건이 있었다. 조선이 명나라에 대해, 신절臣節을 지키면 조선을 돕는 조처를 하겠다는 얘기였다. 임금은 안절부절 설번에게 매달렸다. 설번은 의주에서 하루를 묵고 떠났다. 그가 신종황제에게 제출한 복명서復命書는 다음과 같이 되어 있다.

신이 깊이 근심하는 바는 조선이 아니고 우리나라의 처지입니다. 만일 왜적이 조선을 점거한다면 요양은 하루도 안침安枕할 수 없을 것이고,

순풍을 얻기만 하면 영평永平과 천진이 당장 화를 입을 것입니다. 신이 사람을 보내어 평양을 초탐한즉 왜적은 조선 부녀자들을 배필로 삼아 살림을 차리기도 하고 집과 방을 수리하기도 하고 양곡을 쌓아 놓기도 하여 구주지계久駐之計를 하고, 군기와 궁시弓矢를 찾아내어 정전지용征戰之用으로 한다는바, 이것은 그들의 의도가 결코 작은 데 있지 않음을 말해 줍니다. 다행히 심유경沈惟敬이 와서 그들의 침벌侵伐을 약 50일 동안 늦추기는 했습니다만 그런 술책 갖고는 어림도 없습니다. 왜적은 원래 교활하기 짝이 없습니다. 그들이 평양을 함락하던 날은 길을 빌려 원수를 갚겠다고 하더니 지금에 와선 길을 빌려 조공朝貢를 하겠다고 하면서 돌연 만매지사慢罵之辭를 뱉는가 하면, 돌연 공순지어恭順之語를 쓰기도 하는데 신이 생각하옵건대 거짓으로 일시적인 편안을 얻어 그 병사兵事를 늦추려는 계책일 뿐입니다. …

요컨대 설번은 명나라가 구원병을 보내야 한다고 역설했다. 이런 복명이 있었는데도 명나라의 조정은 대규모의 구원대를 보내는 것을 주저했다. 사용할 수 있는 군대는 요동 주둔부대인데 요동군의 지휘자들이 쉽사리 싸울 생각을 하지 않았기 때문이다.

예조판서 윤근수와 공조판서 한응인은 협강까지 가서 명나라의 장군 낙상지駱尙志를 만나 동정군東征軍이 언제쯤 발진할 것인가를 물었다.

낙상지는 동정군의 규모가 13만쯤 될 것이라고 하고 시기는 '내월 초쯤 될 것'이라고 했을 뿐 구체적인 대답은 없었다.

사실을 말하면 명나라에서 구원군이 온다는 것은 탐탁한 일이 아니었다. 10만 아니라 20만이 온다고 해도 그들이 애써 왜적들과 싸움을 벌일 까닭이 없었다. 10만의 명군明軍이 들어오면 그만큼 국토와 민생은 황폐되는 것이다.

홍계남은 명나라의 조승훈이 평양에서 도망친 사실과 그들이 민가에 끼친 작폐 등을 들었기에 되도록이면 명나라의 구원 없이 전쟁을 수행했으면 하고 바랐다.

계남이 보는 바대로라면 왜적은 아직도 주력主力을 보전하고 있다고는 하나 점점 염전厭戰 기분으로 빠져들고 있었다. 왜적이 한 군데로 집결하는 것은 무의미한 충돌을 피하고 차일피일 시간만 보내자는 속셈이라고 짐작했다.

아닌 게 아니라 홍계남은 최근 얼마 동안 적을 만날 수 없었다. 그는 자기의 공수범위攻守範圍를 양성, 안성, 용인, 진위, 직산, 죽산, 수원으로 잡고 있었는데 그 지역에서 홍계남이 출동하면 적은 자취를 감추어 버렸다. 어떻게 정보를 알아내는지 속된 말로 귀신이 곡할 노릇이었다. 계남이 출동하기만 하면 적은 그림자도 없어진다. 그로 미루어 민간에 적과 내통하는 자가 상당수라고 짐작했다. 그러나 계남은 단순한 짐작만 갖곤 민간인을 끌고 와서 심문하거나 처단하지 않았다. 그런 대신 확실한 증거를 잡았을 경우엔 가차 없었다.

계남은 자기의 전담지역에선 전투할 수 없는 상황이라고 판단하고 북상北上하든지 남쪽에 있는 적의 요충要衝을 공격하기 위해 원정할 생각이 없지 않았지만, 일단 자기가 떠나고 나면 적이 습격해 올 것이 확실할 터이니 그럴 수도 없었다. 간혹 들려오는 전투의 소식을 듣고 조바심을 내기만 했다.

그러는 동안 계남으로 하여금 절치부심케 한 일이 금산전투였다.

8월 초순의 어느 날 계남은 평소 자기가 존경하는 의병장 조헌趙憲이

천여 명의 의병을 이끌고 온양에 진출했다는 소식을 들었다. 계남은 혹시 합동작전 계기가 있을지 모른다고 생각하고 부하 몇 명만 거느리고 야행夜行하여 온양으로 조헌의 막사로 찾아갔다.

계남이 비로소 첫인사를 하고 자기가 홍계남이란 사람이라고 밝히자, 조헌은 자리에서 일어서서 흡사 장자長者를 모시듯 하는 예의를 다해 계남이 당황했다.

"어른께옵서 왜 이러십니까."

"국난에 연상연하가 있을 수 있소. 애국의 지성과 능력이 문제이지. 홍 공의 눈부신 전공은 이미 듣고 알고 있소이다. 과寡로 중衆을 제制하고 연전연승한 공이야말로 영웅이 아니겠소. 노골老骨 조헌이 뜻이야 없을 수 있겠소만 역부족인 걸 어떻게 하겠소. 이렇게 만나 보니 정말 반갑구려."

하며 눈물까지 흘렸다. 그리고 이우, 이봉, 김경백 등 의사義士를 소개하고 서로 인사를 시켰다.

"다들 영걸들이오. 나라를 위해 애쓰는 의사들이오."

"어른께선 무슨 일로 이곳에 나오시었습니까."

계남이 정중하게 물었다.

"우린 북상北上하여 가까이에서 근왕勤王할까 하오."

"근왕에 원근이 있사오리까."

"근왕에 원근이 있을 수 없지요. 그러나 내 생각입니다만 상감의 신변이 너무나 쓸쓸한 것 같소. 북쪽에 왜적의 정예가 있어, 아마 결전은 북쪽에서 있을 것이 아닌가 하오. 충청도에 앉아 보잘것없는 왜적을 상대하는 것보다 큼직한 놈을 상대하고 싶소이다. 뿐만 아니라 상감께선 명나라의 군사만을 고대하신다고 들었는데 그 심경이 안타깝게만 여겨지오. 그래서 우리 1천 명이 한편 행재소를 지키고, 한편 평양성을 공략해서 명나라의 구원병 없이도 우리 힘으로 왜적을 무찌를 수 있다는 증거를 보여 주고 싶소이다."

조헌의 말이 이쯤 되자 김경백이 뒤를 받았다.

"사실 우리는 충청도에선 어떻게 할 수가 없소. 윤 감사와 공주목사의 농간에 견딜 수가 없소. 우리의 전투를 돕기는커녕 방해만 하려고 하니, 이러다간 그들 관官과 우리 사이에 큰 시비가 생길 위험마저 있소. 그래 충청도를 떠나 떳떳하게 근왕하고자 하는 겁니다."

"그들이 왜 그럴까요?"

"관찰사와 의병장 사이가 좋지 못한 예는 더러 있는 모양입니다. 경상감사 김수와 의병장 곽재우 사이는 지금도 험악한 것 같고, 함경도에서도 감사 윤탁연과 정문부 사이가 대단히 좋지 않은 모양입니다. 그런 가운데서도 우리 충청도 감사는 유별나요."

"그렇게 된 덴 내 책임도 있소. 감사가 많은 군사를 거느리고 있으면서도 자위책自衛策에만 급급하고 나가서 싸울 요량을 안 하기에 호되게 꼬집었더니 감정을 가지고 사사건건 트집을 잡는단 말요. 그렇다고 해서 정면으로 싸움할 형편도 못 되고."

조헌이 한 말이었다.

홍계남이 '내게도 그런 일이 있었다'고 야무지게 경기감사에게 반항한 적이 있다고 설명했다.

"홍 공의 경우는 그럴 만도 했소. 그러나저러나 방백은 왕인王人이니 지나치게 대항할 수야 있소. 무거운 절 떠나라고 하기보다 가벼운 중이 떠나야 하지 않겠소."

"북상을 하신대도 적지敵地를 통과하셔야 할 것인데 무슨 대책이 강구되어 있습니까?"

"대책이라야 별 게 있겠소. 야심에 길 더듬듯 하며 갈 수밖에 없지요."

이렇게 이런저런 얘기와 더불어 전투, 또는 행군行軍에 참고되는 경험을 주고받고 있는데 바깥에서 기침소리가 났다.

"장덕익이올시다. 아뢸 말씀이 있어서 왔습니다."

"들어오너라."

하고 조헌은 계남더러 그냥 그 자리에 있어도 좋다고 했다.

조헌의 막하에 있는 장덕익이 충청감사 윤선각의 말이라면서 다음과 같이 조헌에게 아뢨다.

"감사는 어른과의 사이가 좋지 못한 것을 심히 뉘우치는 것 같습니다. 사이가 그렇게 된 것은 중간에 있는 자들의 농간이니 앞으로는 그런 일이 없도록 조심하겠다고 말했습니다. 그런데 금산의 적이 고경명이 전사한 후부터는 더욱 기고만장하여 언제 호서와 호남을 칠지 모르는 판국에 조 공趙公께서 북쪽으로 떠나시면 어떻게 할까 하고 크게 걱정하십니다. 그래서 금산의 적을 친 다음 어른께서 북상하여 근왕하셔도 늦지 않을 것이 아닌가 한다고 했습니다."

조헌이 가만 듣고 있더니 계남에게 물었다.

"감사의 말에도 일리가 있는 듯하온데 홍 공의 생각은 어떠하오?"

"감사가 진심으로 뉘우쳐 하는 말이라면 의당 그렇게 하는 것이 좋을 줄 압니다. 금산의 적을 쳐서 호서와 호남의 안전을 도모하는 것은 시

96

급한 일이며 근왕도 되는 것이 아니겠습니까. 그러나 감사의 진의가 어디에 있는질 알 수 없어 그것이 불안하옵니다."

"적어도 감사의 말인데 그냥 흘려들을 수야 없지. 진심으로 한 말인지 아닌지를 우선 알아보기라도 해야 하지 않겠소."

조헌이 공주로 회군하자는 영을 진중에 내렸다.

"어른께서 금산을 칠 작정이오면 제게도 전갈해 주옵소서. 저도 공격의 일익을 담당하겠소이다."

"홍 공, 고마운 말이오. 그러나 홍 공의 임무는 경기도에 있소. 경기도를 지키는 임무도 막중하오. 관군과 합세할 수 있게 된다면 홍 공의 힘을 빌리지 않아도 될 것으로 아오. 모자라면 권율 장군의 조력을 빌리기로 하겠소."

조헌과 홍계남은 온양 서구에서 헤어졌다. 그런데 그것이 그들의 처음의 만남이요, 마지막의 만남이 되었다.

조헌이 공주로 돌아가서 윤 감사를 만나자 윤 감사는 다음과 같이 요구했다.

"조 공의 군과 관군이 합세하면 금산의 공략은 여반장如反掌일 것이오. 우리가 합세하면 하나의 군세軍勢가 되는 것이 아니겠소. 그런데 하나의 군세에 장將이 둘 있을 순 없는 법인데, 그리고 관군이 조 공의 지휘하에 든다는 건 이치에 맞지 않는 일 아니겠소. 그러하오니 부득이 조 공의 군사를 관군에 편입시킴이 어떠하겠소. 그렇게 하는 것이 당연한 일로 아오만 …."

"굳이 군세를 하나로 할 것은 없지 않겠소. 관군을 우군右軍으로 하고 내 배하를 좌군左軍으로 하여 갈라져 공격하는 것이 좋을 듯하오."

조헌은 관군과 의병의 통합을 반대했다. 그 까닭은 관군과 의병은 같이 섞어 놓을 수 없는 생리와 성분을 가지고 있었기 때문이다. 의병이 관군에 편입한다는 것은 의병의 상졸이 관군의 하졸로 된다는 뜻인데 의병이 그런 처사에 승복할 까닭이 없었던 것이다.

감사의 의견과 조헌의 의견이 맞서 타협이 되지 않는 가운데 감사의 속셈이 드러났다. 감사는 조헌과 합세하여 금산의 적을 치려는 데 목적을 둔 것이 아니고 조헌의 북상을 방해하려는 목적이었다.

조헌이 북상하면 반드시 임금을 배알케 될 것이고, 그렇게 되면 감사인 윤선각에 관한 언급이 있을 것인데, 조헌은 감사를 좋게 말하지 않을 것인즉 감사는 그것이 두려웠던 터였다.

감사는 조헌의 군대가 관군으로 들어오길 강요하는 한편, 의병에 참가한 자제들의 부형을 관가에 잡아 가두어 조헌의 군에서 탈락하는 조건으로 석방하는 계략을 쓰고, 열읍列邑에 서찰을 띄워, 의병들에게 협력하는 것을 엄중히 금한다고 했다. 그렇게 한 결과 의병 속에 섞여 있던 관군들은 물론 뜻이 약한 사람들은 모두 돌아가 버리고 조헌의 휘하엔 7백 명의 의병만이 남게 되었다.

그래도 조헌은 금산성의 적을 소탕할 의지를 포기하지 않았다. 조헌은 전라감사 겸 순찰사인 권율에게 '8월 17일을 기하여 금산성을 공격할 것이니, 권 장군께서는 협력하시를 바란다'는 서면을 전달한 후, 15일, 공주를 출발하여 유성으로 진출했다.

유성에선 승장僧將 영규靈圭가 수백 명의 군사를 거느리고 기다리고 있었다. 이때 별장別將 한 사람이 다음과 같이 진언했다.

"금산의 적은 1만이 넘는 정예군이라고 들었습니다. 이런 군사를 상

98

대로 1천에 미달한 오합지졸로써 어찌 승산이 있겠습니까. 정세를 보아 호기를 얻으면 공격하든지, 또는 행조行朝의 분부를 얻어 진퇴를 결정하는 것이 옳을 줄 믿사옵니다."

조헌도 이 별장의 의견이 타당한 것으로 시인했지만 뜻을 피력했다.

"지금 기고만장한 적을 앞에 하고 어찌 성패와 이해만을 따질 수 있겠소이까. 주욕主辱에 신사臣死라고 하지 않았소. 이 충성만을 관철하면 승패는 이미 안중에 없을 것이오. 비록 승리는 못하더라도 적들의 간담을 서늘케 함으로써 우리의 의기를 떨칠 수 있지 않겠소."

별장은 그 뜻에 깊이 감동하여 조헌의 명령에 따르겠다고 맹세했다.

이때 승장 영규의 말이 있었다.

"전라감사 권율의 확약을 받아 행동하는 것이 옳지 않겠소. 그의 출사出師에 대한 약속을 받지도 않고 작전을 개시하는 것은 경거輕擧가 되지 않을는지요."

조헌은 조용히 눈을 감고 깊이 생각한 뒤에 말했다.

"나는 그에게 8월 17일을 공격기일이라고 하고 협력을 구했소. 그의 확약을 들어 결행한다는 말을 하진 않았소. 비록 그의 협력을 못 얻는다 하더라도 내가 정해 놓은 공격일자를 내가 변동할 순 없소."

그러자 영규의 부하들은 '필패必敗할 싸움에 가담할 필요가 없지 않느냐'고 했지만 영규는 참전을 선언했다.

"주장의 뜻이 철석같은데 내 어찌 하랴. 승패와 생사는 재천이니라."

홍계남이 그 전투의 소식을 들은 것은 만사가 끝난 지 사흘 후의 일이다. 계남은 조헌이 왜 자기에게 알리지 않았는가 하고 서운했지만 조헌의 깊은 뜻을 이해할 수 있을 것 같기도 했다.

조헌은 스스로 필패의 전투라는 것을 각오하면서도 그 전투에서 보여줄 의기義氣가 민족을 분기시키는 계기가 될 것으로 알고, 그야말로 의기의 싸움을 관철했다. 그런 까닭에 홍계남까지 끌어들여 희생시킬 필요가 없다고 생각했던 것이다. 그리고 이 짐작은 옳았다.

전투는 실로 처참을 극했다.

적은 조헌의 군사가 얼마 되지 않고 후속부대가 없음을 탐지하고는 17일 밤 성중의 병사를 성 밖으로 보내어 공격군의 배후를 찌를 계획으로 18일 아침이 되자 성안의 병력을 출동시켜 우리 군사를 협공했다.

조헌이 높이 외쳤다.

"오늘엔 다만 일사一死가 있을 뿐이다. 제공 생을 도모하지 말지니라. 오직 의義의 일자一字를 부끄럼 없이 할지어다."

전 참봉 조광윤은 향병鄕兵을 이끌어 선두에서 싸우다가 죽고, 조헌의 아들 완기完基도 이 싸움에서 죽었다. 봉사奉事 임정식任廷式은 척후장斥候將으로 나가 있다가 전세가 불리하다고 보자 단병短兵으로 적중으로 뛰어들어 적병 수 명을 단숨에 죽이고 죽었다.

사인士人 이려李礪의 전사도 장렬했다. 그는 영상領相 이택李鐸의 손자로서 명학독행明學篤行한 선비였는데 솔선 의병에 참가하였던 것이다.

사인 김절, 만호 변계는 각각 수십 명을 죽이고 전사했고, 온양 현감 양응춘은 마상전으로 분투하고, 봉사 곽자방은 육모 곤장으로 적을 뉘었으며, 무인 김헌은 마상의 적이 휘두르는 창을 뺏어 그의 목을 찔렀다. 부장 김인남은 적의 말을 뺏어 타고 사자분신의 활약을 했다. 그리고는 모두 장렬하게 전사했다.

무인 박봉서, 부장 이인현, 무인 황삼양 등의 활약도 눈부셨다. 부장 박춘 등은 성벽을 선등先登할 용사였고, 사인 한기는 수십 명을 죽였으며, 부장 박찬의 활약도 대단했다. 사인 박사진, 김선복, 복응길, 신경일, 서응시, 윤여익, 김성원, 박흔, 조경남, 고명조, 강명조 등은 혹은 문文으로서 또는 학행學行으로 조헌을 따르던 사람들이었는데 혼신의 응력을 다해 싸우다가 모두 대의에 순절했다.

의사들이 이처럼 다음다음으로 죽고 드디어 조헌의 신변이 위태롭게 되었다. 그의 탈출을 종용하는 사람이 있었다. 그러나 그는 태연자약하게 웃으며 말했다.

"이곳이 내가 죽을 자리니라. 장부가 국란을 당하여 어찌 구차하게 삶을 구하리오."

이어 독전督戰을 서두르다가 그는 이윽고 장렬하게 숨졌다.

계남은 조헌의 장렬한 전사 장면을 거듭 물어보곤 수연히 말했다.

"진실로 장부다운 어른이 죽었구려. 그러나 그의 뜻은 천년만년 죽지 않을 테니 우리 모두 그의 뜻을 배워야…."

이 전투에서 적이 이겼다고는 하나 그들의 손해도 막대했다. 시체를 태워 없애는 데만 사흘이 걸렸다니 말이다. 그리고 드디어는 금산성에서 적들은 철수하고 말았다.

임진壬辰의 해는 저물어

경기조방장 홍계남은 연일의 전투에 시달려 광교산의 본거로 돌아와 서산의 낙일을 보고 있었다. 이때 권율 장군의 친서를 가지고 5~6마리의 말이 남쪽으로부터 달려왔다. 계남이 그 친서를 펴 들었다.

… 이제 평양, 봉산, 평산, 우봉, 백천, 개성이 완전히 적의 수중에 들어 서로西路가 끊기고 말았소. 이렇게 평양 이남의 땅이 모조리 적의 소굴이 되어 버렸소. 이대로 방치하면 조정과 우리들 사이는 연결될 수 없게 될 것이오. 그런즉 우리는 기어이 한양을 탈환해야 하겠소. 한양을 탈환함으로써 적의 기세를 꺾고 서로를 다시 열게 하고 이윽고 북상하여 근왕할 수 있을 것이오. 그러한즉 홍 공께서도 만에 하나의 유루遺漏가 없도록 바라오. 나 권율은 근일 정병 1만 명을 거느리고 수원 방면으로 진출할 것이오. 그때 만나 작전계획을 세웁시다. 그 계획에 대비해서 홍 공께선 그곳의 상황을 잘 살펴 두시오.

계남은 그 편지를 읽고 일시에 피로가 가셔짐을 느꼈다. 한양의 탈환은 계남의 숙원이었던 것이다.

한양은 그때 여전히 우희다수가宇喜多秀家의 장악하에 있었다. 한양과 그 주변에 주둔한 적병의 수는 약 6만. 식량사정이 어렵게 된 적은 인근의 민가를 함부로 약탈하는 행패를 부렸으므로 우선 이를 방지하느라고 홍계남이 영일寧日이 없었다.

'그러나 권 장군에게 무슨 묘책이 있는 것일까.'

적의 수는 6만이나 된다. 계남은 즉시 막하의 간부들을 불러 모아 권 장군의 친서를 보이며 방책을 강구하기 시작했다.

며칠 후 독산산성禿山山城으로 진주한 권율로부터 계남에게 전갈이 왔다. 계남이 즉시 달려갔다. 그 자리에서 권율은 다음과 같이 말했다.

"지난여름 5만의 우리 군사가 용인에서 패하지 않았소. 그 전철을 밟지 않기 위해 나는 무법한 진격을 삼가고 이 독산산성을 지키며, 금방이라도 한양을 칠 듯이 양동陽動하여 적을 유인하여 쳐서 그 세를 꺾을 작정이오. 홍 공의 협력을 빌리겠소."

계남은 광교산을 거점으로 하여 임기응변의 작전을 펴겠다고 하고 돌아왔다.

권율의 예상은 적중했다. 권율군이 독산산성에 집결하자 적장 우희다는 전후방의 연락이 끊길 염려뿐만 아니라 한양이 직접 위협받게 된 터라 수만의 군사를 출동하여 독산산성을 공략하려고 했다.

우희다는 우선 독산산성을 포위하여 권율군이 성 밖으로 나오도록 도발했다. 그러나 권율은 적의 틈을 타서 수십, 수백 기씩 일시에 내보내 적을 기습하곤 곧 돌아오는 전법으로 적을 괴롭혔다.

한편 홍계남은 야음을 이용하여 적의 배면을 쳐서 적을 혼란케 하는 한편 기병 1백여 명이 독산산성의 문을 드나들게 하고 빛깔이 다른 기치로 바꾸어 이 산에서 저 산으로 옮기는 등, 독산산성에 계속 증원군이 도착하는 것처럼 꾸며 적의 사기를 떨어트리는 반면 권율군의 사기를 도왔다.

왜적은 성중으로 흘러들어가는 세남천細南天을 막아 급수원給水源을 끊어 버리는 등 갖가지 계책을 썼다. 그러나 권율의 군사와 홍계남의 군사는 신출귀몰한 방법으로 적의 포위진에 심대한 타격을 주었다. 적은 공격할 기력을 잃었다. 그렇다고 해서 진지에 눌어붙어 자멸을 기다릴 수는 없었다. 드디어 적은 한양으로 철수하였는데 계남과 권율군은 그 퇴로를 급습하여 다대한 전과를 올렸다.

이 전투로 인해 적은 분산배치하던 부대를 거점 중심으로 집결했다. 이 때문에 주둔지 이외의 곳에 적병이 나타나는 재앙은 없어졌다. 이로 인해 적 주둔지 이외의 백성들은 평온을 얻을 수 있었다.

홍계남이 권율에게 건의했다.

"지금 한양의 적을 공략할 순 없으니 서울에 근접한 행주산성幸州山城으로 진을 옮겨 후일을 도모함이 어떻겠습니까."

권율은 즉석에서 계남의 건의를 받아들여 진을 행주산성으로 옮기기로 했다. 권율군이 이진移陣할 때 홍계남군은 소모사召募使 변이중邊以中과 더불어 시흥 부근에서 광교산에 이르기까지의 지역을 지킴으로써 엄호 역할을 다했다.

이것이 후일 행주산성의 대첩을 있게 한 것이다.

계남은 그 후 수일 동안 권율과 같이 기거하면서 모여드는 정보를 검토하고 앞날에의 계획을 세우기로 했는데 그로 인해 피차 간담상조肝膽相照하는 사이가 되었다. 지난 10월 초의 진주성 공방전이 화제에 올랐을 때 권율은 이런 말을 했다.

"경상우병사 유숭인이 병 1천 명을 거느리고 진주성으로 달려갔는데 진주목사 김시민金時敏이 그의 입성을 거절했소. 부득이 유숭인은 진주성 밖에서 싸워 죽었어요. 그때 사천현감 정득열鄭得說과 가배량 권관 주대청朱大淸도 같이 전사했다는 것인데 특히 주대청의 활약이 눈부셨다더군. 그러나저러나 진주성을 지키는 데 성공한 덴 김시민의 공로도 컸지만 유숭인의 공로도 인정해 줘야 해. 유숭인이 없었더면 정득열, 주대청의 가세加勢도 없었을 것이고 그로 인한 적세의 소모도 없었을 것이오. 진주성 밖에서 적군이 모질게 당했거든. 그런 뜻에서 김시민이 운이 좋았던 거여."

"목사가 상관인 우상사의 입성을 거절한다는 일이 있을 수 있습니까."

"있을 수 없는 일이지. 이를테면 하극상下剋上이니까. 그러나 그 있을 수 없는 일이 있어서 승전할 수 있었으니 전투란 건 묘한 거라. 만일 유숭인이 진주성으로 들어갔더라면 지휘권은 마땅히 유숭인이 맡아야 할 게 아닌가. 그런데 유숭인은 자기가 직접 데리고 온 부하는 몰라도 진주성을 방어하는 전 장병이 마음으로 승복할 사람이 아니었거든. 그가 지휘했더라면 아마 진주성은 지키지 못했을 거라 … ."

삭령朔寧전투도 화제에 올랐다.

"경기의 심대沈岱는 참으로 애석한 사람이야."

하고 권율이 시작했다.

심대는 그 문행文行이나 충신忠信이 출중한 사람인데 사람들을 너무 믿었던 탓에 실패했다. 심대는 경기감사로 임명을 받고 양성현감 윤경원, 병조좌랑 강수남, 종사관 양지와 동조하여 임지로 가는 도중 곳곳에서 군사를 모아 그 수가 꽤나 부풀어 있었다. 연천군경에 이르러선 적과 조우하여 불시의 전투가 있기는 했으나 합심육력, 적을 물리칠 수가 있었다.

심대는 삭령에 임시로 감영監營을 두기로 했다. 이천, 여주, 강화도를 제외하고는 경기도 일대라 적의 유린하에 있었기 때문이다. 심대가 삭령에 도주하자 주민들은 기뻐 날뛰었다. 도임하는 위의가 삼현육각三絃六角을 갖춘 당당한 것이었기 때문이다.

심대는 군사를 모집하고 군기를 점검하는 한편 한양의 정세를 파악하여 한양 공략의 기회를 노렸다. 그 무렵 성여해成汝諧란 자가 감영을 찾아와서 군관이 되겠다고 간청했다. 성여해는 자기의 누이동생을 적장에게 첩妾으로 바쳐 놓고 적의 간첩 노릇을 하던 자였다. 이런 사정을 알 까닭이 없는 심대는 청하는 대로 성여해를 군관에 임명했다.

당시 적장 이동우평伊東祐平은 철원에 주둔하고 있었다. 그리고 조선의 반민들에게 감영의 모병에 응모하라고 선동했다. 감영에서 이들을 모두 군사로서 채용했다. 이들은 적의 상황을 탐지하겠다, 군기를 훔쳐 오겠다고 핑계하여 삭령과 한양 사이를 자유로이 왕래하며 적의 이목 노릇을 했던 것이다.

심대는 9월 22일에 있었던 하유下諭를 실행할 작정으로 개성유수 이정형, 경기순찰사 성영, 강화도의병장 김천일金千鎰 등에게 각각 군사를 장악케 하여 동서로 한양을 협공할 계획을 세웠다. 그리고 심대 자신은 성여해를 비롯한 왜적의 간첩들로 구성된 군사들을 지휘하기로 했다.

간첩들의 보고에 의해 삭령 감영의 사정을 잘 아는 왜적은 '감사는 연일의 피로에 지쳐 감영에 누워 있다'는 보고를 받자, 10월 17일, 이동伊東이 직접 부하 5백 명을 데리고 철원을 출발하여 임진강 상류를 건너 삭령군수 장지성의 부대를 기습했다. 장지성은 감영에 보고도 하지 못한 채 도주해 버렸다.

삭령 감영에선 경호하는 놈들이 모두 간첩인지도 몰랐던 터라 갑자기 들이닥친 왜적의 공격을 물리칠 수 없었다. 병석에 있던 심대가 밖으로 나와 보니 윤경원은 장창으로, 강수남과 양지는 큰칼을 쥐고 적과 백병전을 벌이는 중이었다. 인천부사 윤건이 달려와서 감사에게 피하라고 했다. 감사는 앓는 몸을 움직여 객사 뒤 은행나무 밑에 자약하게 앉아 독전하다가 이윽고 적의 화살을 맞고 죽었다. 삭령의 전투는 한마디로 동족이 동족을 속인 참극이었다.

"심대는 착한 어른이었소."

권율은 왜적에게 붙은 놈들의 처단엔 가차가 없어야 할 것이라고 흥분했다. 홍계남도 동감이었다.

권율은 현재 경상도와 전라도가 처한 상황을 설명했다. 이어 그는 양차에 걸친 성주 전투와 기타 전투에서의 패인敗因을 들먹이며 한숨을 지었다.

"대소 수백 회의 싸움이 있었소만 명색에 승리했다고 하는 전투도 이렇다 할 보람이 되지 않는 것은 진주성의 전투를 보아도 알 것이라. 홍 공은 이 판국에 해야 할 가장 긴급한 일이 무언지 아시오?”

“무엇보다도 민심의 수습이라고 생각합니다. 민심이 하나로 되어 있으면 백성 하나하나가 성城으로 되는 것이 아니겠습니까.”

“홍 공의 말이 옳소. 그러나 그게 쉬운 일이 아니오. 상감께선 의주 행재소에서 다음과 같이 탄식했다고 하오. ‘용만일우龍灣一隅에 천보天步가 가난하고, 지유地維가 기진己盡하니 과인이 장차 어디로 갈 것이오.’ 이 소식을 듣는 자 눈물 흘리지 않고 배길 수가 있겠소.”

“그래서 선비들이 책읽기를 그만두고 일어섰으며, 산속의 승려, 농촌의 장정들이 일어서서 싸우는 것이 아니겠습니까. 그런데 수많은 역도들이 생겨나고 있다고 하니 삭령의 그 성가 놈 같은 놈들이 말입니다.”

“그러나 낙심하진 맙시다.”

권율은 흉금을 털어 장차의 방략을 말하며 계남의 의견을 물었다.

그렇게 밤을 지내고 새벽에 계남은 자기의 본거로 돌아왔다. 돌아오는 도중에 얻은 착상着想이 그 유명한 〈통고호서열읍격문〉通告湖西列邑檄文이란 것이다.

계남은 이 격문으로 2중의 효과를 노렸다. 하나는 보다 많은 의사義士를 모집하는 것이고, 또 하나는 반도叛徒들이 그것을 읽고 반성 회개하는 바 있도록 해야겠다는 데 있었다. 격문은 다음과 같다.

이 땅에 나서 음식을 먹고, 숨을 쉬고 사는 자는 마땅히 무기를 베개로 삼고, 와신상담하여 군부君父의 원수를 갚아야 할 것이다. 나는 불행하게도 이 흉변을 만나 적의 칼날에 부형을 함께 잃었다. 어찌 적과 더불어 같은 하늘을 이고 살 수가 있으리오. 이러한 나와 같은 심정을 가진 사람이 원근에 반드시 수백 수천은 넘을 것으로 아오. 그리하여 여기에 의병을 모아 일대를 만들어 부형의 깊은 원수를 갚을까 하오. 부모와 처자의 해골이 들에 흩어져 그 원혼이 의지할 바 없는데 어찌 우리가 안연할 수 있단 말이오. 그런데도 복수할 생각을 갖지 않는다면 구천지하의 부형에게 무슨 면목으로 대할 수 있을 것이리까. 어찌 부형께서 나에게 아들이 있고 동생이 있다고 할 수 있으리까 ….

계남은 이 격문 수백 통을 만들게 하여 심복의 부하들을 시켜 열읍에 살포 또는 전달하도록 명령하고 그 자리에서 경기감사 심대의 최후를 알렸다.

부왜반도附倭叛徒가 창궐한다는 것은 우리가 이미 아는 일이지만, 그런 자들을 방치한다는 것은 나라의 수치일 뿐 아니라 백전백패할 원인을 만드는 거나 다름이 없소. 적을 치는 것도 중요하지만 부왜반도의 적발이 더욱 시급하오.

"부왜반도의 적발은 제게 맡겨 주십시오."
신불이 제의했다.
당분간 특별한 작전이 있을 것 같지 않다고 판단한 계남이 신불의 제안을 승낙했다. 계남은 권율과 더불어 대결전大決戰은 명년 2월쯤에 기하자는 합의를 보고 있었다.
어떤 방법을 쓸 것이냐고 신불에겐 물을 필요도 없었다. 그가 거느린 특수대의 이름을 귀곡대鬼哭隊라고 했다. 이를테면 그들의 재주가 너무나 비상해서 귀신이 곡할 지경이란 뜻이다.

그러나 계남은 당부의 말을 잊지 않았다.

"너무 오래 본거 本據를 비우면 좋지 않고 불려의 일이 있을지도 모르니 출동기간을 5일간으로 하고, 일단 돌아왔다가 가도록 하자."

신불이 귀곡대 20명을 인솔하고 떠난 것은 사흘 후였다. 그는 이번엔 주로 수원, 죽산, 양성 등지를 살펴볼 참이라면서 연락 방법과 암호를 정해 놓고 떠났다.

그런데 바로 그날 계남에게 진객珍客이 있었다. 석개동石介童이란 자가 찾아왔다. 전초근무를 하던 자가 데리고 왔는데 그 복색이나 용색이 거지꼴이었다.

"장군님을 잘 안다고 하도 우기기에 … ."

전초가 변명하는 투로 말했지만 그가 석개동임을 단번에 알아차린 계남은 막사에서 뛰어나오다시피 하여 그를 반갑게 맞이했다.

"군관님 오래간만입니다."

석개동이 눈물을 글썽하며 얼어붙은 땅바닥 위에 엎드려 절을 했다.

"학봉 어른께선 잘 계시느냐."

"예, 두 달 전까진 잘 계셨습니다. 지금도 잘 계실 줄 압니다."

"이리 들어오너라. 우선 몸을 녹이게. 얘기는 차차하고."

계남은 원행하고 돌아온 동생을 대하듯 손목을 잡고 석개동을 막사 안으로 맞아들였다.

석개동은 학봉 김성일金誠一의 상노常奴였다. 말하자면 몸종이다. 계남과는 지난해 통신사로 일본에 갔을 때 알게 된 사이였다. 김성일은 석개동을 지극히 좋아했다. 종이라고 하기보다 친자식처럼 대했고, 석개동 역시 부모처럼 김성일을 받들었다. 누구나 그 주종관계主從關係를 부러워하지 않는 사람이 없었다.

우선 몸을 녹인 후 몸을 씻고 새 옷으로 갈아입히고 요기를 시켰다. 그러자 상노답지 않은 귀골貴骨이 완연하게 나타났다.

석개동이 거기까지 홍계남을 찾아온 경위를 설명했다.

"진주성 싸움 얘긴 들으셨지유. 그 싸움의 전말을 의주 행재소에 전하는데, 절 그 일행에 끼었습지유. 강화도로 가서 배를 타고 진포라는 데서 내려 걸어서 2백 리를 가니께 의주더만요. 돌아오는 길은 저 혼자 왔습지요. 진주를 떠날 때 학봉 나리께서 말씀이 계셨어유. 홍 군관님께선 경기도에 계신다고 들었다구요. 혹시 기회가 있으면 군관님을 뵙고 오라는 분부였어요. 그리고 문서를 써 주실 듯하더니 똑똑히 외워 두었다가 직접 말씀드리라고 하셨는데, '대의大義를 위해서도 몸조심하시어 청사에 이름이 빛나시도록 하시라'는 분부였습니다. 그래서 마음먹고 찾아왔습죠. 여길 오다가 몇 번 죽을 뻔했습니다…."

김성일이란 인물 —

누가 뭐라고 해도 홍계남은 김성일을 좋아했다. 고집스럽고 엄격해서 때론 버거울 때가 없지 않았으나 지내 놓고 보니 그런 감정을 말쑥이 사라지고 그 출중한 덕德만이 우러러뵈는 것이다.

하기야, 절대로 일본의 침략이 없을 것이라고 한 것은 잘못이었다. 그러나 김성일의 깊은 마음을 아는 계남으로선 그것으로써 김성일을 욕할 순 없었다. 정사 황윤길이 일본의 침략이 틀림없이 있을 것이라고 했을 때 조야朝野의 경동은 실로 아연할 정도였다. 일손을 놓고 피란 갈 궁리만 하며 모두들 허둥지둥했다.

김성일의 진심은, 이러다간 일본의 침략이 있기 전에 나라가 망할

판이라고 판단했다. 일본의 침략 여부는 불확실한데 그런 발설發說로 인한 경동驚動은 눈앞에 나타난 확실한 사실이었기 때문이다. 뿐만 아니라, 명민明敏한 사람은 자기의 명민 때문에 속는 경우도 있는 법이다. 명민한 눈과 두뇌로 보았을 때 일본은, 얻을 것이란 없고 실失만 있게 될 외정外征을 감행할 만한 사정에 있지 않았다. 백 년의 난세亂世 끝에 겨우 평화를 얻어 조금 수월하게 숨을 쉴 수 있을까 말까 한 판국에 어찌 화禍만을 자초하겠는가. 그런 까닭에 준비를 서두르는 꼴이나, 호전적인 언동이나, 모두가 이편을 위압하기 위한 일종의 양동행위陽動行爲로 김성일에겐 보였던 것이다.

명민한 사람일수록 상궤常軌를 벗어난 과대망상증을 이해하지 못한다. 김성일은 풍신수길을 그래도 백 년 난세 끝에 일본을 통일한 영웅으로 보았다. 영웅이 어찌 엉뚱한 망상에 사로잡힐 까닭이 있겠는가.

김성일이 분명히 이렇게 생각했을 것이라고 홍계남은 이해했다. 그런 이해가 조정의 일각에도 있었기에 벌을 중지하고 도리어 영직榮職으로 대접한 것이 아닌가.

홍계남은 그런 점에서도 출중한 사람이었다. 사람을 알기가 쉽지 않다. 명민한 사람이 자기의 명민 때문에 일시적인 과오를 범한 것이 김성일의 경우라면, 역시 명민한 사람이니까, 그런 사정까지 이해할 수 있다는 것이 홍계남의 경우이다.

아닌 게 아니라 경상도에 그 당시 김성일이 없었더라면 초토가 되고도 풀 한 포기 나지 않을 상황으로 황폐화했을지 모른다. 김성일이 없었다면 경상감사 김수가 의병장 곽재우의 칼에 맞아 죽었든가, 아니면 김수의 농간으로 곽재우가 역적으로 몰려 횡사했든가 했을 것은 명백했다. 그렇게 되었다면 관군과 의병 사이의 알력이 극악화해서 적전敵前에 내란內亂이 일어났으리란 추측도 결코 지나친 것이 아니다.

김성일은 엄관嚴寬에 무애하여, 관 사이의 알력, 관민 사이의 저어, 관과 의병 사이의 대립을 조절해서 그나마 소강小康을 유지할 수 있었다. 그 공으로 해서도 그의 전과前過는 보상되고도 남음이 있을 정도이다. 계남이 언젠가 김성일을 만나 이러한 충정을 털어놓고 싶었으나 기회를 얻지 못했는데 이제 석개동을 만나니 김성일 본인을 만나뵌 만큼이나 반가웠다. 계남은 상노 석개동을 막료들에게 소개하고, 평소의 소회所懷를 풀며 밤이 깊어지는 줄 모르고 술잔을 주고받았다.

권율 장군으로부터 전갈이 왔다.

행주산성에 대병大兵을 집결 중인데 적의 방해가 심하여 식량수송이 대단히 곤란하다며 홍계남의 협력을 요청해 온 것이다. 식량문제는 피아간에 중대 문제였다. 적군도 이 문제엔 신경을 썼다.

한편 흉포한 짓을 감행하면서도 뜻밖에 착한 태도로써 백성을 대하기도 하는 왜군의 태도는 식량확보를 위해 농부들에게 농사를 짓게 하기 위한 술책이었다. 이곳저곳 폐농 소동이 있었기 때문에 아군 측에서도 농부들의 농경에 지장이 없도록 애를 썼다.

홍계남이 언제나 제한전制限戰을 하지 않을 수 없었던 것도 주로 농사 때문이었다. 그런데 추수기가 지나자 적들은 식량을 구할 수 있는 데까지 구하기도 하고 약탈도 해선 그들의 주둔지 창고에 보관하고 엄중하게 지키고 있었다. 그런 틈바구니에서 막대한 군량을 확보하려고 하니 어려운 일이다.

식량 보급선을 끊어 놓고 포위해 버리면 성의 함락은 시간문제이다. 고래로 이런 전법은 흔하게 사용되었다. 계남은 권율의 고충을 알았다. 조인식을 비롯한 막료들과 의논한 후, 왜적이 과천 창고에 확보해 둔 식량을 강탈하여 행주산성으로 보내기로 했다.

과천 창고의 소재지는 과천 출신의 의병이 많았으므로 환히 알 수가 있었다. 거기 소장된 총 석수도 대강 짐작할 수 있었다. 벼 약 2천 석. 2천 석이면 많은 것 같아도 병사 하나가 하루 한 되를 먹는다고 치고 만 명의 병사이면 하루 1만 되가 소요되므로, 20일 동안의 식량밖에 안 된다. 그러나 그나마 일단 확보해야 하는데 2천 석을 아무런 방해를 받지 않고 하룻밤 사이에 옮기려면 2천 명의 인력을 필요로 한다.

양곡탈환 작전은 전투해서 승리를 얻는 것보다 엄청 힘든 일이다. 홍계남은 막료들과 구수회의를 한 결과 다음과 같은 계획을 세웠다.

무슨 수단을 쓰든지 장정 2천 명을 모아 야음을 이용하여 근처의 산에 미리 잠복시키고, 일대는 군포 쪽에서 공격을 감행하고, 일대는 안양에서 배면을 찔러 협공하여 적군을 관악 쪽으로 몰아 충분한 시간을 벌기 위해 추격전을 전개한다. 다른 일대는 적의 원병에 대비하기 위해 요소요소에 매복한다. 작전 개시는 자정子正.

계남은 적군이 야음엔 맥을 추지 못한다는 것을 알고 있었다. 아무래도 지형지물에 익숙하지 않는 그들로선 당연한 일이다.

그 밤은 살을 에듯 추운 밤이었다. 자정을 기하여 군포로부터 쳐들어갔다. 적의 주의가 일제히 군포 쪽으로 쏠렸다. 그때 안양 쪽에서 배면 공격을 시작했다. 당황한 적이 피할 곳이란 관악밖에 없었다. 계남은 맹렬한 추격을 감행했다.

그 사이에 산에 잠복했던 장정들이 일제히 쌀 창고에 쇄도했다. 순서를 미리 정해 놓고 있었기 때문에 혼란은 없었다.

장정들이 창고를 완전히 비우기까지 반각이 걸렸다. 반각이면 지금의 시간 표현으로 한 시간이 된다. 그러고도 일각을 더 추격하다가 암호가 있자 추격을 중지하고 식량을 운반하는 장정들을 엄호하는 태세로 후퇴했다. 그렇게 하여 2천 석의 군량이 동이 틀 무렵엔 행주산성에 도착해 있었다.

권율은 홍계남의 협력으로 독산산성과 행주산성에서 지구전持久戰의 태세를 견지할 수 있게 되었다.

그런데 임진의 해가 저물어 갈 무렵 우리의 전세가 전국적으로 아연 활기를 띠었다는 사실을 알아 둘 만하다. 평안도에서, 함경도에서, 경상도에서 각각 눈부신 전과를 올린 것이다.

평안도 중화군中和郡에선 임중량林仲樑과 윤붕尹鵬이 의병을 모아 일어서서 소서행장의 군에 도전하여 적에게 심대한 타격을 주었다. 임중량은 키가 8척이며 그 재지才智는 지방 사람들을 탄복케 한 인물이고, 윤붕은 고려조 문숙공의 후손으로서 의기義氣에 넘친 인물이었다. 이들에게 호응한 사람으로 차은진車殷軫, 차은락이 있다.

임중량은 평양성 가까이에 가서 대동강 변에 '우리는 너의 소굴을 소탕하려고 한다. 싸우려거든 나와서 싸우고 그렇지 않거든 물러가라'고 쓴 푯말을 세웠다.

소서행장은 이것을 보고 그의 부장에게 격퇴명령을 내렸다. 임중량은 조금 싸우다가 조금 후퇴하고, 다시 싸우다가 후퇴하여 적을 보루堡壘

근처로 교묘히 유치하곤, 패한 척 보루 안으로 후퇴하여 기旗를 내려놓고 북을 엎어 놓고 죽은 듯이 엎드려 있었다.

적은 보루 안에 방비가 없다고 판단하곤 운제雲梯를 보루 위에 걸어 놓고 개미떼처럼 기어 올라왔다. 시기를 포착한 임중량의 영이 내리자, 우리 군사들은 북을 치고 함성을 지르며 적을 향해 기와와 돌을 던지고 활을 쏘았다. 긴 자루에 달린 바가지로 끓는 물을 퍼서 뿌리기도 하고, 구워 놓은 흙을 철수鐵手로 던져 적의 칼목을 치기도 했다.

적은 혼비백산 도망을 쳤다. 그것을 추격하여 거의 몰살하다시피 했다. 기록에 의하면 적의 시체가 보루의 높이로 쌓이고, 적의 피로 참호가 찼을 정도라고 하니 대단한 전과이다. 임중량은 서전序戰에서 적의 간담을 서늘하게 한 후, 더욱 군사의 훈련에 힘쓰는 한편 병기와 기계를 정비하여 평양을 수복할 계획을 착착 진행시켰다.

이상이 11월 말까지 있었던 일인데 12월에 들어서자 대설大雪이 내려 지척을 분간하기 어려운 새벽, 적은 대병력을 동원하여 기습을 감행했다. 보초가 미처 발견하지 못했던 것이 실수였다. 그땐 임중량은 전상戰傷으로 민가에서 치료 중이었고, 의병부장義兵副將으로 윤붕이 지휘를 맡고 있었다. 윤붕은 자기의 형 윤린尹麟을 보루에서 떠나게 하고 사생死生을 결해 보루를 지킬 각오를 했다.

보루가 함락되기 직전 어느 군교가 윤붕에게 피신할 것을 중용했으나 윤붕은 듣지 않고 허사현, 윤온형 등 여러 부장과 함께 적진을 향해 돌격했다. 윤붕은 이 전투에서 장렬하게 전사하고 말았다.

중화의 보루는 이윽고 함락되고 말았지만 그 전투로 해서 적에게 가한 타격은 한량없는 것이 되었다.

이보다 더 혁혁한 전과가 함경도 길주 쌍포에서 있었다. 이 전투를 지휘한 사람은 의병대장 정문부鄭文孚.

9월 30일 전투에서 전사자 6백여 명을 내는 패배로 인하여 길주성 주둔의 적은 성문을 굳게 닫고 농성의 태세를 취하고 있었다. 정문부는 적을 포위하고 있다가 12월 10일을 기하여 직접 길주성을 공격하였다. 동원된 병력은 3천. 적의 병력은 약 1천여 명이었다.

적은 1천 명이었으나 조총을 비롯해 우수한 무기를 갖춘 정병들이어서 정문부는 정공법正攻法에 의하면 희생이 클 것으로 판단하고 전략을 바꾸었다. 즉, 병력을 구분하여 성 밖 4, 5개 지점에 분산 매복케 했다가 적이 성 밖으로 나올 때, 이를 포위 섬멸하겠다는 전략이었다.

이때 적의 일부 병력은 마천령 아래에 있는 책성柵城 안에 있었다. 이 병력은 해정창, 지금의 성진을 지키는 동시 마천령 남쪽에 있는 단천군端川郡과 연결하는 거점이었다. 정문부는 먼저 이 책성의 적을 무찔러 후방과의 연락을 차단하여 길주성을 고립시켜 놓고 수비병력을 송두리째 섬멸할 계략을 세웠다.

정문부가 주력군을 일단 책성으로 옮기려 하는데, 책성의 적병 4백 명이 길주에 집결하기 위해 책성을 떠나 쌍포로 향하고 있다는 정보를 입수했다. 정문부는 기정 방략대로 이 적을 공격하기로 했다.

이러한 우리의 계획을 알 까닭이 없는 적군은 마음 놓고 길주를 향해 북상했는데 복병장 김국신金國信 부대의 기습을 받고 혼란에 빠졌다. 아군의 삼위三衛가 한꺼번에 일어나 적을 전, 좌, 우 3방면으로 포위하고 치열한 공격을 퍼부었다. 피아간에 백병전이 벌어져 전투는 사뭇 치열했다. 드디어 참수한 적의 수급 백여 개, 노획한 다수의 군기, 각고角鼓 도창刀槍 등의 전과를 올리고 전투는 끝났다. 이 전투는 극히 중요한 전투이며 이 전투에서의 승리는 결정적 의미를 가졌다. 이로써 북도를 완전히 수복하게 된 계기가 되었기 때문이다.

이에 못지않은 승전이 경상도 성주에서 있었다. 아군이 성주의 적을 공격한 것은 8월 21일, 9월 12일 두 차례였지만 이렇다 할 성과를 얻지 못했는데 12월 중순을 기한 3차의 전투에선 혁혁한 전과를 올렸다. 경상도의병대장 김면, 경상도의병부장 장윤, 전라우의병장 최경회, 경상도의병장 정인홍, 전라좌의병장 임계영 등의 합동작전으로 이룩한 이 승전으로 말미암아 이윽고 아군은 성주성을 수복하였다.

이처럼 각처에서의 승전 소식과 함께 명나라 동정군東征軍의 본격적인 출동이 시작됐다는 소식이 홍계남의 귀에 들려왔다. 12월 8일엔 제독 이여송李如松이 요동에 진출하였고, 12일부턴 유격장 왕필적王必迪을 필두로 한 군사들이 압록강을 건너오기 시작했다. 그리고 드디어 이여송 지휘하의 10만 대군이 25일 압록강을 건넜다. 조야는 이들을 환영하여 천군天軍이라고 했다.

천군의 도래엔 홍계남이 착잡한 감회를 가졌다. 일본을 치기 위해선 그들의 도움이 필요한 것이지만 그들이 끼칠 누累를 말하면 패전과 방불한 대가를 치러야 했기 때문이다. 그러나 울며 겨자를 먹어야 할 경우가 있으며 부랑자에게 안방을 비워 줘야 하는 경우도 있는 것이다.

'어찌 이렇게 나라의 운명이 서러울꼬!'

이런 착잡한 기분으로 공수양면의 준비를 서둘고 있던 차, 내일이 그믐날이 되는 날 양주서 찾아온 사람이 있었다. 뜻밖에도 궁동宮洞에

118

서부터 이숙랑李淑娘을 모시던 늙은 종이었다.

"자네가 웬일인가."

막사 안으로 들어온 늙은 종은 큰절을 하더니 그냥 퍼져 앉아 울음을 터뜨렸다.

"어떻게 된 건가 말해 보게."

"숙랑 아씨가⋯. 아씨가 자결하였사옵니다."

계남은 눈앞이 아찔하여 말문이 막혔다.

"양주 텃골에 아씨를 모시고 있사옵는데 그 아랫마을에 왜놈한테 붙어 야료를 부린 임가란 놈이 있어 그놈이 아씨의 거처를 왜놈 괴수에게 말했던 모양입니다. 아씨는 꼭꼭 숨어 살면서 있는 흔적도 보이지 않았는데 어떻게 그놈이 낌새를 맡았는지⋯."

늙은 종은 숨이 가쁜 듯 가슴을 누르고 있다가 가까스로 말을 이었다.

"밤중에 그놈이 왜놈 몇을 이끌고 아씨 숨은 곳으로 들이닥쳐 다짜고짜 끌고 가려고 했습니다. 마루 끝까지 끌려 나오시다가 아씨는 악하고 쓰러지셨서유. 혀를 깨물고 죽었습니다. 세상에 이런 일이 어디에 있겠습니까. 장군님 면목이 없사옵니다. 절 죽여주옵소서."

계남은 눈앞이 캄캄했다.

어릴 때 약을 잘못 먹은 탓으로 벙어리가 된 이숙랑은 만일 그런 사고만 없었더라면 재색을 겸비한 규수로서 영화를 누릴 만한 여성인 것이다.

'그러한 숙랑이 내 애인이 되어 평생을 그늘에서 살기로 했거늘, 내게 정절을 지켜 혀를 깨물고 죽었다니⋯.'

홍계남은 엎드려 흐느껴 우는 늙은 종의 어깨를 어루만지며 자기도 하염없이 눈물을 흘렸다.

"그래 아씨의 시신은 어떻게 하였나."

"마을 뒷산에 가묘假墓를 만들었습니다."

늙은 종의 눈엔 아직도 눈물이 흐르고 있었다.

'이 세상에 악이 있다는 것을 모르고 살았던 사람!'

계남은 이제 싸늘한 시신이 되어 꽁꽁 얼어붙은 땅속에 묻혀 있을 숙랑의 모습을 뇌리에 그렸다.

'말을 못하는 그 답답한 마음을 내게 쏟고, 나를 의지하고 살았던 쓸쓸한 여인!'

정녕 이숙랑은 달빛 아래 핀 목련꽃을 닮았다. 그 유현한 모습, 청초한 기품!

"아아, 그처럼 처참하게 죽다니…. 그 임가라고 하는 놈이 어디에 있는지 아는가?"

"아씨가 돌아가시고 가묘를 만들어 삼우제를 지내곤 한양의 집으로 돌아왔습죠. 그리고 어느 날 길거리에서 그 임가 놈을 만났습니다. 같은 놈들끼리 서넛이 의기양양 걸어가는 것을 보고 뒤따라가 보았습니다. 왜놈에게 붙은 놈들이 모이는 묵동 어느 집이었습니다. 임가 놈은 그 집에서 먹고 자는 것 같습디다. 나리, 그놈을 붙들어 아씨의 원수를 갚아 주옵시오."

계남의 감정대로라면 지금이라도 당장 한양으로 달려가서 그놈을 붙들어 찢어 죽이고 싶었다. 전신이 부들부들 떨리기까지 했다. 계남은 한양으로 침입할 방도를 생각하기 시작하다가, 사분私憤과 공분을 혼동해선 안 된다고 입을 악물었다. 그래 가까스로 마음을 진정하고 물었다.

"이영 나리로부터 무슨 소식이 있었느냐."

"없었사옵니다. 풍문으론 평안도에 계신다고 하였습니다만."

계남은 이영이 누이동생의 참변을 들었으면 오죽이나 상심할까 하는 생각과 더불어 이영의 근황에 대해 궁금증을 느꼈다.

'살아 계시기만 하면 다행이련만.'

밤은 깊어만 갔다. 늙은 종을 보내 놓고 계남이 다시 상념에 잠겼다. 바깥엔 눈이 내리고 있고.

그 눈을 밟고 신불과 그가 이끄는 특수대, 즉 귀곡대鬼哭隊가 광교산을 오르고 있었다.

수원, 죽산, 용인, 과천 일대의 부왜반도附倭叛徒들을 적발하는 대로 징치懲治하고, 그믐날과 설을 사령관 홍계남과 더불어 지내기 위해 설야행군을 감행하는 터였다.

그런데 그 일행 가운덴 이색적인 사람이 둘 있었다. 둘 다 재갈을 물리고 발을 제외하곤 꽁꽁 묶인 것을 보면 사로잡아 오는 반도임을 알 수 있었다. 신불은 홍 장군에게 바치는 선물로 치고 그들을 사로잡아 끌고 오는 것이다.

본거에 도착했을 땐 자정이 넘어 있었다. 귀대인사歸隊人事는 아침으로 미룰까 했는데 홍 장군이 아직 자고 있지 않다고 듣고 신불은 부하들을 막사에 돌아가 쉬게 하고 자기만 계남의 거처로 갔다.

"수고가 많았겠소."

기다리던 계남이 일어서서 신불의 손을 잡았다.

"뭐 대단한 수고는 아니었습니다."

신불이 군례軍禮를 행하려고 하자 계남이 그것을 만류했다.

"몸도 녹여야 할 것이니 우리 술이나 한잔합시다."

"우선 대강의 보고를 하겠습니다."

이렇게 시작한 신불은 수원에서 17명, 죽산에서 9명, 용인에서 11명, 과천에서 3명의 반역도를 적발하여 처치했다고 하고 반역도들의 명단과 놈들이 행한 반역사실을 일일이 설명했다.

엄숙한 표정으로 듣고 있던 계남이 중얼거렸다.

"혹시 억울한 사람은 없었을는지."

"억울한 놈은 아마 없을 것입니다. 곳곳마다에 잠복하여 한 사람 말만이 아니라 여러 사람의 말을 듣고 결정했으니까요. 뿐만 아니라 왜놈과 내통하는 현장을 잡기도 했습니다. 그런데 그런 놈들을 징치할 때마다 느끼는 일입니다만 어째서 그렇게 돼먹지 않은 연놈들이 이 땅에 많은가 하는 한탄입니다. 백성 가운데서 일어나 의병義兵을 일으켜 나라를 위해 죽기도 하는데 어찌 그러한 사갈배蛇蝎輩가 횡행할 수 있느냐 하는 한탄입니다. 왜놈들의 전술은 교묘해요. 하마터면 큰일 날 뻔했습니다."

수일 전 20명으로 헤아리는 의사義士의 일당이 수원성 한쪽에 있는 왜군의 화약고를 습격하여 수십 인의 왜병을 죽인 사건이 있었다. 그 소문은 널리 퍼져 이미 그자들의 이름은 행재소에까지 올라갔는지도 모를 일이다. 그런데 신불이 탐색한 바에 의하면 그것은 왜놈과 반역도가 짜고 한 연극이었다. 화약고 폭파 때 죽은 사람은 왜놈 군사의 복색을 한 조선인들이었고, 그 화약고엔 굉음과 화염을 내기 위한 소량의 화약밖에 없었다. 왜놈들은 반역도의 이름을 높이 내어 우리 군대에 중용되도록 하기 위해 무고한 양민을 왜병으로 가장시켜 죽이기로 연극을 꾸민 것이다. … 신불은 그 사실을 감쪽같이 알아낸 것이었다.

"장한 일을 했군. 그걸 어떻게 알아냈는가."

계남은 감탄을 금치 못해 물었다.

처음 단병短兵으로 적진의 화약고를 습격한 의사義士들의 이름을 알고자 했는데 그 이름을 알 수 없는 것은 당연하다 하겠으나, 습격 후 그들이 피신한 곳의 흔적을 도무지 알 수 없는 점이 이상했다. 그런데 공교롭게도 수원성에서 10리쯤 떨어진 수 개의 마을에서 노인들의 행방을 찾아 소동이 벌어지고 있었다. 무려 10여명의 노인이 하룻밤 사이에 없어졌다는 점이 이상했고, 없어진 것이 공교롭게도 화약고를 습격한 사건이 난 전날 밤이란 게 이상했다. 노인들은 모두 의병義兵을 자칭하는 사람들과 같이 어디론가 갔다고 하는데 의병들이 노인을 데리고 가서 무엇을 했을까, 그리고 왜 빨리 돌려보내지 않았을까 하는 것이 이상했다.

이런 이상한 점을 추궁한 결과 폭파된 화약고 근처에서 왜병의 복색을 하고 죽은 사람들이 그 노인들이란 게 밝혀졌고 의병이라고 자칭한 자들이 왜놈에게 붙은 간인배奸人輩들이란 게 밝혀졌다. 뿐만 아니라 뜻밖에도 부평 뒷골 진가란 사람 집에서 수원현감 또는 수원판관에게 전달하라고 어느 의병이 두고 간 문서를 발견했다.

"그 문서가 이겁니다."

신불이 내놓은 문서엔 30명의 이름이 나열되어 있고 수원성 내의 왜적 화약고를 폭발한 공로가 있다고 적혀 있었다. 그리고 덧붙이길, 이 사실을 행재소에 이미 알린 바 있으니 지방의 수령으로부터도 응당 상부에 보고가 있어야 할 것이라며 진사 김옥수金玉秀의 서명이 있었다.

"그래 신 공은 그들을 추격해 봤소?"

홍계남이 물었다.

"시일이 없어 그들을 탐색하는 것은 다음날로 미뤘습니다만."
하고 방바닥에 있는 문서에 나열된 명단의 맨 꼭지의 이름을 짚었다.
이원용이란 이름이었다.

"이자를 사로잡아 왔습니다."

신불이 처음으로 득의에 찬 웃음을 웃었다.

"그자가 괴수인가?"

"괴수라고 보아야 하겠지요. 하여간 만만한 놈은 아닙니다. 그자와 함께 왜놈의 부장部將과 붙은 여자도 잡아 왔습니다만 이 여자는 보통의 미색美色이 아닙니다."

이 말엔 계남이 얼굴을 찌푸렸다.

"여자를 뭣 때문에 잡아 왔을꼬, 처치가 곤란할 뿐인데."

"아니올시다. 홍 장군님. 무슨 까닭으로 어떻게 왜놈들에게 붙게 되었는지 그걸 알아 두는 것도 작전상 유익한 일로 아옵니다. 그냥 죽이긴 아깝고, 놓아주긴 괘씸하고, 여러 가지 생각이 있어서 붙들어 왔습니다. 지금 이리로 끌고 오라고 할까요?"

"그럴 것까지 없소. 고단할 테니 돌아가서 쉬시오. 날이 밝거든 다시 의논합시다."

3경이 넘었는지 바람은 자고 눈도 멎고 있었다. 갠 하늘에 별들이 총총했다. 신불을 막사 밖에까지 나와 전송한 홍계남은 하늘을 바라보며 가슴을 펴고 차가운 바람을 폐장 가득히 빨아 넣었다.

아침 식사를 끝내고 주위의 경비선을 더욱 엄중하게 단속하고 계남의 막사 앞에 어젯밤 사로잡아 온 놈을 끌어냈다.

계남은 조금 높은 데 앉고 중단에 조인식, 신불을 비롯한 막료들이 앉았다. 사문査問의 역할을 주로 맡은 것은 조인식이었다.

"네 이놈, 네 이름이 이원용이라 함이 틀림없으렷다."

"그렇다. 내 이름은 분명 이원용이다. 그런데 내 이 씨가 종친의 이 씨라는 것을 명념해야 할 거다."

이원용의 눈은 초롱초롱했고 음성은 배신자답지 않게 우렁찼다.

"왜놈에게 붙은 자에게 성씨가 무슨 필요 있으며 하물며 종친을 방자함은 무슨 해괴한 일인고."

"나는 왜놈을 무찌른 의사義士이지 부왜한 자가 아니다. 바로 네놈들은 화적 떼가 아니냐."

"그렇다면 묻겠다."

하고 신불이 나섰다.

"이곳저곳의 마을에서 노인들을 끌고 간 것은 바로 네놈들이 아닌가."

"나는 그런 적이 없다."

"거짓말이 이곳에서 통할 줄 아는가. 네놈들이 노인들을 꼬여 왜놈들의 진영으로 끌고 가서 왜병 복색을 입혀 화약고에 넣곤 화약고를 폭파한 사실을 나는 소상하게 알고 있다. 바른대로 대지 못할까?"

"내가 알 바 아니다."

하고 이원용은 외쳤다.

신불은 수원 현감에게 보내는 문서를 진사 김옥수로 하여금 쓰게 한 후 술에 독을 넣어 죽인 사실까지 지적하고

"화약고를 폭파하고 난 뒤 네놈들은 어디로 갔느냐."

고 따졌다. 그리고 고함을 쳤다.

"네놈들이 어디로 갔는가. 그곳만 대면 네놈을 풀어줄 수도 있다."

이원용이 어름어름 대답을 못했다. 신불이 계속 추궁했다.

"네놈들은 화약고를 불 지르고 도망을 치기는커녕 왜병의 본영으로 가서 술을 마시지 않았는가. 그리곤 새벽녘에야 거기서 나와 뿔뿔이 헤어진 것 아닌가."

"나는 그런 일 없다. 화약고를 폭파한 즉시 나는 내 거처로 달려왔다."

"거짓말 마라. 네 거처라고 하는 곳이 내가 너를 붙든 그 집을 말하는가. 달리 또 거처가 있는가. 달리 거처가 있거든 대라."

"내 거처는 도처에 있다. 난세의 영웅이 일정한 거처를 가지겠는가."

"난세의 영웅? 간악하기 짝이 없는 놈. 하는 소리마저 무도하구나. 이놈아, 난세의 영웅이라서 왜놈의 동서가 되어 왜놈 첩의 언니를 걸 터타고 사느냐?"

"영웅은 본래 호색한 것이니라."

"아가리가 달렸다고 못하는 말이 없군. 네놈 입을 꿰어 소나무 가지에 달아 놓을 테다."

"천하의 의사를 이처럼 곤욕케 하는 것을 보면 네놈들은 분명 화적이구나."

이원용의 고함이 쩽쩽 울려 산울림이 되었다. 그러나 신불의 추궁은 날카롭고 정확했다. 놈의 반역과 거기에 따른 비행이 속속 드러났다.

아무리 허세를 부려도 소용이 없었다.

　신불의 추궁에 의해 껍질이 하나하나 벗겨져 정체가 백일하에 드러나 어떠한 형편도 용납되지 않게 되자 이원용은 돌연 태도를 바꾸었다.
　당당했던 가면을 벗어던지고 음흉한 성격 그대로를 노출하는 표정으로 되어, 으르릉댔다.
　"네놈들, 아니꼬운 버러지 같은 것들이 내 포부를 모를 것이다. "
　"개돼지만도 못한 녀석이 포부는 다 무슨 포부냐. "
　신불이 벌떡 일어나 짚고 있던 장검을 칼집째 추켜들어 이원용의 어깨를 호되게 쳤다.
　"누구 앞에서 입을 놀려. "
　신불이 다시 칼을 집어 들었다. 계남이 신불을 말리고 입을 열었다.
　"이 무엄하기 짝이 없는 놈. 아직 잘못을 뉘우칠 줄 모르는가. 죽음 직전에서나마 본정신으로 돌아가라. "
　"본정신? 나는 한 번도 본정신을 떠나본 적이 없다. "
　"그렇다면 네 놈은 네가 한 짓이 아직도 잘한 짓이라고 생각하는가. 넌 곧 죽는다. 그때까지 반성의 여유를 주겠으니 회개하라. "
　"도마 위에 오른 고기가 무슨 반성을 하는가. 죽이려거든 빨리 죽여라. "
　"널 반역도의 시신으로 만들긴 싫다. "
　"반역도? 내가 반역도인가? 명나라에 붙은 임금은 반역도가 아니고 왜놈에게 붙었다고 내가 반역도야? 내 포부를 듣거라. 나는 왜놈과 손잡고 이 나라의 왕이 되려고 했다. 그런데 실패해서 이 꼴이 되었다.

나는 실패한 왕은 될망정 반역도도 아니고 배신자도 아니다."

"저놈의 입을 틀어막아야지."

신불이 와락 일어서서 이원용의 입을 발길로 차자 한꺼번에 두세 개의 이가 부러진 모양으로 놈의 입안에 피가 가득했다. 이원용은 피와 함께 부러진 이빨을 뱉어내며 악을 썼다.

"이놈 신불아, 난 네놈을 잘 안다. 네놈은 이름도 성도 없는 천물이 아니냐. 천물인 네놈이 이 나라에서 받아 온 대우가 뭐였나. 쓸개도 없는 놈 같으니라구‥‥."

"저놈의 아가리를."

신불이 덤벼들려는 것을 계남이 가까스로 막고 일갈했다.

"그래 네놈은 나라로부터 대접을 못 받았대서 왜놈에게 붙었는가."

"그렇다. 나는 종의 몸에서 낳았다고 해서 어려서부터 괄시만 받아 왔다. 그래서 이 기회에 이 따위 경우 없는 나라를 뒤집어엎으려고 했다. 아니 내 스스로 뒤집어엎으려는 참이었는데 왜놈이 왔다. 그래서 나는 왜놈과 손잡았다. 명나라에 붙어 명맥을 유지하려는 놈들에 비해 다를 게 뭐 있느냐."

"당장 저놈의 목을 칩시다."

조인식의 건의였다.

"저놈을 그렇게 쉽게 죽일 순 없다. 스스로 죽게 해야지. 저놈의 코를 꿰어라."

"잠깐 내 말을 들거라."

이원용이 악을 썼다. 부하들이 우르를 달려들어 놈의 코를 꿰려는 것을 잠깐 멎게 하고 계남이 무슨 말인가 해보라고 했다.

128

"나는 널 안다. 홍계남을 안다. 네가 어려서부터 받아 온 수모를 나는 안다. 너의 외조부 되는 분이 누군가도 나는 안다. 그래도 너는 분노도 없는가? 임금의 아들이면 첩의 자식이건 천모의 자식이건 임금이 되어 지존至尊으로 받드는데 어찌하여 신하들의 아들이라고 해서 그 출생을 두고 왈가왈부하는가 말이다. 넌 억울하지도 않았는가. 양반 자식 천 명이 달려들어도 못할 공적을 세워 겨우 수원판관水原判官, 부사도 못 되는 그 역겨운 자리 하나 얻었다고 사내대장부의 뱉을 잃어? 나라가 뭔데, 임금이 뭔데. 나라도 내게 잘못하면 적국이나 다를 바 없다. 이놈도 날 핍박하면 나의 적이다. 그래서 나는 내 요량대로 싸웠다. 내 요량대로 살아왔다. 나를 죽이는 건 쉽지만 인지상정人之常情은 죽이지 못할 것이다."

"이놈 들거라. 내가 있기 전에 있는 것이 부모이며 나라다. 내게 어떻게 대하건 임금은 지존이다. 잘못된 제도이면 공론을 펴서 바로잡으면 되는 것이다. 고래로 충신은 일신의 처우를 돌보지 않고 나라와 임금을 섬기는 사람들이다. 이것이 천하의 정도이다. 너는 이놈아, 너 행실로서 반역하고, 정도를 어김으로써 천하를 문란케 하는 비굴한 놈일 뿐이다. 추호도 회개의 빛이 없으니 네 코를 꿰어 나뭇가지에 산 채로 걸어 본보기로 할 것이니라."

"나는 이왕 네놈들 손에 죽게 되었으니 이미 각오한 바 있지만 너 홍계남의 무식이 가소롭구나. 나는 내 소신을 펴기 위해 일시적으로 왜놈을 이용하고자 했을 뿐이다. 나는 내 소신에 충성을 다한다. 좌절해도 나는 내 소신을 관철했다는 뜻으로 장부가 되는 것이지만 너나 네 일당은 썩은 새끼를 철색鐵索으로 알고 있는 가소로운 놈들이다."

"왜놈에게 붙어 일신의 위안을 탐해 동족을 괴롭힌 놈이 무슨 아가리를 놀리고 있느냐. 저놈의 코를 꿰어 당장 나뭇가지에 걸어라."

이윽고 이원용은 코를 꿰어 산 채로 광교산 허리의 교송喬松에 걸리는바 되었다.

이때 신불의 말이 있었다.

"비겁한 놈에게 어찌 저런 담력이 있었을까요."

"저건 담력이 아니고 발악이다. 발악을 담력으로 잘못 알아선 안 되지."

홍계남이 침울한 얼굴이 되었다. 사실 홍계남 자신도 이원용의 그 대담한 태도에 적잖이 놀라던 터였다. 비록 발악이라고 할망정 이원용의 태도는 당당했다. 계남이 마음속으로 중얼거렸다.

'아쉽구료. 놈이 빗나간 생각을 고칠 수만 있었다면 나라를 위해 하나의 기둥이 될 수 있었을 텐데….'

다음에 여자를 끌어냈다. 여자의 얼굴과 맵시는 가히 절색이었다. 모두들 그 여자를 보는 순간 숨을 죽였을 정도였다. 홍계남도 예외는 아니었다. 실로 경국지미傾國之美란 말을 실감으로써 확인할 수 있는 미인이었다. 얼굴 군데군데가 긁히고 흙이 묻기도 하여 그녀가 끌려올 때의 저항을 짐작케 했는데 그런 상처와 오염이 있었기 때문에 여자의 아름다움은 처연凄然의 도를 더했다.

신불의 설명에 의하면 여자의 이름은 김금단金今丹. 남양 성 진사의 첩이었는데 왜병이 침입하자 왜의 부장部將 흑전장병위黑田長兵衛의 소유물이 되었다고 한다.

"이년의 오라비 김막동이란 놈도 부역하는 놈인데, 동리 사람들의 말에 의하면 이년은 왜병이 지나가는 길목에 서서 날 잡아 잡수, 하는 교태를 부리는 것을 흑전인가 하는 놈이 눈독을 들여 끌고 갔다고 합니다. 그 후 이년의 사주로 인근의 양반들이 왜병에게 끌려가서 혹은 죽기도 하고 맞기도 하여 무주무지한 곤욕을 당했다고 합니다."

계남은 고개를 숙이고 있는 김금단을 보면서 아픔을 동반하고 가슴 속에 되살아나는 숙랑에의 모정을 느꼈다. 그러한 감정의 탓으로 계남이 격한 말투가 되었다.

"네 이년 고개를 들어라."

김금단이 고개를 들었다. 포박된 몸이지만 스스로의 미모를 의식하는 오만이 얼굴을 더욱 처연하게 물들였다.

"너는 정절을 아느냐."

"소녀는 정절을 개 같은 양반 놈들에게 원수 갚는 것으로 알고 있습니다. 또한 여자의 마음에 충실하는 것이 정절로 알고 있습니다."

"그렇다면 왜놈에게 몸을 판 너의 행위가 정절에서 나왔단 말인가."

"소녀는 성 진사의 노비로서 이 세상에 태어났습니다. 부모가 성 진사의 비복이었습니다. 열세 살 때 성 진사의 아들에게 정조를 유린당했습니다. 그런데 열다섯 살 때 소녀는 성 진사의 첩이 되었습니다. 그러기 직전 소녀의 아버지도 아들이 소녀를 유린했다는 사유를 성 진사께 알려 극력 말리려고 했습니다. 그런데 성 진사는 딸을 주고 싶지 않으니까 허무맹랑한 거짓을 꾸며 집안을 망치려고 한다고 곤장으로 쳐서 아버지를 죽여 버렸습니다. 소녀가 순순히 성 진사의 첩이 되어 금수와도 다름없는 처지를 감수한 것은 그 일념이 아버지의 원수를 갚자는 데 있었습니다. 내 몸은 이미 짐승들에 의해 짓밟힌 몸을 미끼라도 해서 원수를 갚고자 했고 갚기도 했습니다. 소녀는 이것을 정절로 알고 있습니다."

김금단의 말은 또박또박 하고 순서에 어긋남이 없었다.

"그렇다고 치더라도 왜놈에게 붙은 사실은 부끄러운 일이 아니냐."

"왜놈의 힘이라도 빌리지 않고 어떻게 무력한 여자가 부모의 원수를 갚을 수 있겠소이까. 놈들의 힘을 빌리지 않고 어느 귀신에게 호소해야 합니까. 수령을 비롯하여 대관들이 있다고 하나 그들에게 소녀의 충정을 호소할 방도가 있겠습니까. 설혹 호소했다고 해도 같은 양반들이라 초록은 동색이어서 되레 화만 당할 것이 아니오니까."

"네 아녀자의 분을 풀기 위해 나라를 반역한 그 따위 행동이 만에 하나라도 통할 줄 아느냐."

"나라를 위하는 덴 양반들이면 족합니다. 미천한 우리가 나설 자리가 아니라고 생각합니다. 나라가 우리들에게 무얼 했기에 우리 주제에 나라를 위해야 합니까. 나라는 우리에게 종의 신분을 주었고, 그 신분 때문에 개나 돼지처럼 우리는 살았습니다. 소녀는 아버지를 죽인 원수의 놀림감으로 갖은 수모를 다 겪었습니다. 그런 소녀에게 정절을 물어요? 짐승만도 못한 양반들의 패륜엔 눈을 감고 소녀의 부역만을 따져요?"

말이 이에 이르자 조인식이 말문이 막힌 듯 버럭 고함을 질렀다.

"요사한 년이 입만 까 가지고 발라넘기는구나. 회개함이 없을까?"

"회개하지 않을 것입니다. 백만 번 다시 살아나도 이런 꼴을 당하면 소녀는 똑같은 행동을 할 따름입니다."

132

홍계남이 복잡한 감정을 정돈할 수가 없어 한마디 끼었다.

"잘못했다고 해라. 아버지의 원수를 갚겠다는 일념엔 동정을 불금하나 왜놈과 내통해서 동족에게 화를 입힌 사실은 나쁘지 않은가. 그 점을 뉘우치기만 하면 네 생명은 구해 주리다."

홍계남의 그 말엔 약간의 감동이 있은 듯 김금단의 눈에 이슬이 맺혔다. 그러나 김금단은 얼굴을 꼿꼿이 들고 다음과 같이 말했다.

"소녀는 아버지의 원수를 갚은 셈이니, 이 이상 여한이 없습니다. 살아 있을 필요도 없습니다. 소녀는 소녀가 저지른 일엔 추호도 뉘우침이 없습니다만 국법을 어긴 죄에 대해선 마땅히 처벌을 받아야 한다고 각오하고 있습니다. 제게 지금 소원이 있으면 빨리 죽여 줍소사 하는 것뿐입니다."

그 너무나 이로理路 정연한 말에 만좌는 조용했다. 멀고 가까운 설경雪景 속에 햇빛이 비치는데 김금단은 그 말을 최후로 무슨 말을 물어도 다신 입을 열지 않았다.

만좌는 홍계남의 명령만을 기다리는데, 그 침묵이 오래 끌었을 무렵, 신불의 말이 있었다.

"홍 장군께 아룁니다. 김금단의 생살여탈을 제게 맡겨 주소서."

한참을 있다가 계남의 말이 있었다.

"김금단을 사로잡은 건 신 공의 공적이오. 이미 김금단의 운명은 신 공의 손아귀에 있었소. 그러니 다시 무슨 말을 하겠소. 신 공이 금단의 운명을 맡겠다고 제의한 이상, 신 공에게 맡기겠소."

이어 국문이 끝났으므로 해산하라는 명령이 내렸다.

신불은 김금단을 자기 막사로 데리고 가서 포박을 풀었다. 그리고 조용하게 다음과 같이 말했다.

"나도 미천한 종 출신이오. 나에겐 이름도 성도 없었소. 내가 받은 수모를 헤아리면 당신이 받은 수모보다 지독했으면 했지 덜하진 않으리라. 그런데도 내가 원수怨讐의 감정을 누르고 이렇게 나라를 위해 분신奮身하는 것은, 나라 전체가 왜놈의 종이 될 판이어서 그걸 방지하자는 데 있소. 낭자의 심정은 잘 알지만, 낭자의 잘못도 크다는 말도 아니할 수가 없소. 아버지의 원수를 갚기가 아무리 다급하기로서니 왜놈들에게 붙는다는 것은 집안에 화풀이를 하기 위해서 화적 떼와 야합하는 것이나 조금도 다를 바가 없소. 지난 일을 말해 무엇하겠소만 낭자의 분함이 그만큼 컸다면 난리를 빙자해서 성 진사의 집으로부터 도망쳐 나오는 정도가 적당했던 것이오. 부모의 원수를 갚았다는 갸륵한 행동이 왜놈에게 붙었다는 그 사실만으로 아무런 생색도 되지 않고 말았소."

김금단은 고개를 숙인 채 듣고만 있었다.

"그러나 나는 낭자에게 자유를 주겠소. 지금 당장 걸어 나가도 좋소. 내 곁에 남을 의사가 있으면 기왕 일체를 잊어버리고 요조숙녀로서 낭자를 받들리다."

김금단은 고개를 들고 신불을 말끄러미 바라보다 한숨을 섞었다.

"우리의 만남이 너무나 늦었소이다."

"세상에 늦은 것이란 없소. 마음먹기에 달린 거요. 하여간 생각할 여유를 드릴 테니 홀로 이곳에 앉아 결단을 내리시오. 거듭 말하거니와 이곳에서 걸어 나가도 좋고 내 곁에 남아 있어도 좋소."

신불이 바깥으로 나와 막사 뒤의 소나무에 몸을 숨기고 막사의 문을 바라보고 있었다. 이윽고 김금단이 막사를 나서더니 느릿느릿 비탈길을 걷기 시작했다. 그 뒷모습을 바라보는 신불의 눈에 눈물이 있었다. 백 보쯤 내려가면 보초선이 있을 것이었다. 신불은 그녀가 보초선을 통과할 수 있도록 전령을 보내야겠다고 생각하면서도 그 자리를 움직일 수 없었다. 눈물이 감당 못할 정도로 흘러내렸기 때문이다.

그런데 신불이 전령을 보낼 필요는 없었다. 김금단은 보초선에 도착하기 전의 지점에서 알맞은 소나무 가지를 골라 치마끈으로 목을 매 자결했다.

신불이 소나무 가지에서 정중하게 금단의 시체를 안아 내렸다. 시체는 벌써 얼음장처럼 되어 있었으나 얼굴의 아름다움은 생시 그대로 완연했다. 지켜보는 군사들에게 눈물을 보일 순 없었으나 신불의 가슴속에 회오리와 같은 한숨과 통곡의 폭우가 소용돌이를 이루고 있었다.

신불은 눈으로 김금단의 얼굴에 묻은 오점을 깨끗이 문지르고 자기의 수건으로 닦은 후, 그 시체를 안고 계남의 막사 앞까지 왔다.

"이 시신을 어떻게 하오리까."

신불이 눈물을 머금자 계남의 말이 있었다.

"심리를 알고 보면 불쌍하기 한량이 없고, 한 소위를 생각하면 능지처참도 미치지 못할진대 스스로 목숨을 끊었다면 회개한 것이 아니겠는가. 그러니 그 패씸한 죄는 묻지 않기로 하고 불쌍한 여자라고 치고 잘 묻어 주어라."

군사들 가운덴 목수들도 있었다. 적당한 나무를 골라 관을 짜고, 만일을 위해 간직한 필목으로 수의를 만들었다. 이윽고 양지쪽으로 짐작되는 산허리에 자리를 잡아 묘혈을 팠다. 이렇게 해서 약식으로나마 김금단의 장례를 치른 것은 초경 가까워서였다.

하얀 눈밭에 그곳만 흙빛으로 된 봉우리 앞에 꿇어앉아 신불의 긴 묵도가 이었다. 경문을 모르는 그가 염불을 할 까닭이 없었다. 그의 가슴속에 거래하는 말은 오직 한마디 ―

'우리의 만남은 너무 늦었다.'

캄캄한 그믐밤의 어둠이 주위를 꽉 채웠는데 천상에서만은 임진년 마지막 밤의 별들이 찬란했다.

'우리의 만남은 너무 늦었다.'

계남은 신불의 등을 어둠 속에서 어렴풋이 짐작하며 김금단이란 여자의 일생을 생각했다.

그 여자의 일생은 계남 자신의 어머니 강 씨의 일생에 통하는 것이 있고, 어느 부분은 이숙랑의 일생에 통하는 것이 있었다. 어쩌면 이 나라에 생을 받은 뭇 여성의 일생과도 통하는 것이 있을지 몰랐다.

그렇다고 해서 계남이 김금단의 죄를 석연하게 용서한 건 아니다. 그저 불쌍했다. 말하자면 연민의 정이 책망의 노여움보다 컸던 것이다.

언제까지라도 그렇게 앉아 있을 것 같은 신불을 일으켜 세웠다.

"신 공의 마음 모르는 바 아니지만, 우리 막사로 돌아가 이해를 보내는 잔치를 합시다. 애이불상哀而不傷이란 말이 있는 것이오. 이 나라의 백성 모두가 애이불상해야 할 처지에 있지 않소."

"그 화냥년, 그 부역한 여우같은 년, 찢어 죽여도 죄는 죄대로 남을 그년이 왜 이렇게 불쌍하단 말입니까."

신불은 막사에 도착할 때까지 울먹거렸다. 돌연 신불이 별이 찬란한 하늘을 쳐다보며 깔깔대고 웃었다.

"내가 누굴 불쌍하게 여긴단 말인가. 불쌍한 건 난데."

그 웃음은 허허한 웃음으로 바꿨다.

그믐날 밤엔 자지 않는 관례가 있었다. 그 관례가 아니라도 전쟁터에 있는 마음은 잠을 이루지 못한다. 이 밤 3교대하기로 한 보초선을 엄밀히 하고 상하上下 골고루 제야除夜의 연을 베풀기로 한다.

막사마다에 관솔불을 달아 광교산 홍계남의 본진은 불야성不夜城을 이루었다.

"이제 임진의 해가 간다. 한 사발의 탁주에 모든 시름을 풀어라! 새해엔 또한 새해의 싸움이 있다."

홍계남의 메시지였다. 기쁨보다는 슬픔이 많은 신상身上들이지만 섣달 그믐밤엔 한恨이 흥興으로 변하는 감상이 있기도 하다.

계남의 막사에 모인 면면面面은 조인식을 비롯하여 신불, 원창, 이준호, 송지문, 그리고 십수 명의 막료들이었다. 술이 한 순배 돈 후 계남의 말이 있었다.

"우리 군사들 가운데 전사한 사람이 누구누구인가."

기록을 맡은 송지문이 명부를 펴 놓고 이름을 밝혔다. 무려 37명의 전사자였다. 일동 정연히 머리를 숙여 무성無聲의 곡哭을 했다.

"오호라. 불환지령不還之靈이여. 그들의 죽음을 보람 있게 할 자들은 오직 살아 있는 우리들이니라."

계남은 그들의 고향을 명념해서 후일 삼문을 겸해 크게 현창하도록 일렀다.

계남은 조인식을 시켜 현재의 전황이 어떻게 되었는가를 간추려 파악하기로 했다. 조인식의 보고가 있었다.

"평양성은 아직 소서행장의 수중에 있으나 명나라의 동정군과 아군이 합세하여 명춘을 기하여 이를 탈환할 기세에 있고 ….."

하여 함경도, 황해도, 강원도, 경기도, 전라도, 경상도의 순으로 그 전세와 전황을 들먹이곤,

"적은 병력의 분산이 불리하다고 보고 곳곳에 대군을 집결하고 있습니다. 그러나 그들이 받은 손실도 엄청나서 점점 전의를 잃어 가는 것 같으며 병졸 사이엔 염전厭戰이 퍼져 있는 것 같습니다. 기필 명년엔 왜병을 소탕할 수 있을 것 같습니다."

하고 덧붙였다.

계남은 이어 신불에게 부왜반도附倭叛徒의 상황을 들었다.

"부왜반도의 수는 이를 확실히 파악할 수 없으나 한양에 가장 많아 수백 명을 헤아릴 지경입니다. 한양의 역도 가운데의 두목은 박수영朴守英이란 자이며, 이자는 전에 예빈사禮賓寺 서원書員이었는데 행패가 가장 심한 놈입니다. 수원에서의 두목은 이원용, 즉 지금 교송 가지에 매달아 놓은 놈이고, 죽산, 용인, 과천 등지의 부왜반도는 우리가 이 잡듯 해 놓았으니 후환은 없을 것입니다. 적을 치기에도 영일이 없는 판국에 동족 가운데 적이 생겨 이를 쳐야 할 판이니 실로 앙천통곡할 심정입니다."

계남이 다시 순배를 돌렸다.

"서러워한들 무슨 소용이 있겠는가. 견적필살見敵必殺로 분신하다가 먼 훗날 슬퍼하자."

138

화제가 명년의 전세로 번졌을 때 좌중은 담론풍발談論風發했다.

그 가운덴 관군과 의병 사이에 있는 알력을 걱정하는 얘기도 있었고, 현재의 지휘계통은 승산이 없다는 우려도 있었다. 모두의 의견이 수성전守成戰, 진지전陣地戰은 불가하고 유격전遊擊戰만이 보람이 있을 것이라는 데 합쳐졌다. 모든 군대를 유격군遊擊軍으로 편성해서 신출귀몰하는 방식으로 적을 괴롭히면 급기야 적은 지쳐서 도망을 칠 것이란 결론이었다.

"그런데 모든 장수들이 유격전을 싫어하니 알고도 모를 일이다."
하고 신불은 유격전 외엔 별로 승리한 적이 없다는 예를 들고 권율 장군의 행주산성 작전을 비판했다. 이때 계남이 말했다.

"유격전을 보람 있게 하기 위해서도 수성전, 진지전을 전개할 필요가 있다. 적의 대군을 성이나 진지에 묶어 두어야 하거든. 권율 장군의 행주산성 작전은 훌륭해. 적의 대군이 행주산성에 주목하고 있으니까 그 틈에 우리의 유격전이 성공할 수 있는 거다."

그러나 계남도 수성전의 전과를 부인하는 의견을 가지고 있었다. 말하자면 유격전을 보람 있게 하기 위해 한편에서 수성전법을 써야 한다는 의견이었다. 그런데 모든 장수들이 공성攻城과 수성에 중점을 두는 것은 그렇게 해야만 공적부에 기재되기 때문이었다. 유격전은 전과戰果의 확인이 용이하지 않은 탓으로 공적부에 기재할 수 없는 것이 종전의 예였다.

홍계남 자신의 경우가 그러했다. 수십의 전투에 연전연승했는데도 공성과 진지전 이외의 승전은 송두리째 공적부에서 빠졌을 뿐 아니라 기록에조차도 누락되었다. 그러나 그런 일에 관심이 있는 홍계남이 아니다. 담론 풍발한 좌중에 낮아 조용히 술잔을 들이키며 그는 주마등과 같은 회상 속에 젖었다.

아버지와 형제를 잃은 일, 충주, 대탄, 광주를 헤매던 일, 그리고 아슬아슬하게 사지死地를 피한 무수한 전투….

이숙랑의 얼굴이 뇌리를 스쳤다. 부인 박 씨의 얼굴도, 어머니의 얼굴도. '아, 어머니' 하고 싶었을 때 목이 메었다.

'어머니의 오직 하나의 아들이 섣달그믐밤에 어머니를 모시질 못하고….'

나라가 편해야 모두가 편할 것이었다. 효도를 다할 수도 있을 것이었다.

계사년 정월 보름. 홍계남은 안성에 있었다.

안성은 홍계남에게는 통분의 땅이다. 작년 7월 이곳에서 계남은 아버지를 잃었다. 다시 안성으로 돌아와 보름달을 바라보니 감개가 무량했다. 왜병은 나라의 적이자 아버지의 원수이다. 성 위에 서서 보름달을 바라보는 계남의 눈엔 눈물이 있었다.

국태민안하면 이날 밤은 마을마다가 축제의 도가니로 된다. 만월이 솟으면 지어 놓은 달집에 불을 지른다. 그 불꽃 주변을 돌며 더러는 징을 울리고 더러는 꽹과리를 치고 더러는 북을 두드리며 소리를 합쳐 격양가를 부른다. 아이들은 만월을 향해 절을 하고 아낙네들은 자식들의 수복을 빈다.

그런데 이 밤엔 드문드문 병정들 막사 앞의 모닥불이 보일 뿐 천지는 죽은 듯이 고요하다. 전쟁에 시달리는 상황이고 보니 대보름날을 축하하기 위한 준비를 할 수도 없고, 그럴 마음의 여유도 없다.

불쌍한 백성들! 새삼스럽게 왜적에 대한 적개심을 불태우지만, 앞날은 암담하고 심정은 착잡할 뿐이다.

홍계남이 성벽에서 내려와 막사를 한 바퀴 돌았다. 보초를 붙들고 물었다.

"떡은 먹었나?"

"예, 맛있게 먹었습니다."

"너무 적었지?"

"이런 세상인데요."

계남의 요량으로선 대보름날만이라도 술과 떡을 실컷 병정들에게 먹이고 싶었지만 그렇게 되질 않았다.

약탈을 엄금했기에 홍계남의 진중엔 언제나 군량이 모자랐다. 부족한 군량이었지만 배식配食이 공평했고, 아버지처럼 형처럼 홍계남이 마음을 써 병사들에겐 불평이 없었다. 그리고 항상 사기가 높았다.

홍계남의 부하는 5백 명가량이었지만 오합지졸 5천 명을 능가하는 정병이란 소문이 높았다. 짬이 있기만 하면 훈련을 게을리하지 않았다.

"1당 1의 실력밖에 없는 자는 반드시 죽는다. 1당 5 할 수 있는 실력이면 사생死生이 반반이다. 1당 10의 실력을 갖추면 반드시 이긴다. 반드시 산다."

이것이 홍계남의 부하들에게 대한 교훈이었다.

홍계남은 또한 적정을 충분히 살핀 후가 아니면 절대로 행동을 일으키지 않았다. 공격할 땐 총병력을 집중하여 요긴한 부위만을 공격했다. 한 군대가 무너지면 연쇄반응을 일으키는 것이 군사의 심리라는 것을 계남은 알고 있었다. 5백 명의 병으로 1천 명의 진을 공격할 땐 1천 명이 친 진 가운데 하나만을 집중 공격한다는 것이다. 1천 명 가운데 1백 명이 무너지면 나머지 9백 명은 공포를 느끼기 마련이다. 그때 공격목표를 달리 설정하여 이를 집중 공격한다. …

이것이 홍계남의 전술이었다.

"적을 알고 나를 알면 백전百戰을 해도 불패不敗한다."

《손자병법》의 이 대목이 홍계남의 신념이다.

홍계남은 막사마다 방문해 병사들을 위로하고 전초전까지 돌아본 후 자기의 막사로 돌아왔다. 수행한 병사에겐 가서 자라고 이르고, 계남은 관솔불에 관솔 하나를 더해 놓고 비망록備忘錄을 폈다.

이제 막사를 순시했을 적에 보고 들은 사유를 적어 놓기 위해서다.

　　동상이 심한 자 7명, 경상자 13명, 복통을 앓는 자 5명, 부상이 도진
　　자 21명 ….

이렇게 써 내려가다가 문득 생각난 것이 있어 붓을 멈추었는데 바깥에 인기척이 있었다.

"신불이옵니다. 수원에서 사람이 왔습니다. 예, 변邊 소모사召募使의 심부름으로 왔다고 합니다."

"암호는 챙겼는가? 그럼, 이리로 들게 하라."

이윽고 6척 장신의 사나이가 나타났다.

"전 변소모사의 시중을 드는 강달세라고 하옵니다. 소모사 나리께서 급히 전하라는 서찰을 가지고 왔습니다."

계남이 그 서찰을 읽어 내려갔다. 얼굴에 미소가 떠올랐다. 기쁜 소식이란 짐작이 들었다. 신불이 물었다.

"기쁜 소식이면 소인도 빨리 알고 싶습니다."

"평양성에서 왜병을 쫓아냈다는 소식이다."

신불이 흥분했다.

"조금 기다려. 편지 마저 읽고 얘기를 할 테니까."

홍계남이 서찰을 되풀이해 읽고 나서 이야기를 시작했다.

"이번에 오게 된 동정군東征軍의 제독은 이여송이란 사람이라고 한다. 작년 12월 13일 1천 명의 선견대가 압록강을 건넜다. 14일엔 제 2진 1천 5백 명이 강을 건너왔다. 25일에 이여송이 주력을 거느리고 의주에 도착했다. 28일 의주를 떠나 이해 정월 2일에 안주로 갔다. 명나라 군사가 평양성 공격을 시작한 것은 초 6일이라고 했는데 초 9일엔 왜병이 평양성을 포기하고 남쪽으로 도망치기 시작했다는 거요."

"전쟁이 끝날 날도 얼마 남지 않았겠습니다."

"명나라 병사들이 서둘러만 준다면야 빨리 끝날 수 있겠지. 그러나 우리의 전쟁은 이제부터다. 머잖아 놈들은 한양에 집결할 것이 뻔하지 않는가. 놈들은 여간해선 항복은 안 할 것이니 한양에서 큰 싸움이 벌어지지 않겠는가. 그때 우리들은 한양 공략전에 참가하게 될 거다. 우리의 한양을 수복하는 데 명나라 군사에만 맡겨 놓을 수 있겠는가."

"장군님, 술이라도 한잔 있어야 하지 않겠습니까."

하고 신불이 일어섰다.

"길보吉報를 가지고 온 사자使者에겐 사례가 있어야 하는 법이네. 이 기쁜 밤을 어찌 술 없이 지나겠는가."

홍계남이 강달세에게 편히 앉으라고 권했다.

명나라 군사의 우유부단을 한탄하던 차에 뜻밖의 회보를 듣고 홍계남은 그날 밤을 뜬눈으로 새웠다. 동이 틀 무렵 전원을 깨워 군사들을 모아 놓고 길보를 전하곤 홍계남이 이렇게 말했다.

"이제 승리는 목첩지간目睫之間에 있다. 그러나, 국태민안에 이르려면 몇 개의 태산을 넘어야 할지 모른다. 왜병은 결코 만만치가 않다. 굶주린 쥐가 고양이를 문다는 말이 있지 않은가. 유종의 미를 거두려면 우리는 최선을 다해야 한다. 곧 한양을 탈환하는 싸움이 있을 것이다. 그때 우리는 용약하여 선봉 입성의 명예를 차지하자. 이어 추격전이 전개될 것이다. 그 추격전에서도 우리는 일등 공로자가 되자. 그러려면 평양성을 탈환했대서 들떠 경거망동해선 안 되겠다. 명나라 군사보다 용감해야 한다. 그들에게 의존하는 마음을 갖지 마라. 그들의 힘만으로 이겼다고 하면 뒷일에 갖가지의 어려움이 있을 것이다. 승리는 우리의 힘으로 마무리 지어야 한다 …."

대기大氣는 늠렬한 추위에 얼어붙은 듯했지만 병사들은 추위를 잊었다. 명나라의 원병에 대한 환멸이 컸던 그만큼, 이번에 들어온 명군이 온 지 얼마 되지 않아 평양성을 탈환했다고 하니 어둠 속에서 돌연 빛을 본 느낌이었다.

홍계남의 훈시가 끝나자 우람찬 환성이 올랐다. 말론 되지 않는, 뜻만으로 벅찬 감동의 메아리다.

이것을 계기로 홍계남은 병사들의 훈련에 더욱 열중했다. 부장部將들에겐 갖가지의 진법陣法을 가르쳤다.

사자 몸의 벌레들

계사년(1593년) 정월 25일 밤.

홍계남은 수원 변이중의 진중에 있었다. 변이중의 초청을 받고 안성으로부터 달려간 것이다. 변이중은 나이가 홍계남보다 18세 위이며 관력도 위이다. 홍계남이 당연히 하좌에 앉았다.

좌정하자 변이중이 계남에게 물었다.

"한양의 소식을 들었소?"

"정탐꾼을 보내 놓았으나 확실한 것을 아직 알지 못하고 있습니다. 내 스스로 변장하여 한양에 잠입해서 소상한 것을 알아볼까 합니다."

곧 한양 탈환전이 있을 것을 예상하고 홍계남이 이렇게 말한 것이다.

"그 일 때문에 홍 장군이 직접 나설 것은 없소. 홍 장군은 나라에 없어선 안 될 중진이오. 가볍게 움직여선 안 되오."

"한양을 탈환하기 위해선 한양의 동태를 명확하게 파악해야 하지 않겠습니까."

"그거야 그렇지만."

변이중이 한양의 동태를 대강 설명했다. 소서행장을 비롯한 왜군들이 가등청정과 몇 사람을 빼고 모두 한양에 집결해 있다는 것이다.

"시기를 놓치면 한양 공략이 더욱 어려워지지 않겠습니까."

"그보다도 홍 장군의 병력은 어떠하오?"

"약 5백 명입니다."

"5백 명이라!"

변이중이 중얼거리며 허공을 바라보는 눈초리가 되었다. 홍계남이 변이중의 다음 말을 기다렸다.

"홍 장군도 알고 있을 테지만 용인, 양지, 죽산은 왜병이 한양과 부산과의 연락로의 요충으로 중시하는 곳이오. 그런 만큼 이 지역을 우리가 확보하면 적의 보급로를 단절하는 것으로 되오. 보급로를 단절하면 한양의 왜병은 고립하오. 그래서 나는 홍 장군과 합동해서 이 지역을 탈환하려고 하오. 그런데 우리 병력으로써 그것이 가능할지…."

"소모사께서 거느린 병력이 얼마나 되옵니까."

"2천 명이오. 그러나 반 이상이 오합지졸이니 … ."

"오합지졸이라도 쓰는 방법에 따라 정병이 되옵지오."

"홍 장군은 그들의 동태를 어떻게 파악하고 있소?"

"확실한 것은 아직 파악하지 못했으나 … ."

하고 홍계남이 아는 대로 말했다.

용인을 점거한 왜장은 우희다좌경진宇喜多左京進, 영지를 점거한 자는 중천수정中川秀政, 죽산부는 주장主將인 복도정칙福島正則이 점령하고 있다. 그 수는 모두 합쳐 4천 5백 명가량.

"복도는 방어주의 일방으로 나갈 방침인 것 같습니다. 성지城池와 성벽을 보수하고 훈련에 힘쓰면서 병사를 바깥으로 내보내지 않도록 단속하고 있는 것으로 압니다."

"그 지방을 확보하는 것만으로 그들의 목적을 달성하는 것이니 응당 방어주의 일방으로 나가겠지. 그러니까 더욱 그 성을 빼앗아야 하오. 홍 장군, 무슨 기책奇策이 없을까?"

"공성攻城은 장기전을 각오해야 합니다. 단병短兵으로서의 공성은 위험합니다. 수성하는 측은 만전의 준비를 하고 유효하게 화력을 이용할 것이니 성곽에 접근하기 전에 큰 희생을 각오해야 하지 않겠습니까."

"그러니까 기책을 묻는 것이 아니오."

하고 한참을 생각하더니 자기가 구상한 기책이라면서 변이중이 이런 얘기를 했다.

"우차전법牛車戰法을 쓸까 해. 우차로서 성문을 돌파하는 거요."

그리곤 그 우차전법의 요령을 소상하게 설명했는데 홍계남이 쉽사리 납득할 수 없었으나 자신이 별반 기책을 마련할 수 없었던 처지여서

"한번 시도해 볼 만하긴 합니다."

라고 했을 뿐이다.

변이중과 홍계남 사이에 죽산부를 집중적으로 공격하자는 데 의견의 일치를 보았다. 그러나 용인과 양지에서 왜군의 응원병이 들이닥칠 것이므로 홍계남은 그 원병을 막는 데 주력하기로 했다.

디데이는 1월 30일.

이날 홍계남은 용인과 죽산 사이, 양지와 죽산 사이의 야산에 병력을 매복시켰다. 그 방면으로 나타나는 왜병을 칠 작정이었다.

변이중은 총탄과 화살에 견딜 수 있도록 수레에 덮개를 씌우고 그것

을 큰 황소가 끌게 했다. 그 덮개 안에 군사를 태웠다. 변이중의 계산으로 군사들이 상하지 않고 적진에 근접할 수 있을 것이었다.

성 밖 5리 지점에서부터 학익진鶴翼陣을 펴고 진고를 연타하며 진격했다. 왜군은 크게 놀라 성벽 위에서 조총과 활을 마구 쏘았다. 총과 화살을 맞은 소들이 광분하여 달렸다.

광분한 소들에게 그냥 당하고만 있을 수 없다고 하여 적장은 성외 출격을 명했다. 성문을 열고 왜병들이 쏟아져 나왔다. 역습을 강행하기로 한 것이다. 그런데 성난 소들은 얼어붙은 땅위를 날아가듯 달려 적병을 향해 돌진하니, 선봉 적병들은 우차에 치어서 죽고 더러는 소뿔에 찔려서 죽고 수레에 깔려 죽고 밟혀 죽는 자가 속출했다.

우차의 뒤를 따른 궁전수들이 성 위의 적과 서로 궁사전을 벌였지만 성에선 화살과 돌을 마구 쏘고 던졌다. 이때 적 2진이 출격했다. 그들은 횃불을 우차를 향해 던지고 화전으로 소를 쏘곤 짚단을 성위에서 던졌다. 일부 우차가 불타기 시작하자 불어닥친 한풍으로 옆 차에 불이 옮겼다. 이렇게 하여 우차 대부분이 불꽃에 싸이게 되었다.

변이중은 급히 징을 난타하여 퇴각을 명했는데 차진車陣은 더욱 혼란하게 되어 우차와 우차가 서로 충돌하기도 하여 화염에 휩쓸려 우차 속의 군사들은 바깥으로 나오지 못한 채 타 죽기도 했다. 이 기회를 놓칠세라 적은 일시에 공격을 가해 왔다.

전군이 와해 직전의 위기를 당했다. 그 와해를 구한 것이 홍계남 장군이다. 매복지에서 이 급보를 들은 홍계남은 군사를 이끌고 질풍처럼 닥쳤다. 홍계남은 적의 측면을 찔렀다. 화염으로 맹수처럼 된 소들이 광분하는 사이를 달리며 홍계남이 수십 명의 적병을 죽였다.

148

홍계남의 출현에 당황한 적군은 다시 성안으로 철수해 버렸다. 변이중이 가까스로 군사를 거두어 본진으로 돌아갔다. 이렇게 적의 병참선兵站線을 죽산에서 끊으려는 변이중의 의도는 성공하지 못했으나 조선군이 결코 만만치 않음을 보여 준 것이 겨우 보람이었다.

그날 밤 홍계남은 변이중을 그의 진중으로 찾아갔다.

변이중은 계남의 손을 잡고, 고개를 떨구었다.

"홍 장군, 면목이 없소."

"무슨 말씀을 그렇게 하십니까. 적은 병력으로 왜의 대병을 경동驚動시킨 것만 해도 대단한 전과라고 하겠습니다."

"장군이 그렇게 말해 주니 반갑소. 만일 장군이 아니었더라면 어떻게 되었겠소. 이 은혜 잊지 않으리다."

여담이지만 변이중邊以中을 소개해 두어야 하겠다. 이 사람은 전라도 장성에서 태어났다. 명종 1년, 즉 1546년이 생년이다. 본관은 황주. 1568년에 사마시司馬試에 합격, 1573년에 식년문과式年文科 병과兵科에 급제하여 관도에 올랐다. 내관과 외관을 역임하던 차 임진왜란이 터졌다. 그는 전라도 소모사召募使가 되어 군사와 병기를 모아 수원에 주둔하여 기호畿湖 방면을 지켰다. 선조 36년에 함안군수에 임명되고 이어 종부시정宗簿侍正이 되었는데 을사년에 그만두고 고향 장성으로 돌아가 은퇴하여 살다가 1611년, 광해군 3년에 66세의 나이로 죽었다. 장성 봉암서원에 배향되었다. 그는 율곡의 제자로서 홍계남과는 선후배의 관계이다. 천생賤生이라고 하여 홍계남을 멸시하는 경향이 일부 고관들 사이엔 있었는데 변이중의 홍계남에게 대하는 태도는 언제나 극진하고 친밀했다고 전한다.

홍계남은 변이중의 만류가 있었지만 초경에 안성을 향해 떠났다. 본부대는 미리 안성으로 돌려보냈기 때문에 홍계남 장군을 수행한 것은 단 칠기七驥였다.

칠흑의 밤이었지만 지형지물에 익숙해 그다지 불편 없이 갈 수가 있었다. 그래도 홍계남은 말과 말 사이를 7마신馬身 간격을 띄우게 했다. 7마신이면 모두 일곱의 말이 있으므로 49마신의 간격이 된다. 생각하지 못한 상황이 생겨도 감당할 수 있는 거리이기도 하고, 그만큼 감시의 폭이 넓게 되니 위험을 미연에 방지할 수도 있다.

2경쯤 되어 서운산 아래를 지나게 되었다. 그 근처엔 단壇이 있고 단 아래에 아무리 가물어도 마르지 않는다는 샘 3개가 있었다. 계남은 그 샘 근처에서 일단 집합하여 쉬기로 했다. 우선 말에게 물을 먹여야 했기 때문이다.

선두로 가던 병사가 발굽소리를 죽이고 계남에게로 돌아왔다. 샘 근처에 인적기가 있는데 수상하다는 것이다. 모두들 말에서 내리게 하고 두 사람을 샘으로 보냈다. 돌아온 병사의 보고는 왜병으로 보이는 사람이 샘에서 물을 마시다가 기진맥진해 있는 것 같다는 얘기였다.

왜병이 주둔하는 곳과 이곳은 아무리 가까운 거리라 해도 실히 30리가 넘는다. 탈출한 왜병이면 모르되 그렇지 않고선 이 깊은 밤에 왜병이 혼자 이곳까지 왔을 까닭이 없다.

홍계남은 주변을 살펴보아 근처에 아무도 없는 것을 확인하고 몇 사람을 데리고 그 샘에 갔다. 그리곤 횃불을 켜라고 일렀다. 분명히 왜병으로 보이는 사나이가 누워 있었다. 샘 근처는 꽁꽁 얼어붙어 있으니 제정신으로 그곳에 드러누워 있을 수는 없었다. 왜병은 죽어 있었다.

시체를 살펴본즉 목덜미에 예리한 칼로 찔린 듯한 상처가 있었다.

"해괴한 일이로다."

홍계남은 그 시체를 끌어다 소나무 밑에 갖다 놓고 거기에서 2마정 정도 떨어진 마을로 갔다. 호수 20호쯤 되는 마을은 죽은 듯 고요했다. 어느 한군데도 불빛이 없었다. 왜군이 30리 밖에 진을 친 마을에 사람들이 있을 까닭이 없다고 짐작하면서도 홍계남은 마을을 샅샅이 뒤지라고 명령했다.

첫 집부터 폐옥이었다. 다섯 번째 집은 솟을대문이 있는 밤눈에도 덩그런 기와집이었다. 대문이 굳게 닫혀 있었다.

"누가 담을 뛰어넘어 대문의 빗장을 끄르라."

계남이 명령하자 군사 하나가 담장에 손을 짚고 넘으려고 하는데 칼날이 번쩍했다. 어둠에 익숙한 눈 때문이기도 하겠지만 홍계남은 그것을 일본도日本끄라는 감을 잡았다.

"담을 넘을 필요 없다. 이 대문을 부숴라. 이 안엔 왜병이 있다."

그러자 집안이 갑자기 소란스럽게 되었다. 일본말들이었지만 1년 가까이 일본에 머문 적이 있는 홍계남은 그 말을 알아들을 수 있었다.

홍계남이 일본말로 외쳤다.

"나는 홍계남 장군이다. 이 근처에 오래 있었다면 내 이름을 들었을 게다. 장부의 말엔 실수가 없다. 순순히 항복하면 살려 준다."

뜻밖인 일본말을 들었기 때문인지 집안이 조용해졌다. 홍계남이 나직이 지시했다. 4, 5명이 집 사방으로 깔려 '이놈들 빨리 나오라'고 외치라고 했다. 하나에겐 달려가 도끼를 가지고 오라고 했다.

"열까지 헤아릴 때까지 나오지 않으면 이 문을 부수고 들어간다. 뒷문을 찾아도 소용없다. 우리 군사가 겹겹이 봉쇄하고 있다."

홍계남이 "넷" 하고 "다섯"이라고 할 때 집안에서 대응이 있었다.

"우리를 해치면 좋지 않을 것이다. 우리가 여기에 있다는 것을 우리 진중에선 알고 있다. 만일 우리를 해치면 아침에 대군이 들이닥쳐 이 근처의 사람들은 살아남지 못할 것이며 이 마을은 불바다가 될 것이다."

야무지게 또록또록한 일본말이었다.

"독안에 든 쥐가 고양이를 협박하는가? 누굴 믿고 그 따위 소릴 하는지 모르겠다만 너희들 패거리 하나는 저쪽 샘 근처에서 죽었다. 그놈을 믿고 하는 소리라면 썩은 새끼로 호박을 묶자는 얘기다."

문 안에서 다급하게 자기들끼리 지껄이는 소리가 있었다.

그때 군사가 도끼를 가지고 달려왔다. 그 도끼를 받아 들고 홍계남이 힘껏 대문의 중간을 두드렸다. 그리고 "아홉"이라고 높이 외쳤다.

"대문을 열 테니 잠깐 기다리소."

이윽고 문이 열렸다. 그러자 홍계남이 수많은 부하들이 뒤에 있기나 한 것처럼 소리를 높였다.

"너희들은 이 문 안에 들어오지 말라. 나 혼자서 일을 마무리 짓겠다. 그러나 내가 들어오라고 신호하면 후위부대는 남아 있고 전위군과 중위군은 지체 말고 들어오라."

홍계남이 장검을 빼어 들고 뜰 안으로 들어왔다. 들어가자마자 호통을 쳤다.

"불을 밝혀라!"

한 놈이 거화炬火에 불을 붙였다.

"모두 몇 놈이냐?"

"다섯입니다."

"다섯 놈 모두 여기에 꿇어앉아라."

"너희들 홍계남이란 내 이름 들은 적이 있지? 그렇다면 바른대로 얘기해야 한다. 네놈들은 도대체 뭣하는 놈이냐."

"척후斥候로 나왔습니다."

"척후로 나왔으면 임무를 끝내고 돌아갈 일이지, 여기에서 무엇을 했느냐."

대답이 없었다. 홍계남이 칼날을 불빛 아래 휘두르고 나서 그중 한 놈의 목덜미에 갖다 댔다. 그리곤 제갑석이란 장사를 불렀다. 제갑석은 힘이 세기로 유명한 사람이다. 그래서 제 장사로 불린다.

"이놈들을 꽁꽁 묶어라."

제갑석이 밧줄을 가지고 와서 놈들을 묶기 시작했다.

그러자 한 놈이 벌떡 일어섰다.

"이건 약속이 틀리지 않느냐."

순간 홍계남의 칼이 번쩍 날았다. 일어선 놈이 그 자리에 픽 거꾸러졌다.

"순순히 항복하면 살려 준다고 하지 않았느냐. 항거하는 자는 모두 저놈처럼 될 것이니 잠자코 오랏줄을 받아라."

겁을 먹은 네 놈은 순순히 묶이었다. 네 놈을 다 묶고 나서 계남이 아까 칼을 맞고 거꾸러진 놈을 가리켰다.

"칼등으로 목을 건드렸을 뿐이니 잠시 기절했을 것이다. 저놈의 등을 두들겨 숨을 돌리게 하고 묶으라. 당장 죽일 수도 있었지만 나는 무용한 살생은 안 한다. 칼등으로 놈의 버릇을 가르쳤을 뿐이다. 아무튼 네놈들 생명은 구해 줄 터이니 바른대로 말하라. 네놈들 이외엔 이 집에 아무도 없느냐."

"있습니다. 여자들이 다섯 명인가 여섯 명이 있고, 그리고 조선 남자 한 사람이 … ."

홍계남이 수행해 온 군사들을 불러들여 횟불을 켜고 방마다 살피라고 했다. 아닌 게 아니라 여자들이 다섯 있었다. 계남은 여자들을 도망치지 못하도록 한군데에 가둬 두고 조선인 하나의 행방을 찾았다.

한편, 홍계남은 안성의 본대로 전령을 보냈다. 부장副將 신불에게 1백 명가량의 군사를 데리고 오도록 영을 내린 것이다.

조선 남자의 행방을 찾는 동안 홍계남이 심문을 계속했다. 그 결과 왜병과 내통한 조선인이 이 집에 여자들을 데려다 놓고 얼마간의 금품을 받곤 매음행위賣淫行爲를 시킨다는 사실을 알았다. 그러기 위해서 이 마을을 폐촌으로 만들어야만 했다. 마을 하나를 폐촌 만들기는 간단하다. 서운산 꼭대기에 왜병의 초소를 짓게 한 것이다. 그리곤 척후대라는 명목으로 야음을 이용하여 왜병이 드나들었다.

그렇더라도 이런 사실이 왜 제보되지 않았던가. 홍계남은 자기의 군대가 안성으로 이동한 지 벌써 20여 일이 넘었다는 사실을 감안하고 이런 해괴망측한 사실이 제보되지 않았다는 것이 불쾌했다. 그만큼 민심이 조선의 군대로부터 떠나 있다는 증거가 아닐까 싶어서였다.

이윽고 긴 겨울밤도 먼동이 트기 시작했다. 그 무렵 병력이 도착했다.

"날이 밝기를 기다려 철저하게 마을을 수색하라."

고 신불에게 일러 놓고 홍계남은 방 하나를 빌려 잠깐 눈을 붙였다. 어젠 새벽에 일어나 작전을 지휘하고 이어 왜병 수십 명을 죽이는 분투를 한 것이다. 그리고 밤새워 신경을 쓰고 보니 지칠 대로 지쳤다.

　홍계남이 잠에 깼을 땐 해가 중천에 있었다. 깜짝 놀란 그는 왜 일찍 깨우지 않았느냐고 나무랐다.

　그러자 신불이 태연하게 대답했다.

　"근처에 적정도 없고 이변도 없습니다. 이럴 때 주무셔야죠."

　"수색 결과 나타난 게 있는가?"

　"예. 40세가량의 사나이 둘, 노파 하나, 젊은 여자 하나를 붙들었습니다. 식사하시고 난 후에 천천히 말씀드리겠습니다."

　계남이 세수하고 밥상을 대했다. 한마디로 진수성찬이었다.

　"이건 어떻게 된 거냐."

　신불의 대답은 이랬다.

　"이 집의 광엔 없는 게 없습니다. 쇠고기, 돼지고기, 닭고기도 있고 채소와 쌀도 풍부했습니다. 이 마을뿐만 아니라 인근에서 약탈한 물건으로 가득 차 있습니다. 장군께선 어젯밤 보물섬을 찾으신 겁니다."

　내력과 이유는 뒤에 듣기로 하고 홍계남은 맛있게 식사를 했다. 가끔 무엇에 홀린 거나 아닐까 하는 생각이 들었다. 어젯밤 있었던 일이 꿈같기만 했다. 샘, 죽어 있는 왜병, 사로잡은 왜병 다섯, 조선 여자 다섯. 몽롱한 기억이었다. 그러나 그게 모두 현실이었다.

　식사를 끝내고 홍계남이 마루에 앉아 새벽에 붙들었다는 사람들을 끌어오도록 일렀다.

　홍계남이 계속 조사한 결과 다음과 같은 사실이 밝혀졌다.

　생포된 왜병 총본塚本의 4명은 중천수정中川秀政의 부하들이었다.

조선 사람 2명 중의 하나는 양지현의 군노軍奴이고, 성명을 밝히려 하지 않던 놈은 양지 마을에 사는 허좌수의 둘째 아들 허기일이었다.

그 집에서 붙들린 여자 다섯 중 세 여자는 왜병에게 겁탈당한 적이 있는 여자들이고, 둘은 시장바닥에서 작부노릇을 하던 여자들이었다. 젊은 여자는 능참봉을 지낸 배 노인의 며느리로 전란 초에 남편을 잃은 과부인데 용색이 특히 뛰어난 여인이었다. 노파는 고모라고 했다.

허기일은 매일 술타령이나 하고 여자들을 농락하길 일삼는 건달로서 이웃으로부터 사람 취급을 받지 못하는 위인이었다. 군노는 잔꾀를 심하게 부리는 통에 사또의 눈에 나 곤장을 몇 대씩이나 맞았다. 이 두 사람은 양지에 왜병이 들어왔을 때부터 그들에게 붙었다. 그러나 기량도 지식도 없는 놈들이어서 별반 쓸모가 없었는데 이윽고 왜병은 여자들을 조달하는 역할을 그들에게 맡겼다. 여자를 조달해 주는 보수로 이들의 약탈을 묵인하고 더러는 도와주기도 했다.

왜장 중천은 원래 호색하는 성미였지만 장수의 자리에 있다는 자존심 때문인지 여자에 대해선 약간 눈이 높았다. 허기일과 군노가 번갈아 여자를 데려왔지만 마음에 맞는 여자가 없어 항상 투덜댔다.

"이 근처에 그렇게도 좋은 여자가 없는가. 아무래도 네놈들의 성의가 없어서 그럴 거다."

하고 중천은 은근히 그들을 위협하기도 했다. 허기일은 노파를 족쳐 미녀의 소재를 알아 오라고 했다. 유부녀도 좋고 처녀도 좋으니 있는 곳만 알아 오라는 것이다. 그래서 찾아낸 것이 배 참봉의 며느리였다. 산골짜기 어느 집에 피란한 그 과부를 수실繡絲을 주겠다고 꾀어 낸 것은 노파이고, 입에 재갈을 물려 왜병의 도움으로 납치한 것은 허기일이었다.

허기일은 왜장 중천에게 그 과부를 바쳐 크게 포상을 받을 작정이었다. 밤이 되길 기다려 왜병 하나와 허기일이 그 여자의 손목을 묶고 끌어 샘 근처에 왔을 때 여자가 목이 말라 물을 마시고 싶으니 손을 풀어 달라고 했다. 물을 마시지 않으면 한 걸음도 걸을 수 없다는 것이니 도리가 없었다.

손을 풀어 주자 여자는 두 손으로 물을 뜨는 것 같이 하더니 언제 꺼냈는지 가슴에 품고 있던 은장도로 옆에 지키고 서 있는 왜병의 목을 찔렀다. 한칼에 목을 찔린 왜병이 외마디 소리를 내고 그 자리에 뒹굴었다. 허기일이 그 자리로 갔을 때 여자의 손에 칼이 있다는 것을 알아차렸다. 건달에 걸맞지 않게 간이 작은 허기일은 산속으로 숨어 버렸다. 여자도 경황이 없는 발걸음이었지만 어둠 속을 뛰었다.

그럴 무렵 홍계남 일행이 그 자리에 들이닥친 것이다.

사태를 이렇게 밝혀 놓고 홍계남이 막료들의 의견을 물었다.

약속대로 왜병들은 살려 주기로 하되 일단 안성의 본진으로 끌고 가서 사후의 처리를 의논하기로 한다. 여자 다섯도 안성 본진으로 데려가서 처리를 추후 결정한다. 노파도 안성 본진으로 일단 데리고 간다. 배 참봉의 며느리는 보호해서 피란해 있었다는 집으로 데려다준다. 허기일과 군노는 지체 없이 이 자리에서 처단한다.

막료회의의 결의를 이렇게 발표하자 허기일과 군노는 미친 듯이 울부짖으며 살려 달라고 했다.

홍계남이 싸늘하게 말했다.

"너희들은 우리 조선인의 체면에 똥칠을 한 놈들이다. 살려 두어 보았자 너희들 자신의 욕을 더할 뿐이고 우리 조선인을 욕되게 할 뿐이다. 난들 사람의 생명을 함부로 죽이긴 싫다. 그러나 너희들을 죽여 없애는 것이 왜병 백 명을 죽이는 것보다 나라에 유익할 것으로 판단했다. 너희 놈들은 사자 심중心中의 벌레들이다. 백수의 왕인 사자도 심중에 벌레가 있고선 살지 못한다. 우리 조선이 바로 그러하다. 저놈들의 목을 벨 자는 나오너라. 자원하는 자에게 맡기겠다."

이 소동 속에 염길생이란 장사가 선뜻 앞으로 나왔다.

"저놈들의 목을 치려면 칼을 써야 합니다. 그런데 우리 칼을 저놈들 피로써 더럽히긴 싫습니다. 죽이되 다른 방도로 죽여야 합니다. 놈들은 스스로 무덤을 팠습니다. 그러니 놈들 손으로 묘혈을 파게 하고 생매장生埋葬을 하는 것이 놈들에게 합당한 죽음이 아닐까 합니다."

홍계남이 영을 내렸다.

"염 장사 이하 20명은 여기에 남아 저 두 놈을 처지하고 부장 신불은 왜병과 여자들을 데리고 안성 본진으로 돌아간다. 저 여자는 제갑석 장사가 군사 다섯을 거느리고 데려다주라."

홍계남이 말에 올라탔다. 막 그 집 문으로 나서려는데 배참봉의 며느리가 말 앞에 꿇어앉았다.

"장군님, 절 데려가 주소서. 전 이미 시가에 돌아갈 수 없는 여자입니다. 친정에도 가지 못하게 된 신세이옵니다. 제게 남은 길은 죽음의 길밖엔 없소이다. 가련한 여자라고 보시고 장군님 옆에서 여명을 부지하도록 해 주옵소서. 제 소원 들어주지 않으며 목을 매어 달 수밖엔 달리 도리가 없습니다. 이왕에 죽기로 맹세한 몸, 장군님을 위해 바치도록 하겠나이다."

구름 사이에서 비낀 햇빛에 갸름한 여자의 얼굴이 슬프게 빛났다. 여윈 몸매, 창백한 얼굴빛, 이마 위에 헝클어진 머리칼 등이 어쩌면 왜병에게 짓밟힌 산천의 모습을 가냘픈 여자의 모습으로 그려 놓은 것처럼 홍계남의 가슴을 찔렀다. 자결한 금단의 모습도 떠올랐다.

"좋소. 부인을 안성 본진으로 모셔라."

삭풍은 일지 않았어도 들과 산과 마을은 황량하기만 했다.

제법 큰 마을 앞을 지났는데도 그 마을엔 인적기란 느껴지지 않았다.

마두를 나란히 한 양은석을 보고 홍계남이 푸념 섞인 말을 했다.

"이 쓸쓸한 들과 마을이 언제 활기를 찾을꼬."

"곧 봄이 오지 않겠습니까. 3월이 되면 꽃이 피겠지요."

양은석의 말은 구김이 없었다. 벌써 23세가 되었는데도 양은석의 마음은 언제나 소년이다. 슬픔을 느끼지 않는 양 마냥 쾌활하기만 하다. 그것이 홍계남의 마음에 들었다. 양은석은 홍계남이 가장 좋아하는 부하이다.

"짓밟힌 뜰에 꽃이 피면 뭣할까. 죽은 마을에 봄이 오면 뭣할까."

홍계남의 말이 이처럼 처량하자 양은석이 미소를 지으며 말했다.

"짓밟는 놈을 쫓아내면 되고 죽은 마을은 되살리면 될 것이 아니옵니까. 왜적이 백 년 이 나라에 머물겠습니까. 평양성에서 쫓겨나는 걸 보면 놈들이 부지할 날도 얼마 남지 않을 것으로 압니다."

"양 장사의 말을 들으니 용기가 나는군."

양은석이 물었다.

"그런데 한양을 회복하는 싸움은 언제쯤 시작되겠습니까?"

"글쎄, 그것을 내가 어떻게 알겠나. 한양 공략전은 명나라 이여송 제독의 의중에 있는 것이지 우리 조정의 의사대로는 되지 않을 것 같다."

"우울한 얘기네요."

"우울한 건 그런 사실에만 있는 것이 아니다. 허기일 같은 그런 독버섯 같은 놈들이 경향각지에서 돋아나고 있는 사실이 더욱 우울하다. 어찌 그런 놈이 이 하늘 아래 있을 수 있을까."

"독버섯이란 말씀 잘하셨습니다. 버섯이 있으면 독버섯도 있어야지요. 허기일 같은 놈은 마땅히 죽여야 할 놈들이지만 저런 자를 있게 한 일반一半의 이유는 조정의 그릇된 정사에 있는 것 같습니다."

"말조심해야 하겠다. 지금은 조정을 비난할 때가 아니다."

"장군님 앞이니까 해본 소립니다."

"누구 앞에서도 안 돼. 지금 조정을 비난한들 민심만 흉흉하게 할 뿐 아무런 보람도 없다. 조정이 나쁘대서 백성이 나라를 배신해서야 되겠는가."

"잘 알겠습니다."

잠자코 얼만가를 가다가 홍계남이 양은석에게 다시 말을 걸었다.

"다음 왜병과 겨루어 싸울 때까지 우리는 부왜附倭한 놈들을 척결하는 작전을 벌여야 하겠다. 민정을 철저히 살펴 부왜하는 분자를 찾아내야 하겠다. 한양 공략전을 성취하기 위해서도 사자 심중의 벌레를 구축하는 것이 가장 간절한 일일 것 같다."

"그러하옵니다. 장군님."

홍계남이 산모퉁이를 돌자 본진에 있던 군사들이 도열해 있는 것이 보였다. 귀진歸陣하는 장군을 영접하는 의식이 그와 같았던 것이다.

160

조인식이 달려와 인사를 했다. 이윽고 북소리가 나고 징소리가 울렸다. 군사들은 일제히 활과 총을 머리 위로 쳐들며 홍 장군을 환호하는 소리를 울렸다.

여군女軍대장 채대수

병사들의 환호에 미소로써 대하긴 했지만 홍계남의 가슴은 비통하고 울굴했다. 어젯밤에서 오늘 낮에까지 겪은 일들이 그의 마음을 편하게 안 하는 것이다. 부왜도당附倭徒黨의 그 더러운 행위에 분개하는 것은 새삼스러운 노릇이라고 하겠지만, 그 여자들의 참상이 빙산氷山의 일각一角이라고 할 땐 견디기 어려운 심정이 아니 될 수 없다.

남자는 나가 적과 더불어 싸울 수도 있겠지만, 여자는 기껏 도망을 칠 수 있을 뿐인데 이 좁은 나라에선 도망칠 곳도 만만치가 않다. 적병에 붙들리기만 하면 능욕을 당한다. … 계남은 적병에게 유린당하고 능욕당하는 장면을 상상하고, 그렇게 당한 여자들의 정상을 생각해 보았다. 체면을 아는 여자이면 사전 사후에 혀를 깨물고 죽기라고 하겠지만 … 아니, 혀를 깨물고 죽는다는 것이 쉽기나 한 일인가. 비록 대장부라도 자재자결自裁自決은 흔하게 가능할 순 없다.

혀를 깨물고 죽었다는 숙랑을 생각했다. 섬세하고 지성적인 마음을 가졌으면서도 말을 하지 못한 숙랑! 그녀가 죽을 때 무슨 생각을 했을까. 필시 그 순간, '내 얼굴이 그녀의 뇌리에 있었으리라!' 싶으니 계남은 통곡이 목구멍에 차는 것을 겨우 참았다.

금단이라고 하는 요망한 년! 그래도 그녀는 치마끈으로 스스로의 목을 매었다. 가는 데까지 가 버린 윤락淪落의 밑바닥에서도 여자의 숙명에 대한 결연한 각오가 있었던 것이 아닌가. 그 밖에도 홍계남은 왜병으로부터 받은 능욕 때문에 무수한 여자가 자결했다고 들었다. 자결하지 않았대서 슬프지 않은 것은 아니다. 운명의 비참한 바람결에 맡겨버리고 고깃덩어리로 뒹구는 수많은 여자가 있을 것이란 상상은 괴롭기 한이 없다.

지금 이 전쟁에서는 여자가 당하는 고통이 더욱 심하다.

아닌 게 아니라 왜병이 부산에 상륙하여 급진격急進擊을 할 때는 꽤나 군율이 엄한 데다 시간의 여유가 없기도 해서 부녀자들이 당한 환난이 그다지 심하지 않았던 것 같은데, 전쟁이 장기화되고 주둔지에 오래 머물게 되자 왜병은 모두 색귀色鬼가 되었다. 이들은 산속 피란처까지 샅샅이 뒤져 남녀노소를 불문하고 닥치는 대로 짐승처럼 덤볐다.

유성룡의 《징비록》을 비롯한 당시의 기록엔 이런 사실이 생략되었거나 간단한 언급이 있을 뿐이다. 너무나 지독하고 추악하고 치사스러워 그런 일을 소상하게 적기엔 이편의 얼굴이 따가워지는 것이다.

홍계남의 생각이 부녀자들의 문제에 미쳤다. 사대부 이상의 부녀자들은 그런대로 안전지대를 찾아 온존할 수 있었지만 서민 여자들이 참변을 당하지 않으려면 심산유곡으로나 도망쳐야 한다. 그런데 그런 곳에는 굶주림이 기다리고 있다.

일개 부장部將의 자격과 능력밖에 없는 홍계남이 전체적인 방책을 세울 순 없다. 그러나 자기가 할 수 있는 범위에선 최선을 다해야겠다는 마음으로 생각해낸 것이 낭자군娘子軍이다.

홍계남이 고안한 낭자군은 피란 가지 못하고 생존이 막연한 여자들을 남장男裝케 하여 무장을 주어 최소한도 자위自衛할 수 있게 훈련을 시키자는 데 있었다. 그리고 그 위치를 남자 부대의 5리쯤 후방에 두어, 전투가 없을 땐 군사들의 피복을 수선하고 세탁하는 일을 맡기면 전체적으로 전투력을 높일 수 있다고 짐작했다.

그날 밤 홍계남이 회의를 열었다.

참석한 사람은 신불, 조인식, 변갑수, 황충량, 길봉준, 양은석, 제갑석, 염길생 등이다.

신불은 홍계남의 부장副將이며, 특수임무가 있을 땐 특별대장, 즉 별동대別動隊의 대장이 되는 사람이다. 조인식은 홍계남의 막료, 요즘 말로 하면 참모장이다. 전투 시엔 선봉장이 된다. 변갑수는 제1대장, 황충량은 제2대장, 길봉준은 제3대장이다. 양은석, 제갑석, 염길생은 각각 제1대, 제2대, 제3대에 속해 있다가 홍계남이 단독행동을 할 때 그 수행원이 되는 중견인물들이다.

이 밖에 홍계남의 시중을 들고 심부름을 맡은 차돌쇠, 김막동 등이 있지만, 이들은 회의에 참석하진 않는다. 회의하는 근처의 장소에 있다가 필요에 따라 잔심부름을 하게 되어 있다.

모두가 좌정했을 때 홍계남이 입을 열었다.

"왜병 다섯의 처분을 어떻게 하면 좋을까."

"대장께서 죽이지 않기로 했으니 죽일 순 없고."

하더니 신불이 이런 제안을 했다.

"조총 20정에 탄환 2천 발과 바꾸자고 왜병에게 제의해 보는 것이 어떻겠습니까."

"근사한 의견이오. 그러나 괜히 왜병을 자극해서 대사를 앞두고 전투나 벌어지면 어떻게 하겠소."

하고 조인식은 이견을 달았다.

"그런 교섭은 뒤에 하기로 하고 일단 놈들을 권율 장군의 진으로 보내 버리는 것이 좋지 않겠습니까."

제 1대장 변갑수가 한 말이다.

"놈들에게 특수한 기량이 있을지 모르니 만일 그런 기량이 있으면 우리 진영에 두고 이용하는 것이 좋을 듯한데요."

이것은 자기 자신이 비상한 손재주를 가진 황충량의 말이다.

제 3대장 길봉준은 말이 없었다.

"길 공의 의견은 어떤가."

"저는 황 대장의 의견이 가하다고 봅니다."

길봉준이 띄엄띄엄 대답했다. 그는 말이 없는 사람이다. 뿐만 아니라 자기 의견을 내세워 본 일이 없었다. 언제나 누군가의 의견이 옳다고 생각하면 그 의견에 따른다.

홍계남이 단안을 내릴 차례였다.

"모두들 황 공의 의견이 어떤가."

"타당할 것으로 압니다."

신불의 얘기였고 조인식도 이에 동의했다.

양은석, 제갑석, 염길생 등은 특별한 자기 의견이 없으면 회의 결과에 승복하는 사람들이다.

홍계남은 황충량의 의견대로 하기로 하고 그들에게 특별한 기량이 없더라도 당분간 본대에 머물게 한다는 결정을 내렸다.

다음 의제는 창녀 다섯에 대한 처분 문제이다.

"썩어 빠진 년들 죽여 버립시다."

"그렇다고 해서 죽일 수야 있겠소. 년들을 보내 버립시다. 어디로 가든 마음대로 하라고 하고. 저런 여자들이 있어야 양가 부녀들이 손해를 덜 봅니다. 이왕에 버린 여자들 아닙니까. 왜병의 색기色氣를 꺾기 위해서도 내버려 둡시다."

미상불 신불의 말엔 이치가 있었다.

여자 다섯을 왜병 진지 부근에 배회시켜 놓으면 그만큼 일반 부녀자들에게 대한 해독이 줄게 될 것이었다.

"그 여자들을 풀어주기로 한다."

다음은 노파의 문제이다.

"노파도 풀어줘라."

다음은 배 참봉의 며느리 문제였다.

배 참봉 며느리가 의제에 오르자 홍계남이 낭자군에 관한 구상을 설명했다.

"피란을 못 간 부녀자, 특히 남편이 죽었거나, 남편이 전쟁터에 나간 여자들을 가능한 한 보호할 책임이 우리들에겐 있지 않은가. 그런 여자들을 묶어 낭자군을 만드는 거다. 쓰기에 따라선 우리에게 이익이 될 것이고 급할 땐 전력戰力으로 이용할 수도 있을 것이다. 팔맷돌을 모을 수도 있을 것이고 장창을 들려 멀찌감치 세워 놓으면 이편의 군세軍勢를 과시할 수도 있을 것이고 ….”

“그럴듯한 생각이옵니다. 그런데 그 낭자군을 통솔하는 게 문제입니다. 낭자군을 잘 통솔할 수만 있다면 남자 군사에 못지않은 일을 시킬 수가 있을 겁니다. 통솔자만 있다면 그 일을 추진하는 게 좋겠습니다.”

자리가 조용해졌다. 전혀 뜻밖인 문제이고 보니 섣불리 말을 달 수가 없었다. 한참 만에 신불이 무릎을 쳤다.

“그분을 찾아볼 수만 있다면 ….”

“그분이라니 누구요.”

계남이 물었다.

“해유령에서 전투가 있었을 때입니다. 작년 5월이었지요. 부원수 신각申恪이 지휘하여 대승을 거두었는데 그때 여장부女丈夫가 나타나 부녀자들을 지휘하여 잠복한 우리 병사들에게 음식을 날라다 준 겁니다. 산속 험로로 해서 음식을 날라 온 부녀자들의 정성에 우리 군사들의 시가가 충천한 겁니다. 그런 여장부가 있다면 낭자군 일대쯤은 너끈히 통솔할 수 있지 않겠습니까.”

“그 여장부의 나이는?”

“50은 넘어 있었을 겁니다.”

“해유령이라면 양주군이 아닌가.”

“양주군 백석면 언곡리에 있는 고갭니다. 여기서 70리가량입니다. 제가 가 보겠습니다. 그만한 여장부면 그 근처에서 물으면 누구나 알 겁니다. 그리고 그 길엔 적 세력이 별반 없을 것으로 압니다.”

계남이 명령을 내렸다. 신불이 7, 8명으로 별동대를 조직해선 그날 밤 떠나기로 했다. 따라서 배 참봉 며느리 문제는 낭자군 결성을 보아

가며 결정하기로 했다.

이튿날 아침 홍계남은 붙들어 온 5명의 왜병들을 본진의 뜰에 불러
세웠다. 말이 서로 통하지 않기 때문에 부득이 홍계남 자신이 처리하
지 않을 수 없었던 것이다.

왜병의 명단은 다음과 같다.

총본기조塚本基助 30세, 중미길치中尾吉治 29세, 하곡장조下谷庄助
30세, 토비삼육土肥三六 28세, 미본미병위尾本彌兵衛 27세.

처음 계남이 총본에게 물었다.

"원래 너의 직업이 무엇이었더냐."

"원래가 무사武士입니다. 아내와 두 자식이 있습니다."

"특별한 기량이 있는가."

"총포수로선 1급의 자신이 있습니다."

다음 중미길치에게 물었다.

"원래의 직업은?"

"대장장이였습니다. 칼을 만드는 기술이 있습니다. 아직 장가들지
못했습니다."

다음 하곡장조에게 물었다.

"특별한 기량은?"

"총포수로선 자신이 있습니다."

다음은 토비삼육의 차례이다.

"원래의 직업이 뭔가?"

"목수입니다. 막사를 짓는 일, 보통 집을 진소陣所로 개조하는 일과

수선하는 일을 맡았습니다."

다음 미본미병위에게 물었다.

"원래 직업이 무엇이었던가?"

"원래가 무사입니다. 검술을 조금합니다."

이렇게 한차례 물어 보고 홍계남은 말했다.

"너희들에겐 죄가 없다는 것을 나는 안다. 너희들이 꼭 원한다면 돌려보내 주겠다. 너희들 의견이 어떠냐?"

당장은 대답이 없다가 미본이 고개를 들었다.

"돌려보내 주어도 우리는 갈 수 없습니다. 일단 적에게 항복한 무사를 용서하지 않습니다. 될 수 있다면 우리를 여기에 있도록 해 주십시오. 그러나 우리 동족과 싸우는 일은 피하고 싶습니다. 동족과 싸우는 일 말곤 뭐든 해서 홍 장군을 돕겠습니다. 전 홍 장군의 부하들에게 검술을 가르치겠습니다. 조선의 군사는 용감하지만 검술이 서툽니다."

"전 칼을 만들고 수선하는 일로 장군을 돕겠습니다."

하고 중미는 말했고, 토비는 목수 일을 열심히 하겠다고 했다. 총본과 하곡도 왜진으로 돌아가지 않겠다며 총포 조작법과 발사법, 조총 수리법 등을 가르치겠다고 했다.

"너희들의 마음이 꼭 그와 같다면 우리 진중에 있거라. 화평이 되는 날 너희들을 고향에 보내 줄 수도 있을 것이니라."

홍계남의 말에 모두들 고개를 깊숙이 숙여 절하며 각기 아뢨다.

"감사 지극합니다."

그러나 홍계남은 알고 있었다. 항복한 왜병이 그냥 돌아갈 순 없지만 무언가 공을 세운 증거를 가지기만 하면 귀진歸陣하여 포상을 받을 수 있는 것이 왜병의 원칙이다.

그래서 홍계남은 총본은 조인식에게, 중미는 변갑수에게, 하곡은 황충량에게 토비는 길봉준에게, 마본은 자기가 일단 맡아 있다가 신불이 돌아오면 그에게 맡겨 경계를 엄중히 하게 할 방침을 세우고 그렇게 지시했다.

신불이 떠난 지 5일째. 홍계남이 은근히 걱정하고 있었다. 신불의 신출귀몰한 재간을 익히 알고 있었지만 70리 길을 떠난 그로부터 5일이 넘었는데 중간 연락 하나 없는 것이 안타까웠다.

울적하기도 하여 2월 5일 밤, 홍계남은 막료들을 자기의 숙소로 불러 막걸리를 마시며 이런저런 얘기를 하고 있었다.

조인식이 엉뚱한 얘기를 꺼냈다.

"장군님, 축지법縮地法, 둔갑술遁甲術이란 게 진짜로 있습니까."

홍계남이 율곡 선생 밑에서 글을 배운 소년시절을 회상하는 마음으로 되었다. 그때 홍계남과 그 나이 또래의 아이들이 그런 질문을 율곡 선생에게 한 일이 있었다.

그 질문을 받고 율곡 선생이 하신 말씀은 이러했다.

"지존志存이면 유도有道이니라. 축지법도 둔갑술도 모두 너희들 마음에 있다. 너희들 마음에 있는 것인즉 근행구시勤行求是하면 불기성취不期成就할 것이로되, 타他에 이를 구하면 하늘에서 황금이 떨어지는 것을 바라는 격이 될 것이니라. 불구허망不求虛妄하고 착지근행着地勤行하라."

홍계남은 이 가르침을 어제 일처럼 기억하고 있다. 그러기에 그는 축지, 둔갑 등에 마음을 쓰지 않고 착실하게 무술을 익혀 온 것이다.

그래서 그는 조인식과 변갑수에게 율곡의 말을 그대로 옮기려고 하다가 말이 없는 길봉준을 향해 물었다.

"길 공은 어떻게 생각하는가?"

"저는 홍 장군의 축지법을 보았고 홍 장군님의 둔갑술을 보았습니다."

홍계남은 더욱 마음이 무거워짐을 느꼈다. 부하들의 신뢰를 받는 것이 좋지 않을 까닭이 없지만 지나친 신뢰, 지나친 평가는 거북한 부담이 된다.

"길 공, 나는 운수가 좋았다 뿐이오. 여러분 덕택으로 지금 이 자리에 앉아 있을 뿐이오. 그리고 보니 축지법, 둔갑술은 서로 믿는 동지들이 발휘하는 기술奇術이지 혼자로선 무망한 노릇인가 보오."
하고 홍계남이 술잔을 권했다.

술에 취하자 두고 온 고향 이야기가 나왔다. 조인식의 고향은 영남의 함안이고, 변갑수의 고향은 황해도 황주, 황충량의 고향은 함경도 길주, 길봉준의 고향은 강원도 삼척.

모두들 가향家鄕을 떠난 지 1년 여, 가족들의 소식을 몰랐다. 가향과 가족들을 생각하면 단장의 슬픔이 인다. 홍계남의 고향은 바로 이곳 안성이라고 하지만, 그리고 그 진소로 친척집을 사용하고 있다고 하지만 가족이 이산된 형편은 그들과 다를 것이 없다. 게다가 고향에 있으면서 고향을 느낄 수가 없다는 것은 아버지를 바로 이곳에서 잃었기 때문이다.

신불의 전령 양은석이 돌아온 것은 그 이튿날 아침이다.

그는 대단한 소식을 가지고 왔다. 신불이 말한 여장부는 채대수蔡大嫂란 이름으로 불린다고 한다. 채대수는 마전 근처의 골짜기에 30수 명의 여자들을 거느리고 있는데 그 통솔방식이 군대를 닮아 있었다.

채대수는 신불의 말을 듣자 그 자리에서 취지에 찬성하고 자기들이 낭자군의 주체가 되겠다고 하며 가능하다면 홍 장군이 있는 근처에 집결하여 전투가 있을 시엔 홍 장군의 영에 따라 용약 전투에 참가하겠다는 것이었다. 양은석의 사명은 채대수와 그 일단을 안성으로 데리고 와도 좋을지의 여부를 확인하는 데 있었다.

반가운 소식이었지만 홍계남은 주저하지 않을 수 없었다. 숙사도 문제려니와 그들을 먹여야 하는데 군량이 부족하다. 당초 홍계남의 요량은 낭자군을 통솔할 만한 여장부를 물색하곤 그녀와 의논하면서 낭자군 창설의 조건을 갖추어 나가려고 한 것이다. 그런데 당장 30여 명이 들이닥친다고 하니 망설여진다.

홍계남이 고충을 이렇게 피력하자 양은석은

"그들은 각자 10여 일 먹을 양식은 가지고 있다고 합니다."

하고, 신불의 말이라며 —

"본진 아랫마을에 분숙分宿을 시키면 30여 명쯤은 수월하게 수용한다고 합니다."

홍계남도 그런 방법을 모르는 바 아니지만 그는 어떤 일이 있어도 민폐를 끼치지 않을 원칙을 지켰다. 그런 데다 그 마을만은 폐촌으로 만들지 않기 위해 마을 사람들에게 갖가지 언질을 주고 있기도 했다.

"자기 먹을 것 가진 여자들이니 분숙을 시킨대도 민폐가 될 것까진 없지 않을까요?"

172

조인식의 말에 변갑수, 황출양이 동의했다. 홍계남은 길봉준의 의사를 알고 싶었다. 길봉준이 뜻밖에 단호했다.

"그런 정도를 마을에서 민폐라고 생각한다면 그런 마을을 보호해 줄 필요가 없지 않겠습니까. 지금이 어떤 땐데요."

길봉준의 말이 홍계남의 의사를 결정했다.

"조 공이 양 공과 같이 가서 일단 마을 사람들의 양해를 구하시오. 양해를 얻거든 양 공은 신 부장한테로 달려가 그 뜻을 전하게."

채대수와 그 일행이 도착한 것은 2월 7일의 새벽이었다.

마을 사람들은 그 30여 명의 여자들을 따뜻하게 맞아들였다. 장차 여군女軍으로 활약할 여자들이라고 듣곤 그 환영이 극진했다.

내외니 예의니 하는 것에 구애할 수가 없었다. 홍 장군이 직접 나가 채대수를 만났다. 채대수는 나이 50 안팎의 여자로선 우람한 체격이었고 이목구비는 미녀에 속했다. 말은 서근서근하고 동작은 민활했다.

남편은 의흥위義興衛의 중위中衛에 속한 사맹司猛 하익주였는데 전란 초에 전사했단다. 홍계남도 전란 초엔 사맹이었다. 같은 계급의 미망인이었다는 사실로 홍계남은 채대수에 대해 각별한 친근감을 느꼈다.

"거느린 여자들이 30몇 명이라 했는데 어떤 분들입니까."

"모두 이번 전란에 남편을 잃은 과부들입니다. 주로 자녀들이 없는 젊은 과부입니다. 그중엔 자녀를 가진 사람이 없진 않지만 시가나 친가에 맡겨 두고 나왔지요."

"어떤 목적을 모였습니까?"

"왜병들은 과부라고 알면 사족을 못 씁니다. 그래서 우리 스스로가

우리를 지켜야겠다고 작정한 것입니다. 우리 스스로를 지키고 나아가
선 우리 군사들을 돕겠다는 겁니다."

"마전 산골에 계셨다는데 거기서 무슨 일을 했습니까?"

"굶어 죽지 않기 위해 도둑질도 했지요. 주로 왜병의 군량을 노렸지
만, 만부득이할 땐 마을의 부잣집을 털기도 했지요."

하면서도 채대수의 말에 구김살이 없었다.

"도둑질 외엔 무슨 일을 했습니까?"

"산채를 캐고, 도라지와 더덕 뿌리도 캐고 칡덩굴도 캐고 해서 비황
식량備荒食糧을 만들었습죠."

"스스로를 보호한다고 하지만 다소의 무술은 있어야 하지 않습니까."

"우리 30여 명 가운덴 명궁수名弓手가 몇 있습니다. 궁술은 남자들만
배우는 건가요? 우리도 배우니까 되데요. 언젠가 짬이 있으면 남자들
과 한번 겨루어 봅시다. 백발백중의 명궁수가 우리에겐 있어요."

이 밖에 기막히게 돌팔매질을 잘하는 여자들도 있고, 걸음이 빨라
하룻밤에 태산을 두서너 개씩 넘어갈 수 있는 여자들도 있다고 하고서
채대수는 여자들만으로 양주의 왜진을 밤중에 기습하여 적잖은 전과를
올렸다고 자랑했다. 힘이 모자라 군량과 병기를 모조리 가지고 오지
못한 게 지금 생각해도 아쉽기만 하다면서 그래도 그 기습으로 10섬가
량의 쌀, 30정의 조총을 노획했다는 것이다.

"그 조총은 어떻게 했습니까."

"전부 가지고 왔습니다. 그러나 탄환이 없고 일부 부서지고 해서 사
용해 보진 못했습니다."

홍계남이 감탄을 금할 수가 없었다. 여자의 능력이 결코 남자에 못

174

지않다는 것을 기왕에 느끼지 않은 바는 아니었지만 이처럼 그 증거를 눈앞에 하고 보니 감개가 또 달랐다.

"앞으론 어떻게 하실 작정입니까?"

"우리는 자진 홍 장군의 휘하에 들어왔으니 오직 홍 장군의 지시에 따를 따름입니다."

"지시라기보다 서로 상의하며 나아갑시다."

하고 홍계남이 덧붙여 말했다.

"채대수께서 받아 주셔야 할 여인이 있습니다. 근처에 살았던 배 참봉의 며느리인데 그 남편도 전란 초에 죽었다고 합니다. 단단한 지조를 가진 여자지요. 흠이라고 한다면 몸이 허약합니다. 받아 주실 수 있겠습니까."

"여부가 있습니까. 허약한 사람에겐 달리 시킬 일이 있습니다."

"앞으론 낭자군을 불릴 의사는 없으십니까."

"왜 없겠습니까. 우리 부녀자도 우리의 힘으로 스스로를 지켜야 하고 나아가 나라를 위해 싸우고자 합니다. 그러려면 조선 8도의 여자들이 모두 낭자군이 되어야 합니다. 각기의 고장에서 말입니다. 그러나 지금은 널리 소모召募할 생각은 없습니다. 본인이 자원할 경우에만 받아 주기로 되어 있습니다."

갖가지 의견교환이 있은 후 홍계남과 채대수 사이에 협약이 이루어졌다. 낭자군은 자급자족을 원칙으로 하되 지휘권은 홍계남 장군이 갖는다는 것이고 단, 명령은 채대수를 통해서만 가능하다고 되었다. 그리고 채대수의 요구에 이유가 있다고 인정되면 홍계남은 즉각 그 요구에 응해야 한다는 것과 상부상조해야만 하는 조항 등을 정했다. 이 밖에 홍계남과 채대수만이 관여할 수 있는 몇 개의 비밀협정을 정했다. 남과 여의 군대가 인접해 있는 데 따른 조치라고 하겠다.

단계적으로 실천해야 할 구체적인 계획도 짜였다. 실로 단군 이래 처음으로 여군女軍이 탄생한 것이다. 홍계남은 사태의 추이를 보아 그 여군을 전례典例로 하여 전국 방방곡곡에 그런 조직을 만들도록 소疏를 올릴 작정까지 했다.

채대수는 드물게 보는 여걸女傑이었는데 홍계남은 조선의 여자들을 잘 지도하기만 하면 채대수 같은 여걸을 얼마든지 발굴할 수 있을 것이란 생각으로 흐뭇했다.

그런데 문제가 있었다. 서운산에서 붙들어 온 여자들이 추방명령이 내려졌는데도 그 근처에 머뭇거리고 있다가 채대수의 여군에 들겠다고 자원한 것이다. 채대수는 그녀들의 자원을 받아 주지 않았다. 조직 내에 이물異物이 섞여선 안 된다는 것이 첫째의 이유이고 일단 윤락淪落한 여자는 자기 자신을 지탱하는 의지력이 있어서 결함이 있다는 것이 둘째 이유였다.

그러자 그 윤락한 여자들이 홍계남에게 애원했다. 더럽혀진 몸과 마음을 나라에 대해 바침으로써 속죄하겠다는 것이다. 이들은 홍계남의 진중에 감금된 동안 보고 듣고 함으로써 어설프게나마 어떤 자각이 이루어진 것이리라. 계남은 그녀들의 모처럼의 자각이 갸륵했다. 그래서 채대수에게 간청했지만 채대수의 반대는 완강했다.

그 문제로 하여 고민하고 있는데 홍계남에게 권율 장군으로부터 전령이 왔다. 급히 와 달라는 전갈이었다.

권율은 행주산성幸州山城에서의 전투를 준비하고 있었던 것이다.

아아, 행주산성

독산산성禿山山城의 동정이 이상하다는 정보는 홍계남이 듣고 있었다. 한양을 탈환할 작전이 아닐까 하고 짐작도 했다. 그런 만큼 홍계남의 심중은 유쾌하질 않았다. 따돌림을 당한 것 같은 느낌을 불식할 수 없었다.

그러나 전쟁이 오늘내일 끝날 일은 아니다. 내일의 전투를 위해 만전을 기하는 마음으로 낭자군, 즉 여군의 창설까지 구상하고 홍계남은 그렇게 노력하고 있었다. 그러던 차에 온 권율 장군의 전갈이었다.

홍계남이 달려갔을 땐 권율 장군은 행주산幸州山으로 떠날 준비를 마쳤다. 홍계남이 나타나자 권율은 반기는 표정을 감추지 않았다. 주위에서 사람들을 물리쳤다.

"홍 장군, 건곤일척乾坤一擲이란 말을 알겠지?"

"한양 탈환전을 감행하겠단 말씀입니까?"

"필경은 그렇소."

"명나라 군사들과 의논이 있었습니까?"

"그래서 내가 홍 장군을 부른 것이오."

홍계남이 권율의 다음 말을 기다렸다.

"홍 장군은 벽제관碧蹄館에서 명군明軍이 크게 패했다는 소식은 들어서 알겠지. 벽제관 싸움에 지고 이여송은 겁을 먹은 모양이오. 하마터면 죽을 뻔했대요. 지휘사 이유승李有昇이 뛰쳐나와 대신 죽지 않았더라면 이여송은 죽었을 것이오. 그런 일 탓인지 체찰사 유성룡이 한사코 만류하는데도 핑계를 대곤 개성으로 이여송은 후퇴했다는 것이오."

홍계남이 한숨을 쉬었다. 권율이 말을 계속했다.

"그러한즉 명나라 군대가 한양을 공격하는 일은 당분간 없을 것 같소. 게다가 명나라 진영은 화전和戰 양쪽으로 의견이 엇갈려 있다는 거요. 명나라 군사에 의지하려다간 한양 탈환은 무망하오. 그래서 나는 우리 힘으로 결행하기로 하였소."

"그게 가능하겠습니까?"

"나는 일단 놈들을 행주산으로 끌어낼 작정이오. 행주산에서 한양을 칠 듯이 서둘면 놈들은 기필코 선제先制할 양으로 출격할 것이오. 그때 그들의 주력을 여지없이 부숴 버리는 거지. 그런 연후에 한양으로 진격하자는 거요."

권율은 구체적이며 소상한 설명을 했다. 홍계남이 그 승산을 섣불리 예상할 수가 없어서 이렇게 말했다.

"실로 건곤일척이라고 하겠습니다."

"건곤일척이지. 그래서 홍 장군에게 부탁이오. 홍 장군, 후사를 맡아 주시오."

홍계남이 선뜻 대답을 못 했다. 권율의 말이 계속되었다.

"건곤일척이면 패하는 경우도 미리 요량해 놓고 있어야 할 게 아니오. 만에 하나 내가 패한 다음의 일을 홍 장군이 맡아 달라는 것이오."

홍계남은 권율이 뜻하는 바를 환히 알 수가 있었다. 그런데도 이렇게 말했다.

"저는 장군과 더불어 이번이 건곤일척에 생명을 걸어 볼까 하옵니다."

그러자 권율이 노기를 띠고 말했다.

"전쟁은 오기를 풀려는 패싸움 같은 것이 아니오. 사직社稷을 위한 싸움이오. 이 전투에 패하고 나면 사직은 어떻게 되겠소. 홍 장군 같은 사람이 남아 있어야 하오. 그래서 나는 모든 작전계획과 전략에서 홍 장군을 뺐소. 내일의 싸움을 위해서요."

권율 장군의 원려遠慮를 계남은 납득할 수 있을 것 같았다.

"그럼 전 어떻게 하면 되겠습니까."

"장군의 군사들을 행주산 10리 서쪽에 배치하시오. 그리곤 전투의 양상을 끝까지 지켜보고 있다가 적이 이겨 방심하는 기회를 포착해서 돌진하시오. 그때쯤이면 적의 마음은 흥분하고 몸은 지쳐 있을 것이므로 수월하게 결판을 낼 수 있을 것이오. 그 기회의 포착이 중요한 일이오. 내 말 알아듣겠소? 그럼 이 말은 나와 홍 장군 이외의 사람이 알아선 안 될 것이오. 홍 장군은 빨리 돌아가 군사들을 강화도 근처로 이동시키시오."

권율은 홍계남의 대답도 듣지 않고 막료들을 부르더니 행주산 방향으로 떠나고 말았다. 이런 사정이 있었기 때문에 행주산성 전투의 공식문서엔 홍계남의 이름이 없다.

그러나 이 전투를 승리로 이끄는 덴 홍계남의 공적이 적지 않았다는 것은 차차 알게 될 것이다.

　전라도 순찰사 권율은 이 전투에 자기의 영향력이 미치는 모든 군세軍勢를 동원했다.　그 명단을 적어 보면 —

　전라도소모사 변이중, 승장僧將 석처영, 경기도수사 이빈, 충청도수사 정걸, 전라도병사 선거이, 창의사 김천일, 충청도순찰사 허욱, 전라도조방장 조경, 고산현감 신경희, 이상의 병력 도합 약 1만 명.

　한편 왜병은 우희다수가를 총대장으로 하여 소조천수포, 소조천융경, 길천광가, 흑전장정, 소서행장, 석전삼성 등이 이끄는 약 3만 명의 병력이다.

　왜적은 1월 8일의 제 3차 평양성 전투에 패퇴한 후 봉산군, 백천군, 개성부에서도 철퇴하게 되어 모두 한양부에 집결하게 되었다.

　27일, 벽제관에서 유리한 전과를 거두긴 했지만 사기가 꺾인 적은 감히 임진강 이북에 마음을 쓸 여유를 갖지 못하고 한양을 지키는 데만 급급했다.

　전라도 감사이며 순찰사인 권율은 작년 12월 이래 독산산성에 본거를 두고 장기전에 대비했는데 전세의 변화에 따라 동정군과 호응하여 한양을 탈환할 계획을 세웠다.　그러려면 한양 서쪽에 적당한 진지를 확보해야 했다.　권율은 조방장 조경에게 그러한 진지를 물색하라고 명령했다.　야음을 이용하여 한강을 건너 어느 고지에 올라가 보고 조경은 바로 그 고지가 요충지라고 판단, 권율에게 그렇게 복명했다.　보고를 받은 권율이 그 고지를 직접 답사한 결과, 그곳보다 더욱 한양에 가까운 안현鞍峴에 진을 치는 것이 좋겠다고 생각했다.

그런데 막하의 장령들이 안현에 진을 치는 것을 모조리 반대했다. 너무나 적과 근접되어 있어 작전에 여유가 없을 것을 우려한 때문이다.

이에 권율은 조경이 권한 행주산으로 결정했다. 그러나 성책城柵을 만들 필요는 없다고 했다. 동정군의 대병력이 남하하여 개성 이남 지구에 집결한 상황에선 성중의 왜병 주력군이 성 밖으로 대규모 출격을 하지 못할 것으로 권율이 판단했기 때문이다.

도체찰사로서 직산을 거쳐 양주에 와 있던 정철이 성책의 필요성을 말했던 모양으로 권율은 생각을 바꾸어 조경에게 성책을 만들라는 명령을 내렸다. 조경이 이틀 만에 성책을 만들었다. 목책을 급조한 것인데 권율이 그것을 보고 만족했다. 이것이 이른바 행주산성으로 불리게 된 것이다. 그러므로 이 산성은 통념通念이 되어 있는 산성과는 다르다. 야전용으로 한강 연변에 임시로 만든 목책이었을 뿐이다.

한양의 적이 큰 병력으로 독산산성을 칠 것이란 첩보가 들어왔다. 권율은 독산산성에 소수의 군사를 남겨 대병력이 남아 있는 것처럼 위장케 하곤 은밀히 주력을 행주산성으로 돌렸다.

행주산성에 자리를 잡은 권율의 작전구상은 대략 아래와 같았다.

휘하 정병 중에서 4천 명을 뽑아 선거이宣居怡에게 주어 광교산에 위치하면서 한양의 적을 견제케 하고, 변이중으로 하여금 정병 4, 5천 명을 거느리게 하여 양천현을 본거로 행주산성과 광교산 중간에서 적을 견제토록 한다. 이와 동시에 강화, 통진, 파주, 양주 등지와 연락하여 서로 협조케 하고 보급선을 확보토록 한다. …

이렇게 하고는 권율 자신은 조방장 조경, 승장 처영 등과 같이 정병 2천 3백 명을 직접 지휘하여 행주산성을 기점으로 한양의 적 주력군에 대해 도전하기로 한 것이다.

계사년(1593년) 2월 11일. 권율이 휘하 장병을 모아 놓고 다음과 같이 훈시했다.

"나, 권율은 호남의 건아 3천을 거느리고 전주, 공주, 천안, 오산을 거쳐 독산산성에서 적을 물리친 다음, 이제 한강을 건너 이곳 행주산에 왔다. 그리곤 이 행주산에 성책을 쌓고 적과 대전하게 되었다. 적은 수만이다. 이 일전으로 조국의 운명을 타개코자 한다. 병兵엔 상세常勢라는 것이 없는 것은 물水에 상형常形이 없는 것과 마찬가지다. 성패이둔成敗利鈍의 묘기는 오직 이 사람의 가슴에 있고 진퇴공수의 묘도妙道는 오직 이 사람의 담략에 있다. 이에 여러분의 절대복종을 요구한다. 적세를 살펴보면 질과 양이 아울러 우세하다. 어떻게 이 적을 칠꼬. 오직 일사一死를 각오하고 나라의 은혜를 갚고자 용기와 힘을 다할 뿐이다. 일단 남아男兒가 감의기感意氣한다면 공명功名을 수부론誰復論일까. 천인일심千人一心하여 분투하길 바란다."

장군 권율의 말은 불을 뿜는 듯하였다. 휘하 장병들은 소리를 맞추어 환호의 소리를 울렸다.

권율은 지체 없이 무기를 점검했다. 궁현弓弦을 살피고 화살을 살피고 창검의 날을 다시 세웠다. 화차火車의 총통銃筒과 화약을 정비하고 수차석포水車石砲의 돌을 골라 산적하고 가마솥을 진의 전후방에 걸어 놓고 방화용수를 준비하는 등 만전의 준비를 다했다.

이때 소모사 변이중이 화차 3백량을 만들어 권율에게 헌납했다. 변이중이 고안한 화차는 각각 40개의 총안銃眼을 갖춘 것이다. 권율은 또한 수차석포를 만들게 했다. 이것은 일종의 척석기擲石機로서 수차처럼 돌아가며 돌을 연사連射할 수 있는 기구이다.

성책은 내외內外 이중으로 하고, 병사 각자에게 수건 한 장씩을 갖게 하여 재灰가 들어 있는 주머니를 만들어 허리춤에 차도록 했다.

그리고는 한편 정탐꾼을 한양으로 보내 적의 동정을 살폈다.

정탐꾼은 장사치로 가장하여 성내에 드나들었다. 상인들이 정탐꾼 노릇을 해 주는 경우도 있었다. 이들이 밤중에 진중陣中에 찾아와서 적이 출격준비를 하고 있다고 알렸다. 정탐꾼들의 말이 일치되는 것으로 보아 적의 출격준비는 확실하다고 판단할 수 있었다.

적은 조선군이 행주산에 모여 기세를 올리는 것을 보고 한양 공략전을 시도할 것이라고 판단했다. 그렇다면 앉아서 공격을 기다릴 것이 아니라 나가서 행주산을 궤멸시키자고 의견의 일치를 보았던 모양이다. 권율 장군이 노린 것이 바로 그것이었다.

12일의 새벽이다.

망루에서 초병의 보고가 있었다.

'적이 온다'는 보고에 의해 권율 장군이 망루 위에 올라갔다.

아직 완전히 밝지 않은 여명 속인데도 휘날리는 홍백기紅白旗의 자락이 어슴푸레 보였다. 차츰 동이 트이자 홍백기의 물결이 온 들판을 덮고 있었다. 권율 장군이 영을 내렸다.

"대군大軍이다. 빨리 아침밥을 먹고 각자 전투위치에 서라!"

적은 성 밖 10리쯤의 거리에 육박해 오고 있었다.

권율은 재차 군령을 내렸다

"적이 30보까지 오기 전엔 쏘지 말라. 적과 접전을 시작할 땐 내가 북을 쳐서 신호할 것이니 동요 말고 대기하라."

그런데 적의 후속 부대는 끝 간 데를 몰랐다. 바야흐로 태양이 오르자 적의 행진대오가 선명하게 보였다. 적의 선봉 1백여 기는 모두 홍백기를 등에 지고 귀면수형鬼面獸形을 분장한 괴상한 모습이었다. 그 뒤를 수천의 군사가 대오정연하게 전진하는데, 장령들이 탄 듯한 황금산, 백금산, 정흑산이 아침 햇빛에 눈부시게 빛났다.

적의 제 1대장 소서행장小西行長은 청모마를 타고 홍백산을 쓴 늠름한 모습이었다. 그의 군사들은 평양에서 패배하고 퇴각한 군사들이었지만 지난 1월 27일의 벽제관 싸움엔 참가하지 않고 영기를 회복하고 있었다. 그들은 이번의 전투에서 평양의 패전을 설욕할 양으로 비장한 결심을 하고 있었다.

이윽고 조총을 난사하며 돌격해 왔다. 조선군은 성책의 수보 앞까지 적이 접근하길 기다렸다. 이윽고 북소리가 3번 울렸다.

전투명령이 내려진 것이다. 화차火車, 수차석포水車石砲, 진천뢰震天雷, 총통銃筒, 강궁强弓 등이 일제히 작동했다. 집중적인 일제사격이다. 적의 최전열은 집중적인 일제사격 앞에 허무하게 궤멸했다. 주인을 잃은 말이 뒤를 향해 뛰니 대열은 수습할 수 없게 되었다.

작년 부산에 상륙한 이래 항상 제 1번대로서 승승장구 동래, 상주, 충주, 평양을 석권한 소서행장의 군대가 행주의 일개 성책 앞에서 무릎을 꿇고 말았다.

"아아, 나의 군대가 지는 버릇에 길들어 버렸다."

소서가 한숨을 지었다. 아닌 게 아니라 소서의 군대는 평양에서 패전한 이래 겁을 먹은 탓인지 사기를 잃고 그 후론 맥을 추지 못했다.

소서의 군대가 퇴각한 뒤를 이어 제2대장 석전삼성石田三成을 비롯한 대곡길계大谷吉繼, 증전장성增田長盛, 전야장강前野長康 등 역전의 장수들이 진두에 서서 돌진해 왔다.

우리 군사는 더욱 용기백배하여 돌을 던지고 총을 쏘고 활을 쏘아 댔다. 우리 군사가 쏜 화살 하나가 적장 전야장강의 가슴을 관통했다. 이 때문에 말을 돌리자 왜병들은 패닉에 빠져 서로 앞을 다투어 도망치기 시작하는데 인마가 밟고 밟히고 서로의 창이 얽혀 수습 못할 궤란상태가 되었다. 지장智將으로 알려진 석전삼성도 이렇게 되고 보니 손을 쓸 수가 없었다.

그다음을 받은 것이 흑전장정黑田長征이 이끄는 제3대이다. 흑전은 지난해 9월 연안성 전투에서 우리 군사의 방수 능력을 알고 있었던 까닭에 신중을 기했다. 높은 사다리 위에 누대樓臺를 만들어 그 위에 총수銃手를 수십 명을 올려 성중을 향해 조총을 쏘게 했다. 그리고는 자기들 군사를 우리 진지에 접근시키지 않고 기회를 노렸다. 이때 조방장 조경이 대포를 발사하여 이들을 박살내고, 한편 포전砲箭 끝에 큰 칼날 두 개씩을 꽂아서 쏘니 맞은 자는 즉사했다.

흑전은 앞으로 나가면 죽을 것이고 물러서면 무인의 체면이 손상될 것이므로 옆으로 피하는 게걸음蟹步 작전을 쓰고 있었는데 진천뢰震天雷의 폭음에 놀란 말들이 광란하기 시작하여 혼란에 빠졌다. 그리하여 흑전의 제3대도 궤멸하고 말았다.

이 상황을 보던 적의 총대장 우희다수가宇喜多秀家는 이것이 무슨 꼴이냐고 대노大怒하여 스스로 제4번대를 이끌고 선두에 섰다. 총대장이 선두에 서자 왜병들은 결사의 각오를 새로이 하고 그 뒤를 따랐다. 앞선 인마人馬가 넘어지면 그 인마를 뛰어넘어 진격했다. 이렇게 하여 왜병은 제1성책을 넘어섰다. 이어 그 부장部將 호천달안戶川達安이 이끄는 일대가 제2성책 가까이까지 근접하게 되었다.

우리 진영에 약간 주춤하는 기색이 돌았다. 재빨리 정세를 판단한 권율 장군은 도망치려던 군사 하나를 한 칼로 베어 외쳤다.

"물러서는 자는 이렇게 벨 것이다."

진중이 아연 긴장했다. 권율이 북을 치며 군을 독려했다.

다시 사기를 회복한 우리 군사들이 화차의 총통을 적의 총대장에게 집중했다. 우희다宇喜多가 부상하여 말에서 내려 종자의 부축을 받고 퇴진했다. 그런 가운데 그때까지 남아 지휘하고 있던 석전도 부상을 입고 후퇴했다.

제4대와 교대한 제5대가 밀고 들어왔다. 제5대의 대장은 길천광가吉川廣家이다. 이는 소조천융경小早川隆景의 휘하에 배속되었던 장수인 길천은 제2성책을 불태워 버리려고 화전火箭을 집중하여 쏘았다. 성책의 일부가 타기 시작했다. 아군은 미리 준비했던 방화용수로 그 불을 꺼 버렸다. 우리 군사는 길천을 향해 덤볐다. 돌을 던지고 활을 쏘았다. 이윽고 길천이 부상을 당했다. 말을 탄 채 퇴각하려다가 말이 거꾸러지는 통에 다시 크게 다쳐 빈사상태가 되어 물러났다. 이 싸움에서 길천의 부하 160여 명이 죽었다.

이렇게 적은 집요한 공격을 되풀이 하다가 마침내 5진 5퇴五進五退가 되었는데 제1대로부터 제4대까진 완전히 궤멸하여 그 사상자의 수는 헤아릴 수 없었다.

우희다와 길천이 부상하여 후퇴한 뒤를 맡아 모리원강毛利元康과 소조천수포小早川秀包가 등장했다. 두 장수는 제 2성책을 점령하도록 명령을 내리고 부하들을 독려했다. 그들의 공격력은 강했다. 성책이 위태로울 지경이 되었다. 이때 가사 위에 갑옷을 입은 승장 처영處英이 자성子城에서 승병 1천여 명을 이끌고 달려왔다. 그들의 활약은 실로 눈부셨다. 새로운 대원을 충원하면서 파상공세를 거듭하는 적의 인해전술을 끝까지 막았다.

적은 지형이 좁고 남쪽엔 한강이란 자연 장애 때문에 제 1대에서 제 6대까지 병립돌진竝立突進 밖엔 달리 도리가 없었는데 제 6대도 49여 명의 사상자를 내곤 물러났다. 이때 권율은 미리 준비한 '재주머니'를 던지게 했다. 재의 세례를 받은 적은 눈을 뜨지 못할 지경이 되었다.

권율의 전술 가운데 특히 특이한 것은 수차석포水車石砲의 작동이다. 수차석포는 힘이 센 역사カ士가 아니면 작동시키지 못한다. 권율은 역사를 뽑아 수차석포로서 돌을 던지게 했는데 그 위력은 대단했다.

돌 하나가 군의 머리를 친 다음 그의 허리를 치기도 하니 적은 돌을 피하느라고 조총을 버리고 도망치기도 하고, 독전하는 장수가 돌에 맞아 죽기도 했다.

권율은 구리쇠로 만든 솥을 머리에 쓰고 지휘를 하다가 적의 총탄이 뜸할 즈음엔 그 솥에 물을 담아 화선火線에 있는 군사들에게 먹여 주기도 했다.

적은 드디어 제 7대로서 교대하게 되었다. 제 7대의 대장은 60노장인 소조천융경이다. 그는 선두에 서서 서북쪽에 있는 자성을 지키던 승군 진영의 일각을 뚫고 내성까지 돌입하려고 했다. 그러자 승병들이 동요하는 기색을 보였다. 권율은 상방대검尙方大劍을 뽑아 들었다. 그리고 큰 소리로 외쳤다. 승병들에게 돌격을 명령한 것이다. 동요하던 승병들이 사기를 되찾았다. 칼과 창으로 적과 치열한 백병전을 벌였다.

옆 진영의 군사들이 돌진해 오는 적의 집단을 향해 화살을 아낌없이 쏘았다. 행주 들은 인마의 고함소리와 포연에 가득 싸였다.

이윽고 우리 군사들의 화살이 모자라게 되었다. 진중의 돌을 모아 던지는 판국이 되었다. 적은 우리 진에 화살이 다 된 것을 짐작하고 갑자기 기세를 올렸다. 이때 경기수사 이빈이 수만 개의 화살을 가득 실은 배 2척을 몰고 통진에서 한강으로 올라와 적의 배면을 찌를 기세를 보였다. 이 기미를 알아차린 적은 당황하여 마침내 내성에서 물러나기 시작했다.

이 상황을 바라보던 성안의 군사들은 용기백배하여 일부가 도망치는 적을 추격하고 일부는 내성을 수리했다. 얼마간 시간이 지나 추격군은 적의 머리 130급을 베어 가지고 의기양양하게 돌아왔다.

적은 도망치기에 앞서 4곳에 시체를 쌓고 불을 질렀다. 시체 타는 냄새가 10리 밖에까지 코를 찔렀다.

전야엔 그들이 버리고 간 기치와 갑주, 도창, 기타 전쟁기재가 수없이 흩어져 있었고 핏자국이 낭자하고 인마의 신음소리가 처량했다.

이렇게 묘시(아침 6시)에 시작한 전투는 유시(오후 6시)까지 쉴 새 없이 계속되었는데, 이 전투엔 인근의 백성들이 곤장과 도끼를 갖고 참가했고 아녀자들이 돌을 나르기도 하고, 물을 끓이기도 하고 주먹밥을 만들기도 하여 군사들을 먹였다. 물론 부상자를 응급치료하는 눈물겨운 장면도 있었다.

뒤에 전쟁터를 정리했을 때 중요한 노획품이 727건이고, 적이 유기한 시체가 2백 이상이고 타다 남은 시체는 일일이 헤아릴 수 없었다.

홍계남 장군은 권율 장군과의 약속을 굳게 지켜 후진을 감당할 준비를 하고 있었으나 권율군의 일방적 승리로 끝난 때문에 병력을 투입할 필요가 없었다. 그러나 홍 장군의 군대가 가만있었던 것은 아니다. 시석矢石의 공급에 만전을 기하는 한편 행주산성이 필요로 하는 인력을 동원했다.

그 가운데서도 채대수가 이끈 여군의 활약이 눈부셨다. 이들 30명은 모두 남복男服을 하고 인근에서 모은 여자들 수백 명을 지휘하여 주로 돌을 운반했다. 행주전투에선 돌이 활, 총에 버금가는 무기가 되었다. 이 돌을 풍부하게 공급한 것이 여군들이 선두에 서서 지휘한 부녀자들이다. 부녀자들은 돌을 운반하기 위해 치마를 반쯤 올려 겹쳐 주머니를 만들었다. 채대수의 창안이었다. 이렇게 하여 겹쳐 주머니를 만든 치마가 '행주치마'의 원형이 된 것이다.

사람 잡아먹는 사람

행주대첩은 홍계남으로서도 물론 반가운 일이 아닐 수 없었지만 엉뚱한 오해를 사게 되었다. 군을 근처까지 이동하고도 직접 제1선에 서지 않았다는 것으로 홍계남을 비난하는 소리가 들려온 것이다.

홍계남은 권율 장군과의 굳은 약속 때문에 마지못한 사정이었지만 비방하길 좋아하는 사람들은 언제, 어느 때나 있는 법이다.

그런 데다 홍계남이 불쾌할 수밖에 없었던 것은 권율이 병력을 이끌고 파주산성으로 전진할 때까지도 홍계남에게 한마디 말이 없었기 때문이다. 권율 장군으로선 총망중에 잊은 것이겠지만 홍계남의 부하들이 그런 처사에 대해 불만을 털어놓았다. 앞으로의 일을 의논하기 위해 모인 자리에서였다. 조인식이 이렇게 말을 꺼냈다.

"수령께선 앞으로 어떻게 하실 작정입니까. 권율 장군을 따라 파주산성으로 가시겠다고 들었는데 그게 사실입니까."

"권율 장군과 나와의 사이엔 약속한 것이 있소. 그 때문에라도 일단 권 장군을 만나 볼까 하오."

190

"우리에겐 통지도 안 하고 떠난 사람을 찾아가시겠단 말씀입니까?"

"창졸지간에 마음이 돌아가지 못할 경우도 있지 않겠소."

신불이 나섰다.

"아닙니다. 권 장군은 우리를 병신으로 만들었습니다. 사람들이 뭐라고 하는지 아십니까? 요즘 들어 홍 장군의 담력이 없어졌다고 합니다. 아녀자들만 동원시켜 놓고 직접 군사를 움직이지 않았는데 그 까닭을 알 수 없다는 겁니다."

"그 까닭은 나와 권 장군만 알고 있소."

"그런 사정을 누가 알아줍니까."

"우린 누가 알아줄 것이라고 해서 이 고생을 하고 있는 겁니까? 나라를 위해 싸우는 사람은 누가 알아주느냐에 관심 쓸 것 없소."

"딱한 말씀입니다. 누가 알아주고 안 알아주고에 상관할 바 없다고 하시지만 군사들의 사기에 누를 미치니 큰일 아닙니까?"

변갑수는 마을에 나갔다가 촌로村老들로부터 모욕에 가까운 얘기를 들었다며 흥분했다. 황충량은 이런 말을 했다.

"홍 장군이 여군인가, 낭자군인가를 끌고 다니더니 용기가 부실해진 것이 아니냐고 말하는 사람도 있습니다."

"아무튼. 권율 장군을 따라가진 맙시다."

염길생이 말했다.

이렇게 되니 중구난방이었다. 홍 장군의 용맹을 시기한 나머지 용맹을 떨칠 기회를 미리 봉쇄한 것이란 말까지 나오게 되었다.

이에 이르러 홍계남이 대갈하여 말했다.

"전국이 앞으로 어떻게 전개될지 모르오. 전투는 행주산성에서만 있

는 것이 아니오. 다행히 행주에선 이겼지만 그것으로 마음을 놓을 계
제는 아니지 않소. 우리가 노리는 것은 최후의 승리요. 덕택으로 우리
의 군사 한 사람도 상하지 않고 앞으로의 싸움에 대비할 수 있는 것만
으로도 다행한 일 아니오? 그리고 남의 의도를 우리 마음대로 짐작해
서 오해하거나 하는 일은 있어서 안 될 것이오."

"그러나저러나 우린 파주산성으론 가지 맙시다."

하고 길봉준이 힘주어 말했다. 이에 신불이 동조했다.

"모두들의 의향이 그러하면 파주로 가는 것은 취소하겠소."

홍계남이 이렇게 단안을 내렸다.

그리고 나서 앞으로의 작전계획을 세우는데 변갑수가 제안했다.

"우리 힘으로, 아니 우리가 주동이 되어 한양 탈환전을 시도해 보면
어떻겠습니까?"

정탐꾼의 정보에 의하면 한양엔 북진한 왜병들이 전부 집결하여 그
총 병력이 5만은 훨씬 넘을 것이라고 했다. 5만의 적을 상대로 5백 명
밖에 없는 군대가 싸울 순 없다. 그런데 변갑수가 그런 제안을 한 덴
나름대로의 근거가 있었다.

각지의 의병에게 격檄을 띄워 1만 명가량의 병력을 모아 한양 탈환
을 크게 부르짖으면, 도원수 김명원, 부원수 이빈 등을 움직일 수 있
을 뿐 아니라, 명나라의 동정군東征軍까지 합세시킬 수 있지 않겠느냐
는 것이다. 왜병은 행주전투에 패배하여 거의 사기를 잃었고, 보급로
가 차단되어 무기사정은 물론이고 식량사정도 극히 곤란한 상황이니
한양 공략이 무망하지는 않다는 것이 또 하나의 이유였다.

변갑수의 의견엔 조리보다도 기백이 있었다. 그런 만큼 그 의견을

그저 물리치는 것은 안타깝기도 했지만 그 의견을 수용할 순 없었다.

홍계남이 말했다.

"그 의견은 누구나 해봄 직한 의견이다. 그러나 한번 생각해 보오. 일개 조방장인 내가 천하에 격문을 돌린다고 해서 1만 명의 병력을 얻을 수 있겠소? 권율 장군이 앞장서서 모은 병력이 기껏 1만 명 내외였지 않소. 전라도관찰사란 높은 벼슬을 하는 사람의 경우가 그러하였소. 뜻이 높다고 해서 되는 일이 아니오. 나는 미관말직에 덕이 없는 사람이오. 그런 나에게 지나친 기대를 한다는 것은 반가우면서도 부끄러운 일이오."

"그럼 수령께선 어떻게 하실 참입니까?"

조인식이 물은 말이다.

"나는 다시 안성으로 돌아가 고장을 지키며 영기英氣를 가꾸곤 장차 있을 큰 싸움에 대비하고자 하오."

그러자 신불의 말이 있었다.

"들건대 안성엔 충청도 조방장 황진黃進 장군이 들어와 있다고 합니다. 우리가 안성으로 가면 피차의 사정이 불편하게 될까 염려가 됩니다."

"나도 그런 사정을 생각하지 않은 바는 아니나 나와 황 장군은 서로 잘 아는 사이오. 수신사를 따라 일본에 갔을 때 우리는 같이 갔었소. 그는 정사 황윤길 공의 수행 군관이었고, 나는 부사 김성일 공의 수행 군관이었소. 그런 관계로 우린 서로 친하게 지냈기 때문에 걱정하지 않아도 될 거요."

홍계남이 이렇게 말하자 신불은 더욱 반대의 기세를 올렸다.

"두 분은 좋게 지낼 수 있을지 모르나 부하들 사이엔 반드시 마찰이 있게 됩니다. 우리 장군이 높다, 너희들 장군은 낮다 등으로 곤란한 문제가 생기게 됩니다. 비좁은 땅에 양웅兩雄이 병립할 수 없습니다. 같은 조방장으로서 하나가 상대방의 휘하에 들 순 없지 않습니까?"

모두가 신불의 말을 타당하게 여기는 눈치를 보였다.

홍계남으로선 서로가 존경하는 대등한 사이로서 연합세력을 이루게도 될 것이란 낙관적 의견이었지만 부하들의 생각은 달랐다. 그는 부하들의 생각을 무시할 수가 없었다.

"그렇다면 여러분의 의견을 말해 보시오."

신불이 다음과 같은 의견을 내었다.

"정면으로 하는 한양 탈환전은 목하 불가능하다고 봅니다. 그러나 유격전은 가능합니다. 우리 군사들이 상인으로 가장하여 일단 한양에 삼삼오오 잠입하여 내부에서 교란작전을 하는 겁니다. 치밀하게 꾀를 내어 과감하게 행동하면 그 효과가 클 것입니다."

미상불 마음이 끌리기도 하는 제안이었다.

"치밀하게 꾀를 내고 과감하게 행동하면 승산이 없을 바는 아니오. 요는 치밀한 꾀에 있는 것이니 시간을 두어 치밀한 꾀를 꾸며 봅시다."

하는 홍계남의 말을 끝으로 일단 산회하게 되었다.

밤에 홍계남은 잠을 이루지 못했다.

안성엔 황진이 진주하고 있어 나가지 못하고 다른 지방으로 가려고 했지만 이미 고군孤軍이 된 홍계남이 갈 만한 곳이 없었다.

그렇다고 해서 신불 등의 의견대로 성중으로 잠입하는 것은 백해무

익한 모험일 뿐이었다.

그러던 차 한양부에 왕래하며 건어乾魚를 왜병에게 공급하며 정탐꾼 노릇을 하던 사람이 근처 마을에 와 있다는 소식을 듣고 홍계남이 몰래 그 사람을 찾아갔다. 그는 이미 50세가 넘은 사람인데 한쪽 다리가 불구였다. 그 부자유한 몸으로 벙어리 시늉까지 하며 인천에서 구한 건어를 왜병에게 팔고 있었는데 왜병은 건어가 필요해서 그를 용납하고 조선병은 그를 통해 왜병의 동정을 알 수 있었으므로 용납했다.

이쪽저쪽 할 것 없이 그를 반편으로 보고 서로 이용했던 '모자기'란 이름으로 불리는 그 사람은 결코 벙어리도 반편도 아니었다. 남의 눈을 꺼려 병사들과는 상대하지 않고 중요한 인사들에게만 기회를 보아 정보를 알리곤 했다.

홍계남은 우선 성안의 사정을 물었다.

"숨어 사는 수까지를 합치면 성안에 사는 우리 백성의 수는 1천여 명은 될 것이지만 대부분이 노약남녀老弱男女들이고 왜놈의 앞잡이가 아니면 굶어 죽어가는 형편입니다."

"우리가 침입해 들어가면 숨어서 행동할 순 있겠는가?"

"부서진 집의 아궁이 속 같은 데 숨을 순 있겠지만 행동은 못할 것입니다. 굶어 죽기 위해 잠입하려면 또 모르되 살기 위해 잠입한다는 건 말도 안 됩니다."

"한양에 잠입하려면 어떤 방법이 제일 좋겠느냐?"

"맨손으로 들어가려면 수월합니다. 문을 지키는 병정에게 항복하여 성내에 살겠다고 하면 몸수색을 하고 들여보내 주고, 찾아갈 곳을 지정해 줍니다. 지정된 장소에서 왜병으로부터 감찰을 받으면 성내에서 살도록 허가해 줍니다. 그 대신 항상 감시받는 데서 살아야 합니다."

"그 밖엔 방도가 없나? 북한산으로 해서 들어간다든지 하는…."

"성내엔 왜병이 5만 명이나 있습니다. 그중 1만 명가량은 북악에 성
책을 만들어 놓고 밤낮을 가리지 않고 지키고 있습니다. 날짐승, 길짐
승 할 것 없이 놈들의 눈에 띄지 않곤 한양에 출입할 수 없습니다. 그
리고 성내에 들어가긴 쉬워도 나오진 못합니다."

홍계남은 그런 사정이면 더 물어볼 것이 없다고 하여 잠깐 입을 다물
고 있다가 물었다.

"자네 이름을 '모자기'라고 한다는데 그게 본명인가?"

"아니올시다. 제 몸이 너무 가늘고 힘이 없어 보인다고 해서 모두들
그렇게 부른답니다."

"원래 이곳이 고장인가?"

"저는 한양에서 나고 한양에서 자랐습니다."

"한양에선 무슨 일을 했는가?"

"건어전의 중남이 노릇을 했습니다."

"그래서 건어를 팔았군. 아무리 생로生路가 그것뿐이라도 왜병에 빌
붙어산다는 건 탐탁한 노릇이 아니지 않는가?"

"창피한 일입니다만, 왜병이 치고 들어온 얼마 후, 제 아내가 왜병
에게 겁탈을 당했습니다. 체면이 없었던지 도망쳐 버렸어요. 누구헌
테 들으니 왜병이 점거한 집으로 들어가더란 거였습니다. 그래서 전,
이집 저집 기웃거리느라고 건어전 광에 숨겨 두었던 건어를 들고 왜병
이 있는 곳을 기웃거려 다녔습니다. 그것이 버릇이 되어 광에 물건이
없게 되자 왜병의 첩牒을 얻어 마포와 인천까지 나들이를 할 수 있게

되었습죠."

"그래 돈을 많이 벌었는가?"

"번 돈은 없어유. 건어 대신 곡식을 받았는데 성내엔 지금 사람이 사람을 잡아먹고 있는 형편입니다. 어찌 그런 꼴을 보고 가만있겠어요. 본전만을 남기고 죄다 주어 버렸어요."

"아내는 아직 찾지 못했나?"

"찾지 못했습니다. 이젠 한양에 가지 않을 작정입니다. 사람이 사람 잡아먹는 꼴 보기 싫어서유. 저도 잘못하면 잡아먹혀유."

홍계남도 도성 안에선 사람이 사람을 잡아먹는단 소리를 듣긴 했으나 확인하진 못했는데 모자기의 말을 듣자 모골이 송연해졌다.

"산 사람만 먹는 게 아닙니다. 죽은 사람을 먹어요. 굶어 죽은 사람이 있으면 모두들 달라붙어 그 살점을 베어 먹습니다. 해골만 이곳저곳에 수두룩합니다."

"그만둬라."

홍계남이 자기도 모르게 격한 소릴 했다.

아닌 게 아니라 《선조실록》 권 47 선조 27년 정월 병신조丙申條와 동 49권 선조 27년 3월 무술조戊戌條엔 인상살식人相殺食의 기록이 나타나 있다.

어떻게 된 영문인지 한양 탈환전은 있을 것 같지도 않게 시일은 흘렀다. 들은 바에 의하면 명나라 동정군의 경략 송응창, 제독 이여송 등은 한양을 탈환하려 하는 조선군에게 전투를 개시하지 못하도록 압력까지 가한다고 한다.

홍계남은 도원수 김명원과 전라감사 권율이 임진진臨津鎭에 있다는 소문을 듣고 신불을 파견했다. 특별히 지시할 것이 있는가, 없으면 정세에 따라 자유롭게 작전 행동을 해도 좋은가를 알아오게 하기 위해서였다. 신불이 받아온 지시는 알쏭달쏭한 것이었다.

"경기도 일언 내에 적당하게 유동하다가 기회가 있으면 적을 보이는 대로 포살하는 것은 좋지만 대규모 전투는 삼가라."

이 지시가 전해지자 홍계남의 막료들은 다시 한 번 발끈했다.

"싸움을 하라든지 말라든지 해야 할 것인데 큰 싸움은 말라니 이게 될 말이나 한가."

홍계남도 부하들의 생각과 마찬가지였다. 그런데 신불의 설명에 의하면 다음과 같았다.

"명나라 동정군은 어떡하든 왜병과 화의를 할 것 같습니다. 그러니까 왜병들의 심기를 건드리지 말자 이겁니다. 그들은 왜병들이 순순히 한양을 물러날 날만 기다리는 겁니다. 왜병을 건드려 싸움이나 하게 되면 곤란하다는 얘기지요."

"그럼 언제라도 이냥 이 꼴로 기다려야 한단 말인가?"
하고 변갑수가 흥분했다.

"수령님, 용산까지쯤 나가 왜병에게 골탕이나 먹여 놓고 독산 쪽으로 후퇴하면 어때요. 이대론 딴 곳으로 움직인다고 해 보았자 체면이 서질 않습니다. 이대론 안성으로 돌아갈 수도 없어요. 너희들 뭣하고 왔느냐고 물으면 뭐라고 할 겁니까. 소풍 나갔다가 왔다고나 할까요?"
하고 황충량도 투덜댔다.

이러고 있는데 안성에서 연락자가 나타났다.

안성에 근거를 둔 황진의 군대가 죽산부에 주둔한 왜군 복도정칙의 군대를 무찌르고 충청도 방면으로 도망치는 적군을 추격 중이란 것이다.

죽산에 있는 복도정칙의 군대를 물리쳤다면 이는 대단한 성과이다. 홍계남은 변이중의 군과 합세하여 죽산부의 적군을 치려다가 실패한 적이 있다. 마땅히 낭보朗報인데도 홍계남 이하 모두 안색을 잃었다. 우리 군의 승리는 반가웠지만 홍계남 부대의 체면은 말이 아닌 것이다.

회의가 열렸다. 황진의 군대가 떠났으니 안성으로 들어갈 수 있게 되었으나 체면의 문제가 있었다. 어느 곳의 적이건 무찔러 놓고 개선해야 하는 것이다. 신불이 도원수 김명원의 막사에서 들은 정보를 전하여 이런 제안을 했다.

"한양의 왜병은 식량사정이 딱한 모양입니다. 그래 일부 소부대가 양주와 의정부 방면에 출몰하여 약탈행위를 한다고 들었습니다. 그러한즉 우리는 양주 근처의 어느 산골에 매복해 있다가 약탈행위를 하는 왜병을 포착 섬멸하면 어떻겠습니까?"

그럴 것 없이 용산 방면의 적을 치자는 의견도 있었으나 그렇게 하면 대규모 전투가 될 것이므로, 상부의 지시도 있고 하니 신불의 제안을 따르자는 의견이 압도적이었다.

홍계남이 그렇게 하기고 단안을 내렸다.

홍계남은 의정부 쪽으로 우회하여 변갑수가 이끄는 일대一隊를 창동 근처의 도봉산 골짜기에 매복시키고, 황충량이 이끄는 제2대를 수락산 골짜기에 매복시키고, 길봉준이 이끄는 제3대를 덕소 부근에 매복시키고, 신불이 이끄는 특수부대를 척후로서 전방에 진출케 했다.

각 대의 연락책임은 조인식이 담당하고 사령관 홍계남의 정위치는 창동과 수락산 사이에 있는 조그마한 동산으로 정했다.

3월 3일이었다.

신불로부터 보고가 왔다. 부왜분자附倭分子 두 놈을 잡았는데 그들의 자백에 의하면 그날 밤, 왜병이 수락산록에 있는 마을을 약탈할 계획이라고 했다. 왜병의 병력은 약 60명인데 3개조로 나눠 그 일부가 수락산 마을을 털고 여력이 있으면 의정부에까지 진출할 작정이란 것까지 알았다.

홍계남은 이 사실을 즉시 황충량에게 알리는 동시에, 덕소 부근에 매복한 길봉준의 병력을 야음을 이용하여 자기의 본거로 불러들였다. 황충량의 부대와 더불어 적을 협공하기 위해서였다. 동민들에게는 밤이 되면 아녀자를 앞세워 뒷산으로 피란하라고 지시했다.

초경이 되었을 때 왜병이 들이닥쳤다.

횃불 서너 개를 들고 마을까지 들이닥친 것을 보면 지방의 지리를 잘 아는 부왜분자가 길잡이 노릇을 한 것이 분명했다. 그들은 마을에 도착하자 일제히 횃불을 켜 들었다. 왜병은 홍계남의 군대가 매복해 있는 것을 전혀 알지 못했다.

횃불을 켜든 그 순간이 신호가 되었다. 어둠 속에서 뛰쳐나온 홍계남의 군사들이 칼을 휘두르며 횃불을 향해 육박했다. 적 60명에 이편은 2백 명이었다. 전투는 순식간에 끝났다. 40수명의 왜병이 칼에 찔려 넘어졌다. 10명은 생포되고 10여 명은 어둠 속으로 도망쳤다.

생포된 10명 가운데 황목신육荒木新六이란 자가 있었다. 이자가 약탈대의 수령이었다. 황목은 증전장정增田長政 휘하의 하사下士라고 했다.

홍계남이 황목을 끌어내어 물었다.

"전쟁은 군사들 간의 전쟁이거늘 어찌하여 양민들을 괴롭히는가."

"우리의 식량사정이 딱하다. 식량의 조달도 전쟁에 속한다."

황목의 대답은 이처럼 뻔뻔스럽다.

"내가 듣기론 너희들의 군율軍律도 약탈을 금하고 있다던데 이런 행위는 군율위반이 아닌가."

"필요에 따른 행위이므로 군율위반이 아니다."

"그렇다면 오늘 밤의 행위뿐만 아니라 근래 이 근처에서 자행된 약탈행위, 강간행위 등은 너희들 대장의 명령에 의한 것인가."

"아니다. 우린 우리의 재량으로 이만한 행동은 할 수 있는 권한을 가졌다."

"그렇다면 너의 행동은 네가 책임지겠다는 말인가. 그럼 너는 마땅히 죽어야 한다."

"바라는 바이다."

황목의 말은 늠름했다. 적으로 치고도 부끄럼 없는 무사의 기개라고 할 수 있었다. 이런 무사에겐 이에 상응한 대접이 있어야 한다는 상념이 일순 뇌리를 스쳤다. 홍계남이 장중에게 말했다.

"너의 태도는 무사다운 데가 있다. 그런 당당한 무사가 어찌하여 화적 놈들이 하는 짓을 하려고 했는지 심히 괘씸하구나. 달리 너의 죄를 보상할 방법이 있는지 말해 보라. 그럼 네 생명만은 구해 주겠다."

"말씀은 고맙다. 그러나 달리 도리가 없다. 나는 내 작전이 서툴렀기 때문에 부하들을 몰살의 운명에 빠지게 했다. 홍 장군께서 용서해 준다고 해도 내겐 갈 곳이 없다. 우리 진영에 돌아가도 나는 군율위반으로 처형되어야 하고, 그렇지 않더라도 부하들에 대한 면목 때문에 나는 자결해야 한다. 그러니 빨리 처단이 있기를 바란다. "

황목의 말이 계속되고 있을 때 염길생이 다가와 홍계남의 귀에 조용히 말했다.

"벌써 4경이 되려고 합니다. 도망친 자가 그들의 진영에 보고했을지 모릅니다. 적의 구원대가 들이닥칠지도 모르니 빨리 이 자리를 떠나는 것이 좋겠습니다. 처치를 서두르시기 바랍니다. "

"좋다. 놈들을 베어라. "

하고 홍계남이 일어섰다.

이날 밤 노획물은 조총 30정, 도검 50검, 대궁 20점, 궁시弓矢 3백 개, 총포 2백 발 등이었다. 이에 적의 수급 50수 개를 보태어 수용하고 홍계남의 군대는 가평을 향해 떠났다.

홍계남 장군은 이날 밤의 경험을 통해 진지전陣地戰 또는 본격전本格戰보다 유격전이 훨씬 성과가 있고 유리하다는 교훈을 얻었다. 진지전과 본격전은 압도적인 병력과 물량이 있을 때에 비로소 유리하게 전개할 수 있는 것이지만 그렇지 못할 경우엔 승리한다고 해도 막대한 소모를 필요로 한다.

그런데 유격전의 경우엔 지형지물에 통효해 있는 그만큼, 그리고 이편에서 언제나 선제先制할 수 있는 그만큼 어느 정도의 기량만 갖추어 있으면 백전백승할 수 있다. 그리고 특히 야습이 효과적이란 것도 알았다. 이 경험을 통해 홍계남의 새로운 전법이 창출되었다.

가평 근처에 준동蠢動하는 왜병을 이런 요령으로써 섬멸 또는 패퇴시킨 후 홍계남의 군대가 안성에 돌아간 것은 3월 15일경이다.

양주에서의 활약은 이미 널리 소문이 나 있었다. 안성 사람들은 개선장군으로서 홍계남을 환영했다.

　권율 장군으로부터 홍계남을 치하하는 정중한 서면이 왔다. 그 서면
엔 미리 연락하지 못하고 행주를 떠난 데 대한 정중한 사과와 함께, 앞
으로 큰일을 도모할 땐 합심협력할 것을 간청하는 내용도 있었다.

홍계남을 처단하라

3월도 중순에 이르면 일양내복一陽來復의 기운이 완연하다. 전쟁에 시달린 뜰에도 봄이 찾아왔다.

보름밤의 만월을 기하여 홍계남이 안성 사람들의 권에 못 이겨 진중에 연회를 벌였다. 홍계남은 지방 사람들의 호의에 보답하고 자축의 뜻을 겸해 소와 돼지를 잡고 술과 떡도 풍부하게 준비했다. 전쟁에 시달려 어느 곳에선 사람이 사람을 잡아먹는 참극이 있기도 했으나 안성은 원래가 곡창이라, 주민들이 마음을 내기만 하면 어디엔가 숨겨 놓은 식량의 비축을 회사할 수가 있었던 것이다.

매화꽃의 향기로운 내음이 3월 보름의 달빛을 더욱 그윽하게 했다. 순배에 따라 〈진중가〉陣中歌가 울려 퍼지고 또 한 번 순배엔 환호가 일었다. 누군가가 〈장부가〉를 부르면 누군가는 〈초혼가〉를 불렀다. 생자生者가 사자死者를 초혼하니 생사일여生死一如의 감회가 이미 산화散華한 용사들의 넋을 위로하고 다시 그것이 살아 있는 용사들의 용기를 더하는 것이다.

홍계남 휘하의 특출한 문장가 송지문이 제갈량의 〈출사표〉出師表를 낭송하며 그 뜻을 새길 즈음 연회는 절정에 이르렀다.

만월이 중천을 지날 무렵 홍계남이 일어서서 일장의 연설을 했다.

"내가 창의倡義의 뜻을 펴고 이곳에서 기병起兵했을 때 동지 의병은 150명이었다. 그 150명이 열흘이 되기 전에 3백이 되고 월여를 지나자 5백여 명이 되었다. 그동안 113명을 헤아리는 동지 의병이 순의殉義, 순국殉國, 순절殉節하여 유명을 달리했다. 이 어찌 슬프지 않을손가. 그러나 반가운 것은 그 의사들의 못 다한 한을 풀기 위해 그만한 수의 의병이 모여 이제 다시 5백여 명이 충성을 같이 할 수 있게 되었다. 그리고 그 후 큰 전투는 없었다 할지라도 수차례 싸움에서도 5백여 명은 탈 없이 건재하여 오늘에 이르렀다. 우리 5백여 동지 의병은 헛되이 생명을 버릴 순 없다. 순의를 하되 일당백의 순의라야 할 것이며, 순국을 하되 하나의 장부로서 1백 명 장부의 순국과 맞먹어야 할 것이다. 왜병의 기는 쇠하고 불원 방축될 운명에 있다. 마지막 왜병이 완전히 소탕될 때까지 우리는 심혈을 다해 성충하며 용맹해야 할 것이다. 그런 까닭에 이 밤의 잔치는 앞으로 있을 승리를 도모하는 잔치이며 내일을 위해 영기英氣를 가꾸자는 잔치이다. 동지 의병 여러분! 안성 유지들의 호의를 받들기 위해서도 내일의 영광을 위해 마음속 깊이 기하는 바가 있어야 할지니라 ⋯."

홍 장군의 말이 끝나자 환호성이 오르고, 그리고 연회는 끝났다.

그런데 그 감격적인 잔치가 있은 다음날 아침 불길한 사자使者가 홍 장군의 본진에 도착했다.

"도원수 김명원 대감의 본부 받들어 왔습니다."

라면서 사자는 한 통의 서장을 홍계남에게 전했다.

그 봉피封皮엔 '홍장군필개봉洪將軍必開封 타인불가개봉他人不可開封' 이라고 쓰여 있었다. 홍계남이 주위의 사람을 물리치고 봉투를 열었 다. 나타난 서면엔 다음과 같이 적혀 있었다.

홍 장군이 양주에서 세운 전공에 관해 동정군에선 물의를 일으키고 있 소. 송경략宋經略, 이제독李提督 등이 직접 사문하든지 아니면 그 부 하로부터 사문이 있을 것 같소. 부득이 도원수 명의로 소환장을 보내 야 할 형편인데 내가 보낸 서면에 '필자'必字의 서계書契가 없으면 소환 에 응하지 말고 당분간 피신해 있으시오. 시간을 두고 동정군의 분격 을 진정토록 할 것이오. 그럼 별명이 있을 때까지 몸조심하시오. 이 서장은 읽은 즉시 불태워 버리시오.

도원수 김명원

이 무슨 해괴한 일인가. 홍계남은 그 서면을 불태워 버리고 나서 생 각에 잠겼다. 양주에서 왜병의 수급 50을 벤 것이 어째서 동정군을 분 격하게 했는가. 왜병과 적대하여 싸우는 마당에 왜병을 죽였다는 것이 어째서 사문을 당할 문제가 될 수 있는가.

아무튼 도원수와 동정군 사이에 대립이 생기는 것은 확실했다. 도원 수의 처지를 생각해서라도 일단 피신해야만 했다. 홍계남은 조인식을 불러 대강의 사정을 알리고, 연락용 종자 셋을 동반하여 등 너머 마을 로 피신하여 김명원의 별명別命을 기다리기로 했다.

이 무렵 상황은 묘하게 돌아갔다. 명나라 동정군東征軍은 화전양면

和戰兩面의 책략을 쓴다고 하면서 화의和議엔 적극적이었으나 전의戰意는 거의 상실하고 있었다. 불원 왜병은 철퇴할 것인데 굳이 사상자를 내어 가며 싸울 필요가 있느냐는 태도였다.

이렇게 된 데는 심유경沈惟敬의 농간이 있었다. 그는 일본과 명나라를 교묘하게 속여 사리私利를 탐하고 있었다. 일본이 항복하리라고 송응창과 이여송을 설득하여 화의하면 실리實利가 있고 싸우면 피차가 손해를 볼 뿐이란 의식을 갖게 한 것이다.

한편 조선군은 일본과의 화의에 응할 의사가 전연 없었다. 온 나라를 초토로 만들어 놓은 지금에 와서 화의가 뭐냐는 것이 조정의 태도였다. 그러나 명나라에 신세를 지는 형편상 정면으로 명의 정책에 반대할 순 없었다. 6·25 전쟁 때의 미국과 우리나라와의 관계를 방불케 하는 사정이다. 미국은 휴전을 추진했고 이승만 대통령은 휴전에 반대했지만 공공연하게 미국의 의사를 거절할 수 없었던 것이다.

어떻게 하든 화의를 이룩할 작정인 명의 동정군은 평양 전투 이래 적극적인 작전을 벌이지 않는 동시에 조선의 조정과 군사들에게 압력을 가해 왔다. 부득이한 경우가 아니면 왜병과 접전하지 말라는 것이고 왜병의 살육을 삼가라는 것이다. 그런데 이런 압력은 때론 노골적이기까지 했다.

홍계남의 양주에서의 작전은 이러한 분위기 속에서 진행된 것이다. 60명의 왜병이 몰살당하자 왜병의 장수 소서小西는 심유경을 통해 경략 송응창과 제독 이여송에게 항의했다.

"조선군의 잔학행위가 이러하다면 화의지사和義之事는 수포로 돌아갈 수밖에 없다."

고 하고 생포된 왜병들을 참斬한 처사를 예例로 들었다.

이 항의에 심유경의 과장된 설명이 붙었다. 홍계남이 평화롭게 이동 중인 왜병을 습격했다는 것이고, 이렇게 왜병을 자극하면 물러가고 싶어도 왜병은 물러갈 수 없을 것인즉, 만일 화의를 바란다면 앞을 이런 일이 다시 있어선 안 될 것이니 경각警覺의 뜻으로서도 홍계남을 처단해야 한다고 떠벌린 것이다.

소서의 항의와 심유경의 설명을 들은 이여송은 부총병 사대수查大受를 시켜 도원수 김명원에게 즉시 홍계남을 소환, 사문하여 엄벌을 내리게 하라고 지시했다.

김명원이 그 무렵 가까이에 있었던 권율 장군에게 의논했다. 권율이 펄쩍 뛰었다.

"양민을 약탈하는 적병을 무찌르지 않고 군사는 무엇을 해야 하는가. 홍 장군에게 벌을 내린다면 천하의 의병들은 일시에 병기를 포기할 것인즉, 홍 장군을 소환 사문한다는 것은 절대로 불가한 일이다."

그러나 일단 조정에 알릴 필요는 있다고 하여 영유永柔의 행재소에 장계를 올리는 동시에 3월 16일 홍계남이 받은 편지를 김명원이 쓰게 된 것이다.

부총병 사대수는 동정군의 선봉장으로 압록강을 건너온 장군이다. 그는 평양성 공략에 큰 전공을 세우고 창릉 미륵원 앞 전투에선 적의 수급 130개를 벤 일조차 있다. 용맹한 만큼 성격이 괄괄하고 거만하여 조선의 장수들을 깔보는 버릇이 있었다.

한마디로 사대수에게 걸려든 것이 잘못이었다. 그는 매일처럼 김명원을 독촉했다.

"홍계남을 언제 처치할 것인가."

"상명上命을 받아서 해야만 한다. 지금 장계를 올렸으니 금명간 회시가 있을 것이다."

김명원은 지연술을 쓰는 수밖에 없었다.

그러자 사대수는 경략 송응창에게 보고하여 그로 하여금 행재소에 압력을 가하도록 건의했다. 조정으로서는 홍계남 같은 장군을 호락호락 처치할 순 없었다. 처치하기는커녕 표창해야 할 공로를 세운 홍계남이다. 문제의 해결은 병조판서 이항복李恒福에게 맡겨졌다. 그는 당시 양주 수락산 마을의 사정을 소상하게 살핀 후 경략 송응창을 만나, 한양의 왜병이 수시로 양주·의정부 방면에 출몰하여 약탈, 파괴, 강간행위를 일삼는다는 사례를 설명하고 나서 물었다.

"지금 전쟁 중인데 경략의 부하가 가까운 곳에 있으면서 그러한 적병의 방자함을 보고도 좌시한다면 경략으로선 그 부하를 어떻게 처우하겠는가."

"사정이 다르지 않소. 화의의 교섭이 진행 중인데 상대방을 충동질하는 행위는 옳다고 할 수 없지 않소."

"그러니까 경략께선 그 부하에게 상을 주겠습니까?"

"상까지 줄 수야 없지만 묵인은 해야겠지요."

"대국의 금도禁盜로선 혹시 그럴 수도 있을 것입니다만 우리 소국의 형편으로선 그럴 수가 없습니다. 백성의 억울한 꼴을 보고, 능히 그런 꼴을 면하게 할 수 있는 병력을 가지고 있으면서도 좌시했다면 마땅히 군율에 비춰 처단해야 합니다."

"몇 사람들의 곤란을 덜기 위해 백성 모두가 바라는 화평의 기운을 막는 것이 얼마나 손해된 일인가를 대감은 생각하지 않으시오?"

"경략의 말씀은 적에게 항복하자는 것처럼 들립니다. 이냥 이대로 전쟁을 포기하자는 뜻과 같습니다."

"요컨대 병조판서께선 홍계남을 처단할 수 없다는 말을 하고 싶은 것 아닙니까?"

"저는 이렇게 듣고 있습니다. 평양성 전투에서 맡은 바 임무를 포기한 장수를 우리 유성룡 대감이 처단하려고 할 때 상국의 이여송 제독이 전쟁이 아직 끝나지 않았으니 죽이는 것보다 살려 자효自效하도록 하는 것이 좋겠다고 했다는 것입니다. 화의의 교섭이 진행된다고는 하나 전쟁은 계속 중입니다. 홍 장군은 인재가 드문 이 나라에 장군 중의 장군이며 용사 중의 용사입니다. 이런 장군을 적의 체면을 세워 주기 위해 스스로 무화無化케 한다는 것은 차마 견딜 수 없는 일이옵니다."

"그러나 대감, 양주에서의 전투는 불가피했다고 치더라도 생포된 왜병의 목을 친 것은 우리와의 약조에 대한 귀국의 위반이오. 당신들은 우리를 말로는 상국上國이라고 하면서 실제로는 얕잡아 보는 것 아니오? 불가피하지 않는 상황에선 왜병의 살육을 삼가기로 해 놓고 어째서 생포된 자의 목을 친단 말이오."

이렇게 나오니 이항복이 더 할 말이 없게 되었다. 동정군은 사사건건 약조위반을 들어 조정을 괴롭혔고, 사실이 그러했다. 조정은 동정군과의 약조에 충실하고만 있을 수 없었다. 그들과의 약조에 충실하려면 전쟁을 포기하는 결과가 되기 때문이다.

뿐만 아니라 조정은 동정군이 심유경의 간사한 꾀에 놀아나, 그의 말에 따라 갖가지 요청을 우리에게 해선 그것을 그대로 약조라고 치는 것이다. 그런데도 조정은 그의 거짓을 폭로할 수도 없는 처지였다.

이항복은 홍계남에게 대해 재고再考가 있기를 바란다는 말밖엔 할 수 없었다. 그러자 경략 송응창이 조금 양보했다.

"설혹 홍계남을 엄단할 순 없더라도 우리의 체면이 설 수 있도록 무슨 처리가 있어야 할 것 아니오."

"고맙다. 엄중이 견책하여 앞으로 신중을 기하게 하겠소."

"견책도 갖가지가 있을 것인데 어떤 견책을 하겠소?"

"동정군의 방침에 어긋나지 않도록 엄중히 훈계하겠습니다."

"그 정도론 모자라오. 백의종군白衣從軍으로 자효自效케 하시오."

"그건 안 되옵니다. 왜냐하면 홍계남은 의병장입니다. 의병장을 어떻게 백의종군시킬 수가 있습니까."

"그건 무슨 소리오? 그는 조방장이 아니오? 조방장이면 뚜렷한 관직이 아니오?"

"조방장의 직함을 주었을 뿐 그의 군사들은 정규군에 속하지 않습니다. 그는 의병장으로서 의병을 통솔할 뿐입니다. 그를 백의종군케 하면 그가 이끄는 의병들은 해산되어야 합니다. 물론 다른 장수를 따라가는 사람도 있겠지만 홍계남의 군대는 없어지게 되는데 홍계남이 다시 창의하여 의병을 모아도 지금의 형편으로선 말릴 수가 없습니다. 의병을 일으키지 말라는 법은 없는 것 아니겠습니까. 그렇다면 백의종군시킨다는 의미가 없어지는 것입니다."

"좋소. 그렇다면 홍계남에게 대한 견책은 우리가 맡아서 하겠소. 제독과 의논하여 부총병 사대수가 직접 견책하도록 하겠소. 대감은 그것까지도 거절하시진 않겠지요?"

송응창은 이항복의 대답도 듣지 않고 자리에서 일어섰다.

사대수와 홍계남이 대결하게 되면 어떤 불상사가 빚어질지 몰랐다. 이항복은 도원수 김명원에게 급사를 파견하여 그들이 정면 대결하는 일이 없도록 하라고 전했다.

김명원은 거의 동시에 홍계남을 명 제독의 진소陣所에 보내란 통첩을 받았다. 이때 김명원이 취한 태도는 훌륭하다고 할 수 있다. 홍계남에겐 칭병稱病하여 안전한 곳에 피해 있으라고 지시하고 이여송에겐 홍계남 대신 자신이 직접 출두하겠다고 회신하는 즉시 이여송의 진소로 출두했다.

"나는 홍계남을 파송하라고 했지, 도원수를 오라고 하진 않았소."

"홍 장군은 일전의 양주 전투에서 심한 상처를 입고 첩첩산중에 누워 있다고 하오. 그런 까닭에 내가 온 것이오. 부하가 책망받을 일을 상사인 내가 대신 받겠소."

김명원의 태도가 의외로 강경하자,

"김 원수의 부하 생각하는 마음이 그처럼 돈독하다는 것을 내가 미처 몰랐군."

하고 이여송이 웃는 얼굴을 보였다.

이여송과 김명원은 여러 번 술자리를 같이하기도 하여 서로 친숙한 사이이다. 그런데 정책의 차이로 최근 불편한 관계에 있는 것이다.

그런 만큼 이여송의 그 말이 김명원에게 비꼬는 말처럼 들리지 않은 바가 아니어서 말했다.

"부하도 부하 나름이지요. 나는 홍 장군을 내 몸을 아끼듯 아낍니다. 그의 상처가 낫기만 하면 언제 어느 곳에건 파송하도록 하겠습니다."

"부하를 아끼지 않는 장수가 어디 있겠소. 김 원수의 심정은 이해하오. 그러나 거두절미하고 한 가지만 물어보고 싶소. 도원수께선 진심으로 화의를 바라지 않소?"

"바라지 않습니다. 왜적이 진정 자기들의 잘못을 뉘우치고 다시 이런 일이 없도록 하겠다고 맹서하며 되돌아가 줄 것을 바랄 뿐이오. 그러지 못할진대 어떻게 우리가 그 원수 놈들과 화의합니까?"

그러자 이여송이 정색을 했다.

"내가 듣건대 조선 8도의 백성 대부분이 산비酸鼻의 극에 다다랐다고 하오. 아사한 시체가 길가에 뒹구는 것을 내 눈으로 보기도 했소. 인상살식人相殺食이 도처에 있다고도 들었소. 왜적이 괘씸한 건 명명백백한 사실이오만 이대로 전란이 계속되면 조선 사람으로서 남아 있는 사람이 없게 되겠소. 내가 생각하는 바는 한시 바삐 전란을 끝내는 일이오. 수모를 견디더라도 전란을 끝내야 하오."

"전란을 끝낼 수 있는 것은 오직 동정군의 결단에 있다고 생각합니다. 지금이라도 단호히 일어서서 한양을 탈환하고 왜적을 바닷속으로 밀어붙이면 전쟁은 끝날 것이 아닙니까. 그 이외의 무슨 방법이 있습니까. 왜적은 간사하여 화의한다는 말만 내걸고 이리저리 꾀를 부리면서 그들의 실리를 노리기만 하고 우리의 허를 찌르려고 합니다."

김명원이 비지땀을 흘렸다.

"도원수, 내 말을 똑똑히 들으시오. 동정군도 사람의 모임이오. 이곳에 온 지 수개월이 지나고 보니 모두 사향병思鄕病에 걸렸소. 무슨 까닭으로 이곳에서 죽어야 하느냐고 차츰 불만이 높아가고 있소. 그런데다 화의한다는 소문이 퍼지고 나니 사향병의 만심으로 돌아가게 되었소. 그런 군사들의 마음을 제독인들 어떻게 하겠소. 호령으로 그들의 몸을 일으켜 세울 순 있겠지만 호령으로 그들의 사기土氣를 만들어낼 순 없소. 우리가 바라는 바는 화의뿐이오. 도원수께서도 그렇게 명심하고 앞날의 일을 도모할 뿐이오. 당신들의 힘만으로 왜적을 물리칠수 있다면 사정은 달라질 것이오만 그렇겐 되지 못할 일 아니오? 물론불만은 있겠지만 백성을 한 사람이라도 더 구할 생각이 있다면 화의를천연시키는 방해가 있어선 안 되겠소."

김명원은 대답하지 않았다. 통곡으로 터질 뻔한 울화를 가까스로 참았을 뿐이다. 이여송의 말이 계속되었다.

"도원수께서 내 충정을 알아주신다면 내 송경략에게 건의하고 부총병 사대수를 타일러 더 이상 홍계남 장군의 일을 추궁하지 않겠소. 낸들 홍 장군의 용맹을 모르겠소? 나도 홍 장군의 갖가지 전공을 듣고 있소. 조선의 조정과 장수들이 그를 아낄 만하다는 것을 충분히 알고 있소. 다만 화의에 지장이 되는 일을 앞으로 있게 하지 않기 위해서 본보기를 해야겠다는 생각이었을 뿐이오."

"제독의 마음을 충분히 짐작할 수 있습니다. 홍 장군을 추궁하지 않겠다니 이런 다행이 없습니다."

김명원은 동정군의 대왜분기對倭奮起를 촉구할 수 없었음을 유감으로 생각했지만 홍 장군을 구할 수 있었다는 것만으로 다행이라고 여기지 않을 수 없었다.

"부총병 사대수가 어떻게 나올지 모르지만 내가 적극 달랠 것이니 개의친 마시오만 다소 불쾌한 일이 있어도 참으시기 바라오."
하는 이여송의 말로써 회견은 끝났다.

214

아니나 다를까 사대수는 이여송이 타이르자 노골적인 불만을 표시했다.

"이처럼 조령모개朝令暮改해서야 어떻게 큰일을 성취할 수 있겠느냐. 꼭 한번 홍계남을 만나고 나서 이 사건의 마무리를 짓겠다."

사대수가 홍계남을 만난 것은 왜병이 한양을 철수한 4월 이후의 일이다. 그땐 사대수의 격정은 사그라들었고 홍계남의 불쾌감도 다소 누그러져 있었다. 그런데도 사대수는 홍계남을 만나자 대뜸 빈정댔다.

"궁조窮鳥도 이쪽의 품에 들면 죽이지 않는다고 했는데 장군은 어떻게 포로의 생수生首를 벨 수 있었느냐"

"나는 궁조를 죽인 것이 아니라 원래의 적이자 화적을 전투한 끝에 생포한 것이오."

사대수는 저항 못하는 적을 죽이지 않는다는 약조를 위반한 것이 아니냐는 힐난을 했다. 이에 대해 홍계남이 되물었다.

"사대수 부총병이 만일 이 땅의 장군이라면 양민을 약탈하려 덤벼든 왜적을 가만두겠소? 보고만 있겠소?"

"나도 가만있지 않았겠지."

잠깐 생각하더니 사대수는 웃는 얼굴로 손을 홍 장군에게 내밀었다. 홍 장군이 그 손을 잡았다.

죽어도 죽을 수 없어

전쟁터로 변한 산하山河의 일월이 한스럽지 않을 까닭이 없다.
계사년(1593년) 4월에 있었던 일들을 유성룡의 《징비록》懲毖錄은 다음
과 같이 기록한다.

군량軍糧의 얼만가를 내어 기민飢民들을 구제함이 어떠냐고 왕께 주
청하여 승낙을 얻었다. 당시 서울은 적이 점령한 지 2년째가 되었다.
병화兵禍를 입은 천 리 국토는 황폐하여 백성들은 농사를 지으려 해도
논을 갈 수도 씨앗을 뿌릴 수도 없었다. 엄청난 사람들이 굶어 죽었다.
살아남은 성중의 백성들은 내가 동파東坡에 있다고 듣곤 서로 부축하
고 업고 업혀서 내 있는 곳으로 몰려왔다.
　사대수査大受 부총병은 길을 가다 죽은 어미의 젖을 빨고 있는 어린
애를 보고 불쌍히 여겨 그 아이를 진중陣中에서 키우고 있었는데 나를
보고 이런 말을 했다.
　"왜병은 아직 물러가지도 않고 인민은 이런 꼴이니, 장차 어떻게 해
야 하오. 천수지참天愁地慘이로다."

나는 그 말을 들으며 눈물을 흘렸다.

마침 전라도소모관召募官 안민학이 피곡皮穀 1천 석을 실어 왔다. 나는 대단히 기뻐하여 그것으로 기민을 구제할 것을 왕에게 상주하고, 전군수前郡守 남궁제를 감진관監賑官에 임명하여 솔잎을 따서 가루로 만들어선 솔잎가루 10홉에 쌀가루 1홉을 섞어 물에 타서 기민들에게 먹였다. 그러나 사람은 많고 물량은 적어 얼마 살려 내지 못했다. 명나라의 장수들도 그 정경이 측은하다 하여 군량미 30석을 희사했지만 필요의 백분의 일에도 충당되지 못했다.

어느 날 밤이었다. 큰 비가 쏟아져 내렸다. 기민들을 내 숙소 근처에 모여 밤새 신음소리를 내어 잠을 이룰 수가 없었는데 날이 새어 보니 많은 사람들이 이곳저곳에서 시체가 되어 있었다.

서울부터 남쪽에 걸쳐 적병들이 횡행하고 있어 4월이 되었는데도 백성들은 산골짜기에 피신해 버려 어느 한 사람 농사지을 생각을 하지 않았다. 왜적이 수개월 더 머물러 있으면 사람들은 거의 절멸할 것이 아닌가 싶었다.

왜군은 명나라와 강화講和를 벌인 끝에 4월 18일 한양에서 철수하는데 그 정황을 《왕조실록》에서 간추려 본다.

왜군은 한강에 부교浮橋를 만들었다. 용산의 창고에 있던 군량 2만 석을 명나라의 경력經歷 심사현 등에게 넘겨주고 사용자, 서일관, 심유경을 인질로 하고, 두 왕자 및 황정욱, 황혁, 이영 등을 행렬 속에 끼워 강을 건너선 남하하기 시작했다.

이때 한양 내외에서 미녀, 가인, 악사들이 피리를 불고 북을 치며 풍악을 잡혀 행진하는 모양이 개선하는 장병의 행렬 같았다. 그들은 조선인 포로 1천 명을 대열 앞에 세웠다. 두 왕자는 죽산과 충주 사이의 어느 지점에서 돌려보내겠다고 약속했다.

한양에서 부산에 이르는 사이의 왜병 수비 병력은 모두 진영을 철수해 영남으로 내려가고 가등청정, 흑전장정, 소서행장, 과도직무 등 제대는 상주, 선산, 안동, 대구 등지에 잔류하고 그 밖의 병력은 바다 가까운 곳으로 가서 분둔했다.

다음은 유성룡의 기록이다.

4월 20일 서울을 수복했다. 명나라 병사가 입성했다. 이여송 제독은 소공주댁 남별궁에 들었다.

나는 명나라 군사들을 따라 성중을 둘러보았다. 유민들은 백에 하나도 생존자가 없고 남아 있는 자는 굶주리고 여위어 피로곤패하여 귀신 같은 몰골이었다. 때마침 날씨는 무더웠다. 죽은 사람과 말의 시체가 이곳저곳 버려져 있어 악취가 성내에 가득 찼는지라 오가는 사람들은 코를 막아야 했다.

공사의 건물은 거의 회진灰塵에 귀하고 숭례문 이동에서 남산 밑 일대의, 적들이 점거했던 지역에만 집들이 약간 남아있을 뿐이다. 종묘와 삼궐, 종루의 각사, 관학 등 대가 (종로) 이북의 집들은 온데간데없고 기왓장을 남겼을 뿐이다. 소공주댁이 남아 있는 것은 왜장 우희다 수가가 머물러 있었기 때문이다.

나는 먼저 종묘에 참배하고 통곡했다. 다음 이 제독의 거처에 가서 그를 면회했다. 문안 온 우리나라 제신들이 소리를 내어 울었다.

이튿날 아침 다시 이여송 제독을 찾아가서 간청했다.

"왜적들이 떠났지만 아직 멀리는 못 갔을 것입니다. 원컨대 군대를 출동시켜 급히 추격하소서."

이 제독의 대답은 이러했다.

"나도 같은 생각이오만 추격을 하려고 해도 한강에 배가 없소."

"어른께서 적을 추격하시겠다면 제가 한강으로 나가 배를 준비하겠습니다."

"대단히 좋은 일이오."

제독의 이 말을 듣고 나는 한강으로 나왔다.

나는 이미 공문으로 경기우 감사 성영과 수사 이빈에게 적이 떠난 후 강중의 대소 선박을 수습하여 모두 한강에 결집시켜 놓으라고 명령했었다. 내가 짐작한 대로 한강에 80여 척의 배가 도착해 있었다. 나는 사람을 시켜, 배가 준비되었다는 보고를 이 제독에게 했다.

얼마를 기다리니 영장營將 이여백李如柏이 1만 명가량의 군사를 인솔하여 한강으로 왔다. 군사들이 반쯤 강을 건넜을 때 해가 지기 시작했다. 이여백이 돌연 '발에 병이 났다'며 '성중으로 돌아가 아픈 발을 치료한 후 출격하자'고 하곤 가마를 타고 돌아가 버렸다. 그러자 강을 건너간 군대도 도로 돌아왔다. 가슴이 아플 지경이었지만 나로선 어떻게 할 수가 없었다. 생각건대 이 제독에겐 적과 싸울 생각은 전혀 없었고 우선 미봉책으로 내 청에 응하는 척했을 뿐이었던 것이다. 나는 병석에 드러눕고 말았다.

이 무렵 홍계남은 권율 장군을 만나러 한양에 들어와 있었다. 권율 장군은 동대문 안 북쪽 언덕 아래 다 쓰러진 집을 몇 개의 기둥이 남아 있는 것을 이용하여 가까스로 일으켜 세워 본영本營으로 삼고 있었다.

"앞으로 어떻게 해야 할지 지시를 받고자 찾아왔습니다."

홍계남이 이렇게 말하자 권율은 쓸쓸하게 웃었다.

"지시를 받으려면 도원수를 찾아가야 할 일 아닌가. 전엔 도원수가 북방에 있어 남쪽에 남아 있는 우리들이 끼리끼리 의논해서 일을 도모했지만 지금은 사정이 달라. 바로 가까이에 도원수를 두고 나를 찾아온다는 건 말이 안 되네. 김명원 도원수에게로 가게."

그런데 홍계남은 도원수 김명원의 지시를 받을 생각은 없었다. 무계무책無計無策인 김명원에게 심복할 수 없었던 것이다. 그러나 그런 말을 할 수 없었다.

"되어 가고 있는 시세時勢만이라도 알고자 하옵니다."

권율은 묵묵히 한동안을 앉아 있더니 지금의 정세와 자기의 생각을 설명했다.

"홍 장군이니까 말하지. 명나라의 군사, 즉 이여송 제독은 물론이고 경략 송응창까지도 왜적과 싸울 의사는 전혀 없는 것 같소. 나는 엊그제 밤 몰래 한강을 건너려 했는데 명나라 군사에게 들켰지. 밤이 3경이 넘었을 때 명나라 군사가 나를 끌고 간 곳이 소공주댁이오. 이여송이 왜 함부로 강을 건너려고 했느냐고 힐문하는데 그 말투가 사납기란. 나는 이 나라의 장군으로서 이 나라의 적을 추격하려 했는데 그것이 잘못이라면 나라에 장군이 무슨 소용이 있느냐고 큰 소리로 반박했소. 그랬더니 이 제독은 그 충정은 알겠으나 화의의 대사를 그르쳐선 안 된다며 수그러들었소. 그런데 ···."

하고 권율이 계속한 말은 홍계남의 분격을 자아냈다.

명나라 군사들이 강변에 늘어서서 조선군사의 진격을 가로막는데 순변사 이빈의 선봉장인 변양준의 목을 밧줄로 매어 땅바닥에 끌고 다녀 피를 토하도록 중상을 입히고, 이빈조차 강변의 한군데에 구류를

220

당하는 처참한 꼴을 당했다. 방어사 고언백은 명나라 부총병 사대수의 졸병들에 걸려 적잖은 곤욕을 당했다.

"이런 상황이니 도원수 지시를 받는 것도 생각해 볼 일이오. 도원수인들 어떻게 하겠소. 차라리 아무 말 말고 독자적으로 행동할 수밖에."

침통한 권율에게 홍계남이 물었다.

"그럼 장군께선 앞으로 어떻게 할 작정이십니까?"

"틈을 타서 한양을 빠져나가야지. 그리고 적들이 있는 영남으로 가야지, 달리 방도가 있겠소."

"그럼 저도 같이 가겠습니다."

"그건 안 되오. 대부대가 함께 움직이면 명나라 군사들에게 들키기가 쉽소. 소부대로 나뉘어 따로따로 행동해야 할 거요."

"저의 군사들은 안성에 있으니 한양을 빠져나가는 데 마음을 쓸 필요는 없습니다."

"그것 잘되었군. 영남으로 내려갑시다. 거기 가면 연락이 되겠지. 왜병들은 물러가기는커녕 울산 등 해변 가까운 곳에 성을 쌓을 작정인가 보오. 앞으론 영남지방이 격전지가 될 것 같소."

"그럼 언제쯤 거동하시렵니까?"

"아무튼 도원수와 무슨 의논이 있어야 할 것 아니겠소. 수삼일은 기다려야지."

권율은 홍계남에게 숙소와 양식을 묻더니 부하를 불러 쌀 닷 되를 주며 그걸로 한양에 있는 동안 요기나 하라고 했다. 쌀 닷 되를 얻어 갖고 홍계남이 권율의 막사를 하직했다.

4월 26일 명나라의 경략 송응창은 왜적이 곧 두 왕자와 배신들을 돌려보내겠다는 약속을 지키지 않을뿐더러 매일 30~40리씩을 행군하는 도중 근처의 농가에 불을 지르고 약탈행위를 자행한다고 하니 제독 이여송에게 왜군을 추격하라는 명령을 내리는 한편 조선군에도 통첩했다. 즉시 경상·전라도에 명령하여 수륙의 군사를 정비하고 기회를 보아 왜적을 공격하라는 내용이었다. 이러한 통첩에 접한 도원수의 명령으로 권율은 4월 그믐께 한강을 건너 남하하기 시작했다. 홍계남은 이들보다 한발 앞서 안성으로 돌아갔다.

이여송이 한강을 건너 남하한 것은 5월 2일, 부총병 유정이 한강을 건넌 것은 5월 6일이다. 유정이 인솔한 군사는 5천 명, 그들은 충주 방면에 주둔했다. 한편 왜군은 5월 10일과 12일에 상주를 철수하고, 12일과 13일엔 선산과 안동에서, 15일엔 대구와 청도에서 모두 철수하여 밀양 이남지구로 내려갔다.

이여송은 조령을 넘어 문경까지 나가 이러한 왜군의 동정을 파악하곤 다시 충주로 돌아왔다. 충주에서 장령회의將領會議를 열곤 다음과 같이 대책을 세웠다. 부총병 유정은 복건, 서촉, 남만의 병을 거느리고 대구에 본거를 두어 전체 장병을 지휘한다. 부총병 오유충은 남병南兵을 거느리고 선산부의 봉계에 주둔한다. 부총병 조승훈은 참장 이영, 유격장 갈봉하와 같이 요광병遼廣兵을 거느리고 대구와 거창지구에 주둔한다. 부총장 사대수는 참장 낙상지와 유격장 송대빈과 같이 남병을 이끌고 전주와 남원에 주둔한다. 당시 경략 송응창은 한양에 있었다.

이 무렵 조선의 장령들은 선산과 의령의 양지구 간에 분산 배치되어 있었다.

222

도원수 김명원 - 선산, 순변사 이빈 - 의령, 전라감사 권율 - 함안, 조방장 홍계남·조방장 조의 - 유동 경비, 창의사 김천일 - 진주, 의병장 방처인 - 유동 경비, 전라병사 선거이 - 영남 경비, 충청병사 황진 - 진주, 전라방어사 이복남·순천무사 강희보·의병장 임계영 - 유동 경비, 경남우병사 최경회 - 진주, 성주목사 곽재우 - 정암진.

그런데 이상의 병력을 다 합쳐도 4만에 미달이었다. 게다가 군량이 부족하여 일부 군사는 푸른 감을 먹고 배를 채우는 정도였다고 하니 그 사기는 알아볼 만하다.

유동 경비를 담당한 홍계남은 군사를 유지하는데 안전하고 적의 허를 찌르는 덴 유리한 지역을 찾아야 했다. 그래서 그는 6월 초 5백의 군사를 거느리고 경산의 장고산長鼓山으로 들어갔다.

장고산에선 대구가 20리, 경주부가 10리, 울산이 60리다. 명나라 동정군의 정보를 살피는 데도 편리하고, 울산에 집결한 왜군을 기습하는 데도 장고산은 요지라고 할 수 있었다.

홍계남은 자기 부대를 따라온 채대수의 여군을 장고산과 10리쯤 되는 동학산에 배치하고 수시로 연락을 취하기로 했다. 채대수의 여군은 전부 남복을 하고 있었으므로 여군으로 보는 사람은 없었다. 모두들 해가 지글거리는 대낮에 행군을 강행했기 때문에 얼굴들이 검붉게 타 있고 그 거조와 동작이 남자나 다를 바 없었다.

6월 7일이었다.

아침 조병調兵을 마치고 홍계남이 막료회의를 열려고 준비하는데 초병이 달려와 보고했다.

"명나라 군사로 보이는 20여 명의 일대가 장고산을 향해 오고 있다."

전에 있었던 예로 보아 명나라의 군사가 나타난다는 것은 별로 유쾌한 일이 아니다. 생트집을 잡거나 무리한 요구를 하는 것이 십중팔구이다. 홍계남은 중국말을 잘하는 제2대 대장인 황충량을 시켜 마중을 가라고 했다. 이윽고 황충량이 명나라의 군사를 데리고 나타났다.

"장군께 직접 할 말이 있다고 합니다."

"이곳에 옮긴 지 이틀밖에 되지 않아 진막陣幕이 정돈되지 않았다."

고 홍계남은 핑계를 대며 근처에 있는 그늘진 동산으로 명나라 군사의 지휘자를 데리고 갔다.

"나는 진숙陳肅이란 사람이오. 부총병 조승훈 장군의 참장 이영의 군관이오."

자기소개를 한 20세 안팎의 젊은 사나이는 호감이 가는 인상이었다.

"나는 조방장 홍계남이오."

"명성은 일찍 듣고 있었습니다. 한번 뵙고자 했는데 마침 좋은 기회를 얻었소."

홍계남 장군이 이곳에 있다고 듣고 자원해서 참장 이영의 명령을 받고 왔다고 했다.

"무슨 일이오?"

"첫째, 이 참장이 알고자 하는 것은 누구의 명령으로 무슨 목적을 위해 홍 장군이 이곳에 왔느냐 하는 것이오."

그런데 진숙의 말투는 부드러웠고 조금도 힐난하는 빛이 없었다.

"나는 이동하며 유격하는 임무를 맡은 사람이오. 필요하다고 생각하면 나는 내 의사대로 내 군사를 움직일 수 있소. 이곳에 온 목적은 해변에 왜병이 집결해 있다고 듣고 기회 있으면 그들을 치려는 데 있소."

홍계남도 되도록 말을 부드럽게 대답했다.

"이곳이 부총병 유정 장군의 관할지구라는 것은 아시겠죠? 그런데 부총병에게 한마디 말도 없었다는 것은 군율을 어긴 일이 아닌가요?"

"나는 이곳으로 이동할 때 우리 도원수 김명원 대감에게 미리 보고했습니다. 유 부총병에게 알릴 필요가 있으면 마땅히 도원수께서 하실 일이지 일개 조방장이 어찌 부총병에게 직접 연락할 수 있겠소. 그런 외람된 짓이라고 생각하고 삼갔던 것뿐이오."

"사리에 맞는 말씀이오. 돌아가서 그렇게 복명하겠소. 그런데 … 홍 장군께서 유쾌하지 않으실지 두렵습니다만 명령을 전달하지 않을 수 없소. 이 참장의 말씀은 곧 부총병 조승훈 장군의 말씀이신데 홍 장군께선 내일까지 군사를 이곳에서부터 이동하라는 것이오."

"왜 이동합니까?"

"그 이유까진 소상하게 알지 못하겠소. 다만 짐작건대 홍 장군 같은 용장이 이곳에 계셔서 왜병을 자극한다면 왜병이 이곳을 침노할지 모른다는 사정이 그 이유 아닐까 하오."

"침노하면 반격할 뿐이지요. 왜 이동하오?"

"우리 부총병의 의사는 되도록 대구지구를 평온하게 유지하자는 데 있는 것이 아닌가 하오."

홍계남은 단번에 납득할 수 있었다. 명나라 장군들은 왜병들과 싸우기 싫은 것이다. 그런데 홍계남의 군대가 들어와 해안일대에 집결한 왜병들을 공격한다면 언제 이곳이 전쟁터로 변할지 모른다. 부총병 유정과 부총병 조승훈은 그런 사태를 피하고 싶은 것이다.

홍계남은 그 문제를 두고 진숙과 다투어도 소용이 없음을 알았다.

"명령이 그렇다면 이동하겠소. 그런데 궁금한 것은 명나라에서 모처럼 파견된 동정군東征軍이 어째서 왜병과 싸우길 싫어하는지, 그 까닭이오."

"홍 장군은 정말 그 까닭을 모르겠소?"

진숙은 입맛을 다시며 주변을 두리번거리더니 말했다.

"술이라도 한잔 하며 얘기하고 싶은데 … ."

"미안하기 짝이 없지만 우리 진막엔 술이 없소."

"다행히 우리가 가지고 온 술이 있소. 경치 좋은 데가 있으면 하루의 행락을 즐겨 볼까 하고 마련한 것이오. 술을 가지고 오라고 시켰소."

홍계남의 권에 따라 진숙이 막사로 들어왔다. 이윽고 진숙의 호위병이 술이 든 피대皮袋를 가지고 왔다. 술이 든 피대를 보는 것은 홍계남으로선 처음이었다.

"술을 피대에 넣어 가지고 다니오?"

"이거 편리하오. 깨질 염려가 없으니까. 몽골에 사는 호인胡人들이 만든 것이요."

진숙이 피대를 끌러 누른빛이 투명한 술을 한 사발 가득 따라 놓았다. 사발에 담긴 술을 작은 잔으로 떠서 마시자는 것이다.

입안에 불이 붙을 듯이 독한 술이었다. 그런데도 방준의 향기가 혀끝에 남았다.

"독하고 좋은 술이오."

"이 술은 호주胡酒이오. 요동의 병사들이 즐겨 마시는 술로 고량으로 만든다고 해서 고량주라고도 하오."

진숙이 명明의 동정군이 왜 전쟁을 싫어하는가를 설명하기 시작했다.

"첫째 이 전쟁은 땅을 빼앗으려는 전쟁이 아니오. 땅을 빼앗으면 장수는 그 땅의 영주로서 봉封함을 받소. 그렇게 되면 그 부하들은 계급에 따라 영진할 수 있는 것이오. 그런데 이 전쟁엔 그런 영전榮典이 없소. 자칫 생명이 없어지는데 기껏 포상은 은銀 몇 냥으로 끝나오. 이여송 제독은 평양성 전투에서 공을 이룬 자에게 은 몇천 냥을 주겠다고 약속하고 흐지부지해 버렸소. 그 바람에 동정군의 사기는 폭락했소. 평양성 전투에선 그처럼 용맹했던 동정군이 벽제관의 전투에서 형편없이 패배한 원인이 바로 그것이었소."

여기서 독주 한 잔을 단숨에 들이키곤 진숙이 말을 계속했다.

"그런 데다 화의和議의 소문이 돌았소. 화의의 소문이 돌면 군사들은 싸울 의욕을 잃게 되오. 귀국의 군사들도 마찬가지 아니오? 잘만 하면 살아 고국으로 돌아가 그리던 처자식을 만날 수 있는데 누가 서툰 짓을 해서 목숨을 잃으려고 하겠소. 솔직한 얘기지만 우리 동정군은 요령껏 세월만 보내다가 고국으로 돌아갈 생각만 하고 있소. 군사들이 모두 그런 심정인데 장군인들 어떻게 하겠소. 싸우라고 영을 내려 보았자 군사들은 움직이지 않을 것이오. 그러니까 장수들은 한사코 전투를 피하려는 것이오."

"그렇다면 무기와 양식을 우리에게 주어 우리라도 싸우게 내버려 두면 될 것인데 동정군은 왜 우리 싸움을 방해까지 하려고 드오?"

"조선 군사들의 애타는 마음은 알지만, 동정군으로선 어찌할 수 없는 일 아니겠소. 자칫 말려들어 싫은 싸움을 해야 할지 모르니까."

동정군의 군관으로선 하기 어려운 말을 예사로 할 만큼 진숙은 홍계남에게 친밀감을 가진 것은 확실했다. 홍계남 역시 젊은 명나라의 군관에게 각별한 호의를 가지긴 했지만 진숙이 돌아갈 생각을 않고 눌러앉아 있는 것이 홍계남에겐 부담스러웠다. 막료들과 의논할 일이 있었고 그날 안에 해치워야 할 계획도 있었다.

"돌아갈 길이 바쁠 터인데 이처럼 한가한 잡담을 해도 좋소?"

"부총병의 명령을 전하는 것으로 내 일이 끝나는 것이 아니오. 홍 장군의 군사가 내륙으로 떠나는 것을 확인하고 돌아가게 되어 있소."

"그처럼 우리를 믿지 못하오?"

"나는 홍 장군을 믿겠소. 그러나 우리 상사들은 조선의 장수들을 믿지 못하는 것 같소. 틈만 있으면 조선 군사들은 야료를 꾸민다고 생각하고 있소. 그리고 사실이 그런 걸 어떻게 하오. 송 경략을 비롯하여 이 제독이 화의의 건件이 발생된 이래 왜군과 일을 벌이지 말라고 그처럼 당부했는데도 조선군은 지키지 않았으니까요."

"왜적이 촌락을 분탕질하고 우리 백성들을 학살하는데도 명색이 군사라고 하는 자들이 방관만 하란 얘기요? 지금도 왜병을 죽여선 안 된다는 것이 동정군의 방침이오?"

"지금은 약간 사정이 달라졌소. 왜병이 약속을 지키지 않는 것이 분명하니까요. 그러나 왜병이 우리에게 싸움을 걸어오지 않는 이상, 이편에서 먼저 공격하지 말라는 것은 움직일 수 없는 동정군의 방침이오. 홍 장군의 군대를 내륙으로 옮기라는 것도 그 방침 때문이오."

"그래 화의는 언제쯤 성립된다는 거요."

"지금 유격장 심유경과 왜장 소서행장 사이에 교섭이 진척되고 있으니 불원 화의는 성립될 것 같소. 그러니 홍 장군께서도 왜병과의 충돌을 피하고 병력을 끝까지 온존하여 장차 군사들로부터 고마운 장군이란 소리를 듣도록 하시오."

아무리 호의를 느꼈다고 해도 명나라의 애송이 군관으로부터 이따위 충고를 듣는다는 것은 탐탁할 수가 없다. 게다가 진숙은 말이 많은 것이 경망스러웠다.

"내일까지 이곳에서 철수해야 한다면 지금부터 서둘러야겠소."

"나도 우리 군사들의 숙영할 차비를 해야겠소. 오늘 밤이나 내일 아침에 만나기로 합시다."

그가 떠나고 난 뒤 홍계남은 막료회의를 소집했다. 홍계남이 말하지 않아도 모두들 부대를 이동하게 되었다는 사정을 알고 있었다.

"어디로 갈까."

숙의 끝에 일단 함안 방면으로 가기로 했다. 그곳에 권율 장군이 있었기 때문이다. 홍계남은 누구보다도 권율 장군을 존경했다. 권율 장군과는 뜻이 서로 통하기도 했다.

갈 곳을 정한 후엔 동학산에 있는 채대수에게 알려야 했다. 명나라 군사들이 눈을 밝히고 있는 지역에 여군을 고립시켜 놓는다는 것은 위험천만한 일이다.

"우리는 내일 새벽 함안 지방으로 떠난다. 같이 행동해야 할 필요가 있으니 내일 미명 성주 무계진에서 합류하도록 바란다."

홍계남이 채대수에게 보내는 지령을 신불의 특별대가 받아 동학산을 향해 떠났다.

아아! 진주성晋州城

홍계남이 이동준비를 서둘고 있는데 진숙이 나타났다.

"어디로 가실 작정이오? 돌아가서 보고해야 하니까요."

진숙의 태도가 공손한 것이 밉지 않아 홍계남이 순순히 말해 주었다.

"함안 방면으로 갈 작정이오."

"함안 방면이면 진주로 가는 쪽에 있지 않소?"

"그렇소. 그곳에 권율 장군이 계시니까요. 앞으로의 일을 의논해야만 하겠소."

진숙의 표정이 돌연 굳어졌다. 할 말이 있는데 그걸 말할 수 없다는 듯 망설이는 표정이기도 했다.

"홍 장군. 긴히 할 말이 있소. 사람 없는 곳으로 갑시다."

소나무 그늘로 들어섰다. 하늘에 샛별이 빛나고 있었다.

"홍 장군, 진주 쪽으로 가지 마시오. 왜군이 진주성을 공격할 계획을 세우고 있다고 하오. 부총병에게 들어온 첩자들의 정탐사실이니 틀림이 없소."

"왜군이 진주성을 공격할 것이 확실하다면 더더욱 나는 그곳으로 가야 하지 않겠소?"

"그런 게 아니오. 이건 일급비밀입니다. 첩자들의 말에 의하면 왜군은 진주성 공격에 20만 대군을 동원한다고 하오. 왜본토에서 응원병이 도착했다는 소식도 있소. 왜군은 조선에서의 전쟁 마지막을 장식하려는 모양이오. 동정군은 그것을 알고 진주 방면엔 일체 접근하지 않기로 했소. 왜군과도 심유경을 통해 무슨 밀약이 있는 것 같소."

"동정군이 싸우지 않는다고 우리가 싸우지 말라는 법이 있소?"

"홍 장군, 목소리가 너무 큽니다. 사정이 그런 게 아니라니까. 왜군은 진주성에서 이기나 지나 조만간 돌아가게 돼 있소. 놈들은 그들의 두목에게 체면을 차릴 요량이오. 작년 놈들은 진주성에서 패배했다 해서 풍신수길로부터 호되게 당했다오. 그래서 이번엔 그의 노여움을 풀기 위해 결사적으로 덤빌 모양이오. 조선으로선 그 조그마한 성 하나쯤 버려도 그다지 아픔이 아닐 것 아니오. 그것을 지키려다가 수많은 생명을 빼앗길 뿐이오. 홍 장군께선 이런 판국인데 뭣 때문에 위지危地에 들어가려고 하오."

"귀중한 정보를 주어 고맙소. 그럴수록 나는 권율 장군을 찾아가야 하겠소. 권 장군의 의견을 듣고 나의 차후행동을 결정할 것이오."

"그럼 홍 장군, 잘 가시오."

홍계남이 진숙의 손을 잡았다. 뭐니뭐니 해도 진숙은 홍계남에게 친절했고 예의를 잃지 않았다.

성주 무계산에서 채대수의 여군과 합친 홍계남은 창녕을 거쳐 함안으로 강행군을 하였다.

"오늘 안으로 함안에 도착해야 한다."

도중 항왜降倭 3명을 왜군 쪽으로 보내 왜군의 동정을 살피기로 했다. 항왜와 동행할 군사로선 염길생 외 4명으로 정했다.

항왜란 우리 측에 항복해 온 왜병을 말한다. 홍계남의 부대는 안성에서 포로로 잡은 다섯 왜병을 거느리고 있었다. 도원수 김명원이 보고를 받고 홍계남에게 임의로 처리하도록 허락했기 때문이다. 임의로 처리하라는 것은 죽여도 좋고 군내에 두어 부려먹어도 좋다는 뜻이다. 홍계남은 항왜들의 생명이 가련하기도 했거니와 각기 기술을 가져 쓸모가 있었고, 필요에 따라 왜적의 동정을 살피는 데 이용가치가 있었다. 게다가 그 다섯의 항왜는 진심으로 홍계남을 존경했다.

항왜는 길을 잃은 척하여 왜군에 잠시 섞일 수 있었다. 왜군에 섞여 적의 동정을 살피고 자기 소속의 부대를 찾아가야겠다며 이탈하면 그만이다. 그들은 옛날 자기들이 소속했던 부대만 피하면 왜군 내에서 얼마든지 자유로이 정보를 모을 수 있었다. 그런 까닭에 진심으로 이편이 된 항왜들은 왜군 동정을 살피는 데 이용가치가 있었다.

"이틀 이내로 함안에 도착하라."

홍계남은 염길생에게 명령을 내렸다.

홍계남이 함안에 도착한 것은 6월 9일이다. 이땐 권율이 함안을 떠나 의령으로 옮긴 후였다. 홍계남은 이곳에서 권율이 도원수가 되었다는 사실을 알았다. 권율이 도원수의 임명을 받은 것은 6월 6일인데 함안을 철수할 때까지 권율 자신도 그 사실을 몰랐던 모양이다.

홍계남은 곧 권율이 있는 곳으로 갈 수 없었다. 염길생과 항왜들을 그곳에서 기다려야 했기 때문이다. 그들이 돌아온 것은 이튿날이었다. 그들이 가지고 온 정보는 엄청났다. 뿐만 아니라 소상하고 정확했다. 홍계남은 그들의 정보를 통해 전세의 대강을 파악할 수 있었다. 왜군의 진주성 공략은 풍신수길의 엄명에 의한 것이다. 항왜들이 홍계남에게 한 보고내용은 알 길이 없다.

기록을 간추려 당시의 사정을 알아본다.

풍신수길은 2월 27일에, 흑전여수黑田如水를 통하여 진수성 공격명령을 내렸다. 풍신수길은 증원부대 파견을 중지하고 4월 11일에 다시 진주성 공격을 명령했다.

"진주성 공격에서 전번의 실패를 잘 살펴 축산築山, 공성기재攻城器材 등의 준비를 엄밀히 하여 아군의 손해를 적게 하고 적은 하나도 남기지 말고 모조리 도살하라. 진주성을 공략하고 나면 해변에 성을 만들든지, 그 이전에 전라도를 치든지, 여러 장군들이 합의하여 결정하라. 부산, 웅천 부근 해안에 성책 약 20개를 구축하고 총, 화약, 소금, 간장, 부식품 등을 저장하되 성책 하나에 쌀 1만 석씩을 저장할 수 있도록 준비하라. 의원醫員 20명을 파견하니 할당된 대로 배치하라. 여러 번 명령한 대로 그곳의 선박을 전부 이곳 명호옥으로 돌려보내 군량과 병력의 수송에 유감이 없도록 해야 한다."

풍신수길이 4월 17일에 내린 명령은 이러하다.

"진주성을 공략하여 적을 모조리 토멸하고 그 후 전라도 경상도를 정복하여 성을 만들어라. 한양에 집결한 병력을 모조리 투입하여 진주성을 공략하고 적 하나도 남기지 않도록 도살하라."

이와 같이 풍신수길은 총 병력 12만 1천 6백 명을 동원하여 진주성을 공략하라고 거듭 명령을 내렸다.

　홍계남이 권율 장군을 만난 것은 산은山隱의 동산東山 근처의 마을에서이다. 만월을 이삼일 앞둔 6월의 밤이다. 외인을 물리치고 권율과 홍계남이 강가의 바위 위에 앉았다. 달빛 아래에서도 권율의 머리에 흰 털이 섞인 것을 알아볼 수 있었다.

　홍계남이 자기가 겪은 일들과 항왜가 정탐해 온 사실을 간략하게 알리고 자신의 의견을 말했다.

　"동정군이 이번 일에 우리를 도울 생각은 전혀 없는 것 같습니다."

　"나도 동정군의 의도를 알고 있소. 부총병 유정이 내게 편지를 보냈소. 진주성의 전투는 극력 피하라는 것이었소. 그래서 나도 걱정이오. 동정군의 도움 없인 진주성을 지키는 것은 가망이 없소. 인명만 상하고 얻을 것이 없이 필패必敗를 알면서 싸우는 것은 군사軍事를 아는 장수로선 취할 바가 아니오."

　권율은 앉아 있는 바위가 꺼질 듯한 한숨을 쉬었다.

　"그러나 도원수가 되신 이 마당에 장군께서 빨리 결단을 내려야 할 것이 아니옵니까?"

　홍계남의 말은 간절했다.

　"그 결단을 내릴 수가 없으니 딱하오. 도원수라고 하지만 정식으로 취임하지 않았으니 나는 아직 도원수가 아니오. 진작 도원수가 되었더라면 미리 손을 쓸 수도 있었는데 지금은 어떻게 할 수가 없군. 김천일, 최경회, 황진 등은 이미 결전을 각오하는 것 같소. 그들에게 성을 비우고 후퇴하라는 명령이 먹혀들 것 같소? 사람을 보내 그들의 의중을 살폈더니 작년에 이긴 싸움을 이번엔 어째서 이길 수 없겠느냐고 기세가 당당하다고 해요. 그래서 공성지계空城之計를 말하지 못하고 돌아왔다는 것이오. 만일 그런 말을 했다간 황진 장군의 한칼에 목이 날아갈 것 같더란 얘기였소."

"항왜의 말을 들으면 왜군은 이번 싸움에 20만을 동원한다는데 그 반을 잡아도 10만이 아니옵니까. 우리 군사 모두를 모아도 1만 명이 될까 말까 한데…."

"곽재우 장군의 의견도 나와 꼭 같소. 거북한 적은 일단 피하고 보자는 것인데, 피한 후의 방책이 또 모호하단 말이오. 진주성을 비워 버리면 장애 없이 대군을 몰고 그들이 전라도를 칠 것이 아니겠소. 지금 놈들로부터 상처받지 않은 땅은 전라도 남쪽인데 그곳까지 분탕질이 된다면 식량확보 차원에서 큰일이 아닐 수 없소."

"그러니까 지리산의 요소를 지키며 유격전을 펴자는 겁니다. 진주성을 고수할 그 힘으로 넓은 지역에서 대항하면 지세를 잘 아는 우리들이 놈들을 압도할 수 있지 않겠습니까. 우리의 처지로선 수성전守城戰은 불리합니다. 유격전으로 나가야지요."

홍계남은 원래의 주장을 폈다. 왜군은 풍부한 물량을 가지고 있는 정예부대이다. 게다가 숫자도 월등하다. 이런 적을 상대로 수성전을 감행한다는 것은 백실무일득百失無一得이기 때문이다.

"평양성에서 왜군이 참패한 예가 있지 않습니까. 왜의 정병도 동정군의 물량과 인해전술을 감당하지 못했습니다. 지금 진주성의 사정은 왜군이 차지했던 평양성의 사정에 비하면 월등하게 열세입니다."

이런 사정을 권율이 모를 까닭이 없다. 알고 있으면서도 귀를 기울인 것은 자기의 마음을 다지기 위해서이다. 그러나 권율은 결단을 내릴 수 없었다. 그는 진주성을 지켜야 한다고 주장하는 김천일의 사람됨을 알고 있는 것이다.

김천일은 선조 11년 4월 사헌부司憲府 지평持平의 벼슬에 있었을 때 시폐時弊를 극론하고 인재를 등용할 것을 장문의 소疏로서 올렸으나 선조가 듣지 않자 분연 사표를 내고 고향으로 돌아가 버린 고집스런 사람이다. 난이 발생하자 그는 호남 나주에서 의병을 일으켜 임진년 5월 20일 창의사倡義使의 칭호를 받았다. 그 후 강화도로 들어가 의주의 행재소와 호남을 연결하는 중요한 역할을 맡았다. 왜적이 계사년 4월 한양에서 철수할 때까지 강화도에서 고군분투하다가 왜군이 철수하자 영남으로 내려가 자진 진주성을 지킬 결심을 한 것이다.

그러한 김천일이, 도원수라고는 하나 권율의 권고를 들을 까닭이 없었다. 게다가 의병장義兵將이어서 권율의 통수권 밖에 있었다.

"제가 가서 한번 간청해 보겠습니다. 필패의 사실을 두고 가만있을 순 없는 것 아니겠습니까?"

"그러다가 홍 공이 무슨 화나 입을지 두렵소."

"그럴 리야 있겠습니까. 피차가 나라를 위하는 처지인데요."

"듣지 않으면 어떻게 할 것이오? 듣지 않을 것이 뻔한데."

"거기 남아서 같이 싸우지요."

"필패의 전망인데도?"

"전투엔 패하겠지만 의義는 살릴 수 있지 않겠습니까?"

"그런 각오가 되어 있다면 말해 볼 만하오. 그러나 … 그건 안 되오.

장부가 의를 따라야 함은 당연하오. 그러나 의의를 관철하겠다는 것은 만책萬策이 다한 끝에나 하는 일이오. 진주성은 물론 중하지만 사직社稷이 더욱 중하오. 진주성이 마지막이 아니지 않소. 진주성에서 의를 지키는 것이 홍 장군 개인의 영예가 될 수 있을지 모르나 나라를 위해선 엄청난 손실이 되는 것이오. 홍 장군은 자기의 공을 위해 부하들을 다 죽일 작정이오? 그들이 홍 장군의 권고를 듣지 않거든 주저 말고 진주성에서 퇴출하시오. 아직 정식으로 도원수가 되진 않았지만 이건 도원수의 명령이며 권율의 간곡한 부탁이오."

"도원수의 명령을 거행하겠습니다."

홍계남이 절을 했다. 그리곤 다시 만날 지접에 합의를 보고 권율의 막사에서 나왔다.

진주성을 바로 눈 아래로 보는 말티재에서 홍계남의 부대는 전라병사 선거이宣居怡가 이끄는 부대와 합류했다. 선거이와 홍계남은 일찍이 알던 사이라 반갑게 인사를 나누고 앞일을 의논했다. 선거이도 진주성에 가서 창의사 김천일을 만나 진주성을 포기할 것을 권고할 작정이라고 했다.

두 사람이 부대를 이끌고 향교 마을까지 내려왔을 때이다. 남녀노소가 저마다 짐을 지고 성문 쪽으로 달려가고 있었다. 진주부민은 한 사람 남기지 않고 성안으로 들어오라는 영이 내렸다고 했다.

전투할 작정이면 여자와 노유老幼는 안전지대로 피하게 해야 하는데 격전이 예상되는 성안으로 불러들이는 것은 이치에 맞지 않는다. 백성들과 함께 성안에서 죽기로 각오한 것임이 틀림없다.

"이런 사정이면 우리의 권고는 듣지 않을 것이 분명하군요."

"그러나 어떻게 합니까. 하는 데까진 해 봐야지오."

홍계남은 자기의 부대를 향교 근처에 머물게 하고 부장副將 셋을 대동하고 성문으로 들어섰다. 선거이는 자기의 부대를 성문 밖까지 인솔해서 그 자리에서 머물게 했다. 두 사람이 나타나자 환호성이 올랐다. 수성군守城軍에 합류하러 온 것이라고 짚었기 때문이다.

성안엔 이미 황진, 최경회, 고종후, 장윤, 이계연, 민여운 등 장수들이 들어와 있었다. 김천일은 물론 제일 먼저 와서 작전지휘를 하고 있었다.

홍계남, 선거이는 장수들이 모인 누상으로 올라갔다. 6월 한더위인데도 누상엔 바람이 있었다. 서북쪽으로 지리 연봉이 보이고 아래로 남강의 푸른 물결이 있었다. 이 아름다운 풍광 속에 일대 살육전이 전개될 것이라니 홍계남은 살이 떨렸다.

홍계남과 선거이는 모여 있는 장수들에게 공손히 절하고 노고를 위로하는 인사말이 있은 후 소신을 피력하기 시작했다. 홍계남은 자기의 의견이 곧 도원수 권율과 의병장 곽재우의 의견이란 것은 전제했다.

"왜병은 10만이며, 그들의 장비는 우리의 1백배나 됩니다. 진주성은 물론 중요하오나 사직의 전부는 아닙니다. 만일 이곳에서 정병을 잃는다면 앞으로의 사직을 누가 지키겠습니까. 작전상의 퇴각은 패배가 아닙니다. 진주성을 버리고 부민들과 더불어 저 지리산의 험險에 의지하여 유격전으로 적을 막는 것이 가하다고 생각합니다."

벼락같은 소리가 상좌에서 떨어졌다.

"뭐라고 했어 홍 장군, 지리산으로 피하자구? 진주성은 진주성 하나

238

만이 아녀. 호남은 나라의 근본이여. 호남의 곡창으로서 사직의 명운을 보존하는 거요. 진주는 실로 호남의 방패나 다름없는 곳이여. 진주를 지키지 않으면 호남은 없어져. 사태가 이와 같은데 어찌 그 따위 소릴 하는가?"

김천일의 얼굴은 노기에 벌겋게 타오르고 있었다.

다음은 선거이가 목청을 높여 진주의 수성은 무모한 노릇이라고 주장했다. 이에 대해 황진이 대노하여 호통쳤다.

"비겁자이면 당초 여기에 나타나지도 말 일이거늘 뻔뻔스럽게 나타나선 어찌 사기를 문란하게 하는고 ….'"

그들의 분격을 무릅쓰고 홍계남이 구체적인 사례를 들어가며 수성의 불가함을 침착하게 설명했다. 그 설명 가운덴 '동정군의 지원은 전혀 없을 것입니다' 하는 대목이 있었다. 동정군의 지원이 전혀 없을 것이란 말에 동요가 있었다.

"동정군의 지원이 전혀 없을 것이라고 무슨 근거로 말하는가?"

"부총병 유정으로부터 권율 장군에게 문서가 왔다고 들었습니다."

"권율 장군은 원래 진주성 수성엔 반대하는 사람이다. 자기의 반대의사를 그렇게 조작한 것이 확실하다."

황진이 외쳤다.

"권율 장군은 그런 조작을 할 어른이 아니십니다."

홍계남은 단연하게 말했다.

"그러나 문서를 보지 못했다면 우리는 믿을 수가 없어. 이와 같은 중대한 전투에 동정군이 가담하지 않는다는 건 어불성설이오."

"지난번 행주산성의 싸움이 그처럼 치열했는데도 바로 지척에 있으

면서 동정군은 꼼짝도 하지 않았습니다. 그 사례를 보아서도 짐작이
가지 않습니까?"

"동정군이 움직이지 않았다고? 홍 장군은 지척에 있으면서도 행주
싸움에 가담하지 않았지 않은가?"

황진이 뱉은 말이었다. 이건 홍계남에게 대한 인신공격이었다.

"행주 싸움에 직접 나서지 않은 이유는 권율 장군이 잘 알고 있는 일
입니다."

"시급한 일을 앞에 하고 기왕지사를 들먹일 겨를이 있습니까. 동정
군의 거취문제가 중요합니다. 사태를 명백하게 파악해야겠습니다."

장윤이 이렇게 말하고 좌중을 수습했다.

김천일이 다음과 같이 말했다.

"동정군이 행주 싸움에 참가하지 않은 것은 그 전투는 우리 쪽에서
일으킨 것이기 때문이오. 그때 동정군은 왜군과의 화의를 진행시키기
위해 우리의 행동을 억제했던 것이오. 그런데 이번은 다르오. 진주성
을 공격하려는 것은 왜군이오. 아직 동정군이 침묵을 지키는 것은 왜
군을 자극하지 않으려는 배려 때문이오. 내가 듣건대 동정군의 일부가
구례까지 진출해 있고 남원과 운봉에도 일부 병력이 배치되어 있다고
하오. 송 경략도 이 제독도 우리를 지원하라는 영을 이미 내렸다고 하
오. 그러니 동정군의 거취에 대해선 마음을 쓸 것 없이 우리의 최선이
나 다합시다."

그 말에 만좌는 조용하게 되었다.

그 기회를 포착한 홍계남이 차분히 입을 열었다.

"창의사님, 그리고 여러 장군님. 수성의 가능여부는 동정군의 거취

에 달려 있습니다. 1만 명의 최선이 어찌 10만 명의 최선을 당하겠습니까. 진주가 호남의 방패라고 하나, 하나의 고성孤城입니다. 고성 하나를 방패로 하는 것은 너무나 위험합니다. 지리산을 방패로 합시다. 지리산의 험險을 이용하여 방패로 한다면 진주성의 백 배, 천 배의 위력을 발휘할 수 있습니다. 저는 충심으로 말씀드립니다."

"그만해. 듣기 싫소."

김천일과 황진이 고함을 터뜨렸다.

"아닙니다. 꼭 한 말씀만 더 되풀이하겠습니다. 창의사님께서 동정군의 지원을 기대하신다면 그 기대는 버려 주옵소서. 저는 확실한 근거를 갖고 말합니다. 동정군의 지원은 절대로 없을 것입니다."

홍계남이 동정군의 군관 진숙의 이름을 들먹이고 진숙이 한 말 그대로를 아뢨다. 절대로 비밀을 지켜야 했던 것이지만 홍계남은 기어코 창의사 이하 수성론자인 장수들을 설득시키고 싶었던 것이다.

그 사실이 동정군 쪽에 알려져 진숙은 진중에서 참형을 당했다. 뒤에야 안 일이었는데 홍계남은 수성론자들을 설복시키진 못하고 자기에게 친절을 베푼 젊은 군관을 죽이게 된 것을 얼마나 후회했는지 모른다.

진숙의 이름까지 들먹여 역설했는데도 김천일, 황진, 최경회 등은 그 따위 군관 나부랭이가 뭣을 알겠느냐는 투로 홍계남의 말을 일축해 버렸다.

"여러 장군님의 무운을 빌 뿐입니다."

홍계남이 눈물을 머금고 누를 내려 성문을 빠져나왔다. 등 뒤에 야유하는 소리가 들렸다.

"소문과는 전혀 다른 인간이군.", "행주전투 때 알아볼 만하잖았어?", "사람은 변하는 거여."

홍계남은 자기의 등을 자기가 보는 느낌이었다.

성문을 나와 얼마쯤 걸었을 때 선거이가 뒤쫓아 나와 홍계남과 어깨를 나란히 했다.

"홍 장군은 어떻게 할 참이오?"

"나는 운봉으로 갈까 하오. 선 병사는?"

"나는 구례 쪽으로 갈까 하오."

"우리는 지리산을 지킵시다."

"지리산을 근거로 하면 홍 장군 말마따나 '일당백' 할 수 있을 건데."

선거이는 아쉬운 듯 혀를 찼다.

"그러나 홍 장군, 그들의 야유를 마음에 담아 두지 마시오. 언젠간 우리의 충정을 알 날이 있으리라."

"알고 모르고가 대수로운 일입니까."

홍계남은 암울한 표정으로 터벅터벅 걸어 향교 마을로 왔다.

부하들에게 출동준비를 명령을 내리고 홍계남은 손수 자기 애마愛馬를 손질했다. 성중에 가 있는 동안 말을 종자에게 맡겨 두었는데 그 잠깐 동안의 이별도 아쉬웠던 모양으로 말이 자기의 뺨을 콧잔등으로 비벼대는 것이 홍계남의 가슴을 뭉클하게 했다.

준비가 완료되었다는 보고가 있었다. 홍계남이 말에 오르려고 하자 노인 하나가 그의 곁으로 오더니 공손하게 말을 걸어 왔다.

"장군께선 어디로 가시려고 하오."

그 말에 가슴이 찔끔했지만 홍계남은 태연히 대답했다.

"우리는 지리산 쪽으로 가려고 합니다."

242

그러자 노인의 눈에 눈물이 글썽해졌다.

"지금 왜적이 이곳으로 쳐들어온다고 하는데 장군은 우리를 버리고 떠나시렵니까."

"성중엔 김천일 상장을 비롯하여 용맹무쌍한 장수들과 군사들이 만전의 태세를 갖추고 있습니다. 나는 도원수의 명을 받아 후방을 지키기로 되어 있습니다. 결코 여러분을 버리고 떠나는 것이 아닙니다."

다시 노인이 무어라고 하려는 것을 '노장께선 몸조심하시오' 하는 말로 막아 버리고 홍계남이 발진의 명령을 내렸다. 군고軍鼓소리도 울리지 않는 조용한 발진이었다.

비봉산 옆의 가마못을 지나고 얼마를 가면 함양으로 들어서는 골짜기의 입구이다. 홍계남은 부대를 앞세우고, 후미에서 따라가다가 그 골짜기의 어귀에 있는 동산 위에 잠깐 머물러 서서 진주성을 돌아보았다. 얼마지 않아 사투死鬪가 전개될 진주성! 누누이 쌓이게 될 시체의 더미, 파괴된 성중의 모습이 완연하게 눈앞에 보이는 것 같다. 비록 의견이 다르다고 하지만, 필패의 사정을 뻔히 알면서 안전지대로 물러가는 것이 과연 옳은 일인지, 수성군에 끼어 같이 죽어야 하는 것이 군인으로서 마땅한 일이 아닌지, 하는 상념이 무럭무럭 일었다.

사직社稷은 무겁고 이에 비하면 진주성은 가볍다고 권율이 생각하였고 자기 생각도 그와 마찬가지지만, 사직을 지킬 사람은 자기 말고도 얼마든지 있을 것이 아닌가. 아무튼 결전장決戰場을 떠난다는 것은 비열한 일이 아닌가….

홍계남은 돌연 행진해 간 부대를 진주성으로 돌렸으면 하는 충동에 사로잡혔다. 어느덧 긴 여름 해가 기울어 진주성은 황혼에 싸였다. 저녁연기가 황혼 속에 평화로운 무늬를 놓았다. 얼마 지나지 않아 폐허가 될 직전의 그 순간적인 평화!

'행진 중지!'하고 군대를 되돌려 진주성으로 향하라는 명령이 목구멍까지 차오른 것을 꾹 참고 홍계남은 진주성에 등을 돌렸다. 도원수 권율 장군의 명령을 이행해야 한다는 다짐을 했다.

뺨 위로 흘러내리는 홍계남의 눈물을 발견한 신불이 물었다.

"무슨 일입니까, 장군님!"

홍계남의 대답은 없었다.

6월 15일, 적이 김해를 거쳐 창원에 이르렀다는 보고가 진주성에 들어왔다. 6월 16일, 적이 함안에 나타나 분탕중이라고 했다. 6월 18일, 적은 함안에서 정암진을 건넜다.

도원수 권율, 순변사 이빈은 산은으로 후퇴했다. 정암진을 지킬 요량이던 곽재우도 창녕으로 후퇴했다.

"진주에서 큰 싸움이 있을 터인데 왜 곽 의병장은 진주로 가서 가세하지 않고 창녕으로 가느냐?"

이때 이빈이 곽재우에게 따지고 진주로 가라고 명령했다.

이에 곽재우는 말했다.

"권자權者는 능히 용병用兵하고, 지자知者는 선善히 요적料敵하는 것이오. 적병의 강성함을 보시오. 어떻게 고군으로 진주성을 지킬 수 있으리오. 모든 군사가 전부 성중으로 들어간다면 진주성은 고립하고 말 것이니 나는 바깥에서 싸울 작정이오."

옆에 있던 경상우 감사 김늑이 흥분했다.

"장군이 명령을 듣지 아니하면 군율이 어떻게 되는 것이오."

"내 일신의 사생死生을 위하는 것이 아니오. 수많은 군졸을 무모한 싸움에서 잃고 싶지 않을 뿐이오."

곽재우는 이렇게 말하고 떠났다.

6월 19일, 적은 의령을 유린하고 진주성에 접근했다. 척후의 보고에 의하면 왜병은 의령현에서 진주로 물밀 듯 들어오는데 형형색색의 기치가 들을 덮고 간간이 대포를 터뜨리고 함성을 올리며 기세를 올리고 있다고 했다.

이날 상주목사 정기룡이 상주에 주둔하던 명나라의 부총병 왕필적을 동반하고 왔다. 왕필적이 성내의 전투배치 상황을 두루 살피고 난 뒤 너털웃음을 웃었다.

"남쪽에 대강을 끼고, 북쪽에 깊은 늪을 등졌으니 가히 천험天險의 성이오. 가히 겨루어 볼 만하구료."

이 말에 흡족한 김천일 이하 모든 장수들은 미주가효美酒佳肴로 왕필적을 대접하는 자리에서 동정군의 지원이 확실한가를 물었다.

"우리 동정군이 뭣하러 이곳에 왔겠소. 조선을 돕기 위해서가 아니겠소. 이미 송 경략의 지시가 있었고 이 제독의 명령이 내렸소. 총병 유정 장군은 진주의 싸움을 지원하기 위해 대구에서 출동하였으니 곧 도착하여 적의 후방을 찌를 것이오. 동정군의 일부는 벌써 함양과 구례방면에 진출해 있을 것이오."

왕필적이 눈썹 하나 까딱하지 않고 이처럼 떠벌렸다.

"그런데 왕 부총병께 아룁니다. 대구에 머무르고 있는 동정군 가운데 진숙이란 군관이 있다고 합니다."

"진숙이란 군관이 있지요. 그자가 어쨌다는 겁니까."

"동정군의 지원은 결단코 없을 것이란 말을 퍼뜨려 우리 군내軍內의 일치를 문란케 했다고 합니다."

황진의 말에 왕필적이 펄쩍 뛰었다. 그 말의 출처가 누군지 따지지 않은 것은 대질이라도 있으면 불리하게 될 염려가 있었기 때문이다.

"내가 돌아가 살펴 그런 일이 있었다면 진숙을 참할 것이오. 그런 허튼 소리로 동요하지 마시오. 내가 여기 온 것은 동정군의 지원을 약속하는 유 총병의 말을 전하러 온 것이오."

"유 총병이 권율 장군에게 동정군의 지원이 없을 것이란 서한을 보냈다고 하던데 그게 사실인지요?"

"그건 오전誤傳이오. 당초 유 총병의 의견은 왜적과의 불필요한 충돌을 피하자는 데 있었소. 그래 가능하다면 충돌을 피하라는 서한을 보낸 것은 나도 알고 있소. 그러나 사태가 이렇게 된 이상 달리 도리가 있습니까. 그러니 그런 말에 현혹당하지 마시오."

동정군의 지원이 확실하다면 진주성은 결코 외롭지 않다. 승산은 충분했다. 적이 지척에 박두했는데 장수들은 왕필적을 둘러싸고 장야의 연宴에 취했다. 승산이 있고 보면 그것 또한 사기를 앙양시키는 방편이기도 하다.

6월 20일, 새벽에 왕필적은 상주목사 정기룡을 동반하여 떠났다. 사태를 유 총병에게 알리고 다시 돌아오겠다는 말을 남겼다.

왕필적을 배웅하고 돌아온 창의사 김천일이 홍계남을 매도했다.

"그럼 그렇지. 동정군이 가만있을 수 있겠는가. 그 천생賤生 놈이 우리를 농락했다."

246

"그자를 한칼에 베어 버릴걸."

하고 황진도 분개했다.

그런데 민여운만은 상을 찌푸렸다.

"그도 용맹한 장군이오. 함부로 매도해선 안 되오."

민여운은 황망하게 떠나는 왕필적의 태도가 수상하게 보였다. 뿐만 아니라 소문을 전한 자가 누구냐고 따지지 않고, 진숙이란 군관에게 벌을 주겠다고 서둘렀다. 어떻게 보면 경망하다고도 할 수 있는 왕필적의 태도에 당황하는 빛이 있었다는 것을 눈치채기도 했다. 민여운은 그런 점엔 비상할 만큼 예민한 후각을 가지고 있었다. 그러나 그는 그의 짐작을 섣불리 말할 수 없었다. 김천일과 황진이 지나치게 흥분한 상태이기 때문이다.

적의 선봉이 동북쪽 산에 나타났다는 척후병의 보고가 있었다. 이어 말티고개馬峴에 1백기가량이 나타난 것이 성중에서 보였다.

긴장 속에 하룻밤을 지나고 6월 21일 아침, 수십 기의 적이 동북쪽의 산 위에 나타나 성중의 상황을 살피는 듯하더니 돌아갔다. 그리고 한 시간쯤 후 적의 대군이 산 위에서, 말티고개 쪽에서 밀고 내려와 성을 3중으로 포위했다. 그러고도 총 한 발 쏘지 않았다. 성중에서도 전투배치를 끝냈을 뿐 일체 행동을 보류하고 있었다. 긴박한 시간이 한나절 계속되었다. 적은 포위를 풀고 그냥 물러나갔다.

수성군은 적이 남강 쪽에선 올라오지 못할 것이라고 짐작했다. 강에 잇따른 절벽이 험한 까닭이다. 그러므로 적이 서북쪽에서 나타날 것으로 예상하고 그곳에 호를 파고 물을 가득 담아 늪으로 만들어 놓았다. 그렇게 되면 유일한 공격로는 동쪽일 수밖에 없다. 김천일 이하 제장들은 동쪽에 중점을 두고 작전계획을 세우고 있었다.

그런데 적은 성 서북쪽 늪의 물을 빼기 시작했다. 그리곤 늪이 마르길 기다려 흙을 채웠다. 적의 병사들이 어디서 끌고 왔는지 백성들을 동원하여 흙을 채우니 내려다보고 있는 눈앞이 탄탄한 대로로 다져지는 것이 아닌가. 그러나 적들의 작업을 방해할 수단이 없었다. 성중의 병사를 내보낼 수 없었다. 그렇다 해서 별동대를 성 밖에 준비해 둔 것도 아니다. 속수무책 성중의 병사들은 절치부심하며 적들의 작업을 지켜볼 뿐이다.

6월 22일, 아침부터 적은 공격전을 시작했다. 서북쪽 늪이 탄탄한 대로가 되었으므로 적은 서방, 북방, 동방 3방면에서 접근해 왔다. 속죽束竹과 방패를 들고 대포의 엄호를 받으며 밤이 될 때까지 파상공격을 하는데 1대는 동쪽 산 중복에서부터, 1대는 향교 앞으로부터 돌진해 왔다. 제1파에 대해선 화살을 집중시켜 그럭저럭 물리쳤다. 적은 이때 약 30명가량이 전사했다.

제2파는 초저녁부터 동문으로 육박했다. 그들은 사다리를 놓고 기어오르려고 했다. 황진이 진두에 서서 거목과 거석을 던지고 화전火箭을 쏘아 사다리를 불태워 적을 물리쳤다.

제3파는 3경부터 시작되었다. 제3파의 공격은 전번보다 더욱 치열했다. 황진을 비롯하여 이종인, 장윤, 김준민, 오유, 이잠, 강희보, 강희열 등 장수들이 직접 진두에 서서 부하들을 독려하여 싸웠다. 적은 성벽 밑에 시체만 남겨 놓고 일단 물러섰다.

이 무렵 성중의 병사들은 거의 기진맥진한 상태가 되어 있었다. 겨우 전초전이 시작되었을 뿐인데 이 모양이라면 도저히 지탱하지 못할 것이란 절망감이 감돌았다. 이때 강희보가 말했다.

"적의 세위가 이처럼 강성하니 하루를 더 견디어 내지 못할 것 같소. 결사의 용사를 성 밖으로 내보내 관군의 지원을 받아야 하겠소."

이것은 모두들의 생각이었다.

김천일이 강희보의 부하인 임우화를 구원특사로 보냈다. 그런데 그는 성을 나서서 5리도 채 가지 못하고 적병에게 붙들렸다. 그 후론 적병들이 쳐들어올 땐 그를 결박지어 대열 앞에 세워 화살을 막게 하는 방책을 썼다. 이 때문에 성중 군사들의 사기가 극도로 떨어졌다.

6월 23일, 아침 일찍부터 적의 공격이 시작되었다. 각적角笛을 불어 신나게 하고 환성을 올려 사기를 돋우면서 적은 간간이 대포를 섞으며 조총을 비 오듯 성안으로 쏘아 댔다. 서북방 늪을 매립하여 도로를 만드는 공사는 거의 끝나 그곳에서 적들은 벌떼처럼 육박해 들어왔다. 한편 성안으로 통하는 지하굴을 파기 시작했다. 적은 이처럼 시간을 끌어 이편의 사기를 저하시키는 심리전술도 썼다.

태세는 이미 결정적이었다. 김천일은 남강의 푸른 물결과 비봉산 위에 뜬 백운을 바라보며 이렇게 한탄했다.

"명나라 병사가 우리를 도와준다면 대사를 치르고 나서, 명나라를 침범하는 적들을 무찔러 놈들의 살을 같이 뜯어 먹을 것인데…."

뒤에야 안 일이지만 이 무렵 고성의 의병장 최강과 이달이 진주성을 구원하려고 달려왔다. 달려오긴 했지만 적세가 너무나 강성하여 중과부적으로 후퇴하려는 즈음, 그들을 따라온 3백여 명의 백성들이 적병에 포위당했다. 최강은 적중에 뛰어들어 포위된 백성들을 구출하긴 했으나 진주성에 접근할 순 없었다.

최강과 이달의 시도가 좌절한 후론 아무도 진주성을 구원하려는 마음을 갖지 못하게 되었다. 진주성은 그야말로 고성이 되어 풍전등화의 운명이었다. 이날 성중에선 낮에 적을 3전 3퇴 시키고 밤에 4전 4퇴 시켰다. 그러나 성중에 누누이 시체가 쌓였다.

6월 24일, 이날의 전투는 적병 6천 명가량의 공격으로서 시작되었다. 수십 개의 사다리를 달고 적병은 성벽을 기어올랐다. 우리의 저항도 치열했다. 다수의 적병이 죽고 부상했다. 그래도 적병은 이에 굴하지 않고 성벽을 기어올랐지만 뜻을 이루지 못했다. 유리한 지형을 점한 수비엔 당적하지 못했다.

이날 처음으로 적은 '구갑차'龜甲車라는 것을 사용하기 시작했다. 튼튼한 나무궤짝을 사륜차 위에 올려놓고 힘이 센 몇 사람이 그 안에 들어가 손으로 사륜을 밀어 전진하고 밧줄로 끌어 후퇴시키는 것이었는데 웬만한 화살이나 탄환을 막아낼 수 있는 장치이다.

이날 진주목사 서예원은 꼴불견이었다. 겁에 질려 쥐구멍만 찾아다녔다. 그 꼴이 사나와 창의사 김천일은 최경회 우병사와 의논했다.

"성주가 저 모양으로선 사기에 미치는바 영향이 크니 다른 사람으로 교체시켜야겠다."

사천현감 장윤을 임시로 진주목사의 직을 맡아보게 하였다.

서예원은 일찍부터 비겁자로 알려진 사람이다. 왜란이 시작되었을 땐 김해부사로 있다가 싸우지도 않고 도망친 자인데 먼저 번의 진주전투에서 부상한 김시민 후임으로 진주목사가 되었다.

6월 25일, 적은 동문 밖에 흙과 돌로 커다란 고대高臺를 만들었다. 그 위에 세운 망루에서 성안을 내려다보며 대포와 조총을 쏘아 댔다.

이것을 본 황진이 몸소 돌과 흙을 날라 성중 남녀들을 독려하여 하룻밤 사이에 동산을 만들어 그 위에 정루井樓를 세우곤 현자총통玄字銃筒으로 적의 망루를 부숴 버렸다. 그래도 적은 다시 망루를 만들어 조총사격을 멈추지 않았다.

한낮이 되었을 무렵 성의 동쪽 산마루에 햇빛에 번쩍거리는 갑옷을 입은 적의 장수 몇 사람이 나타났다. 김천일이 사수에게 명하여 발포케 했다. 그중 한 사람이 꺼꾸러지는 것이 보였다.

성의 서북쪽에서 적병이 기어올랐다. 그곳을 지키던 병사들이 기겁하고 도망치기 시작했다. 위기일발이었다. 이 광경을 본 황진이 대검을 빼어 들고 비호처럼 그 자리로 뛰어가서 기어오른 적병을 치기 시작했다. 적은 예봉을 끊겨 주춤하는데 도망친 병사들이 다시 덤벼들었다. 이로써 위기는 모면했으나 정세는 긴박의 도를 더해 갔다. 이날의 전투는 황진 한 사람의 독무대였다고 해도 과언이 아니다.

이날 밤 진중에서 회의가 열렸다. 회의 장소엔 김천일, 최경회, 황진, 강희보, 강희열 등 장수들만 참석했다.

"조정은 아마 우리를 버린 것 같소. 이곳의 전투가 벌써 여드레째 계속되고 있으니 소식이 전해지지 않을 까닭이 없는데, 30리 사방으로 아군의 동정이 전혀 없다는 것은 해괴한 일이 아닐 수 없소. 도대체 20만 동정군은 어쩌자는 것이며 10만의 관군과 의병은 어쩌자는 심산인지 통탄할 뿐이오."

"통탄한들 무슨 소용이오. 진주성에 일사一死를 바칠 작정으로 전술이나 짜 봅시다."

황진이 팔을 걷어올렸다.

"군사들의 사기가 떨어진 것이 걱정이오. 군사들의 사기가 떨어지니 성민들의 마음도 갈팡질팡하는가 보오. 우선 이런 정신상태부터 고쳐야겠소. 어떤 비방이 없을까요?"

김천일이 좌중을 둘러보았다.

"적은 성민 하나도 남기지 않고 도살하겠다고 호언하는 모양이오. 내일부터 성민들에게 각기 굴을 파고 숨을 데를 만들라고 이릅시다."

강희열의 제안이었다.

"굴을 파고 숨으면 각자가 묘혈을 파는 거나 다를 바가 없소. 좁은 성안에 적들이 찾아내지 못할 굴을 어떻게 파겠소. 차라리 남녀노소 할 것 없이 식칼과 막대기를 들려 최후의 한 사람까지 항쟁할 수 있도록 기력을 돋우어 줍시다."

이건 황진의 말이다.

"황 장군의 말이 옳소이다. 굴을 파는 등 힘을 낭비하지 말고 한 사람의 힘이라도 전력戰力에 보태야지. 각자는 휘하 군사들의 무기와 탄약, 궁시를 점검하여 되도록 절용節用하도록 일러야 할 것 같소. 최후의 결전에 무기와 궁시가 부족하다면 큰 탈이오."

김천일이 무겁게 말했다.

"궁시와 탄약은 벌써 바닥이 났소. 돌과 막대기를 사용해야 하는데 돌을 얻기 위해서도 불가불 굴을 파야 하겠소. 내일부턴 돌도 얻고 굴도 팔 수 있도록 성민들을 독려해야만 하겠소."

강희열은 굴을 파야 한다는 생각에 연연했다.

이어 수성의 부서에 관한 의논이 있었다. 성민을 어떻게 보호해야 하느냐에 관한 의논도 있었다.

"내일이 아마 큰 고비가 될 것 같소. 제장들의 건투를 빌 뿐이오."

회의 마지막에 김천일이 한 말이다.

6월 26일, 적은 피혁으로 만든 나무궤짝을 머리와 등에 메어 화살을 막는 방패로 하고 성벽을 파괴하고 또는 기어올랐다. 성중에선 큰 돌을 굴리고 화총통을 쏘아 이를 방어했으나 적은 물러섰다간 다시 덤벼드는 파상공격을 취했다.

한편 적은 동문 밖의 끝에 판옥板屋을 얹은 두 기둥을 세웠다. 그리곤 그 판옥에서 성중을 향해 화전火箭을 쏘아 댔다. 그 화전이 성중의 초가에 불을 붙였다. 성안은 일시 불바다가 되었다. 성민이 나서서 불을 끄는 동시에 황진의 명령으로 만든 높은 판옥에서 총통을 쏘아 적의 판옥을 파괴해 버렸다.

성중은 아비규환의 도가니가 되었는데 갑자기 소나기가 쏟아지기 시작했다. 소나기 덕으로 화재는 막았지만 군사들의 전력이 급격하게 저하됐다. 비 때문에 활의 탄력이 줄어들었기 때문이다. 게다가 연일 연야의 전투에 군사들이 지쳐 있기도 했다.

이런 틈바구니에 성의 한쪽이 허물어졌다. 그 허물어진 사이를 뚫고 적병이 나타났다. 비바람의 세를 타고 나타난 적병의 공세는 치열했다. 그 편을 막고 있던 거제현령 김준민이 부하 군사를 독려하며 진두에 서서 싸웠다. 칼이 부숴지면 창을 들고 창이 부러지면 맨주먹으로 싸우니 그의 전복은 적의 피로 물들었다. 이윽고 김준민은 전투 중 죽고 말았다. 적은 많은 사상자를 내고 성 밖으로 물러났다. 김준민의 죽음은 이 전투에서 처음 있은 장수의 죽음이었다.

6월 27일, 적이 동문과 서문 밖 다섯 곳에 높다란 언덕을 만들어 놓고 그 위에 대를 엮어 방책을 세운 뒤 그 방책 뒤에서 수천 발의 조총을 쏘아 댔다. 그 조총의 사격으로 성중의 군관민 3백여 명이 죽었다.

적은 구갑차에 정병 수십 명을 싣고, 성벽 밑에까지 접근해선 철퇴로써 성벽에 구멍을 뚫으려고 서둘렀다. 황진이 영을 내려 기름 묻힌 섶薪에 불을 붙여 일시에 투하했다. 구갑차와 그 안에 탄 적병들이 모조리 타 버렸다. 이때 황진과 협력한 장수가 김해부사 이종인이다. 그는 원래 힘이 세었다. 강궁强弓으로 적병 다섯을 연달아 쏘아 죽였다. 이종인은 밤이 되어 초경에 신화문을 통해 돌입하려는 적병들을 부하 장병들을 독려하여 역전한 끝에 물리쳤다.

이날 밤 적은 그들의 주장인 우희다수가의 명의로 성중에 서한을 전했다. 그 내용의 요지는 다음과 같다.

"성중의 백성들을 한꺼번에 도살하는 것은 너무나 참혹한 일이다. 장수 한 사람만 이쪽으로 보내어 화和를 청하면 성중의 군민軍民들은 생명을 보전할 수 있을 것이다. 강화할 뜻이 있으면 전립戰笠을 벗고 나오라."

이에 대한 김천일의 회신은 단호한 것이었다.

"나는 본시 싸워서 죽으려고 각오하고 있다. 그러나 너희들은 명심하라. 이제 곧 명나라 군사 30만이 박도迫到하여 너희들을 모조리 죽여 버리고 말 것이다."

이로써 성중의 장병들과 성민들은 남녀노소 할 것 없이 최후까지 성을 지킬 결의를 새롭게 했다. 이날 죽은 장수는 강희보이다. 표의병부장彪義兵副將이란 칭호를 가진 강희보는 구갑차를 쳐부수기 위해 진두에 서서 분투하다가 조총의 탄환에 맞아 장렬하게 전사했다.

6월 28일, 적이 진주성 공격을 개시한 지 10일째가 되는 날이다.

진주목사 서예원은 서문을 지키고 있었다. 그런데 27일 밤 적이 성벽에 구멍을 뚫어 놓은 것을 알아차리지 못하고 있었다. 지난 밤 동문과 신화문에서 적을 물리친 김해부사 이종인이 이날 아침 일찍 순찰차 서문에 왔다가 적이 성벽에 구멍을 뚫어 놓은 것을 발견했다.

"서 목사 당신은 눈 뜬 장님인가. 부하들은 모두 허수아비란 말인가. 여기 뚫린 이 구멍은 뭐요. 분명히 적의 소행이 아닌가. 적은 이리로 들어올 작정으로 하는 것이오."

심한 말로 꾸짖는 동시에 급히 황진에게 연락하고 적의 돌입에 대비하기 위해 병력을 집결했다.

날이 밝아 오자 예상했던 대로 적이 돌입을 감행했다. 미리 준비해 두었던 궁시弓矢와 거석巨石, 총통과 화속火束을 일시에 날려 적장 1명을 죽이고 적병 수백 명을 순식간에 살육했다.

이렇게 적을 물리치고 황진이 성벽에 기대서서 성 아래 쌓여 있는 적의 시체를 내려다보며,

"적의 시체가 호 속에 가득 찬 걸 보니 1천여 명은 되겠구나. 오늘의 싸움은 대승이라고 할 수 있겠소. 이종인 부사의 대공이오."

하고 만족한 웃음을 띠었을 때, 조총 한 발이 성 아래에서 날아와 옆의 목판에 맞아 튕겨 황진의 왼쪽 이마에 명중했다. 황진은 대검을 옆에 낀 채 꺾어지듯 몸을 땅 위에 뒹굴었다. 불세출의 장군이 조총의 탄환 한 발에 쓰러진 것이다. 김해부사 이종인이 통곡하며 그 시체를 모셨다. 황진은 충용과 지략에서 많은 장수 가운데서도 으뜸이었다. 그런 장수가 쓰러졌으니 성중 군민의 마음이 어떠했으랴!

"하늘도 무심한지고! 황 장군을 앗아가다니. 황 장군의 운명이 곧 나의 운명이로다. 한발 앞서 갔을 뿐이다."

김천일이 탄식하며 눈물을 거두고 진영의 정비를 서둘렀다. 김천일은 여러 맹장들이 있었지만 모두 전투부서를 맡아야 했기 때문에 겁쟁이 서예원으로 하여금 순성장巡城將의 직을 맡게 했다.

"서 목사에게 이르오. 서문의 일을 명감하여 순성을 독실히 하시오. 조그만 하자도 치명致命의 원인이 되는 것이니 살피고 또 살펴 다신 서문에서의 실수 같은 것이 있어선 안 될 것이오."

서예원에게 순성장을 맡기면서 김천일이 간곡하게 한 말이다.

6월 29일, 이날이 마지막이란 예감이 들었던 모양이다. 새벽에 김천일은 각장의 진소를 찾아 이런 말을 했다.

"오늘만 지탱하면 앞으론 운이 터질 것 같소. 막는 우리가 기진맥진할 땐 치는 적도 기진맥진해 있다고 보아야 하오. 오늘만 잘 견디면 적도 퇴각을 생각하게 될 거요. 공성 10일이 병서兵書에 이른 한계인데 11일이면 그들도 달리 방책을 취하겠지요. 그러니 오늘이 중요하오. 발심분기, 군사들의 기력을 돋우어 우리 용맹하게 힘을 떨칩시다."

모든 장수들이 이 말을 새겨듣고 부대마다 환성을 올려 새벽의 공기를 진동시켰다.

그런데 아침부터 불쾌한 일이 생겼다. 순성장의 직책을 맡은 서예원이 전립을 벗고 말을 타고 성문을 나서려고 했다. 일전 적병의 문서에 '전립을 벗고 장수가 나오면 강화사講和使로 보아준다'는 내용이 있던 것이다. 재빨리 그 꼴을 포착한 것은 경상도 우병사 최경회이다.

"서 목사, 어디로 가려는 것이오?"

하고 당장 서예원의 목을 베려고 칼을 뽑아 들었다.

"순성하려는 것입니다."

겁에 질려 서예원의 목소리가 떨렸다.

"성안의 순성이지, 성 밖의 순성이 말이나 되는 소리요? 전립은 왜 벗었소. 내 당신의 목을 베리다."

하고 성큼 다가서는 최경회를 문홍헌이 만류했다.

"지금 저자를 베면 군중이 경동할 뿐이니 참으시오."

그러나 그런 서예원에게 순성장의 직을 맡겨 놓을 순 없었다. 의논 끝에 사천현감 장윤을 정식으로 목사에 임명하고 순성장의 직을 맡겼다. 그런데 장윤은 순성 도중 적탄을 맞고 전사했다. 순성장이 적탄에 맞을 정도로 전투는 치열의 도가 높아졌다.

적은 구갑차에 생우피生牛皮를 씌워 내화성耐火性을 갖게 한 후 동문 성벽 밑으로 바싹 접근했다.

정오쯤엔 철정으로 성벽을 헐기 시작했다. 이윽고 큰 돌을 수십 개 뽑아내니 성벽이 무너졌다. 그 무너진 부분으로 적병 몇 사람이 성중으로 뛰어들었다. 이에 사기가 앙양된 적병들이 함성을 지르면서 돌진하여 들어왔다. 이종인이 부하 정병을 거느리고 백병전을 전개했다. 활을 버리고 창과 칼을 휘둘러 좌충우돌하니 적의 시체가 순식간에 길을 막을 정도로 뒹굴게 되었다.

적은 서북문으로도 들어왔다. 이곳을 지키던 김천일의 군사는 분전에 분전을 거듭했으나 중과부적으로 촉석루 쪽으로 몰리게 되었다. 이러는 사이에도 적의 주력은 계속 성안으로 들어와 백병전으로 공격로를 확장해 나갔다.

목사 서예원이 도망쳐 나가자 모든 군사가 일시에 궤주하게 되고 진주성 남쪽 촉석루엔 장수들만 모였다. 그들의 전복은 피투성이가 되어 있으나 모두들의 안광은 경경한 빛을 발하고 있었다.

창의사 김천일의 곁엔 그의 장자 상건과 충실한 부하 양산도가 있었고, 우병사 최경회는 문홍헌이 호위했고, 의병장 고종후 곁엔 김인혼, 고경원이 있었다.

"모두들 잘들 싸웠소. 그러나 우리가 할 일은 이로써 다한 것 같소."

김천일의 침통한 말과 함께 모두들 병기를 남강의 흐름 속에 버렸다. 누가 제의한 것도 아닌데 1열로 나란히 북향재배를 했다.

그리고 김천일이 양산도에게 말했다.

"귀공은 수영水泳의 달인이니 기필코 살아남아 후사를 도모하라."

"의리를 저버리고 저 혼자 살 순 없습니다."

이렇게 하여 김천일, 최경회, 고종후 등은 그들의 보좌들과 함께 남강에 뛰어들어 죽었다. 김천일은 그의 아들 상건을 안고 뛰어들었다.

이종인, 강희열, 오유, 이잠 등 십여 명 장수들은 백병전을 벌여 끝까지 싸우다가 모두 장렬한 전사를 했다.

이종인의 최후는 특히 장렬하다. 그는 수십 명 적병을 상대로 격투를 거듭하다가 남강의 절벽 끝까지 왔다. 그때 이종인은 덥석 적병 하나씩을 잡아 좌우로 껴안곤 '김해부사 이종인 여기서 죽노라'하는 고함과 함께 남강에 뛰어들었다.

진주성에서 왜병이 도륙한 인명은 6만을 넘는다. 이 가운덴 노인이 있고 여자가 있고 아이들도 있었다. 그들에게 무슨 죄가 있었던가. 죄가 있었다면 그들이 이 나라에서 태어나고 이 나라 민족의 핏줄을 받았다는 사실일 뿐이다. 전쟁에 사상死傷이 따르는 것은 당연하겠지만 살생殺生도 유택有擇인데 이처럼 잔인할 수가 없다.

유시流矢나 유탄流彈에 맞아 죽은 것도 불가피하다 하더라도 애처로운데 왜병은 거짓을 꾸미기까지 하여 무고한 사람들을 죽였다. 왜병은 살아남은 성민들에게 '사창대고司倉大庫로 피하라. 그러면 목숨을 건질 수 있다'고 했다. 살기 위해선 지푸라기라도 잡을 판인 성민들은 그 말을 믿고 큰 창고 속으로 들어갔다. 한 사람도 남기지 않고 성민들을 광속에 넣은 후 자물쇠를 채우곤 왜병은 그 창고에 불을 질렀다. 아비규환이 바깥까지 들려왔다. 그 소리를 멀찌감치 둘러서 있던 왜병들은 손뼉을 치고 좋아라 했다. 무너진 집 마루 밑에 숨어 있던 사나이가 전한 얘기이다.

왜병은 정녕 사람이 아니다. 금수만도 못한 흉측한 괴물이라고나 할 수 있을까. 인지상정人之常情이란 것이 있는 법인데 왜병에겐 그것조차 없다. 어찌 하늘 아래 사람의 탈을 쓰고 그럴 수가 있는 일인지 앙천부지仰天俯地 통곡할 따름이다.

그건 그렇고 조정朝廷의 무위無爲함이여! 관군과 의병이 처처에 있었다고 하는데 어찌 진주성에 원병을 보낼 줄 몰랐을까. 고성의 의병장 최강과 이달이 달려와 중과부적으로 물러서고 말았거늘, 만일에 다른 군사들과 연계하여 쳐들어왔으면 진주성을 구해 김천일 등의 용장을 살렸을 것이고, 6만 명의 억울한 죽음도 없었을 것이 아닌가!

슬프다! 진주성을 지키려다 실패하고 남강에 뛰어든 장수들이여! 그대들의 용맹과 충성은 길이 남겠으나 그대들의 무모無謀함은 천추에

필주筆誅를 받으리라. 정녕 그대들은 싸우지 말았어야 할 싸움을 싸웠노라. 자기들의 병력에 응한 싸움을 할 줄 몰랐노라. 왜병의 세와 힘을 알지 못했노라. 오호라! 그대들의 충용忠勇이 아깝도다. 그대들의 부지不智함이 아쉽도다.

진주성이 함락됐다는 소식을 홍계남이 들은 것은 7월 1일이다. 당시 그는 운봉에 있었다. 운봉에 있으면서도 그의 마음은 항상 진주에 가 있었다. 진주 고성孤城에 의병들만 남겨 두고 떠나온 것이 끝내 마음에 걸려 있었기 때문이다.

그는 몇 차례 명나라의 부총병 사대수에게 진주성을 구원할 것을 청했다. 명나라 장수들 가운데서 왜적을 치는 데 사대수는 적극적이었다. 그런데도 사대수는 총병의 명령이 없다느니, 구원보다 장차를 대비하는 것이 좋다느니 하고 홍계남의 청에 응하지 않았다.

동정군의 지원 없인 진주성을 지킬 수 없다는 사실과 동정군의 지원이 없을 것이란 사실을 이미 알았던 홍계남이지만, 김천일 이하의 모든 장수가 옥쇄玉碎하고 사망자 6만을 냈다는 결과를 듣곤 처참한 마음이 되지 않을 수 없었다. 차라리 진주성에 남아서 분투하다가 죽은 것만 못하다는 생각을 가지기도 했다.

그러나저러나 진주의 비보에 감상感傷하고만 있을 수 없었다.

왜적이 전라도로 치고 들어온 것이다. 진주성민을 도륙한 적은 완전히 살인귀殺人鬼의 집단이었다. 곤양, 하동, 악양, 삼가, 단성 등지를 노략질하고, 적의 일부는 7월 5일 전라도 고부까지 침입했다. 노도와 같이 밀려드는 적병을 상대론 손을 쓸 겨를이 없었다.

260

홍계남 부대는 숙성령에서 적의 대군과 부딪혔다. 적의 수는 1만 명, 홍계남군은 불과 5백.

"중과부적이면 불가도不可圖입니다."

"지형지물을 잘 이용하기만 하면 기도해 볼 만한 일이오."

막료들의 의견이었으나 홍계남은 병법을 들먹이며 즉시 작전지시를 내렸다. 채대수가 이끄는 여군을 왼편 산 위로 보내 그곳에서 꽹과리와 북을 쳐서 대군이 들이닥칠 것같이 위장 양동하고, 신불은 별동대를 이끌고 오른편으로 가서 함성을 지르며 기세를 올리게 하고, 선봉은 제 1대 변갑수가 맡고, 제 2대 황충량은 중군을 맡고, 길봉준이 이끄는 제 3대는 산의 규모 가득히 산개하여 화살이 사방에서 날아오고 조총이 팔방에서 발사되는 것처럼 공격하라고 했다.

"나의 위치는 저 산 중복에 있는 검은 바위이다. 흑기가 오르면 채대수의 여군은 꽹과리를 치고, 홍색기가 오르면 별동대가 함성을 지른다. 황색기의 신호로 제 3대의 활과 조총이 발사한다. 제 2대와 제 1대는 구령口令으로서 움직인다."

이렇게 정해 놓고 홍계남은 왜병이 숙성령의 험로險路에 접어들기를 기다렸다. 처음 적의 척후대가 나타났다. 홍계남군은 녹음이 우거진 숲 속에 잠복한 채 척후대를 그냥 통과시켰다. 이윽고 선봉이 나타났다. 선명한 기치를 햇빛에 하늘거리며 정연한 대오로 행진해 왔다.

지휘소에 검은 기가 올랐다. 꽹과리와 북소리가 좌편 산에서 요란하게 울려 메아리로서 증폭되어 천지가 진동하는 듯할 적에 오른편 산에서 함성이 오르고, 조총소리가 콩 볶 듯할 때 화살이 왜병을 향해 날아들었다.

왜병의 선봉은 공황상태에 빠졌다. 그 기회를 포착하여 변갑수의 제1대가 함성과 함께 덤벼들었다. 강궁强弓의 엄호가 있었다. 좁은 비탈길이라서 적병은 전투태세조차 갖추지 못했다. 선봉의 몇 사람이 넘어지자 적병은 일시에 궤주潰走하게 되었는데 더러는 비탈에 곤두박질을 치고 더러는 그들끼리 밟고 밟혀 죽기도 했다.

이렇게 전투는 순식간에 끝났다. 추격하자는 막료들의 의견이 있었지만 홍계남이 일렀다.

"추격하기엔 우리의 병력이 너무도 적다. 놈들이 버리고 간 무기와 식량을 잘 거둬라."

적의 사상자는 얼마 되지 않았으나 조총 1백여 정, 탄약 수천 발을 노획하고 왜병이 유기한 백미 수십 석을 얻었다. 징발된 조선 백성이 지고 오다가 홍계남군의 기습으로 왜병이 혼비백산하자 그 자리에 두고 간 군량이었다.

왜병은 워낙 대군이라 어디서 재정비하여 어느 때 나타날지 몰랐다. 홍계남은 안전지대로 피해 적의 동태를 살핀 뒤 거동하기 위해 부대를 함양 마천으로 돌렸다. 함양 마천의 계곡으로 소리 없이 잠적해 버렸기 때문에 당시의 기록엔 왜군을 만나 홍계남군이 궤주潰走한 것으로 되어 버렸다.

마천 계곡에 들어선 홍계남군은 득의에 차 있었다. 뜻밖인 전과를 얻는 동시 자신감을 회복할 수 있었기 때문이다.

"과연 홍 장군은 기가 막혀."

홍 장군의 전술을 찬양하는 소리가 자자한 가운데 진주성의 전투가 화제에 올랐다.

262

"홍 장군의 의견이 옳았다는 것을 오늘의 전투로서 증거 세우지 않았는가. 홍 장군 의견대로 진주성의 병력을 고스란히 지리산으로 옮겼더라면 능히 일당백의 성과를 내어 적이 전라도에 침입하는 것을 방지할 수 있었을 것 아니겠소."

신불이 통탄조로 말했다.

"진주가 호남의 방패란 건 억지 소리였어."

조인식이 은근히 김천일 등 수성장수들을 비난하는 소리를 했다. 모두들 그 말에 맞장구를 쳤다. 홍계남이 준절하게 나무랐다.

"그렇게 말하면 못 써. 장렬하게 죽은 영웅들을 모독하는 말을 해선 안 된다. 앞으로도 삼가라."

그곳에서 이틀을 쉬었다. 척후병의 보고는 적의 주력이 전라도에서 철수 중이라고 했다. 홍계남은 군을 정비하여 남원으로 향할 계획을 세웠다. 마천의 계곡을 떠나는 전날 밤 채대수가 홍계남의 막사를 찾아왔다. 채대수는 이제 70명으로 불어난 여군을 지휘하여 이때까지 홍계남군과 행동을 같이 해 왔었다.

채대수는 이런 얘기를 꺼내 놓았다.

"우리는 장군의 도움은 안 되고 방해만 될 뿐이니 이곳에서 작별해야 하겠소. 다행하게도 이 골짜기엔 논과 밭을 일굴 만한 평지가 있고, 수초 또한 좋으니 자활지계自活之計를 세워 볼 만합니다. 우리는 난이 끝날 때까지 여기서 살자고 의논을 모았습니다. 장군의 허락이 있었으면 합니다."

"듣자니 반가운 소리요. 우린 내일 남원으로 출향할 요량이지만 거기 가서 도원수의 영을 기다려 어디든지 가야 하오. 그래서 여군을 어떻게 하나 은근히 걱정이었는데 대수님의 말을 들으니 걱정이 없어졌소. 이곳은 자활지계를 세워 볼 만한 곳이오. 내 이곳 수령을 찾아 종자와 기타 필요한 것을 주라고 일러 놓겠소."

홍계남의 말이 이렇게 떨어지자 채대수는 감사하다며 인사했다.

"난이 끝나면 모두들 고향으로 돌아가서 우리가 겪은 일들을 얘기하며 단란하게 사시오. 다시 만날 날은 기약할 수 없소만 내 여러분을 잊지 않으리다. 조정에 여러분의 공로를 상신하겠소."

홍계남이 인사하고 왜병으로부터 노획한 백미 가운데 30석을 그들을 위해 남겨 주었다.

풍신수길은 송응창의 사신으로서 일본으로 건너간 사용자謝用梓, 서일관徐一貫에게 이른바 화평 7조和平七條라고 하여 다음과 같은 내용의 문서를 제시했다.

① 명나라의 공주를 일본의 왕후王后로 보내라.
② 관선과 상선이 서로 왕래할 수 있도록 절차를 만들어라.
③ 양국의 조권朝權을 장악한 대신이 서로 통호通好를 맹세하여 서약서를 만들어라.
④ 일본은 조선의 경기, 충청, 전라, 경상 등 4도道를 영유하고, 다른 4도와 한양을 조선에 환부한다.
⑤ 조선은 왕자와 대신大臣 중 한 사람을 인질로서 일본으로 보내라.
⑥ 포로가 되어 있는 두 왕자는 돌려보낸다.
⑦ 조선의 대신은 누세累世 일본을 배신하는 일이 없도록 맹세하라.

세상에 이런 모욕이 다시 있을 수 있을까. 조정의 대신들은 명나라의 경략 송응창, 제독 이여송 등에게 간곡한 청을 했다.

"이런 모욕을 받고도 우리더러 참으라고 하십니까. 차제에 동정군과 우리가 합하여 왜적을 바닷속으로 밀어 넣어 버립시다. 우리 백성들이 이 사실을 알면 병석에 누워 있는 노인, 젖먹이 아이들까지 궐기할 것이로소이다."

"뭔가 그들이 잘못 알고 그런 실수를 한 것이오."

그러나 송응창은 타이를 뿐이었다.

홍계남이 이런 사실을 안 것은 남원에서였다. 도원수 권율로부터 이런 사실을 듣고 홍계남이 흥분했다.

"동정군이 강화에 힘썼다는 것이 기껏 그런 겁니까."

"동정군도 그 문서를 받고 당황하고 있는 모양이오. 아마도 심유경의 장난이 심해 그런 꼴이 된 것 같소."

"동정군이 그 조건에 응할 까닭은 없겠지요."

"그럴 염려는 만무할 것이오. 경략도 제독도 심유경에게 휘둘리고 있다는 것을 알게 되어 무슨 방책을 쓸 거요. 그건 그렇고⋯. 홍 장군이 영천군수에 제수된 것을 알고 있소?"

"아직 모르고 있사옵니다."

"조령朝令이 이처럼 지체되어서야 어디⋯. 6월 그믐날 홍 장군은 영천군수로 제수되었다고 하오. 엊그제 조정에서 치보馳報가 왔었소. 서장은 곧 홍 장군이 영천에 도착하길 기다려 내릴 것 같소. 내일 중으로 홍 장군은 임지로 가시오."

"예, 그렇게 거행하겠습니다."

"홍 장군의 영천군수 제수를 치하하오."

참으로 홍계남은 감동했다. 너무나 뜻밖인 일이었기 때문이다. 진주성에서 퇴각한 것이 알려지면 무슨 징벌이 있을 것으로 예상했다.

"이번 홍 장군의 등용은 유성룡 대감의 각별하신 배려가 있기 때문이라고 들었소. 알아 두는 게 좋을까 하여 말하는 것이오."

홍계남이 다시 한 번 권율에게 절하고 감사의 뜻을 표했다.

홍계남의 등용은 사실은 권율 장군의 주선에 의한 것이었다. 행주대첩에서의 홍계남의 숨은 공, 진주성을 지키는 문제를 둘러싼 갖가지 사연을 권율은 조정의 요소에 소상하게 알려 두었던 것이다.

영천永川의 수령守令

영천군수!

명장名將 홍계남의 벼슬로선 그다지 대수롭지 않다. 그러나 그런 생각은 오늘의 상식에 의한 것이다. 당시로는 파격적인 인사人事이다.

천생賤生으로 알려진 사람으로서 한 고을의 수장이 될 수 있다는 것도 파격적이거니와 임지任地 영천이란 고을이 범상한 곳이 아니다.

홍계남이 부하 5백여 명을 거느리고 영천에 도착한 것은 계사년 7월 20일. 그는 신녕현계新寧縣界에서 부하들에게 휴식을 시킨 다음 일장의 훈시를 내렸다.

"장도에 수고가 많았다. 이제부터 20리를 더 가면 영천이다. 영천은 내가 목자로서 다스릴 곳이다. 그런 까닭에 바로 우리의 고을이다. 줄잡아 우리들은 이곳에 2, 3년은 머물면서 왜적들로부터 백성을 보호하고, 안으로 민생民生에 마음을 기울여야 한다. 어떤 일이 있어도 왜적의 침범을 받게 해선 안 되며, 우리 때문에 단 한 사람도 불행하게 되는 일이 없어야 할 것이다. 그래서 나는 다음과 같이 군율을 시행한다.

첫째, 적병이 일체 근접하지 못하도록 경계태세를 엄하게 한다. 경계태세에 관한 소상한 지시는 다음에 한다.

둘째, 절대로 민폐를 끼쳐선 안 된다. 직접 군민들로부터 도움을 받는 일을 금한다. 주민들의 힘을 빌려야 할 경우가 있으면 내게 말하라. 이유 있다고 인정하면 내가 직접 교섭할 것이다.

셋째, 나이 많은 사람에겐 남녀를 막론하고 공경을 다할 것이고, 비슷한 나이의 사람들에겐 친절을 다할 것이고, 어린아이들에겐 자애를 다할 것이니라.

넷째, 여하한 일이 있어도 주민들과 다투어선 안 된다. 욕을 하면 이편의 귀를 가려라. 우리는 주민들을 보호하려고 그곳에 가는 사람들이다.

다섯째, 영천도 다른 곳과 다름없이 전란에 시달려 그 피폐가 막심할 것이다. 우리가 굶는 한이 있더라도 그들을 굶게 할 순 없다. 모든 성력을 다해 주민들을 보살피고 도와야 한다.

여섯째, 군사상의 필요에 의하지 않곤, 명령에 의하지 않곤 길이나 마을을 배회할 수가 없다.

만일 이와 같은 지시를 어길 땐 군율에 의해 엄한 벌을 내린다. 특히 부녀자를 희롱하는 행위, 도둑질하는 행위, 주민들에게 폭행하는 행위가 있을 때엔 가차 없이 참형斬刑으로 다스릴 것이다."

영천으로 들어간 홍계남은 일단 휘하 군사들을 객사 근처와 명원루明遠樓 근처에 숙영을 시켰다가 막료회의의 결과 다음과 같이 편성을 바꾸어 배치했다.

감군대監軍隊를 두어 조인식을 대장으로 삼았다. 감군대는 현대식으로 말하자면 헌병대이다. 군율을 시행하기 위한 감독과 적발을 맡는다. 변갑수를 대장으로 하는 제1대는 경주부와의 경계에 배치하고, 황충량을 대장으로 하는 제2대는 경주부 자인현계에 배치했다. 길봉준이 이끄는 제3대는 홍계남의 본부에 남기고, 신불의 별동대는 각 대와의 연락을 맡는 동시에, 수색·정보 파악 등 특수 임무를 맡았다.

홍계남은 군사들의 배치를 마친 뒤 이속들을 마을마다에 파견하여 호장戶長들을 비롯한 유지들을 초빙했다. 수령守令으로서의 방침을 밝히고 군민들의 협력을 받기 위해서였다.

날짜를 7월 25일로 정하고 명원루에 조촐한 잔치를 준비하고 기다리는데 몇 사람 호장만 나타났을 뿐 명색이 양반이란 자들은 한 사람도 참석하지 않았다. 전쟁 중이라고는 하나 영천엔 전혀 적정敵情이 없었으니 사람들의 왕래에 지장이 있을 것도 아니어서 홍계남은 슬그머니 화가 났다.

"난중에 새 사또가 부임했으면 이쪽에서 청하지 않더라도 찾아와 같이 나랏일과 고을의 일을 걱정해야 하거늘 이 무슨 해괴한 짓들인가."

이때 신불이 소매를 걷어붙였다.

"근처 마을에만이라도 가서 양반들을 붙들어 오겠습니다."

"그건 안 된다."

홍계남이 신불을 만류해 놓고 호장들을 자리에 청해 앉혔다.

"오지 않는 사람들을 끌고 올 것까진 없으니 우리끼리 의논합시다."

먼저 식량 사정을 물었다. 몇몇 부자들을 제외하곤 나물에 보릿가루를 섞어 겨우 연명하는 사정이란 것이 호장들의 일치된 대답이었다.

"식량을 비축하고 있는 부자들의 이름을 들먹여 보라."

호장들은 서로의 눈치를 보았을 뿐 말이 없었다.

"명색이 호장의 직분을 맡은 자가 마을에 사는 사람들의 사정을 모르는가. 지금은 난중이다. 부자라고 해서 배불리 먹고 가난한 사람이라고 해서 굶어 죽어야 한다는 것은 말이 안 된다. 부자나 가난한 자나 같이 먹고 같이 굶어야 한다. 그렇지 않으면 도둑들이 들끓게 될 뿐이다. 지금 각지에선 군도群盜가 횡행하여 치안이 몹시 어지럽다. 이곳 영천 역시 예외가 아니다. 호장들은 돌아가 부자들에게 일러라. 열 명 이상의 권속을 가진 집은 피곡皮穀 10말, 그 이하의 권속을 가진 집은 피곡 8말만 남기고 곡식이란 곡식은 죄다 바치라고 일러라. 그렇게 모인 곡식을 양식이 없는 집에 매호 1말 씩 나눠주도록 하라. 만일 곡식을 가지고도 자진 내놓지 않으면 군사들을 풀어 광을 뒤져서라도 강제 징수할 것이니 그렇게 알라. 그 대신 자진 양식을 마친 사람들에 대해선 앞으로 내가 있는 동안 조세와 부역을 면해 주는 특전을 내릴 것이니라. 나는 어떤 방법을 써서라도 추수기가 올 때까지 군민들 가운데 굶는 자가 없도록 할 것이다."

홍계남은 시일을 이틀 후인 7월 27일로 정하여, 이 시일을 넘기거나, 결과가 신통치 않을 때엔 강제 징수할 것이라고 엄포를 놓았다. 그리고 그 자리에서 특별 행동대를 이끄는 신불에게 명령을 내렸다.

"식량 수수는 신 군관의 책임하에서 시행한다. 얼마만 한 수량의 곡식을 모을 수 있을까 하는 짐작은 이미 하고 있다. 신 군관은 7월 28일 아침까지 수납된 각창各倉의 수량을 알려라. 만일 그것이 내 짐작한 수량에 미치지 않을 땐 즉각 강제징수에 들어간다. 군사가 모자라면 길봉준이 이끄는 제 3대의 군사를 동원하겠다 ….."

호장들의 얼굴엔 하나같이 핏기가 가셔 있었다. 그 호장들을 둘러보며 홍계남이 준절하게 타일렀다.

　　"여러분의 심정을 나는 아오. 권문세족인 부자들에게 내 영令을 전달하긴 거북할 것이오. 그러나 도리가 없지 않소? 부자들은 배불리 먹는데 가난한 백성은 굶길 부자 밥 먹듯 한다는 사정을 알고 있소. 그들이 비록 권문세족이기로서니 나라가 위난에 처한 이때 그런 태도는 도저히 용서될 수 없는 일이오. 내 방침에 거역하는 자는 가차 없이 처단할 것이오. 돌아가서 그렇게 이르시오. 내 입으로 말하긴 심히 치사스럽지만 한마디만 더 덧붙이면, 내 출생이 천하다고 보고, 천한 출생인 수령 앞에 그들 양반이 머리를 숙이고 싶지 않다는 것이오. 똑똑히 전하시오. 나는 권문과 세도로써 사또가 된 것이 아니라 나의 무공武功으로 사또가 된 사람이오. 임금님의 지엄한 분부로써 고을의 우두머리가 된 사또를 무시하고 모욕하는 것은 곧 지엄한 임금님의 분부를 어기는 것이라는 사실을 명심하기 바라오."

　　말을 거듭함에 따라 홍계남의 흥분은 더해 갔다. 이런 말을 해선 안 되는 것이란 반성이 없진 않았지만 그는 거의 자제력을 잃고 있었다. 홍계남은 자기의 출생에 대한 모욕을 받을 때마다, 그 모욕이 어머니에 대한 모욕이라고 느껴왔다. 자기에 대한 모욕은 참을 수 있다고 해도 어머니에 대한 모욕은 참을 수 없다는 것이 그의 자제력을 잃게 하는 것이다.

　　"호장들! 각기 마을에 돌아가서, 내가 묻더라고 하고 다음과 같이 일러라. 이 난리에 당신들은 나라를 위해 고을을 위해 무엇을 했느냐고. 나라가 위난할 때 신명을 바쳐 싸운 사람이 양반인가, 권문과 세도를 깔고 앉아 자기의 이익만 탐하고 안일하게 지낸 자가 양반인가. 그리고 또 말하라. 이번 양곡 헌납에 성의를 보이지 않으면 내가 직접 찾아가 그 알량한 양반들 얼굴에 침을 뱉을 것이라고….”

그날 밤 신불이 길봉준의 막사로 찾아갔다. 홍계남의 흥분이 그에게 옮아 좀처럼 잠을 이룰 수 없었던 것이다.
“마침 마시다 남은 술이 있네.”
길봉준이 사동에게 술상을 차려 오도록 했다.
8월이 내일 모레인데도 덤벼드는 모기가 귀찮기 짝이 없었다.
“영천의 모기떼는 정말 밉살스럽군.”
“모기떼보다 밉살스러운 건 양반놈들이다.”
“괘씸한 놈들이지. 장군이 불렀는데도 한 놈도 나타나지 않다니.”
“한두 놈 없애 버릴까.”
신불이 무겁게 말했다.
“곡식이 걷히는 걸 보아가면서 하자. 난 내동마을의 윤가 놈의 집을 노려보고 있어. 그자 선친이 진사를 했다는데 여간 콧대가 세지 않아. 내가 순찰을 겸해 그 집 앞을 지나는데 대문 앞에 서 있다가 내가 나타나자 대문을 쾅하고 닫아 버리더란 말여. 전쟁터에서 돌아온 군사에게 한두 마디 인사말이 있을 법도 한데, 그런 무례한 놈이 있어? 광이 두 개가 있고, 지하에도 광이 있는 모양이여. 줄잡아 30섬쯤 내놓지 않으면 그놈은 내가 맡아 처리할 참인께.”
길봉준이 소매를 걷어붙였다.
“그 집 하나만이 시빗거리가 아녀.”

신불이 옷소매에서 문서 하나를 꺼내 길봉준 앞에 폈다.

"이게 이 고을 양반들의 명단이다. 양반이라도 가난뱅이는 빼고 백석지기 이상 가는 집들만 뽑은 거여. 작년에 약간의 실농失農이 있었다고 치고, 5천 석 이상은 걷을 수 있다고 장담할 수 있어. 이건 호방과 이방을 불러 앉혀놓고 책정한 숫자니까 틀림없을 거여. 5천 석의 반이라도 군민들을 추수기까진 먹여 살릴 수가 있어. 사또께선 상한上限을 3천 석으로 잡고 그 이하의 수량이면 양반들을 붙들어 들이기로 했다."

"홍 장군은 양반들의 태도가 괘씸해서 견딜 수 없는가 봐."

"그런데 왜병들이 꿈틀거리고 있는 모양이지?"

"왜병들이 꿈틀거려도 우리 부대는 움직이지 말아야겠어. 영천 양반 놈들에게 맛을 보여주기 전엔 꼼짝도 하지 말고 이 고을만 지키자고 여쭈어 볼 작정이다."

각오가 단단한 모양으로 신불이 이렇게 말했다.

"자네 말이 맞아. 그런데 장군께서 그 말을 듣겠나. 적정敵情이 있다고 들으면 만사 제쳐놓고 출동하실 걸."

"그렇지도 않다. 요즘 장군의 심사는 많이 변했어. 되도록 우리 군사를 상하지 않고 왜병이 돌아갈 때까지 기다리는 전법이셔. 조선군사의 힘으로썬 대세를 결판낼 수 없다는 생각이신 것 같아. 그러니까 우리는 한눈팔지 말고 이 고을을 지키자, 이것 아닌가."

우연인지 필연인지 홍 장군 휘하의 장병엔 양반이 없을 뿐만 아니라 거개가 서출 아니면 천출이었다. 그러나 홍 장군의 엄명으로 양반에 대한 적개심을 견제했던 것인데 오늘 홍 장군이 당한 모욕을 보고 적개심이 타오른 것이다.

이틀이 지났다. 3천 석쯤으로 예상했던 양곡이 다섯 개 창고에 수납된 것을 전부 합쳐도 3백 석에 미달이었다. 홍계남은 그야말로 격분하지 않을 수 없었다. 신불은 당장 행동을 일으키려고 들었다. 길봉준도 해치우자고 흥분했다.

홍계남은 신불과 길봉준을 불러 놓고 다음과 같이 말했다.

"토호 양반들이 자진해서 식량을 제공하지 않으면 강제징수하겠다는 영을 내렸다. 이렇게 전부가 무성의하고 보면 고을 전체에 군사를 풀어 강행할 수밖에 없는데 그렇게 되면 적이 우리를 넘볼 위험이 있다. 각 마을에서 가장 부자라고 일컫는 놈을 한 명씩 잡아들여 하옥시켜라. 하옥시키되 말이 있어선 안 된다. 놈들의 가족이 짐작하고 식량을 가지고 올 때까지 그냥 두라."

"그건 악질 사또가 하는 짓 아닙니까."

"악질 사또는 자기의 사복을 채우기 위해 그런 수단을 쓰지만, 우리는 빈민을 구제하기 위해 하는 짓이다. 방법은 같아도 취지는 다르다. 신 군관과 길 군관은 지체 없이 그렇게 시행하라. 각 마을 제일가는 부자의 이름은 호장이 잘 알고 있을 것이다."

신불과 길봉준의 동작은 민첩했다. 그날 밤 안으로 20여 명의 토호들을 붙들어 옥에 가두어 버렸다. 불평하는 양반들에겐 사정없이 곤장을 먹였다. 그 양반들은 예외 없이 조정에 줄을 달고 있었겠지만 전시라서 연락할 방법도 없었다.

사흘이 지나자 각 창고(倉庫)으로부터 보고가 들어왔다. 4천 석 가까운 식량이 수납되었다는 것이다. 홍계남은 20여 명의 양반들을 동헌의 뜰 앞에 꿇어앉히고 준절하게 타일렀다.

"순순히 본관의 말을 듣지 않은 것은 당신들의 불찰이다. 지금 나라는 난중에 있고 백성들은 도탄에 빠져 있다. 이웃을 돌보지 않고 당신들만 잘살겠다니 될 말인가. 나라가 사대부를 존중하고 비호하는 것은 국난이 있을 때 솔선수범 백성을 물심양면으로 돕는다고 믿기 때문이다. 그런데 당신들은 자기들 이익만 취하고 백성들을 돌보지 않는 망국이적亡國利敵의 무리가 아닌가. 당신들 가족이 뒤늦게나마 깨닫고 협력한 사실에 비춰 방면하니 앞으론 애린애민愛隣愛民하길 바란다."

그리곤 즉시 각各 방坊 각各 리里의 호장들을 불러 모아 수납된 식량 가운데서 1천석을 비황미備荒米로 남기고, 나머지는 전부 풀어 가난한 사람들을 구휼하라고 이르고 특히 공정을 기하라고 당부했다.

이로써 영천 고을에 화색和色이 돌아났다. 영천군수 홍계남의 이름이 그의 혁혁한 무공과 더불어 인근 고을까지 널리 퍼졌다.

그 무렵에 있었던 일이다. 파립폐의破笠弊衣의, 중년을 지난 선비가 홍계남을 찾아왔다. 비록 초라한 차림이긴 했으나 귀상貴相을 지녔으며 몸 전체에서 청아한 기품이 풍겨 나오고 있었다.

"황보皇甫 영英이라고 하옵니다."

자기소개를 하고 정중하게 절을 했다.

"사또께서 도임하신 이래 일천日淺하면서도 너무나 눈부신 치적을 올렸기에 숭앙하는 뜻을 전하려고 외람되게 배알을 청했습니다."

"황보 씨께선 지금 어떻게 지내십니까?"

"나는 구리내의 산골에서 산답山畓 서너 마지기를 지으며 살고 있소이다. 나의 5대 조에 황부, 휘를 인仁이라고 하는 어른이 계셨습니다."

"황보 인이라고 하면 저 세조世祖에 의해…."

"노산군 (단종) 시 영의정이셨다가 수양대군에게 처참하게 당하신 어른입니다. 영천은 우리 가문이 세세世世로 살아온 곳입니다."

"그렇습니까. 그것도 모르고 …. 이것 결례가 되었습니다."

"상관없습니다. 5대조의 참사 이래 우리 가문은 몰락하여 볼품없이 되었습니다. 사또께서 모르시는 것도 당연합니다."

"아직 신원伸寃이 되지 못했습니까?"

"우린 신원을 원하지 않습니다. 세종대왕의 총신이며 문종, 노산군의 충신의 후예로서 무관포의無冠布衣의 백성의 신분으로 사는 것을 영광으로 여깁니다."

"귀문貴門은 원하지 않는다고 해도 충간忠奸을 가려야 하는 나라의 예통禮統으로선 마땅히 신원의 배려가 있어야 하겠지요. 내 본군의 수령으로서 어찌 이 일을 등한히 하리까. 난亂이 끝나고 천하가 태평하게 되면 반드시 신원의 소疏를 올리리다. 어디에 가 있든 이 일은 잊지 않겠소이다."

"망극하신 말씀, 감사하오이다."

하고 황보 영은 다음과 같이 말을 이었다.

"사또께서 하신 행적을 보옵건대 출장입상出將入相의 전형인 듯하옵니다. 원하옵건대 토호들의 방자함을 견제하고 세민細民들이 기를 펴고 살도록 하옵소서."

이어 황보 영은 왜란이 나기 2년 전 이 고을에 있었던 사건 몇 가지를 들먹이며 나중에라도 그 사건에 의해 희생된 사람들의 원한을 풀어주어야 할 것이라고 진정했다.

276

홍계남은 그 사건의 전말을 소상하게 들어 기록해 놓곤

"억울한 희생자의 원한을 풀어 주어야지요. 그러나 왜적이 지척에서 준동하고 있는 동안엔 사건 해결이 무리일 것 같으니 아무래도 난이 끝난 뒤 처리하게 될 것 같습니다."

하고 황보 영을 돌려보냈다.

경주慶州의 싸움

경주지방에 적정敵情이 나타났다는 소문이 전해진 것은 8월 초하룻날이다. 경주는 명나라의 부총병 왕필적의 관할이지만 홍계남은 그 사태를 파악하고 싶었다. 신불을 시켜 적정을 알아오라고 했다.

당시 왜적은 서생포, 임랑포, 기장, 동래, 부산, 김해, 가덕, 안골포, 웅천, 거제 등지에 성을 쌓고 우리 군과 대치하고 있었다. 철퇴를 준비하는 동시에 우리의 허를 찌르려는 양면작전에 대비한 것이다.

경주에 출몰한 적은 울산 서생포에 본거를 둔 가등청정과 모리길성의 군사들이다. 이들의 행동은 실로 방자하기 짝이 없었다. 수시로 경주지방에 나타나선 백성들을 살해하고 재물을 약탈해 가기도 했다.

홍계남의 명령을 받은 신불은 항왜降倭 2명을 끼운 별동대를 이끌고 서생포 가까이에까지 침투했다. 그 결과 가등청정의 군대가 8월 6일을 기하여 대거 경주를 공격할 것이란 사실을 알았다. 신불이 급거 돌아와 이 사실을 보고했다.

홍계남은 즉시 왕필적에게 연락했다. 왕필적은 선산에 있는 부총병

278

오유충과 남원에 있는 참장 낙상지에게 얼른 경주로 오라고 알리는 동시에, 도원수 권율에게도 연락을 취해 구원을 청했다. 도원수 권율은 홍계남과 경상좌병사 고언백에게 경주로 직행하여 왕필적을 도우라는 명령을 내렸다. 오유충이 경주에 도착한 것은 8월 4일, 낙상지가 경주에 도착한 것은 5일. 같은 날 홍계남과 고언백도 경주에 도착했다.

왕필적은 유격장 누대유와 함께 임진년 12월 13일에 압록강을 건너와 보병 1천 명을 거느리고 평양성을 수복하는 데 대공大功이 있었던 동정군의 부총병이다. 오유충은 호를 운봉雲峯이라고 하는, 이른바 남병南兵의 장군이다. 임진년 12월 14일 남병 4천 명을 이끌고 압록강을 건너와 왜병 퇴치에 공이 많았다.

낙상지는 절강浙江 출신으로 호를 운곡雲谷이라고 한다. 용력이 비범하여 낙천근駱千斤이란 별명을 얻었다. 동정군에 배속되어 조선에 왔을 땐 나이가 이미 60이 넘어 있었다. 그런데도 천자총통天子銃筒 두 자루를 각각 양 손에 쥐고 그 천근의 무게를 마음대로 휘두를 수가 있었고, 삼지창과 쌍극雙戟을 쥐면 한꺼번에 4명의 적을 죽일 수 있는 무예의 소유자이기도 했다.

작전회의 벽두에 왕필적의 홍계남에 대한 치사가 있었다. 홍계남 장군의 적정 파악에 따른 신속한 통보가 있었기 때문에 제장諸將을 한자리에 모시고 군의軍議를 평정하여 필승을 기하고 내일의 전투에 임하게 되었다는 내용이었다. 홍계남은 동정군의 명장名將들과 한자리에 모여 군의를 평정하게 되어 영광스럽다는 요지의 답사를 했다.

회의 결과 왕필적의 군이 제 1선을 감당하고, 오유충의 군사는 제 2선, 낙상지의 군사는 유격전을 전개하고, 고언백은 우익, 홍계남의 군은 좌익을 담당하기로 했다.

　홍계남이 신불의 보고를 통해 예측한 대로 가등청정과 모리길성의 군사로서 구성된 왜병 약 5천 명이 8월 6일 새벽 경주에 쳐들어왔다.

　홍계남의 군은 좌익에서, 고언백의 군은 우익에서 적을 유인하는 작전을 썼다. 왜병의 집중공격력을 악화시키기 위해서다.

　이로써 왜군은 좌우로 병력을 분산시키지 않을 수가 없어 본진의 병력은 약 3천 명으로 줄어들었다. 왜적은 이 3천 명을 3진으로 나누어 조총수를 제1선에, 궁사수弓射手를 제2선에, 장창수長槍手를 제3선으로 하고, 제4선엔 백병전白兵戰으로 승부를 결판 지으려 검술에 뛰어난 자들을 배치하고, 기마병으로 좌우 양익을 엄호하는 전법이었다.

　이러한 전법과 진형은 신불의 별동대에 끼인 항왜降倭의 정보수집에 의해 미리 안 홍계남이 동정군에게 알렸다.

　이 전법과 진형에 대응하기 위해 왕필적과 오유충의 군대는 제1진을 쾌창수快槍手가 맡고, 제2진은 낭선수, 제3진은 곤봉수, 제4진은 당파수鐺把手가 맡는 진형을 채택했다. 이들은 모두 등패籐牌를 갖고 시작부터 백병전을 전개하려는 전법을 사용할 작정이었다.

　아침노을이 아직 걷히지 않은 경주의 벌에 콩 볶 듯하는 총성이 울려 퍼졌다. 전투는 왜병의 조총수와 동정군의 궁사수와의 대결이었다. 제1진으로 배치된 쾌창수가 백병전을 시도했으나 창으로 조총을 막지 못했기 때문에 궁사수가 조총과 대결하게 된 것이다. 그런데 궁사수로서도 왜병의 조총에 대적할 수 없어 제3진, 제4진이 아울러 분전하는데 일진일퇴 쉽게 결판이 나지 않다가 왕필적의 군은 이윽고 2백여 명의 손실을 내고 후퇴했다.

이때 부총병 오유충의 군사가 전면에 나타났다. 오유충은 휘하 2천여 명의 남병을 독려하여 진두에 서서 싸웠다. 오유충은 순식간에 적의 수급 30여 개를 올렸다. 참장 낙상지의 활약은 더욱 눈부셨다. 그는 적중에 뛰어들어 한 칼에 적 4, 5명씩을 베는데, 그렇게 하여 전쟁터를 7, 8번 종횡으로 돌고 나니 적의 시체가 쌓였다.

그래도 적은 굴하지 않고 맹렬히 반격했다. 동정군의 기세가 순간 기우는 것 같았다. 이때 홍계남이 왜적을 유인하여 동천東川 쪽으로 가다가 정세를 재빨리 파악하고 돌연 방향을 돌려 주전장主戰場으로 달려들었다. 난데없이 나타난 홍계남군에 복배腹背를 찔린 꼴이 된 왜병이 일시 주춤하는 기색을 보였다. 홍계남이 "이때다" 하고 외쳤다.

"힘을 내라! 적은 붕괴 직전에 있다!"

이어 일본말로 외쳤다.

"홍계남 장군의 이름을 듣지 못했더냐! 내가 홍 장군이다."

안성전투 이래 그의 이름이 왜군 진영 내에 높이 나 있다는 것을 계산에 넣고 한 외침이다.

아군의 기세는 높아가는데 왜병의 사기는 급격히 줄어들었다. 아군의 병사들은 용약했다. 홍계남이 진두에 서서 대검을 휘두르니 적병의 목이 추풍에 낙엽처럼 떨어졌다. 이윽고 이미 패색을 보인 적병은 홍계남과 그 부하들의 맹공을 감당하지 못하고 패주하기 시작했다.

홍계남군은 일제히 추격했다. 강서 사방대동士方大洞까지 가서야 추격을 정지하는 명령을 내렸다. 군사들의 과로를 염려했기 때문이다.

전투가 끝났을 때 해는 아직 중천에 있었다. 소란한 혈투 끝에 돌연 조용해진 전쟁터처럼 처연한 시간과 곳은 없으리라.

왜군은 거의 6백에 가까운 전사자를 내고 동정군 역시 5백여 명의 전사자를 냈으니 전쟁터엔 누누한 시체가 뒹굴고 있었다. 뿐만 아니라 왜적이 퇴각한 서생포까지의 길은 시체와 전상자의 피로써 물들어 있었다. 그럴 경우마다 홍계남이 느끼는 것은 인생이다. 전쟁의 덧없음이다. 승리에 취하기 전에 그는 항상 슬펐다. 적이건 동지이건 죽음을 당한 병사의 운명은 가련하다.

홍계남은 부하들을 점검했다. 잃은 인명은 다행히 일곱이었다. 그러나 일곱이 죽었건 7백 명이 죽었건 슬픔은 매양 한가지다.

"전사자들을 찾아 한군데에 모아라. 경건한 장례식을 올려야겠다."

홍계남은 부하들에게 말하며 눈물을 흘렸다.

홍계남이 동산 위에 서서 시체 수거를 기다렸다. 동정군도 시체 수거를 서둘고 있었다. 수륙만리의 이방에 와서 전사한 그들의 운명이란 얼마나 야릇한 것인가. 명복을 비는 마음이 간절했다.

망연자실한 마음으로 서 있는 홍계남에게 다가온 낙상지가 불렀다.

"홍 장군. 오늘 홍 장군의 활약은 정말 장쾌했소이다."

"낙 장군의 활약에 비하면 아무것도 아닙니다."

홍계남이 낙상지에게 진정으로 감탄의 뜻을 표했다.

"활약이 무슨 활약이겠소. 나는 많은 부하를 잃었소. 잃은 부하들의 시체를 거두라고 이르고 주위를 보았더니 홍 장군이 여기에 있지 않겠소. 그래서 이리로 온 것이오. 홍 장군은 부하를 몇이나 잃었소?"

"일곱 명입니다."

"삼가 애도의 뜻을 표합니다."

낙상지의 말과 표정이 침통했다.

홍계남이 낙상지가 일곱의 전사자가 있다고 듣고, 그 수가 적다는 말을 하지 않은 데 대해 감동했다.

두 장군은 말을 나란히 세운 채 한동안 서로 말이 없었다.

낙상지가 입을 열었다.

"이곳이 신라의 도읍이었다죠? 한때 영화가 극한 곳이라고 들었는데 지금의 풍경은 황량하구료."

"황량할 수밖에요."

"신라가 왜 망했을까요?"

"신라는 망한 것이 아니고 고려와 합친 겁니다."

이렇게 말한 까닭은 홍계남이 명나라 사람 앞에서 신라가 망했다는 말을 하기 싫어서였다. 홍계남은 신라와 고려가 합친 것이라고 주장하고 싶었다.

"고려와의 싸움에 졌기 때문에 신라가 망했다고 들었는데."

낙상지는 조심스럽게 말했다.

"싸움이야 있었지요. 이기고 지기도 했지요. 그러나 그건 동족 간의 싸움이고 형제간의 싸움이었소. 내가 신라를 망했다고 하지 않고 합쳤다고 한 것은 신라 마지막 왕 경순왕을 고려태조 왕건이 전왕前王으로 깍듯이 모시고 정사에도 참여시켜 신라 지방을 다스리는 덴 신라의 풍속을 그대로 따랐다고 하기 때문이오. 고려의 4대왕부턴 고려의 왕통에 신라 왕의 피가 섞이게 됩니다. 그래서 하는 말이오."

"홍 장군이 하고자 하는 말의 뜻을 알 것 같소이다. 그건 그렇고 홍 장군 휘하의 군사들은 정말 정병이었소. 양장良將이 있는 곳에 정병이 있다는 것은 틀린 말이 아니란 사실을 새삼스럽게 느꼈소이다. ”

“과찬의 말씀을. 저는 낙 장군의 용맹과 무예를 배우고 싶습니다. ”

“내게 무예라고 할 만한 것은 없습니다. 우자대력愚者大力이라고 힘
이 남보다 세다는 것뿐이지요. ”

“아닙니다. 낙 장군의 무예는 신기할 정도입니다. ”

“그까짓 무예쯤은 수십 년 전쟁터에 왕래하고 있으면 자연히 터득되
는 것이오. 홍 장군은 아직 젊으시니 전도가 창창합니다. 말이 난 김에
묻겠소. 홍 장군의 나이는 몇이시오. ”

“겨우 30세를 넘겼습니다. 낙 장군의 춘추는 어떻게 되십니까. ”

“허망하게 나이만 먹었지요. 수삼 년 지나면 칠순이외다. ”

“노익장이시군요. 부럽습니다. ”

“가만 있자, 홍 장군의 나이와 내 나이를 합치면 백세가 되겠구료. ”

이렇게 두 장군이 감상적인 말을 주고받는 동안에 시체수거 작업이
끝난 것 같았다. 헤어지기에 앞서 낙상지의 말이 있었다.

“나는 당분간 경주에 머물 것이오. 다시 만나기를 바라오. ”

홍계남은 비로소 자기가 영천군수임을 알렸다.

“영천은 바로 이웃이니 짬을 만들어 꼭 찾아주시면 다시없는 영광이
겠습니다. ”

낙상지는 오른팔을 뻗어 홍계남의 팔을 잡았다.

“나는 얼마 남지 않은 여생이지만 홍 장군을 잊지 못할 것이오. ”

“저 역시 그러할 것입니다. ”

이러한 인연으로 60여세의 장군 낙상지와 30여세의 장군 홍계남이
간담 서로 비추는 막역한 사이가 되었다.

홍계남은 동정군의 부총병 왕필적에게 불려 갔다. 서생포에 있는 적의 근거지를 섬멸하기 위해 좋은 방책을 물었다. 홍계남은 그럴 때를 예상하고 세밀하게 세워 놓은 3가지 작전안作戰案이 있었다.

제1안은 이쪽의 병력을 1만 명으로 잡았을 때의 것이고, 제2안은 이쪽의 병력을 8천으로 잡았을 때의 것이고, 제3안은 이편의 병력을 5천으로 잡았을 때의 것이다.

"5천 이하의 병력으로 공격한다는 것은 무모한 노릇으로 보고, 이 3가지 이외의 계획은 있을 수 없다고 생각한다."

는 전제를 두고 홍계남은 제3안부터 설명하기 시작했다.

"작전의 시각은 미명未明으로 정해야 합니다. 병력 5천을 우선 3군단으로 나누어 각각 1천 명씩을 배속하고, 나머지 2천은 예비병력으로 나누되 4개 대대로 하여 각각 5백 명을 출동한 3군단의 후원 병력으로 합니다. 그 가운데 5백 명은 총대장의 신변에 두어 연락, 수색 등 요긴하게 활용합니다. 목적지를 확정하곤 야음을 이용하여 길을 이용해선 안 되며 우회를 하더라도 길 아닌 곳으로 접근합니다 ⋯."

홍계남의 소상한 설명을 듣고 왕필적이 무릎을 쳤다.

"과연 명장이오. 그 전술과 전법이면 백전백승하겠소."

홍계남이 보충설명을 했다.

"그러나 작전에 앞서 길 아닌 곳을 길로 하려면 사전 정찰이 철저해야 합니다. 정찰할 땐 사람을 많이 동원하지 말고 농민으로 가장하게 하여 들일을 하거나 풀을 베거나 하는 방식을 채택해야 합니다."

그러자 왕필적이 빙그레 웃으며 물었다.

"홍 장군은 서생포를 공격할 필요가 없다고 생각하시오?"

"서생포를 근거로 하여 왜군의 행동이 방자하니 공격할 필요는 있겠지요. 하오만 동정군에 그것을 결행할 만한 각오가 되어 있는지 의심스럽습니다. 각오가 되어 있습니까?"

"홍 장군의 혜안에 또 놀랐소. 솔직히 말씀드리면 서생포를 공격하여 가등청정을 생포하고 싶은 마음은 간절하지만 공격을 결행할 각오는 되어 있지 않습니다."

"그런데 제게 물은 이유는 무엇입니까."

"홍 장군에게 배우고 싶었던 것이오. 하도 이름이 높기에 물어본 것인데 많은 것을 배웠소. 배웠으면 사례가 있어야죠."

왕필적은 옆에 놓인 함을 열더니 양피羊皮칼집에 든 칼을 꺼냈다. 길이가 석자, 폭이 세치가량의 세신도細身刀였다. 사자두獅子頭가 달린 손잡이를 잡고 눈앞의 허공을 찔러 보이며 왕필적이 말했다.

"이것은 내가 월씨국月氏國에 갔을 때 그곳 수장首長으로부터 받은 선물이오. 이건 홍모벽안紅毛碧眼의 인종들이 애용하는 칼이오. 달인達人이 되면 일격으로 상대방의 심장을 찔러 결판을 낼 수 있다고 하오. 우리의 청룡도와 달리 휴대하기 간편하오. 이 칼을 홍 장군에게 드리리다."

"감사합니다."

경주 전투 후. 8월 8일, 동정군 3만여 명이 한양으로 떠났다. 부총병 양원을 비롯하여 이여백, 장세작, 사대수, 이여매, 전세정 등이 이끄는 병력이다. 이여송 제독은 10일에 한양으로 떠났다. 그 후임은 부총병 유정이다. 이는 9월 말에 도독으로 올라 잔류군의 총사령관이 되어 경상도 칠곡에 주둔했다.

인질로 잡혀 있던 두 왕자가 석방되어 한양으로 돌아온 것은 8월 10일이다. 명나라의 동정군은 일본과의 강화에 중점을 두고 일부 병력을 본국으로 보내고 따라서 병력배치를 바꾸었다. 조정은 강화엔 절대 반대하는 태도로서 일관했으나 명나라의 방침을 바꿀 수는 없었다.

그러니 그 후의 전투는 조선군 독력으로 치른다. 9월 29일의 함안과 웅천 안민령의 전투가 그러했고, 영천의 전투가 그러했다.

그러나 명나라의 부총병 오유충이 주둔한 안강에선 사정이 달랐다. 11월 2일 서생포에서 안강으로 쳐들어온 가등청정의 병력을 병사 고언백과 경주판관 박의장이 감당하지 못하자 오유충, 왕필적, 낙상지 등이 이끄는 동정군이 적극적으로 나서서 왜병을 내쫓았다.

이 전투를 마지막으로 계사년은 저물었다.

갑오년(1594년)에 들어서도 대전투는 없고 국지전局地戰이 있었을 뿐이다. 예컨대 제 2차 당항포 해전, 고성 전투, 장문포 해전, 영등포 해전 등이다.

이 무렵 홍계남은 실리가 없는 전투는 되도록 피하고 영천의 방비를 굳게 하여 영천군수로서의 직책에 충실하려고 애썼다. 그러나 그가 전투에 무관심하지 않았다는 것은 《선묘중흥지》宣廟中興誌에 나타나 있는 다음과 같은 기록으로 알 수가 있다.

적이 남쪽 포구에서 올라와 경주 부근의 부락을 약탈하고 남녀의 백성 5천여 명을 끌고 간다는 급보를 접한 홍계남은 곧 병을 이끌고 출동하여 적을 격파하고 약탈된 재화와 납치된 남녀를 탈환하고 돌아왔다.

해후 邂逅

전란 5년째인 병신년(1596년).

왜병은 대부분 물러가고 산하는 평정을 찾은 듯했지만, 석연한 강화는
성립되지 않아 아직 불안은 남았다.

4월이었다. 영천군수 홍계남은 동교東郊의 관전官田에 이속들을 거
느리고 모심기를 한 후 동헌으로 돌아와 한시름 놓고 있었다.

아직 해가 남아 있을 무렵인데 통인 하나가 황급히 달려와서 알렸다.

"손님이 찾아왔습니다."

"누군가, 어떤 손님인가."

"한양에서 오셨다고만 합니다. 만나보면 알 거라고 했습니다."

"이리로 모셔라."

한양에서 온 손님이라면 그만한 예의를 갖추어야 한다. 그런데 중문
으로 들어서는 사람을 보자 깜짝 놀랐다. 오매불망하던 이영李英이다.

홍계남이 버선발로 뛰어 내려갔다.

"이게 어떻게 된 일입니까."

"홍 공, 오랜만이다."

이영의 말소리가 떨렸다.

이영을 부축하고 거실로 안내한 홍계남은 한동안 말을 잊었다. 이 4년 동안 홍계남은 이영의 행방을 몰라 늘 궁금했다.

"홍 공의 이름이 높이 나 있드먼."

이영도 무슨 말부터 시작해야 할지 모를 심정인 것 같았다.

"그동안 어디에 계셨습니까?"

홍계남이 비로소 정신을 차리고 물었다.

"요동땅 심양에 있었소. 차차 얘기하리다."

다시 침묵이 흘렀다.

홍계남은 숙랑의 소식을 이영이 알고 있는지 묻고 싶었으나 그 말이 입 밖으로 나오지 않았다. 무슨 죄를 지은 것처럼 느껴졌다. 숙랑을 잘 보호해 달라고 이영이 얼마나 간절했던가. 그런데 그 숙랑을 보호하지 못하고 처참한 최후를 맞게 한 것은 자기가 아닌가.

이영이 뚜벅 말했다.

"궁동의 집엘 갔었지. 흔적도 없어졌더먼."

"제 불찰이었습니다. 죽을죄를 지었습니다."

"홍 공의 불찰도 아니고 홍 공의 죄도 아니오. 모두가 운명이오."

"운명이라고 말해 버리기엔 너무나 원통합니다."

"무장武將이 여자를 데리고 다닐 수가 있었겠는가."

그의 말투로 홍계남은 이영이 숙랑의 최후를 알고 있다는 것을 짐작했다. 홍계남은 북받쳐 오르는 통곡을 겨우 참았다.

그러나 언제까지나 수탄장을 벌이고만 있을 순 없는 일이다.

"세상 돌아가는 것을 대강이나마 알고 있는가?"

이영이 물었다.

"영천 고을에 처박힌 신세인데 어떻게 그런 걸 알 수가 있습니까."

"모르는 게 차라리 편하겠지. 이 고을에 말 상대할 만한 인물이 있는가?"

"몇 사람 있습니다. 그 가운데 황보皇甫 영英이란 사람이 있습죠. 세조 때 참살당한 황보 인의 5대 손인데 선풍仙風이 있는 사람입니다."

"그 사람을 나도 한번 사귀어 보아야겠군."

이런 얘기를 주고받으며 정회를 풀고 있는데 저녁 밥상이 들어왔다.

특별한 손님이 있다는 얘기를 할 겨를이 없었으므로 여느 때와 다름 없는 소찬이었다. 반주론 텁텁한 농주가 들어왔다. 홍계남이 무색한 얼굴로 죄송하기 짝이 없다고 했다.

"아닐세. 사또의 밥상으로선 이처럼 호사스러울 수가 없다. 애민愛民하는 심정이 밥상에 그득하다."

이영은 텁텁한 농주를 한 사발 마시고 맥식과 소찬을 맛있게 먹었다.

상을 물리고 나서 다시 얘기가 시작되었다.

"팔협八俠이라고 칭하던 호걸들의 소식은 듣고 있는가?"

이영의 말에 홍계남이 10여 년 전을 상기하게 되었다. 율곡 선생을 존경하는 의義로서 맺어진, 홍계남을 끼어 여덟의 청년이 있었다.

"이문길, 임영해, 이덕남 등은 의병에 참가했다가 전사하고, 하석과 권유는 한양으로 돌아가 살아 있다고 들었습니다. 나머지는 행방도 생사도 모릅니다."

"모두 좋은 청년들이었는데…."

"그땐 지각이 모자랐지요. 철도 덜 들었구요."

"정여립을 혼내 준 일 기억하는가?"

"부끄럽습니다. 그때의 얘기는 그만합시다."

"아니여, 그런 기백이 오늘의 홍 장군을 만든 것 아닌가. 조정에서도 홍 장군에 대한 칭송이 자자해. 기쁘기가 한량이 없소. 그러나 …." 하고 이영이 말을 끊었다. 홍계남이 다음의 말을 기다렸다. 이영이 한숨을 쉬더니 말을 했다.

"명망이 높아지면 시기하는 무리가 생겨나는 법이오. 홍 공을 두고 사사건건 트집 잡는 자가 없지 않다고 들었소. 계사년 진주성 전투, 운봉 전투 등에 관해 말이 많았소. 그런데 계사년 섣달에 있은 안강 전투는 어떻게 되었소. 안강과 영천은 가깝지 않소. 그런데도 홍 장군은 움직이지 않았다면서요? 진주전투에 관해선 충분히 홍 공의 태도를 이해할 수 있고, 운봉에서의 진퇴도 알 만하지만 안강에서의 전투를 수수방관했다는 것은 납득이 가지 않소."

이것은 홍계남이 수없이 받아 온 힐난이다. 그런 힐난을 받아도 묵묵부답 했는데 상대가 이영이고 보면 그럴 수도 없었다.

"가등청정이 서생포에 1만여의 병력을 거느리고 있으면서 수시로 일부 병력을 근처에 출동시켜선 노략질을 일삼았습니다. 안강에 전투가 있다고 듣고 내가 움직이지 않은 것은 내가 안강으로 간 틈을 타서 영천을 노린다는 적정敵情을 알고 있었기 때문입니다. 안강에 나가 싸웠더라면 무공武功을 보태는 성과는 있었겠지만 나는 무공보다도 영천의 백성들의 안전을 소중하게 여긴 겁니다."

"그런데 그렇게 생각하지 않는 놈들이 있단 말야. 심지어 홍 장군은 자기의 수병手兵을 온존해 두었다가 장차 반역을 꾀할 작정인 것 같다는 풍설을 퍼뜨리는 놈들조차 있어. 내가 부랴부랴 내려온 것도 그 때문일세. 하도 험악한 인심들이라, 무슨 일로 책잡힐지 모르니 각별히 조심해야겠어. 그런데 수상한 사람들이 드나드는 일은 없었는가. "

"그런 얘기는 듣지 못했습니다. "

"주변을 맑게 하는 건 소중한 일이오. 수상한 사람들이 접근하지 못하게 해야 하는데 그 일을 맡은 자가 어떤 사람이오. "

"신불이라고 난초亂初부터 같이 행동한 사람인데 믿을 만합니다. "

"홍 장군 배하의 군사들은 모두 출생이 비슷하다고 들었는데 신불도 그런 사람인가?"

홍계남은 이영이 한 말뜻을 단번에 알아차렸다. 신불이 서출庶出이 아니면 천출賤出이 아닌가 하고 묻고 있는 것이다.

"나와 비슷하오이다. "

"출생에도 불구하고 진충보국하는 사람들을 칭송해야 할 것인데도 오히려 트집을 잡으려는 사람이 있으니 세상이 이래서야 쓰겠소. "

깊게 한숨을 내쉬며 이렇게 말하고 이영이 물었다.

"혹시 서양갑과 박응서란 사람들을 아는지?"

"듣지 못한 이름들입니다. "

"이들은 고관대작들의 서출들인데 두뇌가 명민하고 무술에도 꽤 익숙한 편이오. 도당을 꾸며 반역을 도모한다는 풍문이 서울에 돌고 있소. 주상은 어제까지 신임하던 신하라도 반역과 관계가 있다면, 풍문의 진위를 살펴보기도 전에 우선 적개심부터 먼저 가지게 되오. 나는 박응서와 서양갑을 잘 알고 있소. 기골이 남과 다르고 부정과 불평을 참아내지 못하는 성질이긴 하지만 부조父祖를 욕되게 할 사람들은 아니라고 믿는데 그런 풍문이 돌고 있단 말이오. 홍 공이 만나기만 하면 의기 상통할 수 있는 호협한 사나이들이기도 하오. 지금 의금부에선 그들의 행방을 찾는 모양인데 적 치하에서도 한양을 떠나지 않고 있었다는 그들이 묘연 행방을 감추었다는 것이오."

"적 치하 한양에서 그들이 부왜행동附倭行動을 했는가요?"

"천만에, 그들은 부왜자를 징치할 사람들이지 부왜행동을 할 사람들은 아녀. 그런데 행방을 감추었소. 그래서 홍 공과의 접촉을 시도했을 것이라고 짐작했소. 홍 공의 명성은 높이 나 있고, 무공에 따른 영진이 없다는 것도 그들이 잘 아는 바이므로 그들은 홍 공을 내심으론 동지로 치고 있을 것이 당연하오. 앞으로 접촉이 예상되니 그들과 접촉할 기회가 있거든 불가근불가원 하는 태도를 취하는 게 현명할 것이오."

"그들이 불의의 마음을 품지 않고 옳은 일을 할 사람들이라고 판단되면 불가근 불가원해야 할 필요가 없는 것이 아니겠습니까. 남아男兒가 감의기感意氣 하면 적극적으로 동지가 되어야지요."

"홍 공, 지금은 난시 난세임을 알아야 하오. 옳은 게 옳게, 바른 게 바르게 통하지 않는 시국이고 세상이오. 천길 물속은 알아도 한 치 사람의 심중은 알기 어렵소. 의심받거나 오해받을 소지가 있는 사람은 피해야 하오. 더욱이 박응서, 서양갑 같은 사람에겐 그들의 의혹이 말쑥이 풀리기 전엔 절대로 접근하지 말아야 하오. 만일 그들이 영천 근처에 나타났다는 소식이 있으면 이속들을 동원해서라도 경외로 물러나도록 단속해야 하오."

이어 이영이 한 말은 이러하다.

각지에 도적이 끓고, 그것이 곧바로 반란에 직결되는 바람에 조정은 시의심猜疑心의 도가니가 되어 있다. 하나도 믿을 놈들이 없다는 심정인 것이다. 전엔 의병義兵이 일어났다고 하면 무조건 환영했는데 의병을 가장하여 반란을 꾀하는 사례가 빈번하고 보니, 어디서 의병이 나타났다 하면 우선 그게 반란이 아닌가 의심하는 형편이 되었다.

"이렇게 된 데는 주상에게 큰 책임이 있지요. 무슨 일이 났다 하면 도망갈 궁리부터 먼저 하고 왕비와 왕자들을 피신시키기에 바쁘니 그게 민심을 불안하게 만드는 요인이오. 그러니까 조정의 요직들이 비록 군명君命이라고 하지만 따를 수 없다는 태도를 취하게 되는 것이오. 그러면 또 주상은 왕위를 세자에게 넘기겠다고 보채니 동정군에 대한 체면이 또한 난감하오. 난시에 가장 골치 아픈 존재가 바로 주상과 왕실이라니 참으로 딱하오."

이영의 이 말이 끝나길 기다려서 홍계남이 화제를 바꾸어 물었다.

"형은 그동안 심양에 계셨다고 했는데 거기서 무슨 일을 했소?"

"신분도 직책도 없는 사람이 무슨 일을 했겠소만, 내가 그곳에서 맡은 소임은 동정군, 또는 우리 국내의 인사가 명정明廷에 허위보고 하는 사실을 탐지하는 일이었소."

"그 일이 그다지 쉽지 않은데요."

"그러하오. 그러나 방법이 있지요. 적심赤心을 그대로 피력해서 정보를 얻어 내기도 하고, 돈을 쓰기도 하고, 미인계로 목적을 달할 수도 있고, 밀정을 깔아 놓고 정보를 거두어들이는 수도 있구요."

"성과는 있었는지요."

"없었다고 할 순 없지. 첫째 경략 송응창의 허위보고를 살펴냈고,

심유경이 잔꾀 부리는 것도 캐내었으니까. 그밖에 터무니없는 허위보고, 그럴듯하지만 사실과 다른 보고들도 많이 포착했소."

"포착해선 어떻게 합니까."

"곧바로 행재소에 알리지요. 행재소에선 그런 허위보고가 올라갔다하면 곧 그것이 허위보고임을 알리는 주문사奏聞使를 보내지. 다행히 우리에게 호의가 돈독한 병부상서 석성石星이 있었기 때문에 우리 주문사의 의견이 채택되어 허위보고로 인한 손해를 덜 보게 되었소."

아닌 게 아니라 동정군과 아군我軍 사이에 불협화음이 없지 않아 조정은 적잖은 곤욕을 치렀다. 그런 상황에서 석성은 충분했다고는 할 수 없으나 우리의 처지에 동정적으로 대응한 것은 사실이다.

"앞으로 어떻게 되겠습니까, 보다도 현재가 대국적으로 어떻게 되어 있는지 궁금합니다. 내 처지는 가히 정저와井底蛙의 신세와 다를 게 없습니다."

사실이 그러했다. 전반적인 정세에 관해 계통적이고 개괄적인 통보가 있는 것도 아니고 횡으로 무슨 연락이 있는 것도 아니니 현재의 상황이 어떤지 전혀 알 수 없었다.

"낸들 정확한 것을 알겠소만 … 현재 왜군의 잔치병력殘置兵力은 3만 8천이라고 듣고 있소. 갑오년 초보다 5천 명이 준 셈이지요. 이 잔치병력은 9개 성에 분주分駐하고 있오. 가등청정이 맡고 있는 서생포성, 모리길성의 임당포성, 흑전장성의 기장성, 모리원강의 부산성, 과도 직무의 김해성, 소조천수포의 가덕도성, 구귀가륭의 안골포성, 소서행장과 종의지 등의 웅천성, 도진충항의 거제도성 등인데, 이들은 강화가 성립될 때까지 철수하지 않을 모양이오."

"왜병이 철수함으로써 강화는 성립되는 것인데 도대체 어떤 강화를 하자는 겁니까."

홍계남이 이렇게 물은 것도 당연한 일이다. 명나라는 일본이 항복하면, 또는 항복조건으로 책봉사冊封使를 보낼 것이라고 주장하고 있고, 일본의 풍신수길은 명나라와 조선이 귀순하여 조공사朝貢使를 보내면 군대를 철수하겠단다. 그러니 처음부터 이치에 맞지 않도록 되어 있었다. 명나라가 말하는 책봉사라는 것은 일본을 명나라의 속국으로 인정하고 풍신수길을 정식으로 일본日本 국왕國王에 봉하기 위해 보내는 사신이다. 그런데 풍신수길이 기대하는 것은 그것이 아니고 명나라와 조선의 항복문서이다.

이런 꼴이 된 것은 한시 바삐 강화하고 싶은 소서행장과 명나라의 브로커 심유경의 장삿속이 짜 놓은 각본에 의한 것이다. 구체적으로 말하면 양쪽 나라의 국서國書를 적당하게 위조하여 풍신수길에겐 그의 마음에 들도록, 명나라 황제에겐 그의 마음에 들도록 국서를 교환함으로써 전쟁을 끝내자는 것이 소서행장과 심유경의 복안이었다.

그런데 문제가 더욱 복잡해진 것은 이런 복안을 그들 두 사람만 알고 자기 측 사람들에게조차 숨기려는 데 있었다. 예컨대 소서행장은 그 복안을 가등청정을 비롯한 강경파 장군들이 눈치채지 못하게 실현하려고 했고, 심유경 또한 조선의 조정은 물론이고 동정군의 수뇌들과 명나라의 조정이 눈치채지 못하게 진행시키려고 했다.

그러고 보니 납득이 가지 않는 일이 한두 가지가 아니게 되었다. 그런 까닭에 이영 자신도 홍계남의 질문에 명확한 답을 할 수 없었다.

이튿날 황보 영을 초대해서 조촐한 잔치를 차렸다. 이영과 황보 영은 서로 호감을 느낀 듯했다. 그 자리에서 황보 영이 홍계남의 치적을 열거한 끝에 칭찬했다.

"고을마다 원님들이 모두 홍 사또 같기만 하면 나라는 일시에 부흥할 것이오."

이영이 술잔을 권하며 말했다.

"홍 공. 이것이 세상이오. 홍 공은 참으로 조심해야 하겠소."

"나라가 잘 되고 영천의 백성들을 편하게 다스릴 수 있다면 그만이지요. 나는 내 자신의 걱정은 별로 하지 않습니다."

어디서인지 그윽한 꽃향기가 풍겨왔다. 달이 동산 위에 솟았다.

그 꽃향기에 이영이 돌연 감상한 바가 있었던 것 같다. 눈을 지그시 감으며 시를 읊었다.

淑娘我所憐숙랑아소련
六歲自抱持육세자포지
懷中看哺果회중간포과…
(숙랑은 내가 가련하게 여기는 아이다.
여섯 살이나 되었는데도 무릎 위에 앉히고
과일을 먹는 것을 바라보기도 하고….)

홍계남은 '숙랑아소련'淑娘我所憐이라고 시작한 대목에서 통곡을 터뜨릴 뻔했다. 아니 그때부터 마음속에선 통곡하고 있었다.

이영의 누이 숙랑에게 대한 사랑, 그 사랑하는 누이를 자기에게 맡겼을 때의 심정! 홍계남은 목이 메었다. 나라가 있고 충의가 있다지만 하나의 여자와 하나의 사나이의 사랑에 견줄 것이 있을까. 하늘 아래 그 사랑 외에도 소중한 것이, 막중한 것이 다시 있을 수 있을까. 말을 할 수 없으니까 더욱더 많이 깊게 고이는 생각, 말을 못하니까 그 눈빛, 그 몸짓으로 더 많은 말을 하지 않을 수 없었던, 아아 나의 숙랑!

감회 속에 홍계남이 어쩔 줄 모르는데 황보 영이 이영에게 물었다.

"나는 원래 시를 좋아했지만 그처럼 절실한 시는 오늘이 처음이오, 말을 하세요."

"꽃을 보곤, 죽은 누이를 생각하는 시외다."

"누구의 시입니까?"

"그걸 알아 무얼 할 거요. 이 밤 내가 읊었으면 나의 시가 되는 거지요. 그러나 읊은 건 나이지만 지은 사람은 내가 아니오."

"정히 그렇소. 감이 극해 읊으면 그게 자기의 시가 되는 것이겠죠."

방화^{放火}사건의 음모

일본과의 강화^{講和}가 어떤 곡절을 겪는지를 홍계남이 알 까닭이 없다. 알려고도 하지 않았다. 다만 원하는 건 백성들이 편하게 살 수 있었으면 하는 것뿐이다. 한 고을의 수령이고 보면 대소의 사건이 끝나질 않는다. 공평한 처리를 위한 진상은 알기 힘들고, 결국 어느 편을 들어야 하는가를 먼저 결정해 놓고 일을 처리할 수밖에 없다.

5월 들어 어느 날이다. 고내라고 하는 마을에 불이 났다. 토호^{土豪}로 세도를 누리는 하 참봉 집 아래윗집이 다 타 버렸다. 창고에서 난 불이 어느새 바람을 타고 집 전체를 휩쓸어 버렸다는 것이다.

화재사건이 난 바로 그 이튿날 고발이 들어왔다. 방화로 인한 화재인데 그 방화범인 하진태는 하 참봉의 서출의 동생이라는데 사건의 복잡성이 있었다. 형방^{刑房}의 말에 의하면 하진태는 이미 하 참봉의 추탈을 받는 동안 곤장을 맞고 사경을 헤매고 있다는 것이다.

홍계남이 형방을 시켜 사건의 진상을 살피기에 앞서 사경을 헤맨다는 하진태를 옥으로 데려오게 했다. 하진태를 하 참봉의 집에 그냥 두었다간 그대로 죽게 될지 모른다고 생각했기 때문이다.

들것에 실려 들어오는 하진태를 보고 홍계남은 하 참봉의 악의惡意를 느꼈다. 방화한 범인이라고 하더라도 그처럼 처참한 매질은 있을 수 없다는 생각이 들었다. 하물며 서출이긴 해도 동기간이 아닌가. 17세 소년을 그처럼 혹독하게 때릴 수가 있을까.

형방이 조사한 바는 다음과 같았다.

하진태는 하 참봉의 아버지가 60세가 되었을 때 노비의 몸에서 태어난 아들이다. 그러니 하 참봉과는 30세 이상의 연령차가 있었다. 하 참봉 아버지가 살아 있었을 때엔 삼간초가를 따로 마련하고 20여 두락의 논을 머슴을 시켜 지어 먹으며 알뜰하게 하진태 모자가 살 수 있었던 모양인데 7, 8년 전 노인이 죽고 나자 사정이 일변해 버렸다.

노인이 죽었을 때 진태는 10살이었다. 노인이 죽자 하 참봉은 진태가 서당에 출입하는 것을 금해 버렸다. 그다음엔 진태 모자가 소유한 20여 두락의 토지 가운데 5두락을 남기고 거두어 가 버렸다. 그렇게 되니 머슴을 둘 필요도 없어졌다. 모자가 직접 농사를 지어 생계를 꾸려 나갔다. 그랬는데 5년 전에 산골짜기의 천수답 5두락과 진태 모자가 지어 먹던 논을 바꾸어 버렸다.

아무리 피나게 노력해도 그 천수답에선 1년 먹을 양식이 나오질 않았다. 진태는 생각 끝에 산골을 두루 찾아 샘물을 발견하곤 샘물을 깊게 파서 수원水源으로 하고 수로를 만들어 천수답을 수답水畓으로 만들었다. 그리곤 풀과 짐승의 똥을 섞어 퇴비를 만들어 토질을 가꾸었다. 2년쯤 지나자 그 박토가 상답上畓이 되었다. 벼 추수만으로도 10섬 이상을 얻게 되고 보리농사로서 보충하게도 되어 겨우 군색을 면하기에 이르렀다.

그것을 본 하 참봉은 심술과 욕심으로 그 논까지도 뺏어 버리고 개천가에 있는 황무지를 개간해서 농사지으라고 했다. 그건 너무한 짓이 아니냐고 진태의 어미가 하 참봉을 찾아갔다가 허리를 쓰지 못할 만큼 곤장을 얻어맞고 돌아온 것이 하 참봉 집에 불이 난 바로 하루 전이었다는 것이다. 하 참봉은 하진태가 한 노릇이라고 단정하곤 난장亂杖을 때린 다음 관가에 고발한 것이다.

홍계남은 의원을 불러 하진태를 치료했다. 사동을 시켜 미음을 쑤어 먹이고 탕제를 달여 먹이기도 하여 극진한 성의를 다했다. 비록 옥獄이었지만 청결한 침구를 넣어 주고 통인 한 사람을 옆에 두어 주야로 간병에 힘쓰도록 하고 자신도 가끔 병자를 보러 옥사로 내려갔다.

하진태를 보면 홍계남이 자기가 어렸을 때를 생각하게 된다. 노비의 몸에서 태어났다는 그 사실만으로 얼마나 혹독한 처우를 받았던가. 아버지가 살아 있어도 그 핍박을 면하지 못했거늘 아버지를 잃은 후 하진태 모자가 어떠했을지 짐작이 가고도 남음이 있었다.

홍계남은 꼭 한 번 있었던 일이지만 집에 불을 질러 버리고 어머니와 도망쳤으면 하는 충동을 느낀 적이 있었다. 계남이 10살인가 9살 때, 어머니가 한더위에 학질을 앓았다. 하루는 열이 불덩어리 같다가 하루는 거짓말처럼 열이 내리는 묘한 병이었다. 열이 내린 날이라도 정양할 수 있었더라면 쾌차가 빨랐을지도 모르는데, 어머니는 열이 내린 날이면 아침부터 밤늦게까지 일해야만 했다. 뿐만 아니라 불덩어리 같은 몸을 하고 온몸을 와들와들 떨면서도 일해야 할 때가 있었다. 어쩔 수 없이 방에 쓰러지면 계남의 대모大母 청주 한 씨는 '저년이 이젠 꾀병까지다 한다'며 고래고래 소리 지르곤 병자가 누워 있는 방에 오줌을 퍼서 뿌리곤 했다. 그 오줌을 닦아내면서 홍계남이 얼마나 울었던가.

그런데 어느 날 어머니가 목이 말라 죽을 지경이라고 했다. 계남이 밤중에 물을 뜨러 나갔다가 달빛 아래 탐스럽게 열려 있는 뒤뜰의 배를 보았다. 계남은 배 두 알을 따 가지고 물사발과 함께 가지고 왔다. 그리고는 배 한 알을 어머니께 내밀어 먹어보라고 권했다.

"아이구 시원하기도 해라. 세상에 이처럼 시원하고 달고 맛 좋은 것이 있었다더냐."

어머니는 껍질째 배 한 알을 맛있게 먹었다.

"어머니 더 잡수세요. 한 개 더 따 갖고 왔으니까요."

"아니다. 그건 네가 먹어라."

홍계남은 끝내 그걸 먹지 않고 어머니를 위해 머리맡에 남겨 놓았다. 그것이 화근이었다.

이튿날 아침 홍계남의 어머니가 일어나지 않자 '이년이 또 꾀병이냐'고 문을 와락 연 청주 한 씨의 눈에 그 배가 보였던 것이다.

"배를 누가 땄느냐."

서슬이 시퍼렇게 물었다.

"내가 땄습니다."

홍계남이 이실직고하자 청주 한 씨는

"네가 그럴 놈인 줄은 진작 알았다."

며 머리 조리를 휘어잡곤 앞마당으로 끌고 가서 소리소리 질렀다.

"이놈이 조상께 제사 드리려고 소중하게 가꾸는 배를 함부로 따서 처먹어. 배를 몇 개나 따 먹었느냐."

"두 개밖엔 따지 않았습니다."

"이게 도둑질을 하더니 거짓말까지 척척이로구나."

마당 한 켠에 있던 지게의 바지게를 뽑아 와서 계남을 때리기 시작했다. 이때 불덩어리처럼 열이 나 있는 어머니가 달려와서 울부짖었다.

"배는 쇤네가 땄습니다. 이 아이에겐 죄가 없습니다."

"망할 년, 저리 비켜라."

하며 청주 한 씨가 휘두르는 바지게 끝에 이마를 맞아 어머니는 금세 유혈이 낭자하게 되었다.

이 소동을 알고 사랑에서 아버지가 나왔다. 점잖은 소리로 진정시키려고 하자 청주 한 씨는 악을 썼다.

"영감, 이것들 역성을 들어 조상의 제사를 망칠 작정이우."

아버지는 청주 한 씨를 막아서며 계남에게 조용하게 일렀다.

"네 어미, 유혈이 낭자하구나. 빨리 데리고 가서 피를 멎게 해라."

그래서 그 자리는 수습되었지만 청주 한 씨의 행패는 그로서 끝나지 않았다. 아버지가 사랑으로 돌아간 뒤에 장정 하인을 시켜 계남을 꽁꽁 묶어 배나무에 매달아 놓고 으름장을 놓았다.

"이놈을 풀어주거나 사랑에 알리는 연놈이 있으면 그땐 나하고 막보는 줄 알아라."

홍계남은 집에 불을 놓아 도망치고 싶은 충동을 배나무에 묶여 달려 있을 때 느꼈다.

그 충동을 회상하니 하진태의 심정을 이해할 수 있을 것 같았다. 그런데 방화는 사정 여하를 불문하고 당사 當死이다. 사죄 死罪를 내려야 한다. 어떻게 하진태에게 내가 사죄를 내릴 수 있을까. 암담한 심정이었다. 방화자에게 사죄를 내리지 않는다면 뒷일이 또한 난감하다.

밤중에 하진태의 의식이 돌아왔다는 통인의 말이 있었다. 그때까지 홍계남은 동헌에 불을 켜고 앉아 있었다. 통인의 말을 듣고 계남이 옥사獄舍로 들어가 하진태의 머리맡에 앉았다.

"아프냐? 응당 맞을 짓을 했다고 생각하지 않는가?"

"아무리 생각해도 제가 맞을 짓을 한 일이 없습니다."

"방화가 맞을 짓이 아닌가?"

"전 불을 지른 적이 없습니다."

그 대답을 홍계남은 그대로 믿을 수 있었다. 직감이었다.

아아, 이 사람을 죽이지 않아도 되는구나, 하는 안심이 그를 기쁘게 했다. 그러나 어디까지나 침착해야 한다. 차근차근 묻기 시작했다.

"하 참봉은 너와 어떻게 되는 사이인가."

"그 어른은 저의 아버지의 큰아들이옵니다."

"그렇다면 네겐 형이 되는 사람이 아닌가."

"분명코 형은 아닙니다. 전 어려서부터 그 어른을 형이라고 부르지 말도록 분부받았습니다."

이 말에 홍계남은 자기의 가슴이 쇠망치로 맞은 것 같은 아픔을 느꼈다. 정녕 자기의 과거가 하진태로 되어 눈앞에 누워 있는 것이다.

홍계남은 통인을 시켜 이방, 형방, 예방, 호방을 불러오라고 이르고, 겸하여 군영軍營에 가서 감군대장 조인식과 별동대장 신불을 불러오라고 했다.

그동안 홍계남은 옥사 바깥으로 나와 하늘을 보았다. 칠흑의 어둠 저편에 북두칠성이 찬란했다. 그 북두칠성을 향해 기도하는 마음이 되었다. 첫째 숙랑에게 대한 기도이다.

'숙랑, 이 세상을 떠난 것 잘하셨소. 부디 그 세상에서 편히 사시오.'

다음은 아버지에게 대한 기도이다.

'아버지, 아버지의 마음은 잘 아옵니다. 그러나 천생賤生은 삼가셔야 옳았을 것을! 하지만 이건 아버지에게 대한 원망은 아니옵니다. 부디 영혼이 편안하옵소서!'

이어 안성에 계시는 어머니에게 대한 기도가 있었다.

'어머니, 이 왜란이 끝나면 동산 밑 시냇가에 초가삼간 짓고 어머니를 편안하게 모시겠습니다. 부디 오래오래 사소서!'

그다음엔 싸움터에서 잃은 부하들의 명복을 빌었다.

그 정다운 얼굴들. 죽어 가면서도 자기의 무훈을 빌어 주던 씩씩한 사나이들. 다 모두 어디로 갔는가. 그들은 모두 무엇 때문에 죽어 갔는가. 그들의 죽음에 무슨 보람이 있었던가. 실컷 나라를 보전해 본들 하진태 같은 사람이 설움 없이 살아갈 수 있을까….

이런 생각에 젖어 있을 무렵 모두들 모여들었다. 이방, 형방, 예방, 호방 등의 모습이 있었고, 감군대 조인식이 나타나고, 맨 나중에 신불이 땀을 뻘뻘 흘리며 나타났다.

"신 공은 어떻게 된 건가."

계남이 신불에게 물었다.

"불난 집 동네에 가 있다가 … 늦었습니다."

"거긴 뭣하러 갔던가."

"짬을 보아 말씀드리겠습니다."

신불이 홍계남의 옷소매를 살푼 끌었다. 계남이 납득이 갔다. 가볍
게 고개를 끄덕이곤 모인 사람들에게 일렀다.

"내 지금부터 하진태를 문초할 것인즉 이방은 내가 묻는 말을 기록하
고 예방은 하진태가 답하는 말을 기록하라. 호방도 내 말을 기록하고
형방은 하진태의 말을 기록하라. 그렇게 해서 뒤에 대조해 보고 옳은
문서가 되도록 할지니라. 감군 조인식은 내가 묻는 말에 부족이 있다
싶으면 깨우쳐 줄 것이고, 신 공은 하진태의 대답에 어긋나는 점이 있
거든 그걸 기억했다가 문초가 끝나는 즉시 내게 알려라."

이속들이 지필묵을 가지고 오길 기다려 옥사로 들어간 홍계남은 아
까 하진태에게 묻는 걸 한 번 더 되풀이하고 나서 심문을 시작했다.

"하진태, 이실직고하렷다. 고발장에 의하면 네가 분명히 방화범이
라고 되어 있다. 네가 불을 질렀지?"

"전 불을 지르지 않았습니다."

"너의 어머니가 심한 매를 맞고 돌아왔다고 했지? 그때 넌 어떤 생각
을 했느냐."

"어머니의 아픔을 어떻게 하면 덜어 드릴까 생각했습니다."

"하 참봉에게 달려가서 죽여 버리든지 불을 질러 그 집을 태워 버리
든지 할 생각은 안 하고?"

"그건 훨씬 후에 생각한 것이었고, 총망중 그땐 어머니의 아픔을 덜
어 드리고 어머니가 병신이 되지 않도록 약을 써야겠다는 마음밖엔 없
었습니다."

"하 참봉을 죽이거나 집에 불을 지르겠다는 생각은 분명히 있었지?"

"있었습니다. 그러나 그건 훨씬 뒤의 생각입니다."

"어머니가 상처를 입고 돌아왔을 때 너는 어떻게 했나."

"이웃집 아주머니에게 미음을 쑤어 드리도록 부탁하고, 저는 자인으로 갔습니다. 자인엔 어머니와 친하게 지낸 의원이 계십니다. 아주 용한 의원이십니다. 그 어른께 가서 약을 구하려 한 것입니다."

"그때가 언제였던가."

"날이 저물어 갈 때였습니다."

"그곳에 당도한 건 어느 땐가."

"3경은 지나 있었다고 생각합니다."

"약은 지었나?"

"예, 그 의원께선 상세하게 병세를 물으시고 정성껏 약을 지어 주셨습니다."

"약을 짓는 시간은 어느 정도 되었는가."

"실히 반 각은 되옵는가 합니다."

"약을 지어 돌아올 땐?"

"고갯마루에 섰을 때 먼동이 틀락 말락 하였습니다."

"고갯마루에서 너의 동네가 보이지? 그때 동네 한군데가 불타고 있는 것을 못 보았나?"

"못 보았습니다."

"그것 이상하구나. 하 참봉 집이 그날 밤 탔는데 어찌 자네가 그 불빛을 보지 못했을까."

문초하는 동안 홍계남이 속으로 계산했다. 하진태의 마을에서 자인까진 40리가 넘는다. 해질 무렵에 마을을 떠나 자인까지 가려면 빨리 달려갔어도 3경 안으론 도착하지 못한다. 약을 짓는데 반 각이 걸렸다니까 4경, 하진태가 돌아오며 고갯마루에 섰을 땐 동이 틀락 말락 ….
하진태의 말엔 거짓이 없었다. 아니 거짓이 없다고 인정할 수 있었다.

"집에 돌아온 때는?"

"날이 밝아 있었습니다."

"그리고 어떻게 했지?"

"약을 달이기 위해 제반 준비를 다하고 숯불을 일궈 약탕관을 올려놓
고 이웃집 할머니께 부탁하고 잠깐 눈을 붙였습니다."

"그리고 그다음엔?"

"눈을 붙였을까 말까 했을 때 하 참봉의 하인이 깨우는 바람에 일어
났습니다. 그대로 끌려가서 …."

하진태는 울먹거렸다. 홍계남은 통인을 불러 약을 먹이도록 이르
고, 일동을 데리고 동헌으로 갔다.

"기록은 제대로 되었겠다? 내일 아침 챙길 테니 오늘밤 안으로 정리
해 둬라."

형방과 조인식, 신불만 남도록 했다. 그리고 형방刑房에게 물었다.

"하 참봉 집에 불이 난 것은 언제쯤이라고 했는가."

"2경쯤이라고 들었습니다."

"꺼진 것은?"

"불이 꺼진 것은 3경을 지나 4경 초가 아닌가 합니다."

"그럼 형방은 빨리 그 집에 가서 하 참봉을 만나 불이 난 시각과 불이
꺼진 시각을 확인하여 문서를 만들고, 그 문서에 하 참봉의 확인을 받
아 오너라."

"밤이 이슥한데 내일 하면 어떻겠습니까."

"안 된다. 사람의 목숨이 달려 있다. 빨리 거행하라. 그런데 왜 밤중에 서두르느냐고 하 참봉이 묻거든, 죄인에게 엄벌을 내리기 위해서 서둔다고 말하고 다른 말은 일체 삼가라. 그런데 밤길이 사나우니 감군 조인식이 함께 가라."

조인식은 단번에 알아차렸다. 형방과 하 참봉은 같은 고장의 사람이니 무슨 계교를 꾸밀지 모른다는 홍계남의 의혹을 단번에 납득했다.

홍계남과 신불 단둘만 남았다.

"신 공은 오늘 뭣하러 그 동네에 갔던가."

"아무래도 하진태가 범인이 아니란 생각이 들어서요. 집에서 잠자는 하진태를 하 참봉의 하인이 붙들어 왔다고 들었거든요. 아무리 간이 큰 놈이기로서니 자기 큰집에 불을 질러 놓고 제 집에 가서 태평하게 잠자는 놈이 어디에 있겠습니까."

"역시 신 공은 달라."

"지각이 있는 사람이면 다 저처럼 생각할 것입니다."

"그래, 무슨 단서는 있었던가?"

"아직은 없습니다. 며칠 뜸을 들여야죠."

"그렇겠군."

하고 홍계남이 벽장에서 술병을 꺼냈다.

"이 밤에 무슨 술입니까."

신불이 사양하려고 했다.

"아니다. 신 공 내일부터 일이 바빠지겠다. 한잔 하고 푸욱 자야지. 이 술은 호주胡酒다. 독하지만 향기롭고 순하다. 명나라 낙상지 장군이 주고 간 술이다. 한 잔씩만 하자꾸나."

홍계남은 조막잔 두 개에 각각 술을 따랐다.

그 이튿날 형방과 조인식이 다음과 같은 문서를 들고 홍계남 앞에 나타났다. 제목은 문답서問答書.

    - 언제 불이 생生하였는가?
    밤 2경에 불이 생하였다.
    - 언제 불이 꺼졌는가?
    3경이 되었을 땐 진화되었다.
    - 불난 시각과 불이 꺼진 시각은 중요하다. 뒤에 어긋난 말을 하지 않겠지요?
    그럴 리가 없다.
    - 방화범은 하진태가 확실한가?
    확실하다.
    - 어째서 확실한가?
    그놈은 내게 원한을 품고 있다.
    - 그 짐작 말고 증거가 있는가?
    본 사람이 있다.
    - 본 사람이 누군가?
    아니, 본 사람이 있을 것이다.
    - 누가 보았는지 그 사람을 대야 한다.
    알아보고 곧 알리겠다.
    - 여기에 기성명하고 도장을 찍으시오.

병신년 ○월 ○일 하용태 ㉑

호방, 예방, 이방이 어젯밤의 청취서를 정서한 것을 가지고 왔다. 자인慈仁의 의원에게 홍계남이 보낸 차인이 돌아왔다. 차인이 가지고 온 편지는 이렇게 되어 있었다.

자인에서 의업醫業에 종사하는 배창도는 말한다. 하진태가 내 집에 나타난 것은 분명히 3경이 넘어 있었고, 약을 가지고 떠난 것은 3경에서 반각이 지난 후이니라.   서명 날인

"사실이 이와 같다면 하진태가 범인일 수 없지 않느냐."

홍계남이 이 일동을 둘러보았다. 요즘의 말로 하면 알리바이, 즉, 현장부재증명이 성립된 것이다.

"그렇더라도 하진태가 범인이 아니라고 단정하긴 좀 뭣합니다."

호방이 한 소리다.

"하진태가 밤 2경에 불을 질러놓고 40리가 넘는 길을 1경 동안에 뛰어갈 수 있단 말인가?"

홍계남이 이렇게 따졌을 때 신불이 옆에서 말을 끼었다.

"고내 마을에서 자인까진 흔히 40리 길이라고 하지만 실제론 50리가 넘습니다. 내가 병정을 데리고 몇 차례 왕복한 적이 있어 그 사실을 똑똑히 압니다."

"40리건 50리건, 1경 동안에 고내에서 자인까지 갈 수 있느냐가 문제이다."

홍계남의 말에 호방이 대답했다.

"발이 빠르면 능히 갈 수 있는 거리라고 생각합니다."

"하진태가 발이 빠른가? 아무리 빨라도 2경에 고내를 떠나 3경에 도착할 순 없소."

신불이 자신 있게 말했다.

그러나 홍계남은 약간 불안했다. 의심할 여지없이 사태는 밝혀져야 한다. 불을 질러 놓고 막 힘들여 뛰면 그만한 시간에 가지 못할 거리가 아닌 것 같았다. 동시에 홍계남은 불이 난 그날 밤이 칠흑의 밤이란 것을 상기했다. 지척을 분간 못할 어둠 속으로 뛴다는 것은 불가능하다. 그러나 익숙한 길이면 어둠 속에 뛰는 것도 막상 불가능하지 않다. 결국 하진태의 편을 들고 싶어 하는 마음의 움직임이 이런 고민을 하게 되었다는 것을 깨닫고 그 소년을 방화범으로 몰 수 없다고 다시 한 번 마음속으로 다지고, 일동을 데리고 옥사로 갔다.

하진태는 눈에 보이게 원기를 회복하고 있었다. 역시 젊은 생명은 다르다는 인식을 갖게 된 동시에 안심을 했다. 홍계남이 하진태의 이마를 짚어 보며 물었다.

"너 어머니가 상처를 입고 돌아왔을 때 자인의 의원에게 갈 요량을 집을 떠났을 때가 해질 무렵이라고 했지?"

"예, 해질 무렵이었습니다. 어둡진 않았습니다."

"그때 떠나 자인에 3경에 도착했다고 하면 너무 느릿느릿하지 않았는가."

"아닙니다. 제 걸음으로는 그 이상 빨리 가지 못합니다."

"마음이 급했으니 자연 걸음도 빨라졌을 것 아닌가."

"그러나 눈물이 자꾸만 흘러서 걸음이 빨라질 수 없었습니다."

납득할 수 있는 진술이었다. 그러나 홍계남은 고쳐 물었다.

"너 혹시 2경쯤에 불을 질러 놓고 자인까지 뜀박질로 간 것 아닌가."

그러자 하진태는 부자유스러운 몸을 뒤쳐 저쪽 벽을 향해 누웠다. 홍계남의 시선을 피한 것이다.

"왜 대답하지 않는가."

"너무 억울해서요. 관가에 오면 이렇게 될 줄 알았어요. 하 참봉 어른과 관가는 한통속이니 꼼짝없이 죄를 뒤집어쓸 것이라 짐작했어요."

"그건 엉뚱한 짐작이다. 없는 죄를 뒤집어씌울 내가 아니다. 그럼 묻겠는데 네가 집을 떠날 때 본 사람이 있는가."

"있습니다. 이웃집 할머니가 있습니다."

이때 호방이 말을 끼었다.

"이웃집 할머니에겐 자인으로 가는 척 꾸며 놓고 근처에 숨어 있을 수도 있는 것 아니냐?"

"꼭 그렇게 절 의심한다면 어른들께서 그 험한 고개를 넘어 자인까지 한번 가 보시오."

돌아누운 채 하진태가 한 말이다. 그 순간 홍계남이 그날 밤에라도 자인까지 가 보리라고 생각하면서 물었다.

"혹시 들길에서나 고개 근처에서 만난 사람이 없느냐?"

"고개 들머리에서 해가 져서 어둑어둑했을 때 풀짐을 진 사람을 만났는데 그 사람은 윗마을 사람으로 공 첨지 어른집의 머슴이란 생각이 들었지만 눈물이 자꾸 나서 인사도 하지 않았어요."

홍계남이 형방과 조인식을 돌아보고 일렀다.

"말 두 필을 타고 고내 윗마을을 가서 공 첨지 머슴을 만나고 오라."

그들이 떠난 뒤 다시 동헌에 모였다.

이방이 이런 소릴 했다.

"사또 나리, 하 참봉의 비위를 거스르는 처사가 있어선 안 될 것이옵니다. 하 참봉의 종가는 원임판서原任判書이옵고 현임 정승과는 사돈지간입니다. 예사로 처리해선 안 되옵니다."

홍계남이 격하려는 마음을 진정하고 조용히 말했다.

"이방, 나는 누구의 비위를 거스르려는 것이 아니고 사건의 진상을 알아보자는 걸세. 억울한 사람이 있어선 안 되는 것 아닌가."

"이치가 맞도록 처리하면 그만입니다. 긁어 부스럼을 만드는 일은 삼가야지요."

호방의 말이다.

하 참봉과 관가는 한통속이란 하진태의 말이 되살아났다. 이방, 호방, 예방은 요컨대 하 참봉이 고발한 대로 하진태를 방화범으로 다스리라고 하는 것이다.

'이 사람들이 수년을 같이 있으면서도 내 성미를 아직도 모르나….' 하고 생각하니 성이 나기에 앞서 어이가 없었다.

잠시 화제가 화의和議의 문제로 번졌다. 책사 심유경의 농간에 조정이 놀아난다는 풍문, 풍신수길조차 심유경에겐 꼼짝달싹 못한다는 풍문에 모두들 한마디씩 하지만, 홍계남은 그들의 속셈을 안다. 엉뚱한 화제로 사또의 하진태 사건에 대한 집중력을 흐리게 하자는 것이다.

점심 때 가까워서야 형방과 조인식이 돌아왔다. 형방은,

"공 첨지의 머슴을 만났사옵니다. 그런데 그가 한 말은 고개 들머리에서 어느 소년을 만났긴 한데 그 소년이 하진태인지 누군진 어두워서 모른다고 했습니다."

하고, 조인식은 덧붙였다.

"그 소년이 울고 있지 않았더냐고 물었더니 그런 것 같았다는 대답이었습니다."

그러자 홍계남이 자리에서 일어섰다.

"그 정도로선 하진태가 혐의를 벗어날 수 없겠군. 하진태를 방화범으로 일단 결정한다. 방화범에 관해선 이미 결정이 났으니 이러쿵저러쿵하는 말이 있어선 안 된다고 6방 관속은 백성들을 잘 단속하라."

이방, 호방, 형방, 예방이 퇴출한 후, 홍계남의 주위엔 조인식과 신불만 남았다.

"하진태를 방화범으로 결정한다는 것은 너무 이르지 않습니까?"

조인식의 말이었다.

신불이 싱긋 웃었다. 신불은 홍계남의 속셈을 알았다.

"방화범으로 일단 결정했다는 것이지 처형을 서둔다는 것은 아니다."

홍계남의 말에 신불이 나지막이 말을 보탰다.

"조 대장, 방화범이 결정되었다고 해야만 진범을 잡을 단서가 잡힐 것 아니오."

조인식이 그때야 얼굴을 폈다.

"어때, 우리 말을 타고 자인까지 한번 가 보지 않겠소?"

홍계남의 가슴속에 무슨 계획이 익어 가고 있었다.

2경이니 3경이니 해도 그땐 정확한 시계가 있었던 것도 아니다. 하늘의 별을 보고 대강 그렇게 짐작할 뿐이다. 그런 때문에 하진태의 무죄를 증명하기 위해선 치밀한 증거를 제출해야만 했다.

불이 난 것은 고발인 하 참봉이 명언한 것이니 2경쯤으로 확정시킬 수가 있다. 자인의 의원 배창도는 하진태가 3경쯤에 도착했다고 하니 이것도 확실한 것으로 믿을 수가 있다.

이웃 할머니나 공 첨지 머슴의 증언은 하 참봉의 서슬 앞에선 이슬 녹듯 할 것이니 거론할 것도 못될 것이라고 일단 그렇게 쳐 두었다.

방화한 자가 자기 집에서 어찌 태평스럽게 잠을 자겠느냐는 신불의 말은 심증心證을 말하는 것이지 확증이 될 순 없다.

홍계남이 신불과 조인식을 돌아봤다.

"군사들 가운데 발이 빠른 자를 다섯 명쯤 골라 오늘 밤 2경을 기하여 자인까지 경주를 시켜 보자."

"좋습니다. 그렇게 합시다."

신불은 그 가운데 두 명은 초저녁에 출발시켜 보자고 했다.

"하 참봉이 그렇게 써 주고도 뒤에 가서 트집을 잡을지 모릅니다. 2경이 아니라 1경이었다고 고집을 부리면 어떻게 합니까?"

홍계남과 조인식은 말을 타고 미리 자인현계에서 기다리기로 했다.

"빨리 가는 놈에겐 쌀 1말, 2등은 쌀 5되, 3등은 쌀 3되로 상을 걸겠습니다."

하고 신불은 본진으로 돌아갔다.

말을 타고 갔는데도 해질 무렵에 떠난 홍계남과 조인식이 자인현계에 도착했을 땐 2경을 훨씬 넘어 있었다.

"신 공이 50리 길은 실히 된다고 하더니만 그렇겠군."

"여기서 자인의 마을까진 얼마를 또 가야 하니까 하진태의 말이 맞는 것 같소이다."

316

말을 길가에 매어 놓고 홍계남과 조인식이 이런 말을 주고받았다. 1경에 떠난 사람이 자인현계에 도착했을 땐 벌써 3경이 넘어 있었다.

홍계남이 비로소 안도의 한숨을 내쉬었다. 하진태의 무죄는 그것으로 밝혀진 거나 다름이 없었기 때문이다. 그래도 2경에 떠난 사람들을 기다려야 했다. 그들이 자인현계에 도착했을 때는 짧은 여름밤이 훤히 밝아 오고 있었다.

팥죽 같은 땀을 흘리고 뜀박질을 한 다섯 장정들의 어깨를 두드리며 홍계남은 상은 배로 주겠다며 기뻐했다. 동헌으로 돌아온 홍계남은 잠깐 눈을 붙이고 일어나서 하 참봉을 불렀다.

하 참봉은 앞문을 들어서면서부터 투덜댔다.

"빨리 그놈을 물고를 내지 않고 사또께선 뭣 하는 것이오."

"물고를 내어도 죄인의 몸이 성해야 하는데 겨우 인사불성에서 깨어났으니 어찌 물고를 내겠소. 그차 저차 의논드리려고 부른 것이오."

"짐승만도 못한 놈, 어찌 사람의 탈을 쓰고 사당을 모시는 집에 불을 지른담."

생각만 해도 분이 치밀어 오른다는 시늉으로 하 참봉은 물을 청해 한 사발을 마셨다.

"하 참봉! 방화죄는 사죄死罪로써 다스리게 되어 있소이다."

"당연하지요."

"그런데 피해자가 용서하면 감 1등하여 사죄는 면할 수 있소. 지은 죄는 밉지만 전정이 가련하지 않소이까. 용서할 마음은 없으신지?"

"사또 나리! 그게 정말로 하는 말씀이오?"

"나는 정말 이외의 말은 하지 않소이다."

"사또, 안 될 말씀이오. 그런 짐승보다 못한 놈을 용서했다간 앞으로 무슨 화가 있을지 모릅니다. 나도 용서하지 않을 것이오."

"그러나 핏줄이지 않소이까."

"핏줄? 그런 천한 핏줄은 끊어 버리느니만도 못 하오."

"만일 하 참봉의 선친께서 살아 계신다면 마음 아프게 여기시지 않겠습니까?"

"아버지께서도 불을 지른 놈을 용서하시진 않을 것이오."

"알았소이다. 돌아가시오."

"헌데 그놈 처치를 언제쯤 할 것입니까."

재판이란 말이 입 밖에 나오려는 것을 꿀꺽 참고 홍계남이 말했다.

"수 삼일은 기다려야 할 것 같소. 일단 감사의 승인받아야 합니다."

"선참후보先斬後報란 것도 있지 않소?"

"물론 있지요. 그러나 이 문제는 선참후보해야 할 만큼 바쁜 일이 아니오이다."

하 참봉은 잔뜩 불만을 품고 나갔다.

'죽여야 할 놈은 바로 저놈이다.'

홍계남이 눈을 감았다. 하 참봉에 대한 분노가 이글이글 가슴속에 끓었다.

"이처럼 단서가 빨리 잡힐 줄은 몰랐습니다."

그날 밤, 신불이 밤늦게 홍계남을 찾아와서 다음과 같이 속삭였다.

하 참봉의 노비에 순덕이라는, 제법 때물이 빠진 젊은 여자가 있다. 작년 겨울 최또상이란 자와 성례를 했다. 최또상은 하 참봉 5촌집의 종이다. 성례만 시켜 놓고 하 참봉은 순덕을 최또상에게 보내지 않았다.

두 달 후, 한 달 후로 미루던 것이 벌써 반년이 넘었다.

그래서 얼마 전 최또상이 하 참봉을 찾아가 담판을 했다. 그랬더니 하 참봉 말이, 네가 가지고 온 쌀 스무 섬을 물어 줄 테니 순덕이와의 성례는 없던 것으로 하자는 것이었다. 그게 어디 될 말이기나 하냐고 최또상이 항의하자, 이건 내 의사가 아니고 순덕의 의사라고 했다.

본인의 뜻이 그렇다면 도리가 없다고 돌아서긴 했는데 최또상이 치미는 울화를 어떻게 할 수가 없어 사정을 캐 보기로 했다. 원래 하 참봉이 순덕을 5촌집 종 최또상에게 줄 작정을 한 것은 5촌집 노비에 말순이란 계집이 있었는데 그 계집과 순덕을 맞바꿀 참이었다. 그런데 순덕이 얼굴을 씻고 몸단장을 하고 성례하는 것을 보곤 생각이 변했다. 5촌집 말순이보다 순덕이 훨씬 예쁘게 보였던 것이다.

최또상이 하 참봉에게 항의하러 갔을 땐 순덕은 벌써 하 참봉의 첩이 되어 있었다. 신불이 일단 여기서 말을 끊었다.

"그래 최또상이란 놈이 불을 질렀단 말인가?"

"그놈에겐 방화할 수 있는 대담성과 용감성이 있지도 않습니다."

"그렇다면 누구란 말인가."

"며칠만 더 말미를 주십시오. 범인은 이 단서로부터 그다지 먼 곳에 있는 것 같진 않습니다."

하 참봉 집에서 떠나지 않겠다는 것, 최또상에게 가지 않겠다는 것이 순덕의 진의였다는 것을 신불이 확인한 것은 홍계남 앞을 물러나온 이틀 후의 일이다.

최또상이 변변치 않은 놈이기로서니 순덕이 젊은 신랑을 마다하고 늙은 영감의 첩이 되겠다는 것은 쉽게 납득할 수 없었다. 하 참봉이 한 재산 만들어 주겠다고 순덕에게 약속한 것일까? 그것도 아니었다. 하 참봉은 인색하기로 이름난 사람이다. 그런 줄을 번연히 알면서 입만으로 하는 약속을 믿고 처신을 결정할 순덕이 아니라는 것은 그녀가 보통으로 영리한 여자가 아니란 걸 알았기 때문이다.

반드시 무언가 있다고 신불이 짚었다. 그것이 무엇일까. 이때 신불의 상념 속에 떠오른 인물이 있었다. 하 참봉의 큰아들 기춘이다.

하기춘은 아버지 하 참봉과는 달리 돈 씀씀이가 거칠고 부랑끼가 다분한 37, 8세의 사나이다. 돈 때문에 부자간의 싸움이 그치질 않았다. 한때 기생첩을 거느리기도 했다. 소작료를 예사로 가로채선 분란을 일으키기도 했지만 아버지와 맞서 일보도 후퇴하지 않는 고집쟁이다.

신불은 하기춘과 순덕이 밀통하고 있지 않을까 하는 가능을 연구해 보았다. 있을 수 있을 것 같기도 하고 터무니없는 상상 같기도 했다.

어느 하루 신불이 술과 안주를 넣은 마대기를 들고 최또상을 산골짜기로 꾀어냈다. 그리곤 대뜸 술을 권하며 쏘아붙였다.

"이 머저리야, 네 여편네를 찾아야 할 게 아니냐?"

"그년은 벌써 내 여편네가 아니고 남의 여편넨 걸요. 잡년을 찾을 생각 없어유."

"하 참봉의 여편네란 말인가?"

"하 참봉 부자가 같은 솥에 고구마를 삶는다는데유. 그집 하인, 우리집 하인들은 서로 통하고 있거들랑요."

최또상은 몇 잔의 술에 벌써 혀가 꼬부라지기 시작했다.

"부자가 서로 알면서 같은 솥에 고구마를 삶는가?"

320

"늙은 여우는 모르겠지유. 젊은 놈팽이는 알고 하는 짓일꺼유. 그놈의 집 콩가루 집이걸랑요. 언젠간 박살이 날 거로구먼요. 지금도 불에 타 버렸지만서도."

집이 탄 후론 하 참봉 일가는 마을 뒤 재실에 살림을 옮겨 놓고 살고 있었다.

"재실에서 고구마 삶을 겨를이나 있겠나?"

신불이 넌지시 중얼거렸다.

"재실이닝께 더 수월할 거거만유. 겹집으로 되어 있고 방이 많은 께 왔다갔다 하기가 수월하지라우."

"넌 이 녀석, 분하지도 안 나?"

"분할 것 뭐 있에유. 팔잔디유."

"같은 솥에 고구마를 삶고 있으니 그 부자 썩 사이가 좋겠군."

"좋긴 뭣이 좋겠시유. 아비는 모르니까 그만인 것 같지만 아들놈은 씨앗을 보아 미칠 지경이라 하던데요."

"그걸 넌 어떻게 알았는가?"

"그집 불나지 않았세유? 그날 밤 알았세유. 작은 서방님, 그러니까 기춘이가 건넛마을에 있는 날 찾아왔대유. 지금 네 여편네가 늙은 영감탕구 품에 안겨 히히득거리는데 가만있을 거냐구요 하대요."

"그래서?"

신불이 최또상의 잔에 술을 가득 부어 마시라고 권했다. 최또상은 술을 이기지 못하면서 술을 좋아했다.

"내가 어떻게 해야 한다는 거예유 했더니, 기춘이 '여기 기름 있고 부싯돌 있고 관솔가지도 있다. 건너가서 집을 확 꼬실라 버려라. 늙은 놈, 젊은 년이 뱀처럼 타 죽어 버리게' 하는 거였어요. 난 그런 짓 못한다고 했지유. 그랬더니 그렇게만 하면 재산 반을 주겠다는데, 씨알머리 없는 놈이라고 마구잡이 욕지거리를 하고 건너가대유. 난 집에 돌아와 자 버렸지유. 아침에 일어나니, 하 참봉 집에 불났다고 하대유. 아차 싶었지라우. 작은 서방님이 기어코 일을 저질렀구나 했는데 알고 보니 진태가 한 짓이더만요."

신불은 이렇게 해서 수수께끼를 풀었다. 최또상에겐 그런 내색을 하지 않고 남은 술을 마저 마시게 하곤 돌아가 홍계남에게 보고했다.

보고를 듣고 나더니 홍계남이 심각한 표정으로 말했다.

"이렇게 되고 보니 우리가 다스려야 할 죄가 3가지다. 첫째는 방화범을, 둘째는 무고죄誣告罪를, 셋째는 순풍양속을 해치는 음란죄를 치죄하는 일이다. 그런데 방화범을 하기춘이라고 단정하는 것은 시기상조다. 죽이겠다고 벼르기만 하고 살인하지 않는 경우가 많듯이 불을 지르겠다고 했다고 해서 꼭 방화하는 것은 아니니까."

"그러나, 장군님. 방화를 사주한 죄는 면하지 못할 것은 아닙니까. 하기춘이 최또상에게 방화를 사주한 것은 사실이니까요."

"음, 그렇군."

홍계남이 형방을 불러 명령했다.

"고내 앞마을에 가서 하 참봉 5촌집의 종 최또상을 잡아다가 하옥시켜라."

"죄명이 뭣이옵니까."

"죄명은 절도혐의쯤으로 해 둬라."

요즘 말로선 별건체포別件逮捕라고 되는 것이지만, 옛날엔 그런 용어 자체가 없다. 수령守令이 잡아들이고 싶으면 아무거나 죄명을 붙이면 되는 것이다. 예방禮房을 시켜선 하 참봉의 노비 순덕을 연행해 오라고 했다. 체포가 아니고 연행이니 예방의 출동도 무난하다.

그 이튿날 신불은 하기춘의 동태를 감시하고 있었다. 도주할 기미가 보이면 체포할 작정이고 그런 기미가 보이지 않으면 며칠 동안쯤은 체포를 유예할 수밖에 없다는 홍계남의 지시에 따른 것이다. 진짜 방화범이면 도망칠 것이고 그렇지 않으면 도망칠 까닭이 없다고 판단하고 취한 조처이다. 그런데 점심때가 지나자 하기춘이 괴나리봇짐을 짊어지고 재실 후문으로 하여 뒷산으로 올라가는 것이 아닌가.

신불은 부하 4, 5명을 시켜 추적망을 널찍하게 펴고 따라가다가 군계郡界를 넘기 직전 체포하라고 지시했다. 바로 어제 하 참봉 집 식구들은 노비, 하인까지를 포함해서 원행遠行을 못 하도록 홍계남이 엄명을 내렸기 때문에 군수의 명령에 복종하지 않았다는 사실만으로 하기춘을 체포할 수 있는 것이다.

아무튼 조정의 대관들과 연분이 있는 집안인 만큼 홍계남은 신중을 기하는데도 더욱 신중을 기해야만 했다.

6월 7일로 날을 받아 홍계남이 하진태를 재판하게 되었다. 그 재판정에 계남은 경상도사慶尙都事 이로李魯를 배석시켰다. 도사는 감사 다음 가는 직책이며 벼슬이다. 이를테면 부감사副監司이다. 홍계남이 도사를 배석시킨 데는 몇 가지 이유가 있었지만 가장 중요한 이유는 재판 결과에 말썽을 없애기 위해서이다.

동헌 대청에 홍계남이 도사와 나란히 자리를 같이 앉고 뜰에 하진태를 꿇어앉혔다. 고발자 하 참봉은 자인의 의원 배창도와 함께 동헌 대청마루 서쪽에 특별히 자리를 마련하여 앉혔다.

"재판을 시작하기에 앞서 고발자에게 대해 특히 물어볼 말이 있다."

홍계남이 전제하고 다음과 같이 시작했다.

"고발인은 무고가 어떤 것인 줄 아십니까."

"죄 없는 자를 죄가 있다고 모는 것을 무고라고 하오."

"잘 아셨소. 그런데 고발인은 무고했다는 사실이 밝혀지면 뒤집어씌운 죄, 즉 죄인으로 지목된 사람이 확실히 그 죄를 지었다고 판단되었을 때 받는 벌을 무고자가 받아야 한다는 것을 알고 있지요?"

"알고 있습니다."

"방화죄에 해당하는 벌이 무엇입니까."

"마땅히 사죄死罪지요."

"방화죄를 지었다고 당신이 고발한 사람이 방화한 적이 없다는 게 밝혀지면 고발인 당신이 죽어야 하는 거지요?"

"바로 그렇습니다."

"도사께서, 이 자리에 모이신 여러분께서, 그리고 고발인께서 이 사실을 똑똑히 명념하시기 바랍니다."

홍계남이 목청을 돋우었다.

"이제부턴 고발내용에 관해서 확인하겠소."

장내가 물을 뿌린 듯 조용해졌다.

"고발인은 불이 밤 2경에 났다고 했지요? 하진태, 고개를 들라. 너는 그날 밤 2경에 어디에 있었느냐."

"자인으로 가는 고갯마루쯤에 있었습니다."

홍계남이 다음엔 배창도에게 물었다.

"배 의원께선 하진태를 몇 시에 만났소."

"3경이 조금 지나서였습니다."

배창도의 대답이 있자 홍계남이 물었다.

"고발인, 어떻게 되는 겁니까. 당신 집에 불이 났을 땐 하진태는 마을에 없었소."

"불을 질러 놓고 자인으로 간 게지요."

"2경에 불을 질러 놓고 3경에 자인에 도착할 수 있다는 얘긴가요?"

"불을 지른 놈이 그놈이 틀림없다면 그렇게밖엔 안 될 것 아니오."

홍계남이 상금을 걸고 고내에서 자인까지 달려간 5명의 군사를 불러들였다.

"너희들은 2경에 고내를 떠나 3경에 자인까지 갈 수 있었는가?"

그들은 각각 말했다. 2경에 고내를 출발하여 죽을힘을 다해 뛰었는데도 자인에 도착하니 날이 밝았더라는 것이다.

그러자 하 참봉이 고함을 질렀다.

"그렇다면 불은 2경에 난 것이 아니고 초저녁에 난 건지 모르지. 요즘 나는 정신이 어수선해서 시각의 분간을 잘못하오."

"그럴 줄 알고 문서를 만들어 당신의 도장까지 찍게 한 거요. 고내에서 초저녁 즉, 1경에 자인으로 달려간 군사가 말해 보라."

군사 둘이 나섰다.

"그때 나는 1등을 하여 쌀 2말을 상 탄 사람인데, 1경에 출발해서 젖먹이 때 힘까지 다 내어도 4경 전엔 도착할 수 없었습니다."

"축지법 하는 사람 아니면 1경에 고내를 떠나도 3경에 자인에 도착할 순 없습니다."

"그 사실은 본 영천군수 홍계남도 확인한 사실이오. 고발인은 당신 집에 불이 났을 땐 마을에 있지도 않은 사람을 어떻게 방화범으로 단정하였소?"

"그놈이, 그놈이 아마 축지법을 했나 봅니다."

도사가 어이없었던지 피식 웃었다. 둘러서 있는 사람들 가운데서도 실소가 터졌다. 그러자 하 참봉이 앙앙불락했다.

"사또, 양반의 체면에 똥칠을 해도 되겠소. 내가 그놈을 방화범이라고 했으면 그만이지, 내게 무슨 감정이 있어서 그처럼 빡빡하게 구는 거요. 어쩐다고 내 말은 듣지 않고 무지몽매한 천생의 말만 듣는 거요. 양반의 체면을 묵사발로 만들고 사또는 괜찮을 줄 아시오?"

"사건의 진상을 밝히는 것이 사또의 임무요. 나는 양반 체면 세워 주려고 영천에 군수로 와 있는 것이 아니라 백성의 잘잘못을 가리고 백성을 편하게 보호하려는 사람이오. 무릇 범죄엔 양반 상놈이 없는 것으로 알고 있소. 고발인은 지금이라도 늦지 않았으니 이실직고하고 자기 잘못을 뉘우치시오."

"내게 무슨 잘못이 있다고 그러오. 저놈이 방화한 것이 확실하니 내가 고발한 것이오. 저놈 이외엔 내 집에 불을 지를 놈이 없소. 2경에 자인으로 갔거나 낮에 자인으로 갔거나 그게 뭐 대단한 일이오. 저놈 밖엔 내 집에 불을 지를 놈이 없으니까 고발한 것이오 …."

홍계남은 하 참봉이 지껄이고 싶은 대로 지껄이도록 버려두었다가 그의 말이 다 되었을 무렵 정중하게 입을 열었다.

"나는 그다지 오래 살진 못했으나 당신처럼 사악邪惡으로만 똘똘 뭉친 사람을 본 적이 없소."

하고 수일 전 자기 앞에 한 하 참봉의 말을 일일이 열거하고 나서, 홍계남이 호통을 쳤다.

"서출이건 천출이건 동생임엔 틀림없는데 사실도 아닌 일을 억지로 꾸며 대어 죽이려고 하는 당신은 그야말로 양반의 체통을 여지없이 짓밟은 자이고 천륜을 끊은 나라의 죄인일 뿐만 아니라 천하의 대죄인이오. 여봐라! 저자에게 칼을 씌워 하옥하라!"

수령들이 달려들어 하 참봉을 끌고 갔다. 끌려가면서도 하 참봉은 고래고래 고함을 질렀다.

이어 홍계남이 하진태를 풀어주라고 이르고, 진태에게 준절한 말이 있었다.

"지금 곧바로 어머니에게 가서 네가 무사한 것을 보이고 다시 이곳으로 돌아오너라. 네게 할 얘기가 있다."

하진태의 재판은 이로써 끝나고 오후엔 하기춘의 재판이 있었다. 하기춘은 이미 모든 것을 각오한 듯 최또상의 증언을 그냥 시인했을 뿐만 아니라, 최또상을 만난 그 길로 돌아와 하 참봉과 순덕이 품고 누워 있는 별간에 불을 질렀다고 자백했다.

"광에서 먼저 불길이 솟았다고 듣고 있는데 어떻게 된 거냐."

"광에 별간이 있습니다. 순덕이와 잠자리를 위해 아버지가 광 한쪽에 방을 들인 것이지요."

얘기가 이렇게 전개되면 외인을 용납할 수가 없다. 홍계남은 6방 이속들을 시켜 외인을 바깥으로 내보내도록 했다.

이 동안 홍계남과 도사 사이에 말이 오갔다. 도사는 홍계남의 명쾌한 재판진행에 감탄하면서도 한편 이 사건을 불씨로 하여 대사건으로 번졌을 때를 걱정하는 마음을 금할 수가 없었다.

"홍 장군, 이쯤 해 두고 결말은 미루는 것이 어떻겠소."

"이쯤 해 두다니 어떻게 하란 말입니까."

"아까 하진태를 무죄방면 하지 않았습니까. 거기서 단락을 짓고 다음 건件의 처결은 보류함이 어떨까 해서요."

도사의 얼굴에 비굴한 웃음이 있었다.

"도사께서 한번 살펴보시오. 무고라고 하는 대죄가 있습니다. 진짜 방화범이 드러났습니다. 그런데다 패륜悖倫의 음란죄가 있습니다. 이 죄들을 불문에 부치라는 말입니까?"

"불문에 부치라는 말은 아니지요. 일단 유예하고 재론하자는 겁니다. 사또께선 무신武臣이시라 문신文臣의 고민을 모르시는 것 같소이다."

"국법이 무신과 문신으로 달리 쓰인다는 말씀입니까?"

"홍 장군께서도 대강 짐작하리라 믿습니다만 양반은 나라의 기간입니다. 양반의 체통이 무너지면 나라의 체통이 없어지는 거나 같습니다. 아까 홍 장군께선 하 참봉이 자기의 천출 동생을 무고했다고 하나 그건 적서嫡庶의 구별을 모르고 하는 말 같습니다. 가통家統을 세우기 위해선 약간의 무리가 있더라고 적출의 체면을 세워야 합니다."

"그럼 죄 없는 하진태를 방화범으로 몰아 죽여야 했다는 말씀입니까?"

"그건 이미 지났으니 거론하지 맙시다. 그러나 그 때문에 하 참봉을 무고로 몰고, 하기춘을 방화범으로 모는 것은 어른들과 의논해서 결정하는 것이 좋을 듯합니다. 뿐만 아니라 패륜 음란죄는 법대로 하면 가산적몰家産籍沒과 멸족滅族으로 통합니다. 그럴 경우 하 씨 일문에서 가만있겠습니까. 홍 장군의 장래를 위해 말씀드리는 겁니다. "

"저의 장래를 걱정해 주셔서 고맙습니다. 그러나 나는 내 소신을 굽힐 수 없습니다. 죄인을 보고는 다스리지 않을 수 없습니다. 무고한 놈은 무고죄로써 다스리고, 방화한 놈은 방화한 죄로 다스리고, 패륜 음란을 그런 대로 치죄할 것입니다. 도사께선 앉아서 구경만 하십시오. "

"난 그럴 수가 없소, 바쁜 일이 있소이다. "

도사는 일어서서 뒤도 돌아보지 않고 나가 버렸다. 전송해야 할 것이지만 그대로 앉아 도사의 등을 바라보며 속으로 혀를 찼다.

'나는 저런 자들을 안온하게 살리기 위해, 죽이고 죽고 하는 전쟁터를 헤맸던가!'

외인이 일체 물러나고 죄인들만이 뜰에 꿇어앉아 있고 6방 관속들이 둘레에 서 있을 뿐이다. 홍계남은 순덕과 하 참봉을 끌고 나오라고 했다. 홍계남이 하 참봉에게 물었다.

"네 아들이 네 집에 불을 질렀다는 사실을 아는가. "

하 참봉의 얼굴이 새파랗게 질렸다.

"아는가 모르는가. "

홍계남이 마룻바닥을 쳤다. 아까까진 위대접을 하던 홍계남이 돌연 이렇게 태도를 바꾼 것인데 그때 가서야 하 참봉이 두 손을 모았다.

"죽을죄를 지었습니다. 용서하소서. "

순덕을 끌어냈다.

"요망한 이년, 넌 사람이 아니더냐. 자식에게 붙고 아비에게 붙고…. 금수만도 못한 년이 아닌가?"

이때 순덕이 얼굴을 번쩍 들었다.

"종년이 금수보다 못하다는 것, 사또께선 이제야 알았습니까?"

이 말에 홍계남의 가슴은 쇠망치로 얻어맞은 것 같았다. 한참 말을 못하는데 순덕이 말을 이었다.

"양반은 금수만도 못한 종년보다도 더 추잡한 족속이옵니다."

홍계남은 재판을 더 이상 끌 수가 없다고 생각하고 목청을 돋우어 하기춘에게 말했다.

"네 죄를 네가 알렷다?"

"예, 압니다. 방화 죄인입니다."

다음엔 하 참봉에게 말했다.

"네 죄를 네가 알렷다?"

"예, 압니다. 무고죄입니다."

다음 홍계남이 순덕을 향했다.

"네 죄를 네가 알렷다?"

"쇤네에겐 죄가 없소이다. 종은 상전의 말에 따라야 하는 것입니다. 상전의 말에 따른 게 무슨 죄이옵니까?"

"패륜의 죄를 모르는가?"

"패륜은 양반들이 한 짓이지 쇤네는 상관없는 일이옵니다."

"이 요망한 년!"

했지만 홍계남은 다음의 말을 잇지 못했다.

뜰에 햇볕이 내려쬐고 있었다. 매미소리가 한창 시끄러웠다.

홍계남이 이방을 가까이 오라고 이르고 지필묵을 준비시켰다.

카랑카랑한 홍계남의 말이 울려 퍼졌다.

"듣거라! 하기춘, 사형이다. 하용태, 너도 사형이다. 그리고 패륜 음란한 집안을 이 땅에 용인할 수 없으니 가산을 죄다 적몰하고 가족은 분산시킨다. 그러나 이건 영천군수 홍계남의 결정이다. 시행은 조정의 품시를 받들어 할 것이니라. 순덕을 제외하고 하옥시켜라."

뜰에 순덕이만 남았다. 머리를 풀어헤친 스산한 형용인데도 순덕의 자태는 아름다웠다.

"네 죄를 네가 모른다고 했지? 넌 죄를 모를 것이다. 그러나 분명히 네 죄는 있다. 네가 이 세상에 태어난 죄이다. 그 죄는 받아야 하겠구나. 널 이 자리에서 풀어주겠다. 최또상일 찾아가라."

"그건 안 되옵니다. 쇤네는 그리로 갈 수 없나이다."

"갈 데가 없거든 이곳에 남아라. 관비가 되어 네 죄를 보상하라. 네 행동을 보아 가며 속량할 것이니라."

어느덧 매미소리는 그치고 있었다. 적막강산이었다.

아버지 같은 권율 장군

일본군은 여전히 부산포를 중심으로 남해안에 준동하고 있다. 인심의 불안은 전투가 전개된 때보다도 화전양상和戰兩樣으로 갈피를 잡지 못할 때가 더욱 심하다.

더욱이 난초亂初 영천은 오랫동안 왜병에 점령당했다. 다행히 훈련봉사訓練奉事 권응수權應銖가 당시의 경상감사 김성일의 천거로 의병대장이 되어 동지를 규합하여 적을 추방해서 영천을 수복할 수 있었다.

그런 만큼 홍계남은 앞으로 왜군의 공격이 있을 경우에 대비해서 권응수의 전법을 상세하게 연구했다. 그런데 권응수는 왜군에게 빼앗긴 영천성을 수복하는 공성전攻城戰을 감행했고, 적을 방어하는 전법이 아니어서 그대로 참고하긴 어려운 일이다. 그러나 그 통솔력과 사기를 앙양한 방침 같은 것은 충분히 배울 수 있을 것이었다.

임진년 난초에 영천전투에서 아군의 전사자는 83명, 부상자는 238명이었다고 한다. 적의 사망자는 3백여 명이 넘었으리라는 것인데 정확을 기하진 못한다.

332

하진태 등의 재판이 끝난 며칠 후 홍계남은 명원루에 올라 혼자 사위의 산과 들을 바라보며 5년 전에 있었던 영천성 전투를 상상 속에 회고하며 깊은 감회에 잠겼다.

그 까닭은 물론 불안한 조국의 앞날 때문이고 비통한 과거의 회상이 마음속에 어울린 탓이겠지만 바로 어제 경상좌감사 홍이상洪履祥으로부터 받은 편지에도 원인이 있었다.

홍이상의 편지는 재판이 끝나자마자 올린 재판기록과 홍계남의 품의稟議에 대한 회신이었는데, 한마디로 언어도단으로 홍계남으로선 납득하기 어려운 문자의 나열이었다.

적의 재침이 언제 있을지 모르는 차제엔 큰일도 작게 만들어 민심의 화합을 도모할 것이거늘, 어찌 산간부락의 화재사건을 침소봉대針小棒大하여 세간을 어지럽히는고. 재판기록을 살피건대 일개 천생의 말에 빙자하여 적계양반嫡系兩班의 체통을 훼손한 바 역력하고, 일가의 패륜 음란을 운운하나 이는 요망스런 노비의 말을 그대로 채택한 것인즉 본 감사는 그 재판을 승복할 수 없으니 재고할지니라.

이 회신을 보았을 때 홍계남은 도사都事 이로李魯의 행동을 상기했다. 필시 도사가 감사에게 여러 말을 했을 것이 분명했다. 그러지 않고서야 증거를 갖추어 이로理路가 정연한 품의를 어찌 이렇게 간단한 서찰로써 각하할 수 있는가 말이다.

게다가 불쾌한 것은 감사와 도사의 공동서명으로, 하용태의 가산적몰은 부당하니 원상으로 돌림과 동시에 하용태와 하기춘을 즉시 석방하라는 지시였다. 그런데 노비 순덕에 대한 조치만은 언급이 없었다.

영천군수 홍계남은 하용태, 하기춘을 석방할 수 없다는 것과 감사의 의사와는 결단코 다르니 이 사건을 의금부에 올려 조정에서 직접 처결토록 하겠다는 요지의 문서를 감사에게 보냈다.

그래놓고 나서 홍계남이 명원루에 나온 것이다.

양반과 상인의 송사엔 전적으로 비非가 양반에게 있어도 양반이 이기게 되어 있는 관례를 홍계남이 모를 까닭이 없다. 마찬가지로 적출과 서출이 싸우면 관官은 반드시 적출의 편을 들어야 한다는 것도 모르는 바가 아니다.

국법엔 반상班常의 구별이 없고 적서의 차별도 없다. 죄는 어디까지나 죄이며 백성 된 자이면 상하귀천을 막론하고 자기가 지은 죄에 합당한 벌을 받게 되어 있다. 그러나 관행은 다르다. 죄를 다스리는 법과 관계없는 천민법, 서얼차별법의 영향으로, 보다도 양반족의 월권으로 관행을 국법에 우선시키고 있는 것이다. 그 때문에 양반이 상민을 죽여도 살인죄가 되지 않을 경우가 있다. 적자가 서자를 죽여도 살인죄가 되지 않고 유야무야 뭉개 버린다. 양반집에서 생긴 패륜과 음란은 도시 문제가 되지 않는다. 간통과 음란으로 맞아 죽는 것은 상민과 천민의 경우일 뿐이었다.

세상에 이런 일이 있을 수 있는가. 홍계남은 자기가 법을 집행하는 한 이런 일이 결단코 있어선 안 되겠다고 스스로 서약하고 있었다. 그러니 감사에 대한 재차품신은 항의조抗議調가 되지 않을 수 없었다.

무슨 까닭, 무슨 법으로 무고죄인을 석방하라고 하는가.
무슨 까닭, 무슨 법으로 방화죄인을 석방하라고 하는가.

수상명雖上命이나 불법不法이면 불행不行이고 불의不義이면 불순
不順이다.

이런 문자들이 그의 품신엔 나열되어 있었다.
홍계남은 명원루에서 배회하는 동안 형조刑曹와 의금부에 올릴 문안
을 구상했다. 형조의 벼슬들, 의금부의 벼슬들도 감사 홍이상, 도사
이로와 같은 뱃속이겠지만 최대의 성의를 다해 품신하는 동시에 직접
임금에게 상소할 각오를 세웠다.

동헌으로 돌아간 홍계남 앞에 이방과 호방, 예방과 형방이 머리를
조아렸다. 공방工房과 병방兵房은 그 자리에 없었다. 6방 가운데서 공
방과 병방은 충심으로 홍 군수를 사숙했다. 그들은 일반정사에 용훼하
기를 꺼려 자기들 소관사 이외의 일로는 군수 앞에 나타나질 않았다.
일동을 둘러보고 홍계남이 '무슨 일이냐?'고 물었다.
형방이 입을 열었다.
"하 참봉과 그 아들을 방면해야 하겠소이다."
"무슨 까닭으로?"
"감사의 명령을 거행해야 하겠습니다."
"감사가 영천군수냐?"
"그러나 … 위의 어른의 명령이니…."
"감사는 내게 명령할 순 있다. 그러나 영천에서 명령을 내리는 것은
나다. 영천군수 홍계남이다."
"하지만 감사의 분부를 소홀히 하는 것은 옳지 못한가 하옵니다."

"옳지 못하다는 말은 거두어라. 벌써 나는 감사에게 내 의향을 전했다. 불법이면 불행이고, 불의이면 불순이라고."

이방이 머리를 조아렸다.

"나리, 감사의 명을 어기면 뒷일이 좋지 못할 것이옵니다."

"그건 그대들 걱정할 바가 아니다."

"나리를 위해서 말씀드리는 것입니다."

"내 걱정은 내가 할 터이니 모두들 물러가 있거라."

"아니옵니다. 나리, 감사의 명을 따라야 합니다."

호방이 조아렸다.

"불법이면 불행이라고 하지 않았더냐. 영천군에 관한 한 명령을 내릴 수 있는 자는 오직 나다. 나뿐이다."

그러자 예방이 머리를 조아리며 눈물까지 흘렸다.

"나리, 감사와 다투지 마옵소서. 영천군민을 위해서 나리는 이곳에 오래 계셔야 합니다. 그러려면 감사 말을 들어야 하옵니다."

"자기의 권한을 다할 수 없는 자가 군수로 있어서 뭣 하겠느냐. 방화죄인을 방면해야 하고, 무고죄인을 방면해야 한다면, 그것이 내 뜻에 의해서가 아니고 오직 상부의 명령에 의해서 행해져야 한다면, 나는 영천군수의 직에 남아 있을 수 없다. 차라리 그만두는 것만 못 하다. 나는 내 소신대로 할 작정이다. 모두들 물러가라."

홍계남이 호통을 쳤다.

"그런데 나리. 감사의 석방령이 내린 것은 하 참봉이 알았나 봅니다. 빨리 석방하라고 고래고래 소리를 질러 옥사는 야단입니다."

"무고죄인이 소리를 지른다고 석방해? 잔말 말고 내려가 그놈에게 자갈을 물려 잠잠하게 하라."

그리고 다시 한 번 호통쳤다.

"빨리들 물러가라!"

찝찝한 표정들을 짓고 퇴출하는 그들의 등 뒤를 향해 홍계남이 한마디 쏘았다.

"앞으론 감사의 영을 운운하기 위해 내 앞에 나타나지 말라!"

조금 있다가 홍계남이 옥사로 내려갔다.

하 참봉이 주먹을 휘두르며 고함을 질렀다.

"왜 나를 방면시키지 않는고. 감사의 명령이 내렸다는 것을 나는 알고 있다. 어서 옥문을 열어라."

홍계남이 보니 하 참봉은 큰칼을 벗고 있었다. 호통을 쳤다.

"누가 저놈의 큰칼을 벗겼느냐."

"형방의 말이 있어…."

옥지기 사령이 부들부들 떨었다.

"빨리 큰칼을 씌워라!"

사령이 사람을 불러와서 다시 큰칼을 씌웠다.

하 참봉이 미친 듯이 서둘며 마구 욕지거리를 했다.

"저놈 입에 자갈을 물려."

사령들이 달려들어 하 참봉의 입을 틀어막으려고 했다.

"놈들아, 이건 걸레조각이 아니냐?"

악을 썼지만 결국 하 참봉의 입에 걸레조각이 틀어막혔다.

눈치를 보니 사령들은 신이 나 있었다. 사령들은 양반을 거침없이 다루는 홍 사또를 경외敬畏하고 있었다. 옥사 안이 조용해졌다.

홍계남이 함방檻房 앞에 서서,

"너, 하용태 듣거라. 네가 옥문으로 나가고 안 나가고는 내 명령에 있는 것이지 감사의 명령으로 되는 것이 아니다. 일전엔 뉘우치는 바가 있는 듯하더니 도로 뻔뻔한 놈이 되었구나. 넌 결단코 용서받을 수 없는 놈이다. 만일 너를 용서한다면 내가 사람구실을 못 하겠구나. 이 제사 내가 어떤 연유로 영천군수가 되었는지 알았다. 바로 너와 같은 놈을 징치하기 위해서였구나. 네가 이 함방에서 나갈 땐 매를 맞으려 나갈 때이거나 아니면 죽으러 나갈 때일 것이니라."

하며 쏘아붙이듯 하고 동헌으로 돌아왔다.

형방을 불렀다. 형방이 와서 꿇어앉았다.

"하용태의 큰칼을 네가 벗겼느냐? 누가 벗기라고 하더냐?"

"감사님의 석방령이 내렸다고 하기에…."

"네 이놈."

당장 주먹다짐이라도 하고 싶은 충동을 가까스로 참고 홍계남이

"넌 오늘로서 파직이다. 감사의 명을 받들 요량이면 감사에게로 가거라."

하곤 형방을 물러나게 했다.

원래 이속은 세전世傳의 직업이다. 웬만한 일로썬 파면되지 않는다. 그렇다고 해서 사또가 파면시키지 못할 바는 아니다. 다만 이속들이 서로 연결하여 반발할까 두렵고, 또 한편 그들이 사또의 약점을 죄다 쥐고 있기 때문에 선불리 파면시키지 못한다는 것뿐이다.

아니나 다를까 이속들이 주르르 몰려와 형방의 파직을 재고해 달라고 청했다. 홍계남은 듣지 않았다. 이윽고 그들은 태업전술怠業戰術을

338

쓸 것이 뻔했다. 그래도 사또의 각오는 변하지 않았다. 경우에 따라선 6방 전부를 갈아치우리라 마음을 먹었다. 그럴 때 홍계남이 군대조직을 가지고 있다는 사실이 이점利點이었다.

한편 감사 홍이상과 도사 이로는 홍계남의 정면 항명에 놀라지 않을 수 없었다. 조정에 알려 그의 불복종을 규탄할 수 없는 것은 사건이 너무나 명백한 것이다. 양반이라고 하는 유대의식으로 아는 듯 모르는 듯 처리할 수 있으면 별 문제가 아니지만 이치를 따져 흑백을 가린다면 감사와 도사가 불리한 것이다. 양반으로 발라 놓은 조정엔들 홍계남의 편이 없으란 법이 없다. 게다가 홍계남은 자기들 문관文官과 계통이 다른 무관이다.

감사와 도사는 의논 끝에 홍계남의 항명을 당장 견책하는 방법을 취하지 말고 그의 주변을 두루 살펴 비행을 캐어 그 비행을 골자로 하여 조정에 파직을 건의하기로 했다.

이렇게 의견을 합치고 어떻게 비행을 캘까 하는데 홍계남으로부터 파직된 형방, 고도림이 감사에게 달려와 호소했다. 고도림의 말에 의하면 홍계남이 감사를 무시하고 기고만장하다는 것이다. 즉일로 감사는 정탐포교偵探捕校란 직첩을 그에게 내려 홍계남의 비행을 샅샅이 캐어 보고하도록 명령했다. 그는 귀신의 목이나 끊을 것처럼 기뻐했다. 아니 귀신의 목, 즉 홍계남의 목을 자를 수 있을 것이니 기뻤다.

정보임무를 맡고 있는 신불이 이런 일을 놓칠 까닭이 없다. 안동으로 가는 고도림의 뒤를 부하를 시켜 밟아 보도록 했더니 감사와 만나 모종의 밀명을 받은 것 같다는 것을 신불이 알아차렸다.

고도림이 영천으로 돌아온 후 계속 미행을 시켰다. 고도림이 기생집으로 들어가는 것을 확인했다. 야음을 타서 그 집으로 들어가 고도림이 든 방의 들창에 신불이 귀를 대었다. 네댓 사람이 모인 술자리 같았다. 이런 말들이 흘러나왔다.

- 군수면 제일인가? 위엔 위가 있다는 것을 모르고 덤비니 원….
- 그래도 그 사람, 역대 군수 가운데선 제일 낫지 않은가.
- 낫긴 뭣이 낫단 말인가. 괜히 잘난 척이나 하고. 우리 이속들 후려잡기나 하려고 덤비고 ….
- 일을 잘하려니까 그런 경우도 있었겠지. 아무튼 우리 상민들을 봐주는데 그저 그만이 아니던가.
- 나는 양반놈이 기죽는 꼴을 보니 통쾌하더라.
- 느그 무슨 소릴 그렇게 하고 있어. 양반 비위 거슬러 놓고 그자 잘될 줄 알아? 두고 보람. 한번 야무지게 경을 치고 말테니까.
- 형방 벼슬 떨어졌다고 악담인가? 그러지 말어. 사람은 말야, 자기가 한번 모시던 사람을 그처럼 나쁘게 말하는 게 아녀.
- 그건 그렇고 너 왜 파직됐나.
- 하 참봉 큰칼 벗겨주다가 당했어.
- 하 참봉이 옥중에서 큰칼 쓰고 있었던가?
- 우리 사또 대단하네. 하 참봉에게 큰칼을 씌우다니. 그런데 그걸 넌 왜 벗겨 주었나.
- 감사로부터 하 참봉 석방하라는 명령이 사또에게 왔어. 그 말을 전하려고 옥사엘 갔더니 하 참봉이 벗겨 달라고 하데. 곧 석방될 사람이고 해서 벗겨 주었지. 그랬더니 사또놈이 쌩지랄이여.
- 고 형방, 사또 욕해선 안 되네. 잘못은 자네에게 있어. 사또 분부 없이 죄인의 큰칼을 벗기다니. 잘못했다고 사과하고 살려 달라고 빌

어. 인정이 있는 사또님 아닌가.

- 시레비 같은 소리 말게. 감사의 영을 어겼는데 사또의 목이 며칠 붙어 있겠나.

- 사또가 파직된단 말인가? 그만한 사또가 다시 있겠는가 말여.

- 왜 없어, 얼마든지 있다.

- 훌륭한 사또야 있겠지. 그러나 우리네 서민과 천민을 그 어른처럼 돌보아 줄 사또는 별로 없을 것일세.

- 씨알머리 없는 소리 작작해. 여게 그놈 때문에 목이 달아난 친구가 앉아 있단 말여.

- 그러니까 사과하라는 얘기가 아닌가.

- 사과 안 해도 돼. 나는 홍 사또가 떠나고 나면 도루 형방이 돼. 감사가 약속했어. 그리고 사또의 비행을 캐라는 직첩까지 받았어. 자, 보라구. 그러니까 너희들 내 말 잘 들어야 해. 대소를 막론하고 사또의 비행이라고 들으면 내게 전해. 술은 실컷 받아 주고 용돈도 후하게 줄 터이니. 알았지?

한참 침묵이 흐르더니 누군가의 소리가 있었다.

- 홍 사또가 비행이 있을 것 같지 않는데?

- 그러니까 긁어모으란 말야. 후비고 파란 말여. 그런데 얘, 이게 있어. 하 참봉 집 종년 순덕일 관비로 했지? 거게 알조가 있다, 이거다. 죄인이랍시고 붙들어다가 종년을 뺏아 그 종년을 첩으로 했다. 이렇게 되면 …. 어때 모두들 내게 힘을 보태 줘 ….

여기까지 듣고 신불이 살짝 담을 넘어 바깥에 나가 있다가 대문 쪽으로 돌아 문을 두드렸다.

계집아이가 문을 열고 누구냐고 물었다.

"고 형방 이 집에 있지?"

신불이 성큼 들어서서 아랫방의 문을 열었다. 형방과 주위에 있던 사람들이 의아하게 쳐다봤다. 전 형방 고도림은 신불을 알아보자 당황했다. 홍 군수의 심복이란 것을 그는 너무나 잘 안다.

"형방! 아니 전 형방 고도림, 오랏줄을 받아라."

"신 군관, 내가 왜 오랏줄을 받나?"

"자네의 죄는 자네가 더 잘 알겠지. 그런데도 알고 싶은가?"

"알아야 오랏줄을 받든지 안 받든지 할 게 아니오."

"이러나저러나 넌 오랏줄을 안 받을 수 없게 돼 있어. 네 죄는 본군의 군수를 욕한 죄다. 이 방에 있는 사람들이 증인이다. 여차하면 여러분이 증인으로 서야 할 때가 있을지 모르오. 우선 한 분의 이름과 주소만 알아둡시다."

문 가까이에 있는 사람에게 물었다. 심복수, 내동에 산다고 했다. 신불은 오랏줄로 묶어 밤길로 고도림을 끌고 가며 꼭 한마디를 했다.

"우리 홍 장군이 네놈 따위의 장난에 넘어갈 줄 알았나?"

홍 장군인들 감정이 없었을까만, 그 감정으로 하여 눈물을 흘리고 남을 도와주고 용서해 주기는 했어도 감정으로 인해 남을 해치는 혹독한 짓은 한 적이 없다.

전투에선 사자분신 무자비할 만큼 용맹했지만 일단 전투가 끝나면 적의 부상자를 우리의 부상자처럼 따뜻하게 돌보았다. 유일한 예외는 있다. 창동에 왜병이 나타나 함부로 양민을 죽이고 약탈을 자행했을 때이다. 그땐 포로까지 죽였다. 그러나 그때의 상황으로선 부득이한 일이었다. 그 사실이 오랜 세월 동안 홍계남의 가슴에 아물지 않은 상처가 되었다.

'그땐 내가 너무 어렸다. 그땐 내가 참으로 철부지였다.'

이렇게 얼마나 한스러워한지 모른다.

그런데 이 사건. 하 참봉의 사건은 당초부터 홍계남은 자기의 감정을 통제할 수 없게 되어 있었다. 감정대로 하지 못하는 것이 되레 부정을 저지르는 것처럼 느껴지는 것은 참으로 이상한 일이기도 했다.

그런 데다 감사 홍이상의 이부진理不盡한 처사에 접하고 나선 사람이 달라진 듯싶게 되었다. 홍계남은 옥중에 있는 하 참봉을 매일 동헌 앞뜰에 끌어내선 곤장 10대씩을 때리게 했다. 의금부에서 압송명령이 올 때까지 매일 그럴 작정이었다.

신불이 붙들어온 형방 고도림에게 대해선 사흘 간격으로 매번 곤장 30대를 가하기로 했다. 전 형방으로 같은 아문에 종사한 사람을 그렇게 처우한다는 것은 옳지 못하다고 이방을 비롯한 이속들이 간원했지만 홍계남은 듣지 않았다.

"자기의 직접 상관을 뛰어넘어 그 윗사람의 위광을 업고 행동하는 자를 용인한다면 앞으로 영천군수 노릇을 제대로 할 자가 없을 것이다. 영천군수는 나만이 차지할 자리가 아니다. 나는 영천군의 기강을 세워야 하겠다. 뿐만 아니라 그 자리를 떠났다고 해서 직속상관의 비행을 모으려고 드는 짐승만도 못한 놈이 사람 가죽을 쓰고 영천고을에 활보하도록 내버려 둔다면 이 고을의 순후한 인심을 오염케 할 염려가 있다. 그러니 단호하게 이자들을 다스려야 하는 것이다. "

　이것이 홍계남의 방침이었다.

　그런데 홍계남은 감정이 지나치다는 것을 자기 스스로가 알고 있었다. 그래도 어쩔 수 없었다. 의금부의 태도가 모호하여 하 참봉을 방면해야 할 경우엔 죄를 무릅쓸 각오를 하고 홍계남은 하 참봉을 한칼로 베어 없앨 작정이었다.

　6월 말이었다. 해가 질 무렵인데 느닷없이 도사 이로가 나타났다. 여느 때 같으면 도사의 행차이면 시끌덤벙했을 것인데 뜻밖에도 수행원 두 명을 거느린 단촐한 행차이다. 홍계남은 신이불친愼而不親한 냉랭한 태도로 그를 동헌 거실에 안내하고 불실예절不失禮節할 한도에서 인사를 드리고 도사의 말을 기다렸다.

　"감사는 심히 노하고 있소이다. "

　홍계남은 대응하지 않았다. 마음속엔, 영천군수도 대노하고 있소이다, 하는 말이 들끓고 있었다.

　"왜 노하고 계시는지 아시겠지요. 홍 군수. 하 참봉에게 매일 곤장을 과한다는 게 사실입니까. "

　"알면서 왜 물으십니까. "

　"석방죄인을 붙들어 두고 매일 곤장은 심하시지 않습니까?"

　"도사 나리. 하용태가 어째서 석방죄인입니까. 그는 아직도 자기 죄를 뉘우치지 않는 천하의 죄인이오. "

　"감사께서 영을 내리셨다고 알고 있는데요. "

　"감사의 영이 죄인의 죄를 없앨 수 있습니까? 내가 일찍이 품신했을 텐데요. 불법이면 불행이고 불의이면 불손이라구요. "

"홍 사또, 사또께선 세상을 좀 알아야 하겠소이다. 세상은 그런 것이 아닙니다. 생각을 좀 돌리시오."

"어떻게 생각을 돌립니까. 악인을 선인으로 보고 흑을 백이라고 보아야 합니까?"

"홍 사또, 말을 그렇게 해선 안 되지요. 양반의 체통을 지킬 수 있도록 하자는 얘기일 뿐입니다."

"양반의 체통은 양반들 자신이 지켜야죠. 양반이라고 패륜하고 방자한 것을 묻어 주는 게 체통을 지키는 게 아닙니다. 양반일수록 선善의 규범이 되어야지요. 선의 규범이 되기는커녕 서출의 동생이라고 모함하여 죽이려는 악독한 자를 용납하여 나라의 도리가 서겠습니까?"

"나도 모르는 바 아니오. 홍 사또의 앞날을 근심해서 하는 말이오."

"그렇다면 말씀 거두시오. 나는 어려서부터 생명을 사직을 위해 바쳤소이다. 흔히 구사일생九死一生이라지만 임진란 이래 백사일생百死一生으로 살았습니다. 내일에라도 왜적이 나타나면 목숨을 걸고 싸워야 합니다. 그런데 영천군수로 있을 동안엔 내가 다스리는 이 고을에서만 불의不義가 의義인 것처럼 통하고 죄인이 무죄로 되는 괴리乖理가 없도록 할 뿐입니다. 도사께선 하용태의 재판을 직접 보시지 않았습니까. 도사께서 보신 그대로를 나는 집행하겠습니다."

"그러나 매일 곤장은 너무하지 않습니까."

"도사, 그게 무슨 말입니까. 보통의 죄인이면 장하杖下에 죽도록 매를 맞아야 할 자가 바로 하용태입니다. 나도 1일 10장으로 정해 놓고 의금부에 압송할 때까지 계속하겠습니다. 왜 그자가 곤장을 맞아야 하느냐, 자기 소행에 대해 뉘우침이 없기 때문입니다. 도사께서 그자에게 일러 뉘우침이 있다고 하면 내일부터 곤장 5대를 감하겠습니다. 이 만하면 도사님께 대한 체면은 되지 않겠습니까."

"그런데 전 형방 고도림의 건은 어떻게 된 것입니까."

"어떻게 되다니요. 그놈은 무엄하게도 감사의 직첩이란 것을 위조하여 본 군수의 비행을 캐려고 든 놈이오. 도사께서도 한 고을의 원을 하신 적이 있을 것입니다만, 자기의 과오로서 파직된 놈이 적반하장으로 그런 짓을 하게 내버려 두겠습니까. 앞으로 올 군수를 위해서라도 나는 그놈을 용서할 수 없습니다."

"그런데 그만큼 혼을 내 주었으면 풀어줄 만도 하지 않습니까."

"아직은 안 됩니다. 그놈이 가진 직첩에 관해 조정에서의 시비를 가려야 하겠습니다. 그놈이 가진 직첩에 의하면 '정탐포교'라고 되어 있습니다. 금시초문의 직첩입니다. 놈은 감사가 직접 내려준 것이라고 하지만 믿지 않습니다. 어떤 정신 빠진 감사가 자기의 관할인 군수에 의해 파직된 형방에게 전범에도 없는 해괴한 직첩을 만들어 군수의 비행을 살피라고 하겠습니까. 바쁜 시기를 넘기면 그 직첩을 조정에 가서 제시하고 연후에 전 형방 고도림을 처리할 작정입니다."

이로의 당황하는 심중이 홍계남의 눈에 보였다. 그런 터무니없는 직첩을 도사 이로가 만든 것이라고 짐작하고 한 말이 적중된 것이다.

"감사와 군수가 대립하는 것은 나라를 위해, 본인들을 위해 피차 이로울 것이 없소이다. 성급하게 서둘지 말고 의논 좋게 일을 진행시키도록 합시다."

하고 떠났다. 홍계남은 조금 쉬었다 가라는 인사치례도 하지 않았다.

이로가 다녀간 바로 이튿날 도원수 권율로부터 전갈이 있었다.

권율이 의령에 있으면서 홍계남더러 잠깐 왔다 가라는 것이었다. 반가운 소식이긴 했지만 홍계남이 마음이 무거웠다. 옥사에 하 참봉 부자와 전 형방 고도림을 잡아넣은 데다가 감사와의 관계가 극악할 정도에 다다랐기 때문이다. 그런 데다 6방의 이속들을 믿을 수가 없었다. 이들은 군수와 감사와의 관계를 알자 은근히 감사 편을 드는 눈치였다. 그도 그럴 것이 감사와 군수와의 싸움이면 의당 감사가 이기게 되어 있는 것이다.

그렇다고 해서 군내에 자기가 없는 동안의 일을 맡기면 더욱 이속들의 반발을 살 염려가 있었다. 도리가 없어 홍계남은 공방과 병방을 불렀다. 그들의 충직성을 홍계남이 알고 있었기 때문이다.

"내 도원수 권율 장군을 만나고 오려고 하는데 후사가 걱정이다."

하고 대강의 문제점을 말한 뒤 그들의 의견을 물었다.

"며칠 걸리겠습니까?"

"사흘은 잡아야지."

"그럼 저에게 형방의 업무를 겸해 보도록 명령해 주소서. 사흘 동안의 일이면 제가 책임지겠습니다."

공방은 한참 동안을 생각하더니 의견을 내었다.

"사또 나리, 이번의 행차엔 이방과 호방을 수행시키도록 하소서."

"그건 무슨 까닭인가."

"사또의 부재중을 틈타 감사와 꾸미면 감사가 군사를 출동하여 옥사 안의 죄인을 데리고 갈 수가 있습니다."

홍계남이 단번에 그 말뜻을 알아들었다. 후사를 걱정한 것도 구체적으로 말하면 바로 그런 사태에 대해서였다.

군수 부재중이면 이방과 호방이 대리할 수 있는데 그들과 짜기만 한다면 하옥시킨 죄인쯤 감사가 데리고 가는 것은 여반장如反掌한 일이다. 그 불법을 물론 뒤에 지적할 수 있겠지만 사후의 약방문이다. 죄인을 석방하라는 감사의 명령을 따르지 않았으니 감사로선 그런 비상행동을 할 수 있는 것이었다.

"좋은 얘기를 들었다."

홍계남은 예방을 불러 자기가 부재중엔 대소사를 막론하고,

"감군대장 조인식과 상의해서 하라."

고 일렀다. 조인식에겐 이렇게 지시했다.

"각 대장에게 통첩하여 군경을 넘어오는 타지방 군사들을 검문하여 꼭 납득할 수 있는 이유 말고는 군내에 들여놓지 말도록 하고, 꼭 군내를 통과할 필요가 있다고 하거든 사령관이 돌아올 때까지 그 지점에서 기다리라고 하라. 감사가 파견한 군대도 예외가 아니다."

그 이튿날 이방과 호방을 도원수부까지 동행하라는 말을 하자 두 놈 모두 눈을 둥그렇게 떴다.

"지금 군사를 움직일 수 없어 그렇다. 나를 수행하라."

간단하게 명령하고 홍계남이 의령을 향해 떠났다.

영천에서 의령까지 만산 만야가 푸르렀다. 작년만 해도 벼를 심지 못한 황무한 땅이 많았는데 금년엔 그런 폐전이 없었다.

"이해는 그래도 순풍우조順風雨調하지?"

말굽을 늦추면서 좌우를 둘러보며 홍계남이 말했다.

"그러하옵니다."

"금년은 풍년일 것 같습니다."

이방과 호방의 말이 있었다.

"왜병이 재침해 오면 어떻게 될까?"

홍계남이 넌지시 물었다.

"설마 그럴 리야 있겠습니까?"

"설마라니, 남해안에 아직 왜병이 2만 명이나 남아 있다. 놈들이 뭣 때문에 남겨 두었겠나."

"다시 난리가 나면 다 죽는 거지요."

호방의 말이었다.

"임진년 난초에 자네들의 가족 중에 죽은 사람은 없나?"

"다행히 없었습니다."

한 것은 호방이고 이방은,

"전 형을 잃었습니다."

"그때 전투가 치열했던 모양이지?"

"말 마십쇼. 살아난 게 요행입니다. 그런데 권 장군이 아니었다면 영천이 어떻게 되었을지 모릅니다."

이방은 그때의 처참한 양상을 설명했다.

"그렇다면 권응수 장군은 영천의 은인 아닌가."

"은인이지요."

이때부터 말은 홍계남과 이방 사이에만 오갔다.

"그런데 송덕비 하나 없더군."

"난중에 그런 걸 세울 정신이 있습니까?"

"아니지, 난중일수록 세워야 해. 백성들의 사기를 돋우기 위해서."

"그렇다면 사또께서 주창하셔야 할 것 아닙니까?"

"그건 안 되지. 그런 주창은 백성으로부터 나와야 한다. 내가 주창하면 민폐가 된다. 백성들이 주창해서 세우면 영천군민은 훌륭하다, 고픈 배를 허리띠를 졸라매고 송덕비를 세웠다고 되지만, 사또가 주창해서 세우면 굶주린 사람들을 두고 사또 생색내려고 저런 것을 세웠다고 될 것 아닌가?"

"참 그렇겠습니다."

대구를 지나 현풍에 도착했을 때 정자나무 밑에 쉬었다.

"이방. 여기가 현풍이지? 이곳이 어떤 곳인지 아는가? 홍의장군 곽재우 선생이 나신 곳이다."

"들어보지 못한 이름입니다."

"그래?"

하고 홍계남이 말을 끊었다.

영천과 현풍은 지척지간이다. 그런데도 곽재우 선생을 모르다니. 홍계남이 그들과 더불어 얘기할 흥미를 잃었다.

"곽재우 선생이 누구십니까?"

호방이 물었다.

"권응수 장군은 훌륭하셔."

해놓고 홍계남이 말을 보탰다.

"어른들과 비교하는 것은 외람하지만 곽재우 선생은 권응수 장군보다 인물과 공이 열 배쯤 큰 사람이다."

"헤에, 그렇습니까?"

창녕에서 해가 저물었다.

이방이 창녕군아昌寧郡衙에 연락하자는 것을 홍계남이 못하게 하고 다만 포교둔소捕校屯所에 수상한 자들이 아니란 것을 알리는 호표를 제시하라고 일렀다. 그리곤 전에 이곳에 한동안 머물렀을 적 신세진 전 노인의 집을 찾았다. 거기서 하룻밤 머물 작정을 한 것이다.

노인은 반가워 어쩔 줄을 몰랐다. 오래 사니까 홍 장군을 만날 수 있었다며 지난봄에 죽은 아내가 살아 있었다면, 하고 눈물을 흘리기까지 했다.

"그런데 이거 어떻게 하지요? 조가 얼마 있을 뿐인데 ….."

반가워하던 노인의 얼굴이 순간 수심 낀 얼굴 표정으로 바뀌었다.

호방이 얼만가의 돈을 내밀며, '쌀을 팔아 오면 될 게 아니냐'고 했다.

"아닙니다, 아니오. 돈이 없어서 쌀을 못 구하는 게 아니라."

며 노인이 손을 저었다.

창녕에선 쌀을 구하기가 힘들다는 것이다. 그리곤 관가의 객관으로 가서 홍 장군을 들먹이고 얼만가를 얻어 오겠다고 했다. 전 노인은 객관의 고지기를 했던 것이다.

"그건 안 됩니다. 조는 있다고 하니 그걸로 죽이나 쑤어 요기하면 됩니다."

홍계남이 말렸다.

죽이 끓을 때까지 물을 떠 와 갈증을 면했다. 애동호박을 듬성듬성 썰어 넣고 소금으로 간을 맞춘 조죽의 맛은 그야말로 별미였다. 이방과 호방은 죽 한 그릇을 다 먹으면서도 머쓱한 표정이었는데, 홍계남은 정말 맛있게 먹었다. 그런데 청풀연기를 피웠는데도 모기떼가 달려

들어 잠을 이룰 수가 없었다.

"장군님, 모발이 많이 희어졌습니다."

권율 장군에게 군례軍禮를 마치고 홍계남이 한 말이다.

"우리가 만난 지 한 3년쯤 됐지? 그 3년 동안 늙을 만하지 않았는가."

권율이 탄식을 섞었다.

"이판吏判으로 계셨을 땐 편하셨지요?"

"천만의 말일세. 무사는 병영에 있어야 하느니. 아아, 그 문신들의
시끄럽기란. 말에는 알맹이가 없어. 문서 하나 쓰는데도 어떻게 그리
말이 많은지. 기휘해야 할 글자가 어떻고 이땐 글귀를 이렇게 바꾸어야
한다는 둥, 전쟁터에선 병정이 죽어 가는데 그들은 그 따위 씨알머리
없는 소릴 하는 게 충성이라고 생각하고 있으니 원, 참 기가 막혀서.
내 머리 희어진 것은 바로 그 판서 노릇을 할 때라네."

과묵하고 엄한 권율이 홍계남만 앞에 하고 있으면 이처럼 말이 많아
진다.

"짐작이 갈 듯합니다. 그런데 옥체는 균안하시지요?"

"나이엔 이기지 못하는 것 같아. 한운야학閑雲野鶴으로 살았으면 싶
으네만 많은 장정을 잃고 그런 사치가 있을 수 있겠는가. 그러니 몸이
라도 건강해야 하지 않겠는가. 그건 그렇고 군수 노릇 하기가 어때?"

"힘듭니다. 전쟁터에 나가 싸우는 것보다 훨씬 힘듭니다."

"힘들어도 해내야지."

"물론 잘하려고 합니다만….."

하고 요즘 자기의 신변에 일어난 사건을 대강 얘기하자 권율이 정색을

하며 불렀다.

"홍 장군. 큰일 날 일을 저질렀구나."

"귀찮은 일이긴 해도 큰일은 아닙니다."

"아니다. 감사가 홍이상이 아닌가. 그 사람 대단한 사람이다. 술수에 능하고 자존심이 그렇게 강할 수가 없었다. 자기의 자존심이 상했다 싶으면 끝까지 상대방을 물고 늘어지는 사람이다. 친구로선 대수로운 사람이 아니지만 적으로 돌았다 하면 거북하기가 짝이 없는 사람이다."

"그래도 전 겁나지 않습니다. 비非는 저편에 있고 내게 있지 않으니까요."

"홍 장군, 시是와 비非가 중요한 건 아닐세. 중요한 건 시기와 모략의 세상에서 살아남는 일이지. 개죽음을 해서야 되겠는가. 홍 장군, 정여립 사건 알지?"

"압니다. 그런데 전 정여립을 좋아하지 않습니다."

"좋아하고 미워하고가 문제인 것이 아니라 그 사건으로 얼마나 많은 사람이 개죽음을 했는가!"

"안타까운 일이지요."

권율이 눈을 감았다가 다시 뜨더니 이런 얘기를 시작했다.

"작년이다. 내가 이조판서로 들어갔을 때이다. 영천군수를 갈아야 한다는 말을 참판인가 무슨 정랑正郎인가가 했어. 갓 감투를 쓴 쑥맥이 사정을 알 까닭이 있나. 들어보니 홍 장군 얘기야. 이유인즉 이렇더라. 영천군수 홍계남은 양반을 누르고 천민, 천생들을 애써 도우려 한다는 거야. 이를테면 억반부천抑班扶賤 한다는 거라. 영천의 양반들 가운데 누가 투서한 모양 같더라. 그래서 내가 한마디 했지. 양반은 누르려고 해도 눌려지지 않는 것이고 천민과 천생은 아무리 도우려고 해도 보람이 없는 것인데, 그게 무어 대단하다고 군수를 바꾸려고까지 하느냐고. 그땐 내가 부임 당초라서 보아주었던가 보지. 내가 한술 더 떴지. 영천은 경주와 가깝고 가등청정이 도사리는 서생포와도 가까운 군사의 요지이다. 그런 곳의 군수로서 홍 장군 이상의 적임은 없다. 난이 끝날 때까진 홍 장군을 그 자리에서 움직여선 안 된다."

권율의 이 말을 듣고 홍계남은 비로소 납득이 갔다. 보통 군수는 한 군데에 있는 임기가 길어야 2년이다. 그런데 자기는 그곳에 4년 가깝게 근무하고 있다.

"제가 4년 가깝게 그곳에서 근속하는 것이 권 장군님 덕택이네요. 꼭 그렇습니다. 권 장군님의 덕택입니다."

"덕택이고 뭐고가 있겠소. 명심해 둘 것은 홍 장군에겐 '억반부천'이란 말이 따라 돌고 있다는 사실이오. 그런데 이번 사건은 그 '억반부천'의 표본 같은 사건이란 말일세."

"과히 걱정 마십시오. 제가 불의 불법을 행하지는 않으니까요."

"우리 술이라도 나눠가며 얘기함세."

다음은 술을 마시면서 오고 간 얘기다.

"영의정 유성룡 대감이 하4도下四道 도체찰사都體察使 아닌가. 그 어른이 나를 은근히 불러 이런 말을 했어. 심유경이 경박하게 구는 걸 보니 강화고 뭐고 성립되지 않을 것이 뻔하다. 사태는 강화講和와 철병撤兵이 부득이한데 말야. 강화가 성립되지 않으면 전란이 다시 벌어진다고 보아야 할 게 아닌가. 그때를 대비해서 유 대감은 조의朝議에 견벽청야지계堅壁淸野之計를 제의할 작정이란 거야. 그것이 과연 타당하겠는가를 나더러 미리 검토해 보라는 거지. 타당하다면 조의에서 제창할 것이고, 타당치 못하면 제창하지 않겠다는 거지."

"견벽청야지계의 골자가 무엇입니까?"

"전쟁이 시작되면 들과 마을을 말쑥이 비워 버리자는 것이다. 식량과 일체의 일용품과 가축들을 산성, 즉 견고한 요험要險으로 옮겨 버리자는 거지. 사람들은 물론이고 …."

"식량과 가축 기타 물자를 적이 이용하지 못하도록 하자는 것 아닙니까. 그럼 전쟁을 하지 말자는 것 아닙니까?"

"그렇겐 안 되지. 적이 산성을 칠 것 아닌가. 그때 응전하여 박살을 내주겠다는 거라."

"우리나라 전체 백성을 수용할 만한 산성이 있습니까?"

"현재 있는 산성은 수축하고 각처에 요지를 골라 산성을 만들자는 것이지."

"남녀노소가 그 산성 속에서 생활하게 되겠네요."

홍계남은 영천의 지리를 머릿속에 그리며 어디에 영천군민 전체를 수용하는 산성을 만들까 궁리를 일순 해 보았다. 안 되는 얘기였다.

"전 국민이 같이 죽자는 꾀밖엔 안 되겠는데요. 내다내다 죽을 꾀를 낸다는 말이 있는데 견벽청야지계를 두고 하는 말이 아닌가 합니다."

"그렇게 경솔한 말을 쓰면 되나. 유성룡 대감의 제안이시다. 한번 잘 생각해 보게."

"오늘밤부터 생각해 보겠습니다. 생각해 보기 전에 술이나 잔뜩 마시고 싶습니다."

하고 빈 술 항아리를 흔들었다. 술맛이 좋아서가 아니라 술이라도 마시지 않으면 견딜 수 없는 심정이었다.

견벽청야지계라! 술에 취해 약간 들뜬 기분으로 홍계남은 이렇게 중얼거리고 유성룡을 눈앞에 그려 보았다.

일인지하 만인지상! 그 1인이 갈팡질팡 정신을 차리지 못하고 피란 갈 생각만 하는 임금이고 보면, 조선의 사직은 유성룡에게 걸려 있는 거나 다름이 없다. 영의정 領議政에 도체찰사이면 문무의 양 권을 그 일신이 장악한 셈이다. 물론 조의 朝議라는 것이 있고 임금의 재가가 필요하지만 모두 형식에 불과하다. 경우에 따라선 임금의 의사를 못들은 척 모르는 척하고, 구렁이 담 넘어가는 식으로 슬쩍 처리하는 나쁘게 말하면 노회 老獪, 좋게 말하면 능란한 술수까지 가진 인물이다.

그런 인물이 구국의 방책으로서 기껏 고안한 것이 견벽청야지계라니, 하고 생각하니 하도 어이가 없어 술이 깰 지경이었다.

도원수 권율의 말에 의하면 유성룡의 취지는 읍성 邑城은 조총 鳥銃에 약하니 조총의 위력을 가진 왜군을 읍성에선 격퇴하기 어렵다는 것이고, 산성은 높은 곳에 있어 아래로 내려다보고 싸우니 적의 장기 長技인 조총의 위력을 막을 수 있고, 적이 토산 土山과 운제 雲梯를 만들 수 없어 성안의 동정을 살피지 못할 것이고, 적이 비록 용감하고 전투에 능해도 산성 밑에까지 기어오르면 기진맥진할 것이므로 이때 큰 돌을 굴려 내려뜨리면 쉽게 적을 분궤시킬 수 있다는 것이다.

홍계남은 유성룡이 이런 생각을 했을 때 진주성의 참패가 뇌리에 있었을 것이라고 짐작했다. 진주성 전투의 예를 들면 읍성 邑城의 전투가 얼마나 불리하고, 산성의 전투가 유리하리란 것을 누구나 알 수 있는 일이다. 그러나, 하고 홍계남은 생각했다. 전쟁과 전투는 다르다. 아니 전쟁은 개개 전투의 연속으로서 나타나는 것이지만, 전쟁에 대한 대비책을 개개의 전투에 대비하는 방책과 같이 생각해선 안 된다. 개개의 전투에 승리함으로써 전체 전쟁을 승리하는 것이지만 전쟁이란 그렇게 되는 것이 아니다.

산성은 고립해 있다. 원군이 가질 못한다. 가령 수만 대군으로 1, 2만밖에 없는 산속의 고성孤城을 장기적 안목으로 공략한다면 어떻게 될 것인가. 수개월이면 파탄이 난다. 식량과 무기가 떨어지면 이윽고 성은 자멸한다. 왜군의 전투를 보면 단병短兵으로 급하게 서두는 경우도 있지만 일단 필요하다고 느끼면 장기전으로 들어갔다. 그런 전술을 쓸 줄 아는 왜군이 유성룡의 산성전술山城戰術, 아니 청야지계淸野之計에 말려들까? 아마 말려들지 않을 것이다.

왜군이 그 전술을 간파하기만 하면 작전상 필요한 몇 개의 산성을 봉쇄하는 전략을 꾸며 놓고 무인지경을 달려 단번에 한양으로 육박할 것이 명백하다. 한양을 공략한 후엔 중점적으로 산성에 대해 단기적으로 혹은 장기적으로 대책을 세운다.

뿐만 아니라 읍민들을 모조리 산성으로 수용하려고 할 때 도망칠 여지가 얼마라도 있는데 읍민들이 자진해서 남부여대하여 산성으로 들어갈 것인지도 문제다. 이 말을 들었을 때 직감적으로 느낀, 내다내다 죽을 꾀를 낸다는 결론으로 홍계남은 다시 돌아갔다.

청야지계에 물론 장점이 없는 바는 아니다. 그러나 그 장점을 상회하는 결점이 많다. 이렇게 의견을 정돈하고 날이 새기가 바쁘게 홍계남이 도원수 권율의 숙소로 갔다. 홍계남의 말을 눈을 감고 자초지종

듣더니 권율이 눈을 뜨고 말했다.

"나도 홍 장군과 똑같은 의견이오. 홍 장군의 의견도 이렇다는 말까지 곁들여 유 대감에게 말해 보겠소."

"유 대감에게 말씀드리기 전에 다른 장군들과도 상의해 보시는 것이 어떻겠습니까?"

"아직 바쁘지 않으니 몇 사람 더 불러 의논할 참이오."

하고 권율이 이런 말을 했다.

"어젯밤, 홍 장군이 지금 처한 사정을 듣고 생각했지. 그 생각을 말하기에 앞서 내 사정을 말하지. 나는 내 일존一存으로 능히 처리할 수 있는 일까지를 일일이 보고하고서야 처리하는 방침을 정했소. 그래서 막하의 장령들이 불만이 많소. 도원수는 자기가 차지할 몫까지 차지하지 못하여 도원수로서의 위신을 지키지 못한다고. 그래서 나는 그들에게 이런 말을 했지. 잠시 동안 조정에 몸담아 본 게 탈이다. 조정은 사사건건 외직外職의 흠을 잡으려고 야단이다. 조정에 있는 벼슬아치들의 최대관심사는 외직에 있는 사람, 일선에 있는 장군들의 월권행위로, 자기들 권한의 침범이라고 생각하는 거라. 이것 참 탈났더군. 적의 습격을 받아 전투에서 승리하면 그만이지만, 만에 하나 패배라도 하면 통왜通倭한 사실이 있는지 살피려 들고, 조정에 보고하지 않고 이웃 군대에 응원을 청하면 월권이라고 야단이고, 사전보고 없이 군사를 움직이면 역모의 조짐이라고 떠드는 판이니 참으로 아찔하더군. 복서伏書라는 것이 있지. 자기들의 편파적 감정을 섞어 어느 인물에 왜곡된 사실을 적어 놓곤 그저 문서철에 끼워 두는 거여. 그래놓곤 그 인물이 무슨 문제라도 일으키면 그걸 공식기록처럼 내놓기도 하고 때론 많은 서류 가운데 끼워 재가를 받아내는 기술도 부리기 위해 만들어진 문서가 복서다. 참으로 무서운 세상이여. 그 때문에 나는 하나도 책잡힐 일을 남기지 않기 위해 대소사를 막론하고 조정에 보고한다. 여러 장령들의 신분보장을 위해서도 그렇게 하는 것이 요긴하다고 느꼈다. 이렇게 말했더니 모두들 납득하는 것 같았어. 전쟁이 벌어지고 있을 땐 그래도 잠잠한데 세상이 조금 평온하다 싶으면 이 모양이다. 박빙여리薄氷如履 보상백인步上白刃이다. 내가 홍 장군에게 말하고자 하는 것은 의혹을 살 수 있는 근처에도 가지 말라는 것이고, 문신文臣들과 대립하는 일을 꾸미지 말라는 것이고, 특히 억반부천하는 기미를 보이지 말라는 것이다. 이상이 홍 장군에 대한 나의 부탁이오."

홍계남이 권율에게 아버지를 느꼈다. 누가 이처럼 나를 보살펴 주고 따뜻한 훈계를 내려줄 어른이 다시 있을까.

홍계남이 하직하려 하자 권율이 전곡錢穀을 처리하는 막료를 불러,

"내가 장부를 살펴보니 수년 이래 홍 장군 부대에 간 전비戰費가 전혀 없더구나. 우선 1천 냥을 홍 장군에게 주라."

고 명령하곤, 홍 장군에겐 귀엣말을 하곤 어깨를 두들겼다.

"이것도 미리 조정에 보고해 두었다."

1천 냥의 돈을 싣기 위해선 나귀 두 마리를 얻어야만 했다. 돈 실은 나귀 두 마리를 이끌고 홍계남은 이방과 호방을 재촉하여 영천을 향해 떠났다. 돌아가는 길은 창원, 밀양을 거쳐 가는 노순을 택했다.

창원 중리의 고갯마루 그늘에서 한숨 돌리고 있을 때 이방이 물었다.

"도원수께서 사또 나리를 부르신 건 무슨 일 때문이었습니까."

이방은 대단히 궁금했던 것이다.

"도원수는 나를 사또로서 부르신 것이 아니고, 휘하의 장군으로서 부르신 것일세."

하고 홍계남이 입을 다물어 버리자,

"무슨 일이시온지 우리가 알면 안 되는 일이옵니까."

호방도 궁금증은 이방과 마찬가지였던 모양이다.

홍계남이 돈 실은 나귀를 가리켰다.

"돈을 주시려고 오라고 한 거다."

"그 일뿐이었습니까?"

"어찌 그 일뿐이었겠나. 발 없는 말이 천 리를 간다더니. 나와 감사와의 사이에 있었던 사건이 도원수의 귀에 들어갔어."

"그래, 도원수께서 뭐라고 말씀하셨습니까."

호방이 주뼛 귀를 세웠다.

"소신대로 하라는 말씀이었다. 의가 불의에게 질 순 없다는 거였어."

그러자 이방이 물었다.

"감사허구, 도원수허구 어느 편이 높으십니까?"

"이 사람아, 도원수는 8도의 병권을 쥐고 있는 어른이여. 뿐만 아니라 이조판서를 지내기도 했어."

홍계남이 웃었다. 홍계남의 그 말에 이방과 호방의 기가 약간 꺾인 것으로 보았다. 그들은 감사와 대립한 홍계남이 필경 지고 말 것이라고 생각했는데, 도원수의 출현으로 판단에 갈피를 잡지 못한 듯했다.

역모 혐의로 끌려가다

선비놈들? 홍계남이 이를 악물었다. 너희들이 좋은 말을 만들어 주었구나. 억반부천抑班扶賤이라? 홍계남은 자기가 관할하는 영천군에서만이라도 억반부천을 강력히 실천할 각오를 굳혔다.

얼마 지나지 않아 교체될 것이다. 그 안에 서둘러야 하겠다. 대강 구상을 하고 안동군계에 들어서니 황충량, 길봉준 등 대장이 기다리고 있었다. 신불과 조인식의 얼굴이 보이지 않았다.

"감군의 얼굴이 보이지 않는군."

"감군은 처소에서 움직일 수 없다고 합니다."

"무슨 일이 있었나?"

"홍 장군께서 떠난 바로 그 이튿날 안동에서 70~80명의 군사가 왔더랍니다. 물론 군계까지지요. 하가라는 군관이 인솔했는데 사또를 찾기에 도원수가 오라고 해서 가셨다고 하니까 자기들끼리 수군수군하더니 돌아가 버렸다고 합니다. 그 소식을 듣고 감군은 처소에서 떠나지 않을 작정을 한 모양입니다."

홍계남이 동헌으로 돌아가서 6방 이속과 군대 간부들을 불러 모았다. 그 자리에서 다음과 같이 지시했다.

"이 고을의 서출庶出과 천출賤出의 수를 확인하는 동시에 그 계통을 밝혀 내게 보고하라. 말미를 1주일을 주겠다. 보고 후에도 누락된 자가 있는지 없는지의 여부를 계속 조사하라."

일동이 퇴출한 후 신불이 와서 물었다.

"장군, 왜 이런 일을 시작하려고 하옵니까?"

"내가 억반부천에 힘쓰고 있다네."

"억반부천이 뭡니까."

홍계남이 그 뜻을 설명하고 나서

"신 군관, 이왕 이렇게 되었을 바엔 그야말로 억반부천할 참이다. 아니 억반抑班까진 못하더라도 부천扶賤은 해야겠다. 내가 영천군에 있을 날도 앞으로 얼마 되지 않을 것 같으니 서출, 천생을 위해 하는 데까진 해 볼 작정이다. 신 공이 협력해 줘야겠다."

"좋습니다. 나도 그런 생각을 했습니다. 영천 땅을 떠나기 전에 그 일만은 해 놓으셔야죠. 그러나 서출과 천생을 밝히고 나서 어떤 대책을 써야 할 것인가를 미리 강구해야 할 것입니다."

홍계남의 가슴이 쿵 소리를 낼 지경이었다. 대책은 막연한 것이다. 어쨌건 하나의 집안 속에서 일어난 사태를 관에서 어떻게 해야 한단 말인가…. 그러나 막상 전혀 대책이 없는 것은 아니었다. 본인의 희망에 따라 본가와 분리시키는 것이다.

홍계남의 아버지 홍자수洪自修도 계남과 그 어미를 본가에서 떼어 딴 살림을 시키려고 했다. 그 의도를 계남은 너무나 잘 알았다. 하지만 가

모家母, 청주 한 씨의 비위를 거스르지 못해서 아버지는 자기의 마음대로 할 수 없었다. 가모의 비위를 거스르면 문중이 들고 일어날 위험이 있었다. 그런데 관官의 명령이라고 하면 가능했다. 건너고 싶은데 배가 있으면 어찌 건너지 않으리오. 홍계남은 그런 사정을 알고 있었다.

신불이 나가고 난 후 예방을 불렀다. 예방에게 홍계남이 죄인 하용태, 하기춘과 전 형방 고도림에게 대한 행형行刑을 종전대로 시행했느냐고 물었다.

"행형은 사또님 면전에서가 아니면 못하게 되어 있었기에 사또 나리 부재중엔 거행하지 않았습니다."

"핑계도 많구나."

하고 역정이 치밀었지만 그것이 법도라면 어쩔 수 없는 것이다.

의금부에서의 회자回杏는 줄잡아도 한 달쯤은 더 기다려야 했다. 속이 부글부글 끓었다. 하루바삐 놈들에 대한 결정이 내려야만 하진태에 대해 홍계남이 의도한 바를 실행에 옮길 수 있다.

7월에 들어 어느덧 10일이 되었다. 찌는 듯한 더위가 며칠 간 계속되는 동안 사람들은 일손을 놓을 지경이었다. 그래도 홍계남이 대청에 상궤床机를 내어놓고 서출과 천생의 명부를 챙기고 있었다. 서출은 상민 아닌 여자를 첩으로 하여 낳은 자식이고, 천출은 노비나 기생 몸에서 낳은 자식을 말한다. 뜻밖에도 영천엔 서출과 천출이 많았다. 밝혀져 장부에 오른 것만으로도 서출과 천출이 각각 1백 명이 넘었다.

신불이 나타나더니 싱글벙글했다.

"하도 더워서 자네 정신이 돌았나?"

"소인이 더위 따위로 정신이 돌겠습니까만, 장군께선 그 도포라도 벗으시는 게 어떠하오리까. 손님도 없고 외인도 없는데 ···. 보는 사람이 답답합니다."

"예불한서禮不寒暑란 말이 있느니라. 나는 영천 고을의 예禮를 대표하는 자가 아닌가."

"사또란 건 참으로 불편한 벼슬입니다요. 그런데 충청도 홍산의 소식을 들으셨습니까요."

"충청도 홍산? 홍산에 무슨 일이 있는데? 신 공이 알리지 않은 것을 내가 어떻게 듣겠는가."

"6방 관속들은 치레로 두었습니까? 장군께선 이몽학이란 자를 아십니까?"

"홍산 사람 이몽학 말이지?"

"그 사람이 반란을 일으켜 충청도는 지금 난리통에 야단이랍니다."

홍계남이 다음의 말을 잇지 못했다. 이렇게 홍계남이 충격을 받은 덴 이유가 있었다. 계사년 봄 홍계남이 부대를 이끌고 충청도 정산定山을 지난 적이 있었다. 그때 정산에서 숙영할 때 선봉장 한순의 모속관募粟官이라며 이몽학이 홍계남을 찾아와서 융숭한 대접을 했다. 홍계남에게만 대접한 것이 아니라 돼지 10여 마리를 잡아 군사들에게도 푸짐히 대접했다. 그 호의가 고마워 다음날을 그곳에 머물며 서로 나랏일에 관한 포부를 털어놓기도 했다. 홍계남이 받은 인상은 담론풍발談論風發하고 협기늠름俠氣凜凜한 호남아였다.

홍계남의 출생을 알고 있었던 모양으로 자기는 조정의 종실宗室인데도 서출이어서 출세할 가망이 없다고 투덜대긴 했으나, 운명의 소치로

364

돌리겠다며 활달한 태도로 차별과 멸시 없는 나라를 만들기 위해 서로 손잡을 날이 있기를 바란다고 했다. 홍계남이 그땐 아직 젊었을 때나 이몽학의 의견에 투합하여 통음으로 하룻밤을 새웠다.

이몽학을 만난 것은 그때 단 한 번뿐이다. 그런데도 언뜻언뜻 생각나는 경우가 있었다. 그 쾌남아가 지금 어디서 무엇을 하고 있을까 하고.

그런데 바로 그 사람이 반란을 일으켰다고 하니 충격이 아닐 수 없다. 홍계남은 즉시 말을 잘 타는 군사 3명을 선발하여 의령에 있는 도원수 권율에게 비마를 띄워 하회下回를 기다리기로 했다.

홍계남이 뒤에서 알게 된 일이지만 이몽학의 반란사건이란 이러하다. 주모자는 한순韓絢이었다. 한순은 충청도 면천 출신으로 영리하고 웅심雄心이 발발한 사람이었다. 번번이 과거에 낙방하여 과거가 정실情實에 좌우된다고 불평했다. 음관으로 사복司僕 벼슬을 했지만 전도가 밝진 않았다. 임진란이 터지자 군사지식이 있는 사람을 모집하게 되었다. 몇 권의 병서를 읽고 진도법陳圖法을 익힌 한순은 속오법束伍法, 즉 조련법을 안다고 내세워 선봉장先鋒將으로 발탁되었다. 그 후 순안어사 이시발 밑에서 종사할 때 이몽학을 알게 되어 그를 자기의 모속관으로 했다.

불평분자 둘이 모였으니 서로 뜻이 맞았다. 문란한 조정은 그들의 눈으로 보았을 때 수천 명 군사를 결속시킬 수만 있으면 쉽게 넘어뜨릴 수 있는 취약한 존재였다. 한순은 세밀한 계획을 짜서 이몽학에게 전수하고 자기는 고향으로 돌아가 사태의 추이를 지켜보고 있었다. 성공하면 땅을 잡는 거고 실패해도 본전이란 약은 꾀를 쓴 것이다.

한순의 사주를 받은 이몽학은 그럴듯한 명분을 내걸고 의병모집에 착수했다. 당시엔 의병을 모집할 때 견제가 심했지만 구국의 명분을 내세우는 데야 지방관서들이 어떻게 할 수 없었다. 권하지도 않거니와 말리지도 않는 그런 태도로 지켜볼 뿐이었다.

"불원 왜장 가등청정이 다시 쳐들어온다. 이에 대비하지 않을 수 없다. 나라를 위하는 청년들은 모두 모여라!"

이몽학이 내세운 명분이었다.

"의병이 되면 세금을 안 내도 된다. 부역을 면하게 된다. 수틀리면 관군과 달라 언제든지 이탈할 수가 있다. 이 어지러운 세상을 살아가는 데 편리한 방편이 된다."

는 등 교언巧言으로 선동하기도 하여 수백 명을 모으는 데 성공했다.

7월 6일, 이몽학은 느닷없이 홍산현감 아문을 습격했다. 의병의 모임인 줄만 알고 아무런 대비도 없었으니 당장에 점령되었다. 현감 윤영현은 결박되고 인장과 군기는 적도들의 손에 넘어갔다. 이어 그들은 임천군에 쳐들어가 군수 박진수를 결박하곤 다음과 같이 선언했다.

"썩은 관속들에게 나라를 맡길 수가 없다. 우리 힘으로 왜적을 쳐야 한다. 왜적을 치고 나서 참된 우리의 나라를 만들자. 우리들만 일어난 것이 아니다. 5도五道가 같은 날에 봉기하여 한양으로 쳐들어가기로 되었다. 충용장군 김덕령도 우리 편이다. 그 유명하고 용맹한 영천군수 홍계남 장군도 우리 편이다. 모두 일어서서 한양으로 진군 중이다. 병조판서 이덕형이 내응하기로 되어 있고 각 도의 병사들이 모두 호응하고 있다."

이 선동에 넘어가 백성 가운데 서로 다투어 반도들에게 합류했다.

이튿날인 7일엔 정산현이 함락되고, 현감 정천경이 도망쳤다. 8일엔 청양현이 점거되고, 현감 윤승저 또한 도망쳤다. 적세는 이미 수천 명에 다다랐다. 9일엔 대흥현이 점거되고, 현감 이질수는 산중으로 피신하고 급사急使를 조정에 보냈다.

"본현을 점거중인 적은 3, 4천 명인데 무기를 가진 군관 같은 사람이 수백 명이고 나머지는 시골 사람들로서 무기를 가지지 않았다."

반란군의 다음 목표는 홍주성洪州城이었다. 홍주목사 홍가신洪可臣은 전에 정여립 사건에 말려들어 그 결백을 밝히기 위해 이만저만 고초를 겪은 사람이 아니다. 홍주성을 빼앗기면 정여립 사건이 곁들여져 무슨 사단이 날지 몰랐다.

그럴 때 순찰사 이정암의 종사관인 신경행을 만났다. 신경행은 홍주성을 고수하라고 권했다. 만일 홍주성이 함락되는 경우엔 충청도 일대가 흔들리고, 그렇게 되면 전국이 마비될 위험마저 있다고 주장했다. 그런데 홍주성은 그때 수천의 적도를 막아낼 준비가 되어 있질 않았다. 부득이 원군을 청할 수밖에 없는 처지였다.

이때 홍주의 관속 이 모와 신 모가 홍가신 목사에게 이런 말을 했다.

"우리들이 적에게 가서 거짓 투항하여 그쪽에 들어가 적의 형세를 소상하게 알아오겠습니다."

홍가신이 좋다고 했다. 두 사람은 광시역으로 나가 이몽학을 만나자 꿇어앉아 투항하겠다고 빌었다.

"좋소, 반갑소, 그러나 자세한 얘기는 홍주에서 듣자."

"홍주성은 견고하니 서툴게 서둘러선 안 됩니다. 우리가 먼저 가서 상황을 세밀하게 보고 와서 보고할 터인즉 그때까지 기다렸다가 쳐들어가는 것이 유리할까 하옵니다."

이몽학은 하루쯤 어떠랴 하고 기다렸다. 그런데 회보가 오지 않았다.

이몽학이 10일까지 기다렸다가 홍주성을 향해 진발했다. 이 무렵엔 홍주성은 만반의 대비책을 강구했다. 무장 박명현은 성중에 들어와 있었고, 순찰사종사관 신경행이 인읍 수령에게 연락한 때문에 수사水使 최호崔湖, 남포현감 박동선, 보령현감 황응성 등이 각각 군사를 거느리고 성안으로 들어와 준비는 철통같이 되었다.

이윽고 반란군이 홍주성에 접근했다. 성 밖 2, 3리에 5진陳을 치고 각 진에 1천 명을 배치하여 기세가 매우 높았다. 밤에 들어 반란군의 장령 수 명이 말을 타고 성 밑에 와서 큰 소리로 외쳤다.

"천운이 이와 같은데 성중 군사들은 왜 항복하지 않는가. 빨리 항복하면 살길이 트일 것이다."

성중에선 화포와 화전을 쏘아댔다. 성 근처에 있는 민가들이 불이 붙어 화염이 충천했다. 반란군은 시시각각으로 포위망을 좁혀 갔다.

한양의 민심이 동요하기 시작했다. 홍주성의 명운은 단석에 있는데 인근 백성들이 속속 반란군에 합류하고 있어 언제 한양으로 쳐들어올지 모른다는 과대한 풍운이 돌았기 때문이다.

조정에서 이 변을 알게 된 것은 8일이고, 도원수 권율도 같은 시기에 알았는데 그때 도원수는 원수부를 전주로 옮겨 놓고 있었다.

도원수 권율은 전라감사 박홍로에게 영을 내려 반도 토벌에 착수하는 한편 충용장군 김덕령에게 연락하여 내원을 청하고, 영남의 제진諸陳에 군관을 파견하여 항왜降倭를 모아 거느리고 오라고 명령하고 12일엔 여산에서 석성현 (부여군) 으로 진출했다.

한편 병사 이시언은 온양에서 홍주로 직행하고, 순안어사 이시발은 유구역에 진을 치고, 중군 이간李偘은 청양에 진을 치고 홍주 구원의 대책을 세우고 있었다.

반란군이 홍주를 포위한 5일 만인 그날 밤 도원수 권율은 전주판관을 척후장斥候將으로 하여 적정을 살피게 했다. 전주판관의 아병牙兵인 윤계尹誡가 장사 10여 명을 이끌고 적진에 뛰어들어 총통銃筒을 연달아 쏜 후, 소연해진 반도들을 향해 외쳤다.

"도원수와 전라감사, 충용장군이 병마 수만을 거느리고 닥쳐오고 있다. 내일 한 사람도 남기지 않고 너희들을 초멸할 것이다. 너희들 적의 무리 가운데 협박에 못 이겨 본의 아니게 따라다니는 사람도 있을 것인즉 적의 우두머리의 목을 베어오면 몰살의 화는 면할 것이다."

적중에도 도원수와 전라감사가 출동했다는 소문이 흘러들었고, 사태가 본시 그들이 들은 대로가 아니라고 의심하는 경향이어서, 윤계의 말이 있고 보니 적도의 일부는 흥분하지 않을 수 없었다.

"이놈들, 우리를 속였구나."

하고 흥분한 적도의 일부가 그들의 대장 막중으로 쳐들어갔다. 그 가운데 김경창, 임억명, 태근 등 세 사람이 이몽학의 처소를 찾아 그를 그 자리에서 참살斬殺하여 머리를 가져다가 관군에게 바쳤다.

이렇게 되니 원래가 오합지졸이라 사방으로 흩어지는데 관군은 이를 추격하여 참살하기도 하고 포박하기도 했다.

적괴의 하나인 한현은 수천 명의 반군을 거느리고 홍주 근처에 있었다. 병사 이시언과 목사 홍가신이 추격하자 패주하기 시작했는데, 패주 도중에 관군이 그를 생포하여 진중에서 베어 죽였다. 면천에서 성패를 관망하던 수괴 한순은 면천군수 이원에게 사로잡혀 역도 김팽총의 머리와 같이 조정에 압송되었다.

17일 임금은 별전에서 한순을 친국한 후 이를 주살했다. 이로써 이몽학의 난은 끝장이 났는데 문제는 그때부터 시작되는 것이다.

이야기는 홍계남으로 돌아간다.

10일 밤 의령으로 보낸 급사急使가 영천으로 돌아온 것은 이튿날 정오 무렵이었다. 도원수가 이미 전주로 떠났다고 듣고 홍계남이 이상하다는 느낌을 가졌다. 자기가 만났을 당시 전주로 갈 것이 이미 계획되어 있었을 것인데 그때 왜 그런 말이 없었던가. 이몽학의 난이 발생했다는 변보에 접하고 전주로 간 것인가. 그렇다면 그 변보를 왜 내겐 전하지 않았던가. 홍계남은 괜히 불안했다.

정탐차 홍주 부근으로 보낸 신불이 돌아온 것은 7월 16일인데 난은 이미 끝났다는 보고였다.

"11일경 도원수가 영남 각진에서 항왜를 모아 군사와 더불어 내원하라는 영이 내렸다는데 장군께선 듣지 못했습니까?"

"그런 일 없다."

"이상하다. 홍주, 도원수부 근처에서 경상감영의 군사들을 확실히 보았는데 어찌 통보가 감영으론 가고 우리에겐 오지 않았을까요?"

이때 홍계남이 짐작했다. 도원수가 영남 각진에 통보를 내릴 때 감사를 통해서 한 것이 틀림없었다. 통보를 받은 감사가 홍계남에게만 통지하지 않았던 것이다. 전주로 이동할 때도 그렇게 되었을 것이다. 별명別命이 없을 땐 도원수부의 전령은 휘하군대에 내리는 명령이나 통첩을 감영을 통하기만 하는 버릇이 있었다. 그런데 감영은 왜 내게 연락하지 않았을까. 홍계남은 여기에 무슨 함정이 있다고 느꼈으나 막연한 느낌일 뿐이다.

이몽학의 난의 자세한 소식이 속속 들어왔다. 그 소식을 듣고 홍계남이 생각한 것은 '그자가 그처럼 어리석은 놈이던가. 그런 경거망동을 할 놈으로 보지 않았는데 …' 하는 것이었고, 따라서 그 사건은 미리미리 준비된 것이 아니고 돌발적으로 생긴, 이를테면 욱하는 분격에 비롯된 행동이 아니었을까 싶었다.

사람에겐 그런 감정의 폭발이란 것이 있다. 이렇게 죽으나 저렇게 죽으나 한 가지가 아닌가 하고 성패는 불문하고 덤벼 보는 일종의 자포자기적 행위. 이몽학의 행위는 필시 그런 것이었을 것이다.

그런데 어째서 그러한 자포자기적 폭발이 있게 되었는가? 홍계남은 이몽학의 출생에 마음이 미쳤다. 명문의 집안에 생을 받았으면서도 서출이라는 멍에에 짓눌려 호방한 재능을 펴 볼 수 없게 된 인간의 뼈저린 좌절감이 어떤 수모受侮의 순간 그렇게 폭발될 수도 있으리라.

홍계남은 두어 방울 눈물을 흘렸다. 그러나 그건 이몽학을 위한 눈물이 아니었고 스스로의 애달픈 신세에 대한 눈물이었다.

괜히 불안하고 마음이 바빴다.

홍계남이 이런 정신상태가 되기는 일찍이 없었던 일이다. 아무리 치열한 전투 중에서도 그는 침착을 잃지 않았고, 위험한 거사를 앞에 하고도 그는 불안과 주저감을 느껴 본 적이 없었다. 그런데 평화가 있고부턴 — 그 평화가 영구적인 것인지, 잠깐 동안의 것인지 알 수 없었지만 — 갑자기 어수선한 기분이 된 것은, 권율 장군이 말한 대로 시기와 모략이 판을 치는 세상이 되었기 때문인지 모른다. 그러나 대항할 수단이 없다.

홍계남은 본능적으로 자기가 시기와 모략의 대상이 되어 있음을 느꼈다. 하지만 너무나 결백하게 살아온 그는 아무리 반성을 거듭해도 자기를 둘러싼 시기와 모략이 어떤 종류의 것인지 지레 짐작할 수조차 없었다. 그러나 불안한 마음은 구체적인 것이다.

그러한 어느 날이다.

정형교라는 선비가 찾아왔다. 정중하게 절을 하고 입을 열었다.

"사또께선 서출과 천출을 챙기신다지요."

"그렇소."

"무슨 까닭으로 챙기시옵니까?"

"그런 사람들이 하도 억울한 꼴을 당한다기에 실상을 알아보았으면 했을 뿐이오. 직접 동기는 자기 형으로부터 방화죄인으로 무고를 당한 하진태 사건이오."

"사또의 심정은 잘 이해하겠습니다."

한동안 묵묵하더니 정형교는 다시 입을 열었다.

"그 일에 관해선 다시 거론하지 않는 것이 좋을 듯하옵니다만 … 저는 천생입니다. 노비의 몸에서 태어났습니다. 어미는 돌아가셨습니다. 저는 천생이라고 해서 우리 집안에서 구박받아 본 적은 없습니다. 적출, 서출의 형제가 꼭 같이 자라고 훈육받았습니다. 하진태 같은 경우도 물론 있겠지요. 아니 대부분의 경우가 그러하겠지만 그렇지 않은 경우도 소수나마 있다는 것을 잊지 말아 주십시오. 사또께서 서출과 천출의 실상을 살펴보고 무슨 손을 쓰려고 해도 '서얼금고법'이 엄연히 국법으로 살아 있는 한 성과는 보지 못할 것입니다. 그런 데 반해 그런 것을 인식하지 못하고 사는 우리들 같은 경우엔 피해가 막심합니다. 긁어 부스럼을 만드는 결과가 되는 거지요."

"그럼 귀하께선 그 말을 나에게 하려고 모처럼 나오셨소?"

"아닙니다. 그런 일은 대수로운 일이 아니니까요. 제가 오늘 사또님을 뵙고자 한 것은, 지금 고을의 어른들이 그 문제를 두고 탄핵할 움직임을 보인다는 것을 알리기 위해서입니다. 사또님을 존경하고 흠모하기까지 하는 저로선 너무나 안타깝습니다. 이 고을이 있자 처음이라고 할 수 있는 훌륭한 사또님이 그런 일로 탄핵당한다면 억울한 일이 아니겠습니까."

"그게 어째서 나쁘다는 겁니까. 탄핵의 골자가 무엇입니까?"

"서출, 천출을 가려 양반가문에 분란을 일으키는 것이지요. 2백 년 동안 '서얼금고법'을 가풍에 맞게 활용 또는 조절하여 집안을 다스리고 있는데 괜히 그것을 문제 삼으니 평지풍파가 인다는 것입니다."

"정 공, 그럼 평지풍파가 일지 않도록 하기 위해 서출과 천출은 평생 동안 수모당하며 살아도 좋다는 말이오?"

"저의 본의는 그것이 아니옵고 사또님이 탄핵당하는 것을 보고 싶지 않다는 것입니다. 다시 말하면 사또님이 하시는 일은 아무런 효과도 보지 못할 것인데 사또님께서 당하기만 할 것이란 말씀입니다."

"여하간 고맙소. 그러나 나는 서출과 천출이 영천의 가정에서만이라도 차별 없이 행세할 수 있도록 최선을 다할 것이고 그 때문에 탄핵당하면, 한때 영천에 홍계남이란 군수가 있었는데 이러이러한 연유로 탄핵당했다고 하면 그로써 생각 있는 자로 하여금 생각하게 하는 계기가 될 것이고 따라서 사태의 개선에 도움이 되지 않겠습니까."

"사또님의 말씀은 알겠습니다. 다만 사또님이 아쉬워서 드리는 말일 뿐입니다."

"정 공이 그처럼 고이 자랐다고 하니 듣기가 좋소. 귀문이야말로 진정 양반인 것 같소. 본관이 어디시오?"

"영일 정가입니다."

"포은 공의 후손이시군요. 포은 공의 여향餘香이 완연한 것 같아 머리가 수그러집니다. 돌아가시거든 춘당께 사또가 이렇게 말하더라고 전해 주시오."

정형교는 돌아갔다.

불안의 정체가 다소 확실해진 것 같아 홍계남은 침착을 되찾았다. 정체와 실상을 알고 나면 불안할 건덕지가 없다. 탄핵은 이미 각오했다.

그러기에 앞서 처리할 일이 있었다. 홍계남은 말을 준비하라고 이르고 새로 임명한 형방을 불렀다.

"예방과 의논해서 하용태, 하기춘의 건에 관해 의금부에 독촉 공문을 준비하도록 하라. 이각쯤 후에 돌아올 것이리라."

그리곤 말을 타고 향교로 나갔다. 목표로 하고 온 교수 남진우는 마침 자리에 있었다. 교수라고 하면 군내의 교육을 감독 지도하는 군내에선 제일 큰 어른이다. 행정의 책임은 군수에게 있고, 교육의 책임은 교수에게 있다. 서열로 치면 군수, 교수의 차례로 된다.

남진우는 60을 넘어선 노인이다.

"사또 이게 웬일이오."

"교수께선 내일부터 동헌에 나와 계셔야겠습니다."

얼떨떨해하는 교수에게 홍계남이 차근차근 설명했다. 앞으로 병사

관계가 바빠질지 모르니 민정관계의 일을 교수가 대신 맡아보도록 해야겠다는 것이고, 급한 일로 자리를 비워야 할 땐 대신 군수 노릇을 해달라는 것이다.

"교수가 군수 노릇을 대신 한다는 건 금시초문인데. 최근 무슨 일이 있을 것 같소."

홍계남은 온후하고 선량한 이 나이 많은 교수에게만은 자기의 심정을 토로해도 될 것 같아서 마음의 불안을 털어놓았다.

"사또 그렇게 심약하게 생각하면 아니되오. 의로운 일이면 천만인을 헤치고라도 하고, 감행하겠다는 용기가 있어야지. 그리고 탄핵한다 하나 그리 잘되진 않을 것이오. 영천의 양반엔 뼈대 있는 사람이 많소이다. 그런데 영천의 백성들이 모두 사또를 따르고 있소."

"그러나 무성無聲의 백성이 아닙니까. 백성은 많아도 소리가 없고, 양반은 적어도 소리가 높고. 그러니 조정에 들리는 건 소리 높은 양반의 말뿐 아닙니까."

"탄핵이 그처럼 겁이 납니까?"

"겁이 나는 것이 아니라 귀찮을 따름입니다. 창피하기도 하구요."

"꼭 그러시다면, 내일에라도 사직소를 올리시오. 원래 포부를 가지고 경륜을 관철하지 못할 땐 벼슬이란 자신에 대한 욕辱일 뿐이오. 활활 벗어던지고 초야에 묻히시오. 주경야독하며 심신을 기르시면 도연명陶淵明의 경지를 얻을 수가 있소. 지금 강화교섭이 한창인 것 같으니 군무軍務를 벗어나는 것도 쉬울 것이오."

"교수님, 참으로 고맙습니다. 잔무를 빨리 처리하고 사직소를 올리겠습니다."

홍계남은 가벼운 마음으로 돌아섰다. 어머니를 모시고 동산 밑 기슭에 살 한일월이 눈앞에 그려지는 기분이었다.

　돌아와 사직소를 쓰려고 하니 마음에 걸리는 두 가지가 있었다. 하나는 하용태, 하기춘 부자의 처리문제이고, 하나는 자기가 군무에서 떠난 후 자기가 거느린 5백 명 가까운 군사의 처리문제이다.
　홍계남의 군대는 자기의 뜻으로 참집한 의병의 모임이었다. 홍계남 자신만이 도원수 휘하의 장령으로 취급되어 있을 뿐, 군사들은 홍계남 혼자의 책임하에 성립된 특별단체인 것이다. 물론 양말과 피복은 관군과 동일하게 지급되지만 그것은 어디까지나 전시의 특별조치이지 정식 편제상의 일반조치가 아닌 것이다. 그러므로 홍계남이 떠나면 그 부대는 자연 해산이 된다. 그 가운덴 다른 의병조직, 또는 관군에 편입될 수가 있겠지만 대부분은 갈 곳이 없다. 만일 군대를 해산한다면 미리 군사들의 처리방책을 세워 놓아야만 하는 것이다.
　그러기 위해선 병조판서나 도원수를 만나 의논해야만 한다. 홍계남은 사직소를 올리기에 앞서 도원수를 만나야겠다고 작정했다.
　도원수를 만나려면 미리 품신을 하여 허락을 받아야 한다. 허가 없이 지구를 맡은 사령관이 임의로 임지를 떠날 수는 없다. 차일피일 시간을 보내는데, 7월 20일 저녁나절 황보 영이 홍계남의 처소로 찾아와 한 통의 봉서封書를 내놓았다. 서울에서 이영이 보낸 서신이었다.
　"이걸 어떻게 황보 영이 ···."
　"바로 사또에게 전달하면 무슨 탈이 날 거라고 생각한 모양입니다. 내게 보낸 안부편지를 가장하고 보낸 듯합니다. 빨리 열어 보시오."

이영의 편지는 이러했다.

"창졸히 몇 자 적소. 김덕령이 며칠 전 붙들려 지금 한양으로 압송되어서 모진 국문을 받고 있소. 사유인즉 이몽학의 난에 가담했다는 것이오. 나는 사실무근이라고 보오. 그런데 이몽학이 난중에 김덕령 장군과 홍계남 장군이 자기의 편이며, 곧 병사를 이끌고 달려올 것이라고 호언했다고 하오. 그 유언비어를 듣고 조정이 김덕령 장군을 잡아들인 것이오. 홍 장군도 아마 면하지 못할 것 같소. 소백산도 좋고 태백산, 금강산도 좋으니 일단 피해 놓고 모든 것이 명명백백하게 밝혀진 후에 나타나면 석명도 수월할 것이지만 일단 포박되면 살아남기가 힘들 것이오. 조정은 모두 제정신이 없는 자들만 가득하오. 오래 쓰지 못하겠소. 거두절미하고 제만사하고 빨리 피하시오. 이 서신이 더딜까 겁이 나오. 읽으신 뒤 당장 불사르시오."

두 번 읽어 볼 필요도 없었다. 그 편지를 촛불로써 태워 버렸다.

"뭐라고 쓴 편지였소."

"차차 말씀하리다. 오늘밤은 이대로 돌아가 주십시오."

하고 홍계남이 황보 영을 돌려보냈다.

신불을 불렀다. 신불을 기다리는 동안 문갑을 정리했다. 공문서는 아니어도 중요한 문서는 별도로 묶었다. 신불에게 맡길 참이었다.

신불이 나타났다. 별도로 묶어 놓은 문서 묶음을 신불에게 건네주며,

"이건 신 공이 맡아 주오. 우리 뒷산을 산책하며 의논합시다."

홍계남이 앞장서서 뒷산으로 올랐다. 바야흐로 스무날의 달이 떴다. 그들 이외의 인적이 없는 것을 확인하자 홍계남이 이영으로부터 온 서신의 내용을 설명했다.

"장군 빨리 떠납시다."

신불이 벌떡 일어섰다.

"안 돼. 앉으라고. 나는 이몽학과 아무런 관련도 없는 사람이다. 따라서 그들의 역모는 들어서 알았지 사전에 안 바가 없다. 그런데 왜 내가 피하느냐."

"그러나 장군, 이영 씨의 말씀이 천만 지당합니다. 한번 포박당하면 있는 일 없는 일 뒤집어씌울 것인데 그걸 어떻게 감당하시렵니까? 금강산으로 피합시다. 군졸 가운데 쓸 만한 몇 놈 데리고 갑시다. 금강산에만 가면 절대 붙들릴 염려 없습니다. 저도 물론 따라갑니다 ⋯."

홍계남이 신불의 말을 중간에서 막았다.

"그렇게 되면 진짜 역모로 몰리게 된다. 나는 그런 꼴로 역모로 몰리긴 싫다. 나는 죽음으로써 흑백을 가릴 것이다. 그러나 나는 죽지도 않을 것이며 간신배들의 간계에 넘어가지도 않을 것이다. 결단코 역모로 몰리지도 않을 것이다. 나는 다시 영천으로 돌아온다. 내가 신 공에게 부탁하는 것은 군대를 해산하지 말라는 것이다. 아니 나의 생사에 불구하고 우리 군대를 해산해선 안 된다. 나는 혼백이 되어서도 나의 군대로 돌아온다. 난이 끝나고 군대가 필요 없이 되었을 땐 우리가 잡아놓은 지형이 있지 않은가. 안성에서 해유령으로 가는 지점, 우리가 한때 주둔하던 그곳이다. 알겠지?"

"압니다."

"그곳에 우리 일부가 둔전屯田하고, 또 일부는 강원도에 내가 잡아놓은 곳이 있다. 그 두 곳에서 둔전하며 우리 5백 명은 가난하나마 궁색하지 않게 처자를 거느리며 살 수 있을 것이다. 사실은 그것이 나의 꿈이었다. 내가 얼마 전 도원수를 만나러 가려고 하지 않더냐. 바로 그일 때문이었다."

"알겠습니다."

"우리 막료에게 내가 일일이 말하진 않겠다. 신 공이 알아서 처리해라. 이영 씨가 보낸 편지의 내용은 누구에게도 밝히지 말라. 앞으로 어떤 일이 있어도 동요하지 말고 침착하게 대처하라."

산에서 내려온 홍계남이 중얼거렸다.

"밤이 늦었지만 향란의 집으로 가보자. 술이라도 한잔 해야겠구나."

향란은 홍계남이 특히 총애하는 기생이다. 예의범절이 방정하고 정조하고 흐트러짐이 없었다. 홍계남은 항상 향란을 영천의 황진이黃眞伊라고 불렀다. 향란 또한 홍계남에게 모든 정성을 쏟았다. 그러나 이렇게 밤늦게 홍계남이 향란을 찾은 적은 일찍이 없었다. 동침한 적도 없었다. 그때 플라토닉 러브란 말이 있었을까만 그들의 사이는 정녕 플라토닉 러브였다.

"나리 얼굴이 수척하옵니다."

"그렇게 보이냐? 몇 가지 근심 때문에 수척해지는 걸 보니 내가 장부가 아닌 증거가 아닌가."

"정히 그러시다면 나리께선 장부가 아닌가 하옵니다."

"향란의 말이 옳아."

"아녀자, 또는 소인은 근심 때문에 시들고, 군자나 대인은 근심 때문에 크는 것이오이다."

"그 말 진기롭구나. 자세히 얘기해 보려무나."

"아녀자와 소인의 근심은 항상 자질구레한 근심입니다. 양식 걱정, 돈 걱정, 누가 뭐라고 할까 보아 걱정, 병들지 않을까 해서 걱정. 그러니까 자꾸 시들어 가는 것이지요. 그러나 군자와 대인의 걱정은 세상에 대한 걱정, 나라를 위한 걱정이 아니오이까. 걱정한다는 것은 생각이 깊어진다는 것이고, 생각이 깊어지면 세사와 인생의 의미를 더 깊이 알게 되고 천하의 치도治道를 맑게 터득할 수 있게 된다는 뜻이 아니오이까. 그러니까 커지는 것이옵니다. 수척하실 까닭이 없지요."

"맞았어. 내 요즘의 근심은 군자와 대인의 근심이 아니고 소인의 근심이니라."

"그 근심 소녀가 알아선 안 되오이까."

"나눠 가져서 될 근심이 있고 나눠 가져선 안 될 근심도 있느니라."

"대인도 어린애에게 배울 게 있다고 하던데요. 위로를 받을 수도 있잖을까요?"

"근심 이야기는 그만하고, 우리 술이나 들자꾸나."

"사또 나리 오셨다고 부엌어멈이 정성을 들이는가 봅니다."

향란이 일어서서 나갔다.

"전 그만 물러갈까 합니다."

윗목에 묵묵히 앉아 있던 신불의 말이다.

"내가 밤길을 혼자 걷게 할 텐가?"

"여기서 주무시면 제가 새벽에 오겠습니다."

"얼마 지나지 않아 새벽이다. 같이 술을 들자꾸나. 이게 혹시 우리가 같이 마시는 마지막 술이 될지 모르지 않는가."

"무슨 그런 말씀을!"

홍계남이 입에 손가락을 세로 세웠다. 향란에겐 사건 근처의 말도 들려선 안 된다고 약속이 되어 있었다. 그런데 향란은 '마지막 술이 될지 모르지 않는가'란 말을 들어 버렸다.

술상을 들고 들어온 향란의 얼굴이 어느덧 창백해 있었다. 그러나 말은 태연했다.

"역시 부엌어멈의 정성이 대단했어요. 오계烏鷄를 삶느라고 늦었사옵니다."

방준한 술, 오계의 맛. 홍계남과 신불은 한동안 다른 생각 없이 먹었다. 산마루까지 올라갔다 내려온 데다 갖가지 생각이 겹치기도 했으니 시장도 했다.

여느 때 같으면 그처럼 맛있게 먹는 홍계남을 보고 밉지 않은 농담도 있음직한데 향란은 묵연한 채로 있었다. 오계 한 마리를 다 먹고 고개를 들었을 때 홍계남이 향란의 눈에 부딪쳤다. 이글거리는 눈동자가 함빡 눈물 속에 하염이 없었다.

"향란아, 왜 그러는고?"

"나리께선 왜 그러시죠? 제게 숨기는 게 있으시죠?"

"숨기는 것이 아니라 말할 수 없는 것이 많긴 하지."

"국사와 정사에 관한 것은 알고자 하지 않사외다. 장군의 신변에 관한 일은 알고자 하옵니다."

"향란아! 임자가 알아서 득이 되는 일이라면 거침없이 말하지."

향란이 정색을 했다.

"나리, 저에게 술 한 잔 주시와요."

홍계남이 향란의 잔에 반쯤 술을 따랐다.

"아니되옵니다. 잔을 가득 채워 주소서."

홍계남이 술병을 놓고 물었다.

"왜 이러는고?"

"신 군관과 마지막이 될지 모르는 술이라면 소녀와도 마지막이 될지 모르는 술이 아니옵니까? 한 말씀만 해 주오소서. 어째서 신 군관과 마지막이 될지 모르는 술이오이까."

신불이 무거운 입을 열었다.

"장군님의 마음을 괴롭히지 마시오. 장군께선 생사의 기로에 있소."

이 말이 더욱 향란을 자극했다.

"소녀 비록 기적에 있는 몸이긴 하지만 홍 사또에 대한 일편단심은 천추 어떤 여인의 정절에도 뒤지지 않을까 합니다. 그런데도 제 귀한 어른의 중대사를 몰라야 하옵니까?"

홍계남이 술잔을 엎고 일어섰다.

"신 공 가세."

붙드는 향란의 손길을 가볍게 잡아떼어 놓으며 홍계남이,

"말을 하자면 강물 같은 말을 어찌 다 하겠소. 내가 말하지 않더라도 세월이 다 말해 줄 것인즉 미리 서둘 것이 없소."

하고 방문을 나섰다. 북두칠성이 그의 머리 위에 있었다.

향란이 울었다. 지난밤에 꾼 불길한 꿈이 가슴을 저몄다.

7월 22일, 진시辰時쯤 되어서다.

조사朝事가 끝난 무렵이었는데 신불이 황급히 뛰어 들어왔다.

"무슨 일인가?"

신불이 이속들을 보며 홍계남에게 눈짓을 했다.

"모두들 물러가 있거라."

이속들이 퇴출하자 신불이 조용히 말했다.

"황충량의 전갈입니다. 감영의 군사들이 의금부의 사람들을 동반하고 군계를 넘었다고 합니다."

"올 것이 왔구나."

홍계남이 태연하게 말을 이었다.

"일전에 내가 한 말 명심하고 있겠지? 어떤 일에도 동요하지 말라."

"예. 그런데 장군께서 한양으로 가시게 된다면 제가 따라가는 것이 좋을까 하는데요. 시중들 일이 있지 않겠습니까."

"그런 걱정은 말라. 한양에도 사람이 있을 것이니라."

홍계남의 뇌리에 이영의 모습이 있었다.

어느새 연락이 되었는지 조인식이 감군대를 이끌고 동헌 앞뜰로 들어섰다.

"무슨 소동이냐?"

"만일의 경우를 생각하고 제가 …."

신불이 말꼬리를 흐렸다. 조인식에게 일렀다.

"만일의 경우란 것은 없다. 군사들을 아문 밖으로 물러가게 하라. 먼 곳까지 갈 건 없다. 가까운 곳에서 대기하라."

이윽고 감영의 군관 하나가 들어서서 계하에 서서 아뢰었다.

"홍 사또 나리, 의금부의 차사差使를 모시고 왔습니다."

의금부의 차사가 10여 명의 포졸을 거느리고 나타났다. 차사의 얼굴을 보자 홍계남의 피가 머리로 일시에 역류하는 것 같았다. 서춘徐椿이었기 때문이다.

서춘이란 자는 홍계남이 의홍위의 오장伍長으로 있을 때 병조兵曹의
교리로 있었다. 윗사람에게 고양이와 같았고 아랫사람에겐 호랑이처
럼 덤볐다. 의홍위를 감독할 수 있는 겸직兼職에 빙자해서 행패가 많았
다. 대원들의 울분을 대신하여 홍계남은 그에게 주먹다짐을 해서 한동
안 금고된 적이 있었다.

'하필이면 저런 놈을!' 이가 갈렸다. 놈이 자원해서 왔으리란 생각도
들었다. 그러나 그런 생각을 길게 하고 있을 겨를이 없었다.

서춘이 성큼 동헌 마루에 올라서더니 조표釣票를 내밀었다. 조표란
요샛말로선 구속영장이다.

"죄인 듣거라! 너를 포박하여 한양으로 수송囚送한다."

서춘이 기고만장 외쳤다. 그리곤 포졸에게 명령했다.

"뭣들 하느냐. 빨리 오랏줄로 죄인을 묶어라."

"그건 안 된다."

홍계남이 성큼 일어섰다. 한 마디 한 마디에 힘을 주었다.

"내가 죄인인가 아닌가는 한양에 가서 결판날 것이지만, 혐의를 받
은 것은 홍계남이요, 영천군수가 아니다. 군수가 정청政廳에서 오랏줄
을 받을 순 없다. 내가 걸어서 군계까지 가겠다. 군계를 벗어나거든 네
마음대로 하라."

"무슨 소릴 하느냐, 상명上命이다. 오랏줄을 받아라."

"상명은 나를 의금부로 데리고 오라는 것이겠지. 정청에서 군수를
묶으라는 것은 아니렷다."

"의금부의 규칙에 의해 거행하는 것이다. 잔말 말고 오랏줄을 받아."

384

서춘은 포졸들에게 호통을 쳤다. 포졸들이 우르르 계상으로 오르려는 찰나 조인식이 이끈 군사들이 달려들어 포졸들을 끌어내렸다.

"이자도 끌어내릴깝쇼?"

조인식이 물었다.

"끌어내려라."

홍계남이 명령하자 군사 두 사람이 각각 양어깨를 끼고 서춘을 계하로 끌어내렸다.

"너 홍계남, 명심하라. 상명을 받은 자를 이렇게 할 수 있는가."

홍계남은 쌀쌀맞게 대답했다.

"상명을 받은 자가 어찌 군명君命을 대신해서 정사를 보는 자리에서 방자한 행동이 있을 수 있느뇨."

이때 사방으로 소식이 전해진 모양으로 군수아문 앞은 인산인해가 되었다.

"우리 사또를 데리고 가지 못한다."

"우리 사또에게 함부로 손을 대기만 해 봐라!"

"사또 나리, 가지 마시오."

"영천땅을 떠메고 가라지, 우리 사또는 못 데리고 간다."

는 등 아우성이 곳곳에서 일었다.

"너 홍계남 듣거라. 이건 분명 모반謀反이다. 역모逆謀이다. 이 죄만으로도 넌 살아남지 못하리라."

서춘이 고래고래 악을 썼다.

조인식이 성큼 서춘에게 다가서며 물었다.

"장군, 이자에게 자갈을 물릴깝쇼?"

"그럴 것 없다."

고 하고 홍계남이 서춘을 타일렀다.

"이 광경을 보고도 나를 오랏줄로 묶어 영천군에서 데리고 나갈 수 있겠느냐, 안 될 말이다. 소동이 나면 네 책임이다. 그러니까 나는 순순히 걸어 영천땅을 떠나야 한다. 알았으면 포졸을 거느리고 안동으로 물러나 그곳에서 기다려라. 내 촌각을 아껴 그리로 갈 것이니라."

포교 하나가 아문 밖의 사정을 서춘에게 귀엣말로 알렸다. 서춘도 어떻게 달리 도리가 없음을 깨달았는지 부탁했다.

"내가 포졸들을 거느리고 무사히 나갈 수 있도록 길을 열어 달라."

이에 홍계남이 조인식에게 일렀다.

"잠시 방자한 행동이 있었긴 하나 상명을 받들고 온 자이다. 불측의 변이 있어선 안 되니, 아무 일없이 빠져나가도록 조 대장이 군계에까지 안내하라."

"저놈이 우리 사또를 데리고 가려는 놈이다."

서춘 일행이 아문을 나서자, 아우성과 함께 군중들이 쇄도했다.

"여러분, 사또님의 분부이시오. 길을 틔우시오. 사또님을 위해 이래선 안 되오."

조인식이 땀을 뻘뻘 흘리며 애원하다시피 하여 겨우 길이 열렸다. 그러나 혼잡은 아문 앞만이 아니었다.

'사또의 신상에 변이 났다'는 소문이 삽시간에 고을 전체로 퍼져 초부는 도끼를 들고, 농부는 괭이를 들고, 아이들은 돌을 쥐고, 부녀자들은 눈물 보자기를 터뜨리며 운집하여 대로 소로를 온통 메웠다.

차사 서춘의 보좌역으로 따라온 임실은 후일 이 광경을 다음과 같이 문장에 담았다.

영천 백성들의 정이 그처럼 깊었는지 군수 홍 장군의 덕이 그처럼 높았
는지, 그날 영천 고을은 통곡의 바다가 되고, 아우성의 도가니가 되었
다. 애민愛民하면 민民은 그 은혜를 잊지 않는도다. 모름지기 나라의
수령방백守令方伯들은 홍 군수를 모범으로 할지니 홍 군수야말로 왕도
낙토王道樂土를 이룬 위인이시니라. 길가에서 한 노인에게 물었더니,
나라님이 어찌 이렇게 무심하신가. 군명을 받들어 진심갈력盡心竭力
하여 임금의 위광威光을 빛낸 젊은 군수이며 용감한 장군을, 어떤 의
혹이 있었기로서니 이렇게 대접할 수 있단 말인가 하더라.

차사 서춘 일행이 떠난 후 홍계남은 이속들에게 말했다.
"내겐 추호의 과오도 없다. 이번 일은 필시 오해에 기인한 것일 것이
니 믿고 청천백일을 보리라. 내가 돌아올 때까지 남진우 교수의 분부
에 따라 일사불란할지며, 내가 한 일 가운데 미결로 된 것은 현상을 그
대로 보존하여 장차 도임할 신임군수의 재량에 맡길지니."
아문 앞 군중들에게도 일렀다.
"그대들의 격한 심정을 알지만 지나치면 되레 누를 입을 염려가 있으므
로 조용히 집으로 돌아가시길 바라오. 내 기필 다시 돌아올 것이오. 만에
하나 그렇게 되지 못하면 내 혼백이라도 이곳에 돌아와 여러분과 같이 있
겠소. 창천과 일월이 내려다보고 있은즉 백白이 흑黑으로 변할 수 없고
곧은 것이 구부러질 수 없을 것이오. 우리가 믿고 사는 것은 인과因果의
막중함이요, 사필귀정事必歸正의 섭리가 아니겠소. 이제 작별합시다."
흐느껴 우는 소리가 파도를 이루고, "사또님" 하고 외치는 소리가 우

레와도 같았다.

향란은 이날 후원의 우물가에서 은장도銀粧刀를 숫돌에 갈아 시퍼렇게 날을 세웠다. 그리곤 홍 장군이 떠났다는 소식을 듣곤 남장男裝으로 치장을 바꾸고 얼굴에 흙칠을 하곤 괴나리봇짐에 행건을 치고 어둠을 틈타 몰래 서울로 길을 떠났다.

안동 감영에서 오랏줄에 묶여 함거檻車에 실린 몸으로 홍계남이 한양을 향해 떠난 것은 7월 23일.

찌는 듯한 햇빛이 내리쬐는데도 홍계남은 더위를 느끼지 않았다. 그 내부에서 타는 불길이 더욱 뜨거웠던 것이다.

들과 산은 녹일색綠一色. 묶여서 조령鳥嶺을 넘는 장군의 심리를 누가 아랴. 충성忠誠은 범인의 천 배 만 배가 되련만 역도逆徒로서 지목된 자기의 일신보다, 이러한 꼴을 만들게 된 나라의 꼴이 안타까웠다.

그러기에 문과 임실林實이 '장군의 정황이 정말 딱하오' 하고 위로의 말을 했을 때, 홍계남은 '내 처지가 딱한 것이 아니라 나라의 처지가 더 딱하다'고 했던 것이다.

그런데 이상한 것은 가도가도 무인의 산길인데 홍계남이 갈증을 느낄 때이면 어디선지 그림자처럼 사람이 나타나 호송포교들이 간섭할 사이를 주지 않고 물사발을 함거 속에 밀어 넣곤 바람처럼 사라지곤 했다. 영천의 젊은이들이 행차를 앞질러 숲 속에 숨었다가 하는 짓이란 걸 짐작하게 된 것은 몇 차례나 그런 일이 있고 난 후이다. 이 사실도 임실의 기록 안에 들어 있다.

조령 고갯마루에서 삿갓을 쓰고 상복을 한 선비 하나가 함거 바로 옆을 지나며 살큼 삿갓을 들었다. 황보 영이었다.

필시 이영을 찾아가는 것 일게다. 홍계남은 우정의 고마움에 눈물을 흘렸다. 조령을 넘어 수안보로 내려가는 비탈길에서 난데없이 날아온 화살을 주웠다. 임실이 화살에 매여 있는 쪽지를 읽었다.

"함거를 두고 가라. 불연이면 모조리 죽여 버릴 것이다."

서춘 일행이 당황하는데 골짝 이쪽저쪽에서 함성이 일었다. 함성 가운데서 낭랑한 소리가 울려왔다.

"충신을 죄인 취급하는 놈들에겐 천벌이 있을 것이다. 우리는 그 천벌을 대행코자 한다."

포교들은 전진도 후퇴도 못하는 채 서춘의 눈치를 살폈다. 서춘도 결단을 못 내렸다. 이때 홍계남이 자기를 함거에서 내리도록 해 달라고 청했다. 홍계남이 함거에서 내려서서 소리 난 쪽을 보고 외쳤다.

"함거를 가게 하라. 나는 결코 역도가 아니다. 누군지 모르지만 너희들이 이런 짓을 하면 진짜 나는 역도로 몰린다. 나를 위해서 불측한 짓은 피해 달라."

그리곤 다시 함거 속으로 들어가, '가자'고 했다. 골짜기는 다시 조용해지고 매미가 일제히 울어 젖혔다. 무사히 조령을 벗어나 강가로 나왔다. 강물은 무심히 흐르고 있었다. 임진의 난초 신립 장군이 패전하여 무수한 사람들이 수장된 곳이다. 아직 그 기억은 생생한데 강물은 아무 일도 없었던 것처럼 흐르고 있는 것이다. 유연자연광悠然自然光 속에 총망인사련怱忙人事憐이란 글구가 홍계남의 뇌리를 스쳤다.

충주의 감영에서 하룻밤을 묵었다. 거기서 한양까진 2일정二日程이다. 안동을 출발한 지 5일을 경과한 것이다.

형틀 앞에서

홍계남이 의금부에 도착한 것은 7월 그믐날이다. 마음의 탓인지 옥사에 들어서니 피비린내가 코를 찔렀다. 고문을 받고 흘린 낭자한 피가 닦이지도 않고 그냥 남아 있기 때문이다. 아무튼 의금부의 옥사, 의금부의 함방檻房처럼 참혹한 곳은 다시없으리라. 누군가가 지옥의 전 역前驛이라고 했다지만 지옥의 전 역이 아니라 바로 그곳이 지옥이다.

홍계남이 눈가늠으로 함방의 중앙을 골라 정좌했다. 그리곤 눈을 감고 이곳을 종점으로 한 자기 인생의 기왕을 조용히 정리해 보았다.

슬픈 소년시절이었다. 수모로서 엮어진 청년시절이었다. 출생에 의해 좌절된 청운靑雲의 뜻. 용솟음치는 듯한 정열을 위탁할 수 없어 호곡號哭 직전의 감정을 어찌 달래며 살았던가.

내가 다한 성충誠忠의 끝이 기껏 옥사의 수인囚人이라면, 인생은 참으로 허망한 것이다. 왜 이 허망을 미리 깨닫지 못했던가. 아니 번번이 깨닫긴 하면서도 어째서 그 깨달음에 쫓아 행동하지 않았던가.

한 분, 어머니의 마음을 편하게 해 드리지 못한 것이 대죄大罪인 것

390

이다. 홍계남은 이윽고 자기의 죄를 발견했다. 옥사 안에서 발견한 그 죄는 보상할 방도가 없다. 어머니의 슬픔에 더 큰 슬픔을 더하고 어머니의 가슴에 영영 아물 수 없는 상처가 될 뿐이다. 아니 어머니의 가슴에 박힐 못이 될 뿐인 극악한 불효자가 아닌가.

이러한 상념으로 가슴을 저미고 있는데 옥사의 한편 문이 탕 하고 열렸다. 햇살이 대검의 칼날처럼 어둠침침한 공간을 찔러 흘렀다.

옥리獄吏들이 무언가를 질질 끌다시피 하며 들어왔다. 무거운 신음 소리가 연속되었다. 홍계남의 함방 앞을 지나갔다. 칼날 같은 햇살에 끌려 들어가는 사람의 옆얼굴이 번개 빛에 드러난 한 토막의 경치처럼 나타났다, 꺼졌다. 김덕령이었다.

"충용장군."

홍계남이 자기도 모르게 외쳤다.

"충용장군!"

다시 한 번 외쳤다. 옥졸이 달려왔다.

"입을 닥쳐요."

하는 매서운 소리였는데 '닥쳐'가 아니고 '닥쳐요' 하는데 뭔가 정리가 남아 있다는 느낌을 홍계남은 가졌다.

그러나, 하고 생각이 선풍처럼 돌았다. 김덕령이면 세자 광해군이 익호장군翼虎將軍이라고 찬양하고, 당왕當王께선 초승장군超乘將軍이라 하다가 충용장군의 이름을 하사한 사람이다. 그런데 그 충용장군이 자기 발로 걷지 못할 만큼 고문받고 질질 끌려가고 있지 않은가.

김덕령이 붙들렸다는 사실은 이영의 서신을 통해 알고는 있었지만 저처럼 처참한 몰골이 되어 있을진 차마 상상도 못했던 일이다.

김덕령은 홍계남보다 다섯 살 아래이다. 홍계남이 그를 만난 적은 꼭 두 번 있었다. 한번은 행주산성의 전투가 있었을 때였고, 한번은 진주성이 함락한 직후 전라도 운봉에서였다.

행주의 대첩엔 홍계남과 마찬가지로 김덕령은 직접 참획하지 못했다. 그러나 그것을 피차 유감스럽게 생각하진 않았다. 전쟁은 한 번의 전투만으로 끝나는 것은 아니니 다른 날을 기해 온존해 둘 병력이 있어야 한다고 납득했기 때문이다.

그런데 김덕령은 출전하려고 할 때마다 제지당했다. 강화講和를 추진하는 명나라의 의도라고 하여 김덕령을 출전하지 못하게 하고, 괜한 밀고 때문에 몇 차례 체포되어 곤욕을 안기만 했다.

운봉에서 홍계남이 진중으로 김덕령을 청한 적이 있다. 후배를 좋아하는 성품 때문이기도 했지만, 홍계남은 왠지 김덕령에게 끌리는 것이 있었다. 그날 밤의 일이다. 김덕령이 이런 말을 했었다.

"홍 장군님, 나는 모친상母親喪을 입고 있었는데도 왜병이 침입했다는 소식을 듣고 가만있을 수가 없었습니다. 그래서 하인과 친구, 우리 족속을 이끌고 의군義軍을 일으켰는데 오늘날에 이르기까지 전투 한번 해보지 못했습니다. 그런데 허명만이 나돌아 조정에선 익호장군이니, 초승장군이니, 충용장군이니 하며 야단입니다. 저는 이걸 화근이라고 생각합니다. 어떻습니까, 홍 장군님. 저의 병사와 홍 장군의 병사를 합하여 일심동체가 되어 싸웁시다. 그렇게만 되면 종횡무진 저의 용력을 다해 보겠습니다."

그때의 김덕령의 말이 홍계남의 귀에 쟁쟁하게 되살아났다. 그때 홍계남은 이런 말을 했었다.

"김 장군, 나라를 위하는 길은 오늘내일로 끝나는 것이 아니오. 왜 병은 오늘내일로 없어질 것이 아니오. 김 장군의 출전을 제지하는 것은 원려遠慮가 있기 때문이 아닐까 하오. 설혹 그렇지 않더라도 우린 그렇게 생각합니다. 피차 아직 젊지 않소. 1년 후, 10년 후를 위해 우리 힘을 가꾸도록 합시다. 오늘의 공功이나 10년 후의 공이나 나라를 위해선 다름이 없을 것이오."

그 말에 김덕령은 말을 보탰다.

"좋은 교훈을 얻었습니다. 듣고 보니 모친상을 벗지 않고 귀군歸軍한 것이 후회가 되옵니다."

그 김덕령이 만신창이가 되어 이 옥사 안에 있는 것이다. 홍계남은 온몸의 살점이 떨리는 것 같은 전율을 느꼈다. 그 전율은 자기도 내일엔 저런 꼴이 될 것이란 예상을 곁들인 공포이기도 했다. 홍계남은 둔갑술遁甲術을 익히지 못한 스스로를 이때처럼 후회한 적이 없다.

생리에는 이기지 못한다. 홍계남이 깜박 잠이 들었던 모양이다. 바깥에서 나는 소리에 눈을 떴다.

"장군님."

속삭이듯 하는 소리의 방향을 보았다. 옥졸인 듯한 사람의 그림자가 함방 밖에 보였다.

"누구인가."

"공달석입니다."

공달석이면 홍계남이 의흥위에서 오장 노릇을 하고 있었을 때의 바로 자기의 오伍에 속했던 졸卒의 하나이다.

홍계남이 가슴이 메었다. '지옥에도 부처님이 있구나.'

"어떻게 자네가 여기."

라고 말하기가 겨우였다.

"장군님, 지금 3경이 넘었습니다. 이제 막 순찰이 지나갔습니다. 김
덕령 장군 함방으로 모시겠습니다. 얘기를 들어 두시는 게 좋을 듯합
니다."

얼떨떨하여 채 정신을 차리지 못했지만, 김덕령의 얘기는 꼭 들어
둬야겠다는 의식은 또렷했다.

"나를 데리고 가 주게."

캄캄한 어둠 속에 단속적인 신음소리만 있었다. 신음소리의 방향으
로 홍계남이 손을 뻗어 더듬었다.

'악!' 하는 비명이 뭉클한 촉각과 더불어 있었다. 상처를 더듬은 모
양이었다. 얼른 손을 떼고 조용히 불렀다.

"김 장군, 김덕령 장군."

"누구요."

까무러칠 듯한 소리였다.

"홍계남이오."

"홍 장군이 웬일이오."

"김 장군과 같은 사정이오. 도대체 어떻게 된 거요, 김 장군."

"뼈는 모두 부숴지고 관절이란 관절은 죄다 박살이 났쇠다. 무작한
놈들. 차라리 한칼에 죽일 일이지…."

부숴진 뼈를 잇듯 김덕령은 고통스럽게 말을 이었다.

"상처가 심하시군."

"상처가 다 뭐요. 몸 전체가 상처인데. 오늘 압슬壓膝을 당했쇠다."

압슬은 맷돌을 무릎에 얹고 내리눌러 무릎을 부숴 버리는 고문이다.

홍계남이 말문이 막혔다. 김덕령이 신음 속에서 물었다.

"홍 장군께선 이몽학이란 놈을 알고 있었소?"

"알고는 있었지요. 그러나 요 몇 해 동안은 소식을 전혀 몰랐소."

"경박한 놈!"

"김 장군은 이몽학과 연락이 있었소?"

"연락이 뭐요. 나는 그놈이 난을 일으키고 난 후에야 그놈 이름을 알았소. 그런데 그놈 입에서 내 이름이 나왔다는 거요. 홍 장군 이름과 같이. 그러나 그놈 입에서 나온 대로라면 도원수 권율도 있었고, 병조판서 이덕형도 있었다는데 ….."

"결국 무고 때문이 아니었겠소. 김 장군을 무고한 자가 누구요."

"이시언이란 놈과 김응서라는 놈이오. 도원수도 나를 좋게 보지 않았던 것 같소."

"그건 또 무슨 까닭이지요?"

"도원수는 나를 좋게 볼 수 없었을 것이오. 도원수가 내게 이몽학을 치기 위해 병사를 보내라고 명령했었소. 그때 나는 신양身恙이 있어서 그 명령을 곧 거행하지 못했소. 신양도 있었지만 내겐 나대로의 짐작이 있었지. 왜병을 치기 위해 훈련한 병사를 동원해서 피라미 같은 이몽학을 상대하는 것이 싫었던 거요. 나는 정보를 듣고 있었소. 이몽학의 오합지졸은 자중지란으로 붕괴되고 말 것이라는 것을. 사실이 그대로 되지 않았소? 나를 무고한 놈들은 사일치류四日遲留하여 관망성패觀望成敗한 것이라고 몰아대지만, 나는 무인이고 장군이오. 이몽학 따위가 이끄

는 오합지졸의 성패를 관망해야 할 만큼 나는 옹졸한 자는 아니오. 그처
럼 앞을 못 보는 놈도 아니구요."

김덕령이 숨이 차서 호흡이 곤란해지는 것 같았다. 홍계남은 말을
오래 시켜선 안 되겠다고 생각했다.

"말씀 그만하고 조용히 누워 계시오."

"아닙니다, 홍 장군. 나는 수일 내로 죽게 되어 있소. 죽기 전에 할
말은 해 두어야겠소. 내가 죽는 건 내게 죄가 있어서가 아니고, 충청병
사 이시언, 경상병사 김응서의 모략, 서성의 그릇된 보고, 영의정 유
성룡의 협량狹量 때문에 죽는다는 것을 홍 장군은 알아두시오."

"나도 김 장군과 같은 운명의 길에 있는데 내가 그 사실을 알아 둔들
무슨 소용이 있겠소."

홍계남의 이 말에 김덕령이 눈물을 머금었다.

"우리는 이 세상에 태어나지 않아야 될 사람들인 것 같소. 홍 장군은
어떻게 하건 생명만을 보전하도록 하시오."

홍계남은 위로의 말도 채 못 다 하고 옥졸 공달석이 '곧 새벽이 된다'
는 독촉을 받아 자기의 함방으로 돌아왔다.

그로부터 4일 후, 즉 8월 4일 김덕령은 이윽고 장하杖下에서 29세의
젊은 나이로 죽었다. 기록은 그의 최후에 관해 다음과 같이 적고 있다.

덕령이 체포되자 억울하게 여기는 사람이 많았으나 당초의 사람들은
모두 꺼려하고 한 사람도 적극적으로 그를 구하려는 자가 없었다. 이
때의 유언流言이 있었다. 덕령이 사람을 죽이길 삼麻 베듯 하고, 반
역의 죄상이 충분하니 빨리 처단하지 않으면 후환이 있을 것이라고

했다. 그리하여 나졸에 명령하여 빨리 죽이도록 했다. 20여 일 동안에 6차에 걸쳐 형심刑訊하여 경골脛骨이 이미 끊어졌는데도 무릎으로 갈 수가 있었고, 광대뼈와 비육을 쳤는데도 그 동작이 평시와 같았다. 마지막 순간에 종용從容한 태도로 다음과 같이 말했다.

"신臣에게 만일 딴 뜻이 있었다면 어찌하여 원수元帥의 명령을 받고 운봉에 갔겠습니까. 거기서 명령을 받은 다음 군사를 거느리고 본진으로 돌아갔겠습니까. 다만 1만 번 죽는다 할지라도 용서받지 못할 죄가 있다면 계사년에 자모慈母가 돌아가셨을 때에 일천一天의 원수를 분하게 여겨 3년의 애상哀喪을 치르지 못하고 상복을 전복으로 갈아입고 칼을 짚고 일어섰는데 그 후 몇 해가 되었는데 촌공寸功도 이룩하지 못하여 충성을 펴 보지 못하고 효도를 어긋나게 했습니다. 죄가 여기에 이르러선 만사萬死를 피할 수 없사오나 구구하고 조그마한 정성을 천지신명이 조감하여 살피시옵소서. 신은 이제 죽사오니 또 무슨 말을 하겠습니까만 무고한 사람을 죽이지 맙소서."

다음과 같은 기록도 있다.

임금(선조)이 여러 대신들에게, 덕령을 어떻게 처리할까 하고 물었다. 대신들은 구해 주는 것이 좋겠다고 말했는데, 영의정 유성룡만이 묵묵부답이었다. 임금이 물었다.

"경은 어찌하여 한마디 말이 없는고?"

"차후에 불려의 변이 생기면, 이제 석방한 사람을 다시 잡아야 할 것인데 신으로선 생각조차 할 수 없는 일입니다."

이로써 김덕령의 운명은 결판이 났다. 김덕령이 죽은 후 얼마지 않아 그의 무실無實이 밝혀졌는데 어떻게 그런 어처구니없는 일이 일어났을까 하는 의혹이 남는다.

이런 이야기가 있다.

충청병사 이시언이 이몽학의 난이 발생하자 그의 심복 10여 명에게 유언流言을 만들어 퍼뜨리게 했다.

"김덕령이 역당逆黨의 괴수이다."

이 유언을 근거로 하여 이시언이 조정에 서면으로 김덕령의 반역을 알렸다. 이 소식에 놀란 임금 선조는 '덕령이 능히 공중을 비행한다고 하는데 어떻게 잡을 수 있겠느냐'고 했다는 것이다. 선조는 그런 사람이 반역하면 무슨 화를 입을지 모른다는 공포심에 사로잡혔다. 그 공포심이 결국 김덕령을 죽였다고 할 것이다.

홍계남의 국문이 시작되었다.

김덕령의 처참한 죽음이 있은 지 얼마 되지 않은 후의 일이다.

좌의정 김응남을 비롯하여 병조판서 이덕형, 형조판서 신집, 예조판서 홍진, 호조판서 김수가 지켜보는 가운데 국문은 진행되었다. 직접 국문을 맡은 자는 의금부의 주사 김 모와 형조의 정랑 서모였다.

- 영천군수 홍계남인가?

예, 그러하옵니다.

- 죄인은 자기의 죄를 알렷다?

모르옵니다. 불효不孝의 죄 이외엔 아는 것이 없습니다.

- 불효의 죄가 무엇인가?

이 자리에 나와 있게 된 것이 불효의 죄라고 생각합니다.

– 이몽학이란 자를 아는가?

압니다. 임진년 가을에 꼭 한 번 만난 일이 있습니다.

– 어떻게 만났는가?

제가 군대를 이끌고 홍산을 지난 적이 있었는데 그때 그자가 저의 진영을 찾아왔습니다.

– 만나서 무슨 의논을 했는가?

의논한 것은 없고 술을 마시며 나랏일을 걱정했을 뿐입니다.

– 나랏일을 걱정했다고 했는데, 역모를 하자고 하던가?

왜병을 물리칠 걱정 이외엔 아무 말도 없었습니다.

– 이실직고 하라. 그때 이몽학이 분명히 반역의 뜻을 비쳤지?

그런 말 듣지 못했습니다.

– 그 후 서로 연락이 있었지?

연락한 적 없었습니다.

– 그런데 어찌하여 이몽학이 홍계남을 자기의 일당이라고 했는가?

그건 이몽학에게 물어야 할 일이지 제가 대답할 바는 아닙니다.

이때 국문을 직접 담당한 자가 나졸들을 시켜 형틀을 갖추게 했다. 그리곤 다시 국문을 계속했다.

– 저 형틀이 무엇 때문의 형틀인지 아느냐?

형심刑訊의 도구라고 보았습니다.

– 이실직고하지 않으면 저 형틀을 사용하리로다.

제 말에 이실직고 아닌 것은 없습니다.

– 뻔뻔하도다. 죄인을 형틀에 매라.

홍계남이 형틀에 매였다. 의금부 주사가 단상의 국문관들을 보았다.

  - 곤장 10대를 먹여라.

단상의 소리에 따라 나졸들이 곤장으로 홍계남을 때렸다.

  - 그래도 이실직고 않겠는가?
    이실직고 아닌 말은 한 적이 없습니다.

단상의 소리가 있었다.

  - 그놈을 좀더 심하게 쳐라. 가십장加十杖 할지니라.

홍계남이 곤장 10대를 더 맞았다.

  - 이몽학으로부터 서신 받은 게 있지?
    없습니다.
  - 서신이 있었다는 증거가 있는데도 잡아뗄 것인가?
    증거가 있으면 보여 주소서. 그런 증거가 있을 까닭이 없습니다.
  - 본관은 분명히 있다고 말했는데 증거가 있을 까닭이 없다구?
    있을 까닭이 없으니까 그렇게 말한 것입니다.
  - 병조판서 이덕형: 증거가 있으면 대질하면 그만이니 그걸 가지고 왈
    가왈부할 게 없다. 증거를 제출하라!
    증거는 이다음 기회에 제출하겠습니다.
  - 죄인 듣거라. 증거가 나온 다음 실토해도 늦다. 지금 실토하라.
    실토할 것 없습니다.
  - 좌의정 김응남: 증거가 제출되고 다시 국문을 시작하기로 한다.

이렇게 하여 국문 첫날엔 홍계남이 곤장 20대를 맞고 옥사로 돌아왔다. 전신이 아픔에 저려 있었지만 홍계남은 고통을 표정에 담지 않았다. 우러러 하늘을 보았다.

'오오 창천이여!' 홍계남이 눈물을 삼켰다.

그날 밤 공달석이 된장을 탄 물을 가지고 와서 위로했다.

"곤장을 맞은 후엔 된장물이 좋다고 합니다. 그런데 병판과 좌상의 태도를 보아 일은 수월하게 풀릴 것 같으니 안심하십시오."

그런데 그다음 국문에서 사태가 돌변했다.

이몽학의 하인 김창수란 자가 나타나, 이몽학의 편지를 홍계남에게 전한 일이 있다고 증언한 것이다. 형조의 정랑이 김창수에게 물었다.

"그 편지의 내용을 너는 아는가."

"편지를 쓰고 있는 옆에서 보았습니다."

"어떤 내용이었는가."

"개천改天의 대사를 시작하게 되었기로 전에 약속한 대로 군사를 거느리고 빨리 와서 도우라는 내용이었습니다."

"그 편지를 받고 홍계남이 뭐라고 하던가?"

"알았으니 그만 돌아가라고 했습니다."

"회신은 없었느냐?"

"말만 있었지 회신은 없었습니다."

이에 형조의 정랑 서모는 홍계남에게 물었다.

"이자로부터 편지를 받은 적이 있느냐?"

"결단코 그런 일이 없습니다. 나는 그자를 본 적도 없습니다. 지금 처음으로 보았습니다."

홍계남이 자기가 직접 김창수에게 질문할 기회를 달라고 했다. 그러나 허락하지 않고 의금부의 주사 김 모가 김창수에게 물었다.

"그 편지를 전달한 것이 몇 월 며칠이냐?"

"6월 그믐날이었습니다."

김창수의 대답은 거침이 없었다.

"어디서 주었느냐?"

"영천군 아문 동헌에서 주었습니다."

"어떻게 말하고 주었느냐?"

"홍산 이 선생의 심부름을 왔다고 하니까 얼른 만나 주더이다."

"시각은 대강 어떻게 되었던가?"

"해가 질 무렵이었습니다."

"그 편지를 전할 때 옆에 누가 없는가?"

"홍 군수 혼자만을 만나 전했습니다."

척척 주고받는 응수로 보아 미리 짜고 하는 짓이라는 것을 곧 알 수 있었다. 그러나 단상의 고관들은 심증을 얻었다는 듯 서로 고개를 끄덕끄덕하고 있었다.

"그런데 왜 죄인은 약속대로 군대를 끌고 가지 않았는가."

의금부의 주사 김 모가 물었다. 어이가 없어 홍계남이 얼른 말을 하지 않자, 김 모는 서슬이 시퍼렇게 호통을 쳤다.

"와락 겁이 나서 군사를 이끌고 가지 못한 사정은 알았다. 그렇다면 그 변보를 도원수에게나 조정에 치계했어야 옳을 일 아닌가."

홍계남은 오히려 침착했다.

"편지를 받은 적도 없고, 저 사람을 본 적도 없고 황차 전에 약속한 일도 없고, 그러니 이몽학이란 자의 의도를 전혀 알지도 못했는데, 무엇을 도원수에게 알리고 무엇을 조정에 치계했어야 합니까?"

"이 뻔뻔스런 죄인을 당장 처단해야 하겠습니다. "

의금부의 주사가 아뢰자 김응남이 말미를 주었다.

"처단이 급한 것이 아니라 진상을 알아내는 것이 급한 일이다. 홍계남! 사실대로 아뢰라. "

홍계남의 뇌리를 번개처럼 지난 상념이 있었다.

홍계남이 고개를 들고 단상의 대감들과 국문하는 역원들을 둘러보고, 그리고 이몽학의 하인이었다는 김창수를 꼬누어 보며,

"저자가 제게 이몽학의 편지를 전한 날짜와 장소를 다시 한 번 확인하라고 일러 주소서. "

김응남이 이 말을 받아 형조의 서 모에게 확인토록 일렀다.

김창수의 말이 있었다.

"6월 그믐날 해질 무렵, 영천군의 동헌에서 이몽학의 편지를 홍 군수에게 주었습니다. "

이 말이 떨어지자 홍계남이 목청을 돋우었다.

"나는 그날 영천에 있지 않았습니다. "

"무슨 말을 하는가?"

의금부의 주사가 덤빌 듯 말했다.

"나는 그날 밀양의 객관에 있었습니다. 밀양의 객관에서 잠시 나온 것은 옛 친구 강문수의 집을 방문하기 위해서였습니다. "

하고 홍계남은 6월 말께 권율 장군을 의령에서 만나고 돌아오는 도중 밀양에서 묵게 되었는데 그날이 바로 6월 그믐께였다고 소상하게 설명

했다. 그리고 다음과 같이 말을 보탰다.

"나의 진술에 거짓이 있는가 없는가는 도원수 권율 장군과 밀양의 객관에 조회하면 밝혀질 것입니다."

그러자 의금부의 주사가 김창수에게 따졌다.

"7월 1일을 6월 그믐으로 잘못 기억한 건 아닌가?"

"그럴지도 모르겠습니다."

김창수의 대답이 있었으나 이미 풀이 죽어 있었다.

"7월 1일엔 외인을 만나지 않았다는 증거는 그날 늦게 밀양에서 돌아와 동헌에서 밤늦게까지 이속들과 의논이 있었습니다."

홍계남이 못을 박았다.

사태가 이렇게 되고 보니 형틀을 사용할 계기가 없게 되어 홍계남이 그날은 아무 탈 없이 옥사로 돌아와 편히 쉴 수가 있었다.

그러나 엉뚱한 증인을 조작하여 허무맹랑한 사실을 조작까지 하는 상대이고 보면 안심할 수 없는 일이다. 그날 밤늦게 공달석이 찾아왔기에, 이영이란 사람을 찾아 소식을 전하라고 하고 이영을 찾는 방법을 대강 가르쳐 놓았다.

홍계남의 세 번째 국문은 3일 후에 있었다. 그런데 국문을 직접 담당하는 역원이 바뀌었다. 서툴게 증인을 조작한 탓으로 추방된 것이라고 홍계남이 짐작했다.

이몽학은 국문의 초점에서 사라지고 김덕령이 주된 문제가 되었다.

- 김덕령을 아는가?
  압니다.

- 어떤 연고로 아는가?

  연소기예한 장군으로서 앞날을 기할 인물로 알고 있었습니다.
- 만난 적이 있는가?

  행주대첩 직후에 만났습니다.
- 그때 무슨 얘기를 나누었는가?

  그 대첩에 직접 참가하지 못했기로 피차 위로를 주고받았습니다.
- 어떤 위로였던가?

  전투는 한두 번으로 끝날 것이 아니니 이번 기회를 놓쳤다고 서러워
  하지 말고 훗날의 대승을 위해 정려하자는 말들이었습니다.
- 그런 말뿐이었던가?

  그 이외의 말은 없었습니다.
- 그 뒤에 만난 것은 언제인가?

  진주성이 낙성한 직후 운봉에서 만났습니다.
- 그때 무슨 얘기를 했는가?

  진주 낙성을 슬퍼했을 뿐입니다.
- 그때 김덕령의 태도에 이상한 점을 느끼지 않았느냐?

  전혀 그런 것을 느끼지 못했습니다.
- 나라가 이 꼴이어선 안 된다고 불평이 많았다는데?

  나라에 대한 불평은 듣지 않았습니다. 명나라 동정군에 대한 불평은
  많았습니다.
- 주로 어떤 불평이던가?

  왜군을 철저하게 추격해야 할 것인데도 동정군의 방해로 그렇게 할
  수가 없으니 불만이라고 했습니다.
- 김덕령은 분명히 반의叛意를 가지고 있었다. 그런 기색을 보인 적이
  없었던가?

김 장군에게 반의가 있었다곤 상상하지도 못했습니다. 설령 그에게
반의가 있었더라도 저에겐 비추지 않았을 것입니다. 저완 비밀을 나
눠 가질 만큼 친하진 않았으니까요.

- 김덕령으로부터 서신을 받거나 서신을 보내거나 한 적이 없는가?

없습니다.

- 김덕령의 부하에 최담용이란 자가 있는데 그 사람을 아는가?

직접은 모르고 말만 들었습니다.

- 누구에게서 들었는가?

김덕령에게서 들었습니다.

- 김덕령이 최담용을 어떻게 말하던가?

용맹도 있고 신의도 있어 나라에 크게 쓰일 인물이라고 했습니다.

- 김덕령이 죽은 줄을 아는가?

압니다.

- 어떻게 아는가?

같은 옥사에 있다가 죽었으니 모를 까닭이 있습니까.

- 같은 옥사에 있었으니 얘기를 나눌 기회가 있었겠구나. 무슨 얘길
했는가?

옥사는 같아도 함방이 떨어졌기 때문에 말을 나누지 못했습니다.

- 그자가 죽은데 대해 어떻게 생각하는가?

안타까운 일이라고 생각합니다.

- 안타깝다는 뜻은 나라에서 한 일에 불만이 있다는 것인가?

불만은 아닙니다. 그만한 인물이면 살려서 활용할 수 있지 않을까
해서 안타깝고, 왜병과 다시 전란이 벌어지기라도 하면 크게 공을
세울 사람이었는데 하니 안타깝고, 그가 반의를 품고 있었다면 왜
그런 불측한 생각을 가졌을까 하고 안타깝다는 것입니다.

- 나라의 처사에 대해 대단히 불만이 많은 모양이 아닌가?

　무슨 말을 하시는지 모르겠습니다.
- 예컨대 서얼의 문제, 천생들에게 대해 불평이 있다고 들었는데?

　그러나 그런 문제에 대한 불만과 불평은 나라에 대해 가지는 것이 아니고, 양반들의 관행慣行에 대한 불만이고 불평일 뿐입니다.
- 그런 불평을 가지고 있으니까 당신에겐 오해받을 소지가 있는 것인가?

　잘 알겠습니다.
- 오늘은 이대로 돌아가고 다음 하회를 기다려라.

그날 밤이었다. 공달석이 기쁜 소식을 가지고 왔다.

황보 영이 이영과 손을 잡고 홍계남의 구명운동을 위해 애쓰고 있다는 것이다. 좌의정 김응남, 우의정 이원익, 병조판서 이덕형, 예조판서 홍진, 호조판서 김수 등이 특히 홍계남에게 호의를 갖고 움직이게 된 것은 이영과 황보 영의 노력 때문이라고 했다.

확실히 기쁜 소식이긴 했다. 그러나 홍계남의 마음이 유쾌할 수 없었던 것은 김덕령의 죽음에 대한 석연치 않은 감정 때문이었다. 설혹 자기는 무사하게 풀려 나간다 해도 나라가 인물을 대접하는 태도가 그래가지곤 안 된다는 생각이 무럭무럭 가슴속에 괴어오르는 것이다.

그런 가운데서도 빠른 석방을 기다리는데 난데없이 임금이 친국親鞫한다는 소문이 전해져 왔다.

친국이란 반역도에 대한 결정적인 형신刑訊이다. 고래로 친국에서 살아남은 자는 없다. 일단 그 자리에서 죽고 시체는 능지처참되어 기시棄市되는 것이 통례로 되어 있다. 모든 것이 순조롭게 되어나가는 것 같더니 이 어떻게 된 청천벽력인가.

아주 질이 나쁜 밀계密啓가 들어왔음이 확실했다. 그런 밀계를 올린 자가 누구일가. 경상좌감사 홍이상, 경상도사 이로의 얼굴이 떠올랐다. 일단 일을 꾸민 다음엔 그 일이 터지지 않도록 수단방법을 마구 구사하는 것이 벼슬아치들의 근성이다. 김덕령이 죽은 것도 충청병사 이시언과 경상병사 김응서의 끈덕진 모략 때문이었다.

홍이상과 이로도 이시언과 김응서와 같은 근성의 소유자이다. 홍계남은 체념하지 않을 수 없었다. 그런데 김덕령은 이시언과 김응서의 이름을 내게라도 밝혀 놓고 죽을 수 있었는데, 나는 누구에게 홍이상과 이로의 이름을 알려 놓고 죽을까.

홍계남은 옥졸 공달석이 번番이 되길 기다렸다. 그 자리에서만이라도 원수의 이름을 밝혀 놓지 않을 수 없는 심정이었다.

공안석은, 홍계남에게 대한 친국이 있을 것이란 얘기를 듣고부터 홍계남의 함방에 접근하지 않으려고 했다. 좋은 말만 해 오던 차에 일이 그렇게 되고 보니 대할 면목도 없거니와 그 자신 너무나 슬펐기 때문이다. 뿐만 아니라 3경 이후의 번이 아니면 죄수들과 말을 나눌 기회도 없었다. 게다가 어떻게 된 영문인지 요즘 들어 의금부의 옥사가 꽉 차게 되어 함부로 사담을 할 수가 없게도 되었다.

내일로 홍계남의 친국이 예정된 날의 밤이었다. 공달석이 살며시 쪽지 하나를 밀어 놓고 지나갔다. 그러나 함방이 어두워 그 쪽지를 읽을 수가 없었다. 기회를 얻지 못한 채 날이 밝았다.

친국을 당해야 하는 사람에겐 세수를 시킨다. 세수하러 나가서 쪽지를 펴 보았다. '활'活 자 하나가 씌어있었다. '활'이란 산다는 뜻이다.

편전 앞에 친국의 차비가 되어 있었다. 창을 든 무사가 좌편에, 칼을 든 무사가 우편에, 후면엔 도기와 사슬을 든 무사가 도열하였다.

홍계남은 오랏줄에 묶인 채 뜰 한가운데 짚 위에 앉혀졌다. 백관이 나타나 중단에 옹위해 서고 얼만가를 기다리니 임금이 나타났다. 홍계남은 부복해 있을 뿐이다.

"상감마마 납신다."

하는 소리에 천지는 적무성寂無聲이 되었다. 이윽고 말이 있었다.

"죄인은 얼굴을 들라."

홍계남이 고개를 들었다.

임금의 웃음을 머금은 화창한 얼굴이 10보쯤 앞의 옥좌 위에 있었다. 보통사람 같으면 그 임금의 얼굴을 보자마자 격렬한 증오감을 참지 못할 것이 당연하다. 죄 없는 사람을 죽이려고 만단의 차비를 다해 놓고 죽임을 당할 자 앞에 임금이 웃음을 머금은 화창한 얼굴로 나타난다는 것은 상상도 못할 일인 것이다. 그러나 홍계남의 심중이 어떠했는지는 가볍게 촌탁忖度할 순 없다.

임금의 말이 있었다.

"죄인의 오랏줄을 풀어라."

나졸들이 달려들어 오랏줄을 풀었다.

"홍계남 듣거라! 그대는 과인이 충용한 무신이었다. 그대의 공은 과인은 열거할 수가 있다. 그대가 공을 쌓을 때마다 과인은 그대의 벼슬을 올려주고 은상을 베풀었다. 그러하였거늘 그대가 적당賊黨의 일원임을 듣게 되었다. 그런데 그게 과연 사실인가."

"사실이 아니옵니다."

"이몽학이란 반도叛徒를 아는 것은 사실이렷다? 어째서 그런 놈과 지기知己를 맺게 되었는가.”

“우연히 안 것뿐이지 지기를 맺은 적은 없사옵니다.”

“이몽학은 양민들 앞에서 외쳤다고 하더구나. 홍계남 장군이 놈의 일당이라고. 지기를 맺지 않은 사이인데도 어찌 놈이 그렇게 공언할 수가 있었겠느냐. 양민이 그 소리를 듣고 곧이들을 수 있었겠느냐.”

“신은 모르는 소리옵니다.”

“이몽학이 난을 일으켰을 때 놈으로부터 서신을 받은 적이 있었겠다?”

“그런 일은 없사옵니다.”

“증인이 있다고 들었노라.”

“그 증인은 편지를 6월 그믐날 영천에서 신에게 수교하였다고 했는데, 신은 그때 영천에 있지 않고 밀양에 있었사옵니다. 뿐만 아니라 신은 국문장 이외의 곳에선 그자를 본 적이 없사옵니다.”

“정히 그랬으렸다?”

“예.”

“김덕령을 알고 있으렸다? 그대는 김덕령의 죽음을 안타깝다고 했다는데 사실인가?”

“예.”

“임금을 해치려는 놈이면 마땅히 죽어야 할 놈이 아닌가. 마땅히 죽어야 할 놈이 죽었는데 어째서 안타깝다는 것인가.”

“죄를 용서받았으면 그 죄를 보상하고도 남음이 있을 사람이었는데 싶어 안타깝게 생각한 것이옵니다.”

“홍계남! 너 감히 누구 앞에서 그 따위 소리를 하는고?”

“황공할 뿐입니다.”

"그럼 너는 과인이 그자를 용서하지 않았다고 해서 과인에게 불만을 품었겠구나."

"그저 안타깝게 생각했을 뿐입니다."

"그 안타깝게 생각한다는 것이 고약하구나. 그 말을 취소하면 과인은 그대를 용서해 주리라."

"한번 해 버린 말은 황공하오나 도로 거둬들일 수 없는 것은 엎질러진 물과 같습니다. 그리고 마땅히 죽어야 할 자가 죽었어도 안타깝다는 일편의 마음은 어떻게 할 수 없는 것이옵니다. 비록 죄인이라고 하더라도 모처럼 인생으로 태어나 왜 저런 죄를 지었을까 하는 애련한 마음은 남는 것입니다. 그것을 신은 안타깝다고 한 것입니다."

"좋다, 홍 장군. 과인이 아껴 마지않는 홍 장군이 곤욕을 치르도록 한 것은 과인이 부덕한 소치였다. 이몽학과의 관련 부분, 김덕령과의 관련 부분을 내 익히 들어서 장군에 대한 혐의를 말쑥하게 씻었노라. 과인이 오늘 홍 장군을 부른 건 친국하려 함이 아니고 풀어줌과 동시에 과인의 미숙한 소치에 대해 사과하려는 목적이었다. 그러나 홍 장군에게도 전혀 과오가 없었다고 할 수 없는 것은 그런 오해를 받을 만한 행동이 있었기 때문이다. 앞으로는 더욱 신중하게 일을 처리할지니라. 마지막으로 묻겠노라. 풀려 나가면 앞으로 어떻게 할 것인가."

"노모를 모시고 초야에 묻혀 이때까지의 불효를 빌고 자식 된 자의 도리를 다하며 살아갈까 하옵니다."

"안 될 말이다. 과인이 홍 장군을 풀어주려는 것은 초야에 묻히게 함이 아니고, 앞으로 더욱 분려하여 과인의 충실한 고굉股肱이 되게 함에 있다. 홍 장군 금년의 연세가 몇인고."

"서른넷이옵니다."

"그렇다면 앞으로 70까진 나라를 위해 일하기 바란다."

"망극한 성은이로소이다."

"과인이 소원을 들어줄 터이니 서슴없이 말하여라. 홍 장군이 원하는 관직이 무엇인고."

"다시 전란이 일어 전야戰野에 나가기까지 영천군수로서 봉행하도록 해 주시면 분골쇄신 하겠사옵니다."

"좋다. 과인은 일찍이 영천군민의 숭앙을 받고 있는 사실을 알았느니라. 소신껏 영천군을 다스리라."

임금은 홍계남의 석방을 명령하는 동시에 적잖은 돈을 하사했다.

황보 영과 이영은 삼개麻浦에 숙소를 마련하고 방면된 홍계남을 맞이했다. 그런데 그 숙소에 그날 밤 향란이 찾아왔다.

"향란이 어떻게 된 일이냐."

홍계남이 반기면서 놀라자 향란은 한 자루의 은장도를 꺼내 놓았다. 그러나 말은 없었다. 홍계남은 그것을, 자기가 옥사라도 하면 향란이 따라 죽을 작정이었다는 뜻으로 보았는데 사실은 그 이상의 의미를 지니고 있었다.

홍계남이 김덕령과 같은 최후를 맞게 되었을 경우 향란은 월장의 기술을 익혀 대궐에 잠입해선 복수를 감행할 칼날로써 은장도를 쓸 작정이었던 것이다. 오직 향란의 가슴속에만 간직된 비밀이었다. 홍계남조차도 영원히 몰랐던 비밀이다.

묶여서 함거에 실려 넘어왔던 조령을 홍계남은 청천백일의 몸으로

412

다시 넘게 되었다. 홍계남과 말발굽을 나란히 한 사람은 황보 영과 이영이었고, 그 앞에는 향란이 탄 꽃가마가 가고 있었다.

그러나 홍계남의 가슴은 무겁기만 했다. 그는 인생의 허망을 깨닫고, 지옥의 실상을 배워 버린 것이다.

노을 녘의 사랑

사람들만의 환영이 아니었다. 영천의 산하는 홍 장군이 돌아오자 짙은
수색愁色을 걷고 화색和色을 찾았다.

황보 영의 말을 빌리면 산규하창山叫河唱 석약암소石躍岩笑(산을 소릴
지르고 시내는 노래 부르고, 돌멩인 기뻐서 뛰고 바위마저 웃었다) 는 것이다.

"황보 형의 기발한 표현엔 놀랄 수밖에 없지만, 당시 영천의 상황은
정히 그러하였다."
고 이영은 술회한다.

개선장군이 다시 있었겠는가. 홍계남은 모략과 시기로써 엉클어진
험난한 적과 싸워 이기고 돌아왔다.

마침 시절도 좋았다. 소강小康의 월일月日에 들판은 풍작을 이루었
고, 홍 군수의 선치善治에 두루 풍작의 소산을 즐길 수 있어 예년엔 꿈
에도 꾸어 보지 못한 추석명절의 축하를 이해엔 마음껏 할 수 있었다.

명절과 경사가 합친 셈이니, 영천의 고을은 흥분의 도가니가 되었
다. 그런데 홍계남 본인만은 흥분에 휩쓸리지 않았다. 차가운 마음으

414

로 가라앉고 차가운 눈빛으로 되었다.

우선 그에겐 할 일이 많았다. 첫째, 그가 해야 했던 것은 감사 홍이상을 찾아 사과하는 일이었다. 홍계남은 자기가 곤욕을 치르게 된 것을 감사와 도사의 탓으로 알았는데 석방된 후 알아보니 자기가 무사하게 된 이면에는 감사의 호의가 결정적인 도움이 되었다.

감사 홍이상이 홍계남을 억반부천抑班扶賤을 일삼는 사람이라고 조정에 보고한 것은 사실이었지만, 이몽학의 난에 관계되었다는 부분에 관해선 단호히 부정하는 보고를 올렸다.

"본 감사는 홍 군수가 감사의 명령을 거행하지 않으므로 그의 신변을 철저하게 감시하여 수상한 인물의 접근여부를 살폈는데, 지금에 이르기까지 수개월 동안 단 한 사람을 제외하곤 수상한 사람과 접근한 일이 없고, 직무수행 이외의 어떤 돌출행동도 없다는 것을 명백히 확인하는 바입니다. 홍 군수가 접근한 유일한 외부인은 한양의 선비 이영이란 자인 바, 이 사람의 근본을 알아본즉 무위도식無爲徒食하긴 하나 나라에 대해선 전혀 무해無害한 사람으로 판명되었습니다 … ."

이 보고에 의해 임금은 이영을 오래간만에 찾게 되고, 이영을 통해 홍계남이 무실無實한 죄를 쓰고 있다는 사실을 알게 되었던 것이다.

홍계남이 사과하는 말을 듣자 감사 홍이상은 '알아주어 고맙소' 하고, 하河 부자父子에 관한 명령은 철회하겠으니 군수의 처리에 맡기겠다고 했다. 그리고 술자리를 만들기까지 하곤 이런 말도 있었다.

"영천군민의 홍 군수에 대한 찬양은 정말 눈물겨운 바가 있었소. 선치善治가 선과善果를 이룩함은 고래로 알려진 사실이긴 하지만, 나는 영천에서 그 증거를 절실하게 보았소. 내가 조정에 보고를 올린 것은 영천군민의 성의에 보답하고자 했기 때문이오. 홍 군수가 한양으로 압송되자 그 이튿날부터 매일 수십 통의 탄원서가 들어오는데 나는 감동을 금하지 못했소. 홍 군수가 내 명령을 거역했을 때 철저하게 홍 군수의 비행을 찾아내어 파직으로 몰고 가려고 했는데, 그 철저한 감시가 홍 군수를 유리하게 한 것이오. 그러나 만일 영천군민의 탄원이 없었더라면 그런 보고도 하지 않았을 것이오. 모든 군수와 현령이 홍 군수의 본을 보게 된다면 경상도는 나라의 보고가 될 것이오. 우리 서로 마음을 허하여 힘을 모아 잘해 나갑시다."

이로써 마음의 부담 한 가지를 덜고 돌아온 홍계남이 다음에 한 것은 안성으로부터 어머니를 모시고 오는 일이었다.

신불과 그 부하를 시켜 가마를 보냈더니 어머니는 일단 영천으로 오긴 했으나 열흘을 머물고는 다시 안성으로 돌아가시겠다고 했다.

"사또가 가족을 데리고 임지에 있다는 것은 좋지 않다고 하더라. 얼마 있지 않았지만 나도 그러려니 느꼈다. 모든 사람들이 내게 정을 베풀려고 하더구나. 내가 온 것은 네 얼굴을 한번 보기 위해선데 이제 보았으니 돌아가야 하겠다. 안성엔 내가 일구어 놓은 얼만가의 전답이 있고 네 아버지 산소가 있다. 나는 그 전답을 가꾸며 네 아버지 산소 근처에서 살고 싶다. 너는 이곳 백성을 잘 다스려라. 그것이 곧 효도가 된다는 것을 잊지 말아라."

홍 씨 가문에 노비로 들어와 갖은 천역을 다하고 핍박을 받은 적도 많았건만 어머니는 양반의 부도^{婦道} 이상을 지키려고 하는 것이다. 홍계남은 어머니의 뜻을 거역할 수 없었다. 동행한 부인 이 씨에게 홍계남이 잘 타일렀다.

"임자는 나의 내자이긴 하나 나는 남편 노릇을 하지 못했소. 내 심지를 이해하고 어머니를 모시니 고맙기 한량이 없소. 앞으로도 어머니를 부디 잘 부탁하오."

남편 노릇을 하지 못했다는 말엔 기막힌 함축이 있다. 홍계남은 자식을 만들지 않기로 벌써부터 작심하고 있었다. 자기의 처지, 즉 자기의 신분으로서 아이를 낳으면 화禍의 씨앗이 된다는 것이고, 화의 원인이 된다는 것이다. 어릴 적부터 사무친 설움이 홍계남으로 하여금 이 신념에 철저하게 했다. 그 신념을 받아들여 시어머니 모시기에만 전념하는 홍계남의 부인 이 씨도 범상한 여성이 아니다.

하용태, 하기춘 부자에 관해 의금부에서 통첩이 왔다. 명명백백한 범죄사실이며 증거 제반이 확실한즉 의금부에까지 사건을 올려 보낼 필요 없이 영천군수가 의법처리依法處理하라는 것이다.

홍계남은 당혹을 느꼈다. 하용태와 하기춘 부자를 단호히 처단해야 겠다는 당초의 정열이 식어 버린 것이다. 가능하다면 자기 손에 의하지 않고 의금부를 통해 처리되었으면 하는 것이 그의 본심이었다.

하용태와 하기춘 부자는 죽어 마땅한 죄인이다. 그러나 홍계남은 자기 손으로 죽일 순 없었다. 곤장을 과하는 형벌도 거두어 버린 지 오래였다. 홍계남은 황보 영과 의논해 보았다.

황보 영은 그들 부자의 죄는 마땅히 사죄死罪이긴 하나 모처럼 화기를 되찾은 영천에서 피를 보는 일은 삼가는 게 좋지 않겠느냐는 의견이었다.

사죄를 어긴 죄인을 의금부에서 처리하면 당장 처형하거나 감 1등하여 사형을 면해 줄 경우엔 원악도遠惡島 같은 데 배류配流하는 처분을 내릴 수가 있지만, 일개 고을에선 그런 방법을 쓸 수가 없었다. 죽이거나 옥안에 가두어 두거나 할 수밖에 없다. 그런데 옥 안에 장기간 가두어 둔다는 것도 문제였다.

남진우 교수의 의견은 이랬다.

"이미 가산은 적몰한 바이니 만일 놈들의 사죄를 면해 줄 경우이면 영천군 내의 벽지를 골라 거기 가서 죽든지 살든지 하라고 쫓아 버릴 수밖에 없다."

그러나 그 의견에 좇을 수 없었던 것은 홍계남이 장차 벽지를 효과적으로 이용할 계획을 세우고 있었기 때문이다.

남은 방법은 영천군 내의 유지들을 모아 이를테면 양반회의의 자문을 얻어 결정하는 방법밖엔 없었다. 군수의 직권이라고 하지만 죽이는 것도, 방면해 주는 것도 거북한 일이었고 보니 양반들의 의견을 널리 청취해서 결정하는 것이 무난할뿐더러 양반들과의 소원한 관계를 해소하기 위해서도 좋은 방법일 것 같았다.

홍계남은 장소를 향교로 정하고, 교수 남진우의 명의로 영천의 양반들을 불러 모았다. 풍년을 축하하는 잔치를 겸해 회의를 하자는 것이었다. 회의는 잔치에 들어가기 전에 끝낼 요량을 했다.

군수 홍계남은 하용태, 하진태 부자의 사건 대략과, 감사의 방침, 의금부의 통첩 내용 등을 들먹여 설명하고 나서, 유지양반들의 의견을 모았다. 그런데 홍계남의 눈치를 보아서 그런지 모두들 그 부자를 죽여야 한다는 방향으로 의견이 모였다.

"죽이지 말고 해결하는 방법이 없겠소?"

홍계남이 재차 물었다.

"사또께서 죽이기 싫다면 어쩔 수 없지만 그와 같은 패륜지도가 우리 눈앞에 활보하는 꼴은 보기 싫으니 그런 꼴만 보이지 않게 해 달라." 고 모두들 의견을 바꾸었다.

회의는 그쯤 해 두고 홍계남은 '서출과 천출에 대한 자기의 의견'을 개진하여 이들에게 대한 선처를 부탁하곤 잔치에 들어가도록 했다. 화기애애한 분위기였다. 양반들은 저마다 홍 군수를 찬양하는 데 인색하지 않았다.

잔치를 끝내고 홍계남이 옥사에 있는 하가 부자를 끌어냈다.

"조정에서도 감사께서도 영천군의 어른 모두도 너희 부자를 당장 처형하라고 한다. 그러나 나는 너희들을 죽이고 싶지 않다. 하지만 앞으로 너희들을 이 고을에서 살게 할 순 없다. 대죄인이 그 고장에서 아무 일도 없었던 것처럼 산다면 국법에도 양속에도 어긋나는 일이다. 지금 너희들을 풀어주면 갈 곳이 있는가? 갈 곳이 있다고 하면 풀어줄 것이고 없다고 하면 부득불 죽일 수밖에 없다. 대답하라."

"갈 곳이 있습니다."

하용태의 말이다. 왕년의 그 기고만장한 기질은 온데간데없고 소금에 절여진 파 모양으로 된 하용태이다.

"어디로 갈 것이냐?"

"지리산 밑으로 갈 것입니다."

"그리로 가면 살아갈 근거는 있는가?"

"촌수가 멀긴 하지만 우리 일문이 그곳에 반거하고 있으니 무슨 방도가 있을 것으로 압니다."

"그런데 일러두거니와 영천 땅에 다시 나타나는 일이 있으면 그땐 당장 사형에 처할 것이니라. 알았는가? 또 일러둘 말이 있다. 적몰할 재산 가운데서 변상할 작정을 하고 얼만가의 노자는 변통해 줄 것이니 옥문을 나서면 곧바로 군계로 떠나라. 자기 집이었다고 해서 들르거나, 영천에선 바가지 하나라도 가지고 나가지 못한다. 이 영을 어기면 다시 체포한다. 알았는가?"

"예, 알았습니다."

홍계남은 형조를 불러 이 결정을 알리고 포졸 몇 놈을 딸려 군계에까지 이끌어다 주고 돌아오라고 했다. 그리고 부자에게 각자 노자로서 30냥씩을 지급했다.

이렇게 시름 있는 일들을 덜고 나서 홍계남은 숙원사업의 계획을 강구했다. 그의 숙원은 자기가 거느린 약 5백 명 군사들의 생로生路를 만들어 주는 데 있었다.

평화의 시대가 오면 관군 아닌 모든 군대는 해산되어야만 한다. 그때 군사들을 어떻게 해야 할 것인가. 전투가 없게 된 때부터 홍계남의 염두를 떠나지 않았던 것은 바로 이 문제이다. 홍계남의 군대는 그렇게 의도하지 않았는데도 서출庶出, 천출賤出, 노복奴僕, 그리고 무당의 아들, 백정의 아들, 이른바 천민賤民으로서 구성되어 있었다. 심지어는 성姓을 가지지 않는 출생불명의 고아출신도 있었다.

이들에게 홍계남은 그들을 고무하는 말을 해 왔다.

"행동으로서 우리는 양반이 되자. 나를 보라. 나는 양반들까지 내 명령에 따르게 하지 않는가. 기가 죽어선 안 된다. 자기가 자기를 만들어야 한다. "

말만으로서가 아니라 홍계남은 부하들의 침식은 물론 급량과 의복, 약에 관해서도 최대한의 관심을 썼다. 좋은 음식이 생기면 먼저 하급의 병졸들에게 나눴다. 이러한 성의가 홍계남의 군대를 정병精兵으로 만들었고 모두들 홍계남 장군의 군사라고 하면 눈이 휘둥그레 했다.

군사들은 모두 자기의 거취와 생사의 문제까지 홍 장군에게 맡겨 두고 조금도 불안을 느끼지 않았다. 그런 만큼 홍계남도 그들의 앞날에 대해 부심하지 않을 수 없었다. 홍계남이 생각한 것은 재래의 둔전병屯田兵의 사상에 입각하여 그들의 생로를 열어주는 데 있었다.

구체적으로 말하면 미간未墾의 땅을 개척함으로써 그들에게 안착지를 마련하자는 것이다. 당초 홍계남은 안성, 함양, 영천, 횡성 등의 땅을 고려하여 둔전계획을 밝힐 작정이었는데, 임금의 말이 있고부턴 영천을 중심으로 5백의 부하를 적당하게 배치할 계획으로 바꿨다.

영천의 현재 인구 3만, 호수 5천 호, 이에 5백 호를 보태는 것은 무난하리라고 판단했다. 영일접경, 군위접경에 걸쳐 보현산을 중심으로 산간을 조사한 결과 50호를 단위로 10개 부락쯤이 자활할 수 있는 개간 가능지를 수월하게 발견할 수 있었다.

이러한 지역을 책정하는 일은 황보 영에게 맡겼다. 그는 수원水源과 수로水路를 치밀하게 탐색하고, 50호 단위로 10단위가 자활할 수 있는 개간 가능지, 그리고 땔감을 공급할 수 있는 야산의 할당까지를 예정하고 홍계남에게 최종보고를 올렸다.

홍계남은 그 보고를 토대로 경상감사와 호조에 보고하고 임금에게 장계를 올렸다. 조정으로부터 허락이 있었다.

"공전公田과 사전私田에 저촉되지 않은 영천군 내의 임야와 토지는 영천군수의 재량으로 처리하도록 하고, 타군일지라도 영천군과 접경된 토지에 관해서는 군사軍士의 자활을 위한 목적이라면 홍계남 장군의 요청에 따르도록 하겠다 …."

홍계남은 이날을 자기 생애에서의 최고로 기쁜 날로 삼았다. 부하 5백 명의 영구 자활의 터전이 닦인 셈이었으니까.

황보 영을 유사有司로 하고 각 대장이 모여 각기 지역을 분할 담당하기로 하고 분할담당이 결정되는 대로 병력을 반으로 나누어 교대식으로 개간에 착수하고, 주거는 개간의 진도에 따라 마련하기로 했다.

홍계남의 생각으로선 개간과 동시에 군영軍營의 일부를 그리로 옮기고 필요에 따라 병력을 차출하는 형식을 취하다가, 완전 평화가 오면 군대를 해산함과 동시 그곳에 정착할 예정이었다. 한편으로는 은근히 병사들의 배우자를 마련할 방법까지 강구했다.

그러니까 오직 평화만을 바라면 되었다. 홍계남의 진심은 굴욕적이건 말건 평화만을 바랐다. 백성들에게 전쟁은 화禍일 뿐이다. 병사들에게는 죽음일 뿐이다. 승리는 대관이나 장군의 기쁨이고 영광일 뿐이지, 병사와 백성들에겐 아무런 생색도 없다. 홍계남의 전쟁관戰爭觀은 그렇게 기울어졌다.

충성의 개념도 대폭적으로 변질되어 있었다. 임금을 위하는 충성, 나라를 위한 충성에 보람이 있으려면 그것이 바로 백성의 안녕에 통하고, 병사들의 행복에 통해야 한다. 그러지 못할 때 충성이란 괜한 고집일 뿐이고 허망한 외침에 불과하다고 생각되었다. 그런 까닭에 그는

《논어》論語를 돌보지 않은지 이미 오래였다.

홍계남은 또한 자기의 요행僥倖을 생각했다. 자기가 살아남은 것은 순전한 요행 때문이다. 요행이 없었더라면 자기도 김덕령 장군 같은 처참한 죽음을 면할 수 없었을 것이었다.

그렇다면 그 요행이란 도대체 무엇인가? 요행에 생사가 걸려 있고 요행에 영욕榮辱이 달려 있다면 그 나라는 무엇인가? 충성이 무엇인가? 임금 앞에 엎드려 교언영색巧言令色을 일삼는 게 충성인가? 일신을 던져 나라를 위한 희생을 각오한 자를 몇 줄의 밀고에 의해, 정밀한 탐사도 하기에 앞서 형구形具에 매어 타살打殺하는 게 충신에 대한 대접인가? 인간에 대한 도리인가?

홍계남은 자기는 김덕령과 더불어 이미 죽었고, 지금 살아 있는 것은 오직 요행의 꼭두각시일 뿐이라고 생각했다. 곤장 20대를 맞고 풀려나긴 했지만 곤장 20대의 의미는 너무나 심각하다. 그런 까닭에 자기가 살아남았다는 데 대한 기쁨이야 왜 없을까만 대의大義로서 그 기쁨을 소화할 순 없었다.

그래서 그는 자기를 살아남게 한 요행을 충실하게 활용하려고 했다. 첫째는 영천군민을 위해 활용하고, 동시에 자기의 부하들을 위해 활용하려고 했다. 그 기회가 드디어 온 것이다.

10월 들어 어느 날 홍계남은 자기 휘하의 장병 모두를 모았다. 다음과 같은 뜻을 전달하기 위해서다.

"내 사랑하는 형제들! 우리는 비로소 우리가 가야 할 곳을 찾았다. 우리가 만들어야 할 것을 알았다. 우리가 가야 할 곳은 산골짜기다. 그런데 거기엔 물이 있고 땅이 있고 숲이 있다. 우리가 가꾸기만 하면 비옥한 땅이 되고, 우리가 정성을 들이기만 하면 안락한 집을 만들 수가 있다. 땅을 가꾸자. 집을 만들자. 아내를 맞아들이자. 자식들을 낳자. 그리고 죽어 간 전우들의 몫까지 합쳐 알뜰하게 살아 보자. 자기의 행복을 위해 충실하는 것이 나라를 위한 충성이란 것을 알아야 한다. 나 자신에게 충성하는 것, 이것이 진정한 충성이란 것을 잊어선 안 된다. 그러나 명념해야 할 것은 다시 전쟁이 터지면 우리의 꿈은 일단 보류해야 할 것이다. 그리고 이 꿈을 기어이 이룩하기 위해서 적을 쳐부숴야하겠다. 그러니 앞으로 싸움이 만일 있다고 하면 그것은 다른 무엇 때문에 싸우는 것이 아니고 우리의 보금자리를 위해서 싸우는 것이다. 아무튼 내일 우리의 복지福地를 만들기 위해 일부가 떠난다. 그 장도長途를 축하하자.”

이렇게 하여 밤새워 잔치가 벌어졌다.

바로 그날 밤이다. 병사들과의 잔치마당에서 돌아와 상궤 앞에 앉아 마음을 정리하려고 하고 있는데 통인이 쪽지를 전해 왔다. 향란이 보낸 쪽지였다. 이렇게 적혀 있었다.

　　나리 너무하십니다. 거두절미하고 소녀의 부탁이옵니다. 오늘 밤 저
　　의 집에 납시옵소서.

그 쪽지를 받곤 가만있을 수 없었다. 의금부에서 풀려나와 같이 영천으로 돌아온 이후 한 번도 그녀를 만난 적이 없었다. 너무하다고 할 만하다. 홍계남은 평복으로 갈아입고 향란의 집으로 갔다. 집 안팎이 깔끔하게 정돈되어 있는 것이 밤눈으로도 알 만했다. 마루 끝에 청사

초롱이 달렸고 향란의 방엔 맑은 촛불이 밝혀져 있었다.

병풍이 둘러쳐진 앞에 보료를 깔아 놓고 그 위로 홍계남을 모셨다. 미리 차려진 주안상 가운덴 신선로가 김을 뿜어내고 있었다. 홍계남이 올 것을 확신하고 준비한 것이 분명했다.

"안 왔더라면 큰일 날 뻔했구나."

홍계남의 첫말이었다. 향란이 방긋 웃었다.

"이 깔끔한 준비가 모두 허사가 될 뻔하지 않았는가."

"그런 허사는 매일처럼 겪고 있사옵니다. 한양에서 돌아온 이후 소녀는 매일 밤 이처럼 사또 나리를 기다리고 있었사옵니다."

"그럼 기별할 일이지."

"기별하지 않아도 언젠가 오시리라고 생각했사와요. 그러나 원망하진 않았사옵니다. 소녀를 만나는 일 이상의 큰일을 하옵실 것이 분명했으니까요."

"헌데 오늘은 웬일이지? 쪽지를 다 보내고."

"오늘만은 참을 수 없었사옵니다. 너무나 기쁜 소식을 들었기 때문입니다."

"기쁜 소식이란 뭔가?"

"기쁜 소식은 더디 들어도 되옵니다. 우선 술을 드시와요."

그렇다 기쁜 소식은 빨리 들을 필요가 없다. 그러나 기쁜 소식이 무엇일까 하고 홍계남이 잔을 들었다. 그리고 잔을 거듭했다.

향란인 볼수록 예쁘다. 볼수록 사랑스럽다. 그런데도 그림의 꽃 본듯이 해야 하는 자기의 처지가 슬펐다. 이만한 여자를 만난다는 것은 그야말로 몇 겹의 인연을 쌓아야 하는 건데 그 인연을 스쳐가는 바람처럼 지나쳐야 한다는 것은 너무나 슬프고 너무나 안타까웠다.

'나와 죽음을 같이하려고 은장도를 가슴에 품고 한양까지 따라온 여인!' 그런 마음의 진실을 생각하면 목이 메인다.

홍계남이 조용히 불렀다.

"향란이. 우리는 왜 이렇게 만나게 되었던고."

"이렇게 만난 것이 어떻단 말씀이십니까. 소녀는 무상의 만남이었다고 생각하옵니다."

"무상의 만남이라! 그럴지도 모르지. 그러나 애석하구나."

홍계남의 말뜻을 향란은 알았다.

"그래서 기쁜 소식을 듣고 오늘 밤 나리를 청한 것이옵니다."

"기쁜 소식을 말해 보려무나."

"나리 저에게도 술 한 잔 주오소서."

홍계남이 향란의 잔에 술을 따르며, '가득?' 했다.

"예, 가득히 따라 주소서."

술잔을 비운 다음 향란이 몸을 홍계남이 앉아 있는 보료 위로 옮겼다.

그리고 홍계남의 무릎에 얼굴을 대고 눈을 치켜떴다.

"나리, 오늘 군사들에게 말씀이 있으셨죠."

"있었지. 그들에게 보금자리를 만들어 주기 위해 애쓴 결과가 비로소 결실을 얻었어. 그래서 내 한마디 했지."

"소녀는 그 말씀을 담장 바깥에서 들었소이다. 가슴이 떨렸사옵니다. 특히, 우리 자식들을 낳자, 하는 대목에선 소녀의 전신이 떨렸사옵니다."

홍계남이 들었던 술잔을 놓았다. 향란이 말한 '기쁜 소식'의 정체를

426

알았다. 홍계남은 향란에게도, 부인 이 씨에게 대해서나 마찬가지로 '화禍의 씨앗은 뿌리지 말자, 화의 원인을 만들지 말자, 화의 뿌리를 심지 말자 …'고 타일러 잠자리를 같이 안 했던 것이다.

향란이 스르르 눈을 감으며 신음하듯 말했다.

"소녀, 이 세상에 생을 받은 보람으로 장군의 자식을 가지고 싶사옵니다."

홍계남이 대답할 수 없었다.

"부하들에겐 자식을 낳으라고 권하시고 나리께선 그 말씀을 먹어 버릴 작정이옵니까. 세상이 언제나 이대로만은 아닐 것이옵니다. 설혹 그렇다고 해도 나리께서 만들 작정이신 그 복지福地에서 살면 설움 없이 아이를 키울 수 있지 않겠사옵니까."

이 말에 홍계남은 가슴이 설렜다. 군사들은 모두 자기와 비슷한 출생인 것이다. 그것을 감안하고 우리만이 살 수 있는 복지福地를 구상한 것이 아니었던가.

"고맙다, 향란아."

홍계남이 향란을 꼬옥 껴안았다.

하늘엔 성두星斗가 찬란하고, 지상엔 가을꽃의 향기가 밤 가득히 그윽하다. 풀벌레 소리가 요란해진 것도 까닭이 있는 일이었으리라.

향란은 하늘을 알았고, 홍계남은 땅을 알았다. 구름은 비가 되는 것이며, 비는 또한 증발하여 하늘에 올라 구름으로 서린다 ….

유성流星… 사라진 꿈

"눈이 녹으면…."

하고 홍계남이 골짜기 이쪽저쪽을 이영에게 가리키며 하는 말소리가 자랑스러웠다.

"저게쯤엔 밭이 나타나고, 저 아래쯤엔 논이 나타나겠지요."

"1천 두락 이상의 논이고, 5백 두락 이상의 밭입니다. 대단하지요?"

황보 영이 설명을 보충했다.

"이런 골짜기가 10개 이상이니 우리 군사 5백 명이 각각 한 호戶를 이룰 수가 있습니다."

홍계남이 이렇게 말을 보탰다.

"좁다고들 하지만 우리나라엔 아직도 여분이 많겠군. 영천 고을이 이와 같다면 다른 고을도 비슷한 사정이 아니겠소."

이영이 감탄을 섞어 말했다.

"그래서 명나라 장수들이 자꾸 둔전屯田을 들먹이는 것을 나는 알았습니다. 명나라 낙상지 장군의 말이 이 나라는 4, 5백만의 인구가 살기엔 너무나 아깝다고 해서요. 황무지로 나둔 곳, 원시대로 남아 있는 곳을 농경農耕의 적지로 만들기만 하면 2천만, 3천만이 살아도 흡족할 것이라고 했습니다."

그리고 홍계남이 계속 다음과 같이 말했다.

"요는 정사政事에 있는 것 같습니다. 일하면 일하는 대로, 땀 흘리면 땀 흘린 그만큼, 논밭을 일구면 일군 그만큼 자기에게 이득이 있다고 하면 땀 흘려 일하지 않을 자 어디에 있겠습니까. 그런데 세상이 그렇습니까? 논을 일군 자는 상놈이고, 차지하는 자는 양반입니다."

황보 영이 말을 끼었다.

"참으로 놀랐습니다. 나는 명색이 유사有司라고 해서 군사들의 일을 지도하고 감독을 겸해 나와 있는데, 지도도 감독도 필요가 없었어요. 자기들의 땅을 일구고 있다 싶으니 일하는 것 자체가 기쁨이 되는 모양이지요? 내가 유사로서 하는 것은 일 그만하라고 외치는 일밖엔 없습니다. 내버려 두면 밤새워 일하게 될 것이니까요."

몇 개의 동산을 넘고 작업장을 둘러보고 나서, 황보 영의 숙소로 지어 놓은 집에 들러 잡곡을 섞인 밥으로 요기하곤 이영이 말했다.

"홍 사또, 나도 여기 집과 땅을 갖고 싶구료. 하지만 유로유전有勞有田일 것이니 나도 어느 대隊에라도 좋으니 끼워 주시구려. 내 땅 내가 만들어 보겠소."

마음속 깊이 우러나온 말임을 그의 표정을 보면 알 수 있다.

"걱정 마슈, 형님. 형님은 평화가 오면 우리 군사들의 배우자를 마련하는 역할을 해 주시오. 그 은혜를 갚기 위해 모두 일인일전一人一田은 제공할 것이외다. 그럼 형님은 혼자서 5백 전을 가지게 될 것이오."

"허허, 홍 사또. 나를 뚜쟁이로 만들 셈이군."

"아닙니다. 한양을 비롯하여 전국 방방곡곡엔 지아비를 찾는 아가씨들이 많을 것이옵니다. 형님께서 연비를 쫓아 한 말씀 있으면 어려운 일이 아니지 않겠습니까."

"아닌 게 아니라 이 골짜기 저 골짜기에 사람이 웃음꽃을 피우고 아이들이 뛰놀며 살게 되는 그날이 오면 얼마나 좋겠는가. 그러기 위해서도 평화의 시대가 와야 하는 것인데…."

이영이 한숨을 쉬었다. 황보 영도 따라 한숨을 쉬었다.

"형님 생각으론 평화가 어려울 것 같습니까?"

홍계남이 조심스러운 표정으로 물었다.

"글쎄 난들 어떻게 아우. 하도 유언비어가 난무하니까. 헌데 조정에서 무슨 시달이 없었소."

"시달이야 있었지요. 지난 2월 초에만 해도 도원수부로 부터, 풍신수길이 명나라의 책봉冊封을 거부하고 재차 조선을 침공할 예정인 것 같으니 각各 진陳에서 이에 대비하는 방책에 유루가 없도록 하라는 지시가 있었습니다. 그러나 저는 반신반의합니다. 내 휘하에 항왜降倭 다섯이 있는데 이 말을 전하자 모두들 수길이 미친 사람이 아니고서야 실수를 또 다시 되풀이하겠느냐고 하더군요."

"임진년에 난을 시작한 것부터가 놈의 미친 소행이었어. 미친놈이니 또 미친 짓을 할 수 있다고 보아야지. 학봉 김성일의 실수가 바로 거기에 있었어. 학봉은 수길이 미친놈 같이 굴긴 해도 속속들이 미치진 않았을 것이라고 생각했거든."

이영의 이 말을 듣고 보니 홍계남의 가슴이 가라앉았다. 그놈이 미친 짓을 다시 시작하기만 하면 모든 꿈은 사라진다. 영천 골짜기에 꽃을 피우기는커녕 조선 8도가 쑥대밭이 된다.

'그렇게 되면 나는 죽어야지.'

순간 뇌리를 스치는 이 상념을 홍계남은 얼른 지워 버렸다.

눈 속의 개간지를 둘러보고 온 그 이튿날 항왜 다섯을 한자리에 불렀다. 이들은 죽산전투에서 귀순한 이래 줄곧 홍계남의 신변에 있었다. 그들은 마음으로부터 홍계남을 존경했고, 홍계남 또한 그들에게 조선식의 이름을 붙여 줄 정도로 신뢰했다. 홍계남은 이들을 총포술銃砲術, 검술劍術의 사범으로 모시고 병사들의 훈련교관으로 삼고, 대왜전술對倭戰術의 자문역으로 하고 있었다.

"요즘 유언비어가 너무나 많다. 조정에서 내리는 명령조차 불확실한 정보를 근거로 한 것이기 때문에 가끔 휘둘리기도 한다. 정보의 판단엔 특히 신중해야겠다. 보다도 정확한 정보를 입수를 위해 그대들 중에 몇 사람을 부산에 파견해야겠다."

다섯 사람 모두가 부산으로 가겠다고 했다. 홍계남이 허락했다.

병신년이 저물어 가는 섣달 보름께에 부산에 갔던 항왜들이 돌아왔다. 그 가운데 조선 이름으로 염정인이란 항왜가 대표로 보고했다.

① 수길이 금번에 파견하는 군대는 1번대부터 8번대까지 총병력은 12만을 예정하고 있다. 남해안에 남은 2만을 합치면 약 14만이다.
② 제일 먼저 건너올 자는 가등청정임이 틀림없다. 그렇다면 소서행장도 나온다. 소서행장의 복심이며, 조선의 장군들과 대내적으로 통하는 요시라要時羅가 조선의 수군水軍에게, 가등청정이 제일 먼

저 들어올 것이므로 부산 앞바다에서 요격하면 쉽게 물리칠 것이라고 충고한 바 있다는 풍설이 있다. 확인할 순 없으나 소서와 가등과의 적대 관계로 보아 전혀 허보는 아닌 듯하다.

③ 감군監軍까질 결정했다고 하니 세부적인 명령이 하달되었다고 짐작할 수 있지만 소상한 내용은 알 수 없다.

④ 이번엔 수길이 직접 건너와서 대명大明까지 쳐들어가겠다고 호언한다고 한다. 그러나 그 실현성은 희박하다.

항왜 염정인은 그밖에 자기가 견문한 바를 소상하게 설명하고 나서 다음과 같이 건의했다.

"장군께선 소부대小部隊로써 일본군에 대적할 생각은 말고 다른 군대와 합동하여 대군大軍을 편성토록 하시든지, 그렇지 않으면 일본군 북상의 예봉을 피해 일시 산간에 숨었다가 기회를 보아 유격전으로서 효과를 보도록 하는 것이 가할 것입니다."

그러나 상황의 추이와 상부의 명령에 좇아 방책을 세울 일이었다. 그 시점에선 홍계남은 그저 상부의 명령을 기다릴 수밖에 없었다.

긴장과 불안 가운데 병신년이 가고 정유년(1597년)이 밝았다. 정유년이 밝기가 바쁘게 가등청정이 서생포에 상륙했다는 정보가 들어왔다. 민심이 일시에 흉흉하게 되었다. 정월 14일의 일이다.

이에 앞서 1월 12일 조선군은 부산의 일본 진영을 공격하고 화약고와 군량 2만 6천석, 일본의 함선 2백여 척을 태워 버린 쾌거가 있었다.

그러나 남해안 일대에 속속 상륙하는 왜병에 대해선 속수무책일 뿐이었다. 뿐만 아니라 조정에서는 아무것도 아닌 일을 트집 잡아 이순신을 수군통제사水軍統制使에서 해직시키고 체포하기까지 했다.

이 소식을 들었을 때 홍계남도 가슴이 끓었다. 혁혁한 공이 있는 이순신 같은 무신을 어떻게 그처럼 가볍게 취급할 수 있는가? 홍계남은 새삼스럽게 오랏줄을 받고 함거에 실려 조령을 넘었을 때와 까닭 없이 자기의 몸에 가해진 곤장 20대의 수모를 생생하게 회상하지 않을 수 없었다.

이때에 비로소 홍계남은 자기가 해야 할 일을 뚜렷하게 알 수 있었다. 막연한 충성이어선 안 되고 구체적인 보람이 있는 충성이어야 한다는 것, 그저 이기고 지고 하는 공방전이 아니라 목적이 확실한 전투만을 선택해야 한다는 것, 상부의 명령이 있다고 해서 무작정 따를 것이 아니라 자기 판단에 의해 이해득실을 계산한 연후에 추종여부를 결정해야 된다는 것 등이다.

이윽고 '견벽청야지계'堅壁淸野之計가 시달되었다. 평상시에는 홍계남이 이를 '궁사지계'窮死之計라고 보았지만 이때엔 이용할 만한 계획이라고 생각했다.

영천엔 미리 만들어진 산성山城이 없다. 홍계남은 자기의 군사들이 개간하기 시작한 10여 곳의 산간으로 백성들을 인도하기로 했다.

양식과 의복, 가축 등은 미리 산간에 운반해 놓고, 마을에 살고 있다가 적이 근접하면 산간으로 피신하도록 방침을 정해 놓고, 요지要地를 골라 군대를 배치해서 왜병에 대항하기로 했다.

다행히 이번엔 동정군東征軍 반응이 빨랐다. 명나라 조정은 전락田樂을 병부상서로 임명하고 이어 양호楊鎬를 경리조선군무經理朝鮮軍務, 형개邢玠를 경략어왜經略禦倭, 도독都督 마귀麻貴를 비왜총병관備倭摠兵官

으로 하여 동정군의 진용을 짜고 왜의 침략군을 치게 됐다.

홍계남은 일본의 재침再侵부서에 관한 상세한 정보를 입수했다.

선봉은 가등청정(1만 명), 소서행장(7천 명). 이들은 이틀마다 교대하는데 선봉 아닌 부대가 제 2번대로 된다. 제 3번대 흑전장정(1만 명), 제 4번대 과도직무(1만 2천 명), 제 5번대 도진의홍(1만 명), 제 6번대 장증아부원친(1만 3천 명), 제 7번대 봉수하가정(1만 3천 명), 제 8번대 모리수원(3만 명), 우희다수가(1만 명).

홍계남은 그들이 북상할 것을 가정하고 군사와 백성들을 끌고 산속에 대피하고 있었다. 그런데 그들이 접근하는 기세가 없어 이상하다고 생각했는데, 얼마 후 대군은 전라도 공략에 중점을 두고 있다는 사실을 파악했다.

선봉 가등청정의 군은 서생포를 출발하여 밀양, 초계를 거쳐 거창으로 나가 전라도로 들어갈 것이 확실하고, 제 3번대 흑전장정은 광양 - 순천 - 구례로 향하고, 과도직무는 김해 - 창원 - 진주로 가게 되고, 소서행장은 남해, 사천을 거쳐 구례로, 도진의홍은 고성, 사천을 거쳐 구례로 나가게 되었다는 것이다.

이때 조선 측의 포진은 경상우병사 김응서는 합천에, 도원수 권율은 성주에, 도체찰사 이원익은 선산의 금오산성에 있었다.

홍계남은 도원수 권율로부터, 별도의 명령이 있을 때까진 임지를 떠나지 말고 그 자리에서 만전을 다하라는 지시를 받았다. 전쟁이 다시 발발하자마자 왜군의 진로가 될 것이라고 가정했던 경주와 영천은 한동안이나마 안도의 숨을 쉬게 되었다.

일본군은 임진 때와는 달리 진격이 바르지 못했다. 전라도를 석권하긴 수월했으나 충청도에 이르러선 예봉이 꺾였다. 가등청정은 천안에서 북진을 단념하고 청주로 우회하고, 흑전장정은 직산에서 명나라 동정군에 의해 격퇴되었다. 금구에선 조방장 원신과 김언공이 왜병을 대대적으로 무찔렀다. 이렇게 곳곳에서 패배한 왜병은 정읍井邑에 모여 회의한 결과 북진을 일시 보류하고 남하하여 진용을 재정비했다.

9월 20일, 가등청정군이 함창, 상주, 칠곡을 거쳐 대구로 내려오고 있다는 소식이 날아들었다. 가등청정군이 영천을 통과할 것은 확실했다. 그들이 갈 곳은 울산 아니면 서생포이다. 대구와 울산, 서생포를 연결하는 지점이 바로 영천이다.

홍계남은 입수된 정보를 분석했다. 가등청정 휘하의 총병은 1만이다. 그 가운데 2천 명을 서생포성에 잔류시켰다면 출동 병력은 8천, 그 가운데 전라도 등지에서 5백 명을 소모했다 해도 7천5백 명의 병력이 대구로 내려온다는 계산이다. 그런데 또 하나의 정보가 있었다. 가등청정군 일부는 의성, 군위 쪽으로 돌았다는 것이다. 그렇더라도 가등청정이 직접 인솔하는 부대가 주력일 것이니 아무리 적게 쳐도 5천 명은 상회할 것이었다.

5천 명의 적에 5백 명으로선 승리할 가망이 없다. 홍계남은 일대 결단을 하지 않을 수 없었다. 하나는 민간인과 더불어 군대를 이끌고 산중으로 피해 버리는 방책이고, 하나는 승패를 도외시하고 결판을 내는 방책이다. 산으로 피하는 방책을 생각해 보았다. 적은 무인지경을 가게 된다. 닥치는 대로 마을을 파괴하고 불태워 버릴 것이 뻔하다. 어쩌면 이편이 소수임을 깔보고 산간까지 찾아와서 백성들의 재물을 빼앗고 납치하는 행패를 부릴지 모른다. 그 피해를 적게 하기 위해서도 결사적인 저항이 필요하지 않을까.

이런 생각을 하는 과정에서 홍계남의 심정에 요행을 바라는 마음이 돋아났다. 영천의 들머리에서 기습전을 감행하여 맹렬한 저항기세를 보이면 가등청정이 영천을 피해 가는 노순路順을 택할지 모른다.

5천 대 5백으로선 전면적인 대결전은 피해야 한다. 그러나 저항의 흔적도 없이 적군을 통과시킬 순 없다. 그럴 경우 저항의 방법은 어떻게 해야 하느냐. 영천의 들머리에서 그들을 기습해 적군의 진로를 변경하게 할 수밖에 없다.

홍계남이 결단을 내렸다. 변갑수가 이끄는 제 1대의 병력만 남기고, 나머지 군대는 민간인과 같이 모조리 산속으로 들어가라. 그곳의 지형지물을 이용하여 적군이 접근하면 최후의 하나까지 힘을 다하여 군민의 생명을 보호하라.

이렇게 하여 군민과 군대를 산속으로 몰아넣은 후 홍계남은 자기의 계획을 변갑수에게 밝혔다. 홍계남와 변갑수는 임진의 난초에서부터 행동을 같이 해 온 사이다.

"그쯤 일 같으면 내게 맡겨 놓고 장군께선 후사後事를 도모하심이 어떻겠습니까."

"아니다. 나는 오늘을 위해서 살아온 것 같다. 영천군민을 위해 마지막의 정성을 다해야지."

홍계남이 병사들을 돌아보고 말했다.

"여기 남아 있는 사람은 나까지 합쳐 111명이로구나. 111명이 남은 동지 4백을 살리고, 영천군민 3만을 살릴 수 있다면 한번 죽어 볼 만하지 않는가. 앞서간 친구들에 비하면 조금 늦게 가는 것이고, 남은 친구들에 비하면 조금 일찍 가는 것이다. 그러나 빨리 가려고 서둘 필요는 없다. 최선을 다하고 힘을 내서 싸우면 어떻게라도 사중死中에서도 활活을 얻을 수 있느니라."

이때 조선이름을 염정인이라고 하는 항왜가 홍계남 앞에 나타났다.

"어떻게 된 일인가? 가지 않고."

홍계남이 질책했다.

"저는 제 1대의 훈련교관입니다."

"훈련교관은 제 1대의 대사隊士가 아니다. 자네의 소속은 지휘부이다. 빨리 자네의 소속을 찾아가라."

"아니되옵니다. 전 백발백중의 저격수입니다. 홍 장군의 도우미가 되겠습니다."

"안 된다, 염 교관. 자네가 도의道義를 따라 항복하여 우리 진중에 있다는 것은 조금도 부끄러울 것이 없다. 도의 없는 군대에서 도의를 찾아왔으니까. 그러나 왜군은 너의 동포가 아니냐. 네 동포를 향해 총을 쏘겠다는 것을 나는 용서할 수가 없다. 동포라는 인연은 도의보다 앞선다. 그 인연을 소중히 여기는 것이 또한 도의다. 빨리 물러가라. 우리는 지금 가야 할 길이 바쁘다. 내 마음을 번거롭게 하지 말고 빨리 떠나라!"

염정인은 흙바닥에 꿇어앉아 절을 하고, 눈물을 흘리며 떠났다.

홍계남은 변갑수에게 명하여 대원들에게 밤참을 먹게 하고 4경까지 실컷 대원들을 재우도록 일렀다.

10월 3일의 새벽.

초생달빛을 밟고 111명의 군사가 영천군계를 벗어나 금화와 영천 사이에 있는 동산으로 올라갔다. 동산은 두 봉우리로 되어 협곡을 이뤘다. 그 협곡 사이로 길이 나 있다. 대구에서 영천으로 가려면 달리 특별한 사정이 없는 한 그 협곡을 통해야만 한다.

동산의 봉우리 양편에 각각 55명씩 매복하고, 홍계남은 길 가까운 쪽에 위치를 잡았다. 홍계남은 그 지점에서 적의 선봉대를 기습할 작정이었다. 선봉대가 기습당하여 교란상태가 되면 대강 본대는 주저하기 마련이고 경우에 따라선 진로를 바꾸기도 한다.

태양이 솟을 무렵 적의 선두가 저편 산모퉁이에 나타났다. 빨강, 파랑, 노랑의 깃발들이 금은의 빛깔로 반짝거렸다. 그것은 전쟁하러 가는 군사들의 행렬이라기보다 개선하고 돌아가는 행렬을 닮아 있었다.

사정거리에 들어왔을 때 홍계남이 명령을 내렸다.

"쏴라!"

콩 볶 듯하는 소리가 아침의 공기를 뒤흔들었다. 적의 행렬이 궤란상태에 빠졌다. 조총은 장전한 것을 쏘아 버리고 나면 다음 장전까지 얼만가의 시간을 요한다. 그 순간을 적절하게 활용해야만 한다.

"모두들 뛰어들어라!"

호령과 함께 홍계남이 장검을 빼어 들고 적중으로 뛰어들었다.

찌르고, 치고, 베고 하는 동작을 되풀이하여 홍계남이 적의 가슴 몇 개를 찌르고, 적의 동체 몇 개를 치고, 적의 수급 몇 개를 베었는지 모른다. 변갑수를 비롯하여 110명의 군사들은 그야말로 사자분진獅子奮進의 활약을 펼쳤다. 모두들 일당십一當十, 일당백一當百하는 용사들이었다.

그러나 홍계남의 오산誤算이었다. 선두대가 기습당한 것을 보고 가등청정의 주력 부대는 주저하기는커녕 폭풍처럼 덮쳐왔다.

중과부적은 병서兵書에서 제1의 원칙이다. 110명의 부하와 더불어 홍계남은 이윽고 유성流星이 되었다.

정유년 10월 3일 인시寅時, 향년 35세로서 못 다한 꿈을 남기고 그는 한 많은 일생을 닫은 것이다.

임진년(1592년) 4월에 시작된 전란은 7년 만인 무술년(1598년) 8월 풍신수길의 죽음과 더불어 11월에 들어서야 끝났다. 홍계남이 죽은 지 1년 후이다.

한 인간의 광기狂氣가 조선의 수많은 백성을 도탄에 몰아넣고 수많은 명나라 병사를 이역에서 죽게 했으며, 일본인 자체도 적잖은 손해를 입게 한 장장 7년간의 화란禍亂을 몰고 왔다는 사실에 대해선 그것이 비록 4백 년 전의 일이었다고 해도 언제나 새로운 감회를 불러일으킨다.

아무리 생각해도 그 전란은 유물사관唯物史觀을 비롯한 어떠한 사관으로서도 이해될 수가 없고, 풍신수길이란 광기의 사나이 이외엔 어떤 이유도 찾을 수가 없다. 그런데 풍신수길은 63세의 일기로 숨을 거두는 자리에서 유언을 했다는 것이다.

"나의 병정들을 조선의 궁귀窮鬼로 만들 수가 없으니 어떤 수단을 써서라도 빨리 데리고 오도록 하라."

죽음의 자리에서 겨우 광기가 정기正氣로 돌아온 셈인데, 사람의 광

기는 죽음으로써만이 고쳐진다는 허망한 교훈을 새삼스럽게 확인하게
되는 것일까.

영천 기생 향란의 몸에서 홍계남의 아들이 태어났을 것이라고 추측
할 만한 근거가 있다. 그런데 내가 살펴본 결과에 따르면 남양南陽 홍
씨洪氏의 족보엔 그런 흔적조차 없다.

고래로 무후無後한 사람에겐 양자를 세워 후사를 잇게 하는 것이 대강
의 경우인데 족보에 홍계남의 뒤는 공백空白으로 남아 있을 뿐이다.

혁혁한 충신이자 불세출의 영웅이 죽은 후에도 천출賤出의 냉대를
받았다.

-끝-

이병주 장편소설

세상은 불륜이라 손가락질할지라도 우리에게
서로의 존재는 지순(至純)한 사랑 그 자체였다!

여성 심리묘사에 새로운 경지를 보여준 문제작…
'연애심리학' 교과서!

돌아보지 말라

46년 만에 발굴한 문호(文豪) 이병주의 본격 연애소설!

주말마다 폐결핵 요양원에 입원한 아내와 남편에게 문병 오는 남자와 여자!

남자는 아내에게 지극정성이었지만 아내의 날카로운 신경과 거듭된 탐색전으로

지쳐만 가고… 기차역에서 요양원까지 오가는 일주일의 하루뿐인 만남 속에서

남자와 여자 사이에는 어느새 사랑이 싹트기 시작한다.

3·15 부정선거와 5·16 군사정변 등 역사적 격동기에 휘말린 두 남녀의 운명은…?

신국판 값 13,800원

나남
nanam
Tel:031) 955-4601
www.nanam.net